ANDREAS WINKELMANN

Hänschen klein

Buch

Hänschen klein ging allein in die weite Welt hinein.
Stock und Hut stehn ihm gut, ist ganz wohlgemut.
Aber Mutter weinet sehr, hat ja nun kein Hänschen mehr ...

Der junge Anwalt Sebastian Schneider führt ein glückliches, zufriedenes Leben: Mit seinen Eltern Anna und Edgar lebt er auf dem Schneiderhof, einem einsam, aber idyllisch gelegenen Hannoveraner-Gestüt, auf dessen Stille und Abgeschiedenheit sich Sebastian nach einem langen Tag in der Stadt jedes Mal von Neuem freut. In der altehrwürdigen Kanzlei, in der er nach dem Studium eine Stelle gefunden hat, betraut man ihn zunehmend mit wichtigen Aufgaben. Und selbst als auf dem Weg in die Stadt ein anderes Auto seinen Wagen rammt, scheint dies wie eine Fügung des Schicksals. Denn wie hätte Sebastian sonst die junge, außerordentlich hübsche Saskia kennengelernt?
Doch dann bekommt er eines Tages einen seltsamen Brief: Auf einem Blatt Papier steht die erste Strophe des Liedes »Hänschen klein«, darunter das innige Versprechen einer Frau, dass sie und ihr Hans bald wieder vereint sein werden. Sebastian glaubt zuerst an einen Irrtum, auch wenn das Schreiben an ihn adressiert ist. Er ahnt nicht, dass er einen Liebesbrief in den Händen hält, der sein Leben zerstören wird: den Brief einer Mutter, die – totgeschwiegen, totgeglaubt, dem Wahnsinn verfallen – auf der Jagd nach ihrem Sohn ist. Und bereit, für ihn über mehr als eine Leiche zu gehen ...

Autor

Andreas Winkelmann, geb. im Dezember 1968, entdeckte schon in jungen Jahren seine Leidenschaft für das Schreiben unheimlicher Geschichten. Als Berufener hielt er es in keinem Job lange aus, war unter anderem Soldat, Sportlehrer und Taxifahrer, blieb jedoch nur dem Schreiben treu. »Der menschliche Verstand erschafft die Hölle auf Erden, und dort kenne ich mich aus«, beschreibt er seine Faszination für das Genre des Bösen. Er lebt heute mit seiner Familie in einem einsamen Haus am Waldesrand nahe Bremen.

Von Andreas Winkelmann sind im Goldmann Verlag außerdem lieferbar:

Tief im Wald und unter der Erde. Thriller (46955)

Andreas Winkelmann

Hänschen klein

Thriller

GOLDMANN

FSC
Mix
Produktgruppe aus vorbildlich
bewirtschafteten Wäldern und
anderen kontrollierten Herkünften

Zert.-Nr. SGS-COC-1940
www.fsc.org
© 1996 Forest Stewardship Council

Verlagsgruppe Random House FSC-DEU-0100
Das FSC-zertifizierte Papier *München Super* für dieses Buch
liefert Arctic Paper Mochenwangen GmbH.

1. Auflage
Originalausgabe Februar 2010

Umschlaggestaltung: UNO Werbeagentur, München
Umschlagmotiv: buchcover.com / Kai Remmers
Th · Herstellung: Str. / MK
Druck und Bindung: GGP Media GmbH, Pößneck
Printed in Germany
ISBN 978-3-442-47125-6
www.goldmann-verlag.de

Alles fließt.

Aber nur, wer den Fluss beherrscht,
herrscht über Leben und Tod.

Weisheit der Druiden

Für Nina

Du bist wie ich und doch ganz anders

… und genau so mag ich dich

Prolog

Die Ruhe in der Straße war trügerisch, das wusste er. Mochte der Alltag sich auch wie frisch gefallener Schnee über den grauenhaften Vorfall gelegt haben, so war er doch keineswegs vergessen. Weder von ihm selbst noch von den Nachbarn, und das ließen sie ihn jeden Tag aufs Neue spüren. Sie mieden den Kontakt, brachten kaum noch den notwendigen Gruß hervor oder wandten sich sogar ab, wenn er abends heimkam. Und er sah Mitleid in ihren Blicken. *Armes Schwein*, sagten diese Blicke, *er kann ja nichts dafür, was soll er machen, schließlich ist sie seine Frau.* Ihr Mitleid machte ihn krank, brannte sogar noch verzehrender in seinem Innern als der Hass, der immer wieder offen zutage trat und seine ehemals guten Nachbarn, vielleicht sogar Freunde, in argwöhnische, gemeine Menschen verwandelt hatte.

Zwei Tage nach dem Vorfall hatte jemand in großen roten Lettern »Hexe« auf ihr Garagentor geschmiert. Die zu dick aufgetragene Farbe war von den Buchstaben hinabgelaufen, ganz so, als würden sie bluten. Er hatte das gesamte Tor daraufhin rot lackiert, und auch wenn das böse Wort nun nicht mehr zu lesen war, war dieses rote Tor in einer langen Reihe grauer Tore ein weithin sichtbarer Makel, ein Kainsmal, das sie brandmarkte und zu Aussätzigen machte, auch wenn sie es nicht auf ihrer Haut tragen mussten. Er wandte den Blick ab, als er an der Garage vorbeirollte. Selbst im Dunkeln leuchtete diese Blutfarbe.

Er mochte nicht mehr dahinter parken, selbst wenn er am Morgen Eis kratzen musste.

Dabei hatte er gefleht und gebettelt, sich bei allen in der Straße, selbst bei denen, die nicht betroffen gewesen waren und nichts mitbekommen hatten, entschuldigt. Er hatte ein unverhältnismäßig hohes Schmerzensgeld an die Baumanns gezahlt, hatte ihr Geheul und Geschrei mit harter Währung verstummen lassen, hatte ihnen eine Erklärung geliefert, die auch noch schlüssig geklungen hatte.

Schlüssig? Zumindest in seinen Ohren war das anfangs so gewesen, aber seitdem hatte sich vieles verändert. Doch er weigerte sich hartnäckig, nach einer anderen, wahrlich grausameren Ursache zu forschen. Besser nicht an der Oberfläche kratzen, besser keine Fragen stellen, deren Antworten man sowieso nicht hören wollte. Was man nicht aussprach, war auch nicht. Also blieb es bei der einen, alles entschuldigenden Feststellung: Ellie war schwanger!

Mit verheulten, aufgequollenen Augen, zitternder Stimme und einem angetrockneten Rest Tomatensoße vom Mittagessen im Mundwinkel hatte sie es ihm gestanden. Schwanger! Die Entschuldigung für alles. Für ihre Reizbarkeit, für ihre Stimmungsschwankungen, für ihre mitunter unkontrollierbare Fresssucht.

Schwanger!

Peter Brock versuchte sich zu freuen. Jedes Mal, wenn er das Haus betrat und seine schwangere Frau begrüßte, versuchte er es, doch immer wieder wurde seine Freude getrübt durch die Erinnerung an den entsetzlichen Vorfall. Da halfen auch tausendfach wiederholte, beruhigende Worte nicht. Natürlich, Schwangere taten verrückte Sachen, aßen mitternächtlich saure Gurken mit Ketchup, ekelten sich plötzlich vor ihrem Lieblingsgericht und so weiter, das wusste jeder. Aber was seine Ellie getan hatte, taten Schwangere nicht. Davon hatte er noch nie gehört.

Verflucht! Es war so verflucht schwer, diese Gedanken aus seinem Kopf zu bekommen.

Um sich abzulenken tastete Peter Brock in der Dunkelheit des Wagens nach dem kleinen, eckigen Gegenstand auf dem Beifahrersitz. Er brachte Ellie jetzt häufiger Geschenke mit, vor allem, wenn es mal wieder so spät wurde wie heute. Ellie forderte viel mehr Zeit, als er ihr geben konnte – oder vielleicht geben wollte? Die Arbeit lief gut, er verkaufte mehr Lexikonbände als jeder andere Außendienstmitarbeiter der Firma. Er hätte es sich leisten können, wenigstens an zwei Abenden in der Woche früh heimzukehren. Aber sie war so reizbar geworden und brüllte herum, was sie früher nie getan hatte. Gestern hatte er erstmalig wirklich Angst vor ihr gehabt. Angst vor seiner eigenen Frau! Unvorstellbar. Und doch war es so. Immer wieder verwandelte sie sich in einen völlig anderen Menschen als die Ellie, die er damals in der Drogerie kennengelernt hatte. Der Beutel mit Teelichtern war gerissen, er hatte ihr beim Aufsammeln geholfen. So anmutig war sie gewesen, so schüchtern, hatte ihm kaum in die Augen schauen können.

Vielleicht, und darin ruhte momentan seine ganze Hoffnung, würde er nach der Geburt seine Ellie wiederbekommen. Mit ihren veränderten weiblichen Formen würde er leben können; mein Gott, er würde jedes zusätzliche Pfund lieben, solange darin nur seine schüchterne, scheue Ellie lebte. Und bis dahin … nun, ihre Schwester kam an zwei Tagen in der Woche, sah nach dem Rechten, half bei der Hausarbeit, versuchte, Ellie aufzumuntern. Peter war ihr dankbar dafür. Er war nicht sonderlich gut in solchen

Dingen. Lieber brachte er von Zeit zu Zeit Geschenke mit.

Für Schmuck, Parfum oder ein besonderes Kleidungsstück hatte Ellie nichts übrig, aber sie freute sich über jede Kleinigkeit, die mit dem ungeborenen Kind zu tun hatte. In dem Karton auf dem Beifahrersitz – seine Hand ruhte immer noch darauf – befand sich eine Spieluhr aus Blech, die zur Melodie von *Hänschen klein* einen bunten Blechjungen mit Rucksack und Wanderstab in die Welt hinausziehen ließ. Er hatte sie heute früh in einem Antiquitätenladen entdeckt, dessen Besitzer er von den Vorzügen seiner hochwertig ausgestatteten Lexikonreihe überzeugen wollte. Stattdessen hatte der Rentner mit dem asthmatischen Husten ihm ein nach allen Regeln der Verkaufskunst geführtes Gespräch aufgezwungen, als er die Figur nur kurz in die Hand genommen hatte, um die Wartezeit zu überbrücken, bis die einzige Kundin den Laden verlassen hatte. Schließlich war es nicht mehr um Lexika gegangen und auch nicht um die Frage, ob er den Spieljungen kaufen würde oder nicht, sondern nur noch um den Preis. Der Alte war ein Fuchs, Peter bei Weitem überlegen. Er konnte sich eigentlich nur zugutehalten, den Preis um die Hälfte gedrückt zu haben. Immerhin! Außerdem hätte der Alte sich nicht so anstrengen müssen, er hätte sowieso gekauft. Es war zwar ein kitschiges Spielzeug, aber Ellie würde es gefallen, und er stellte sich vor, wie sie seinem Sohn jeden Abend vor dem Einschlafen dieses Lied vorspielte.

Mit diesem Bild vor Augen ließ er den Wagen vor seinem Grundstück ausrollen. Als er ausstieg, schlug ihm kalte Luft entgegen, sein Atem erschien als dunstiger Nebel vor seinem Gesicht. Über dem Haus stand der Vollmond. Peter Brock blieb stehen und legte den Kopf in den Nacken. Ein paar Atemzüge lang genoss er den Anblick der wie poliert glitzernden Sterne, die Kälte auf seinen Wangen und die beruhigende Stille der Siedlung. Die anderen Häuser waren durch die fünfzehn nebeneinander aufgereihten Fertiggaragen von seinem Grundstück getrennt. Es lag am Ende der Straße, dahinter begannen offene Felder und bewaldete Hügel. Als Peter es gekauft hatte, war es das beste und ruhigste Haus in der Siedlung gewesen, nun war es das einsamste. Es bestand ein himmelweiter Unterschied zwischen Einsamkeit und Ruhe, das lernte er gerade auf grausame Art. Die Lichter, die da und dort in den Häusern noch brannten, schienen nach dem Vorfall unerreichbar weit entfernt, so als gehörten sie nicht mehr zu ihrer Welt. Sie würden hier wegziehen müssen. Die Leute würden niemals vergessen. Für ihr Kind, das noch nicht geboren war und keine Schuld trug, würden sie diese gerade erst erschaffene Heimat verlassen müssen. Peter seufzte, ging zur Haustür, schloss auf und trat ein.

Wie immer hatte Ellie das schwache Licht im Flur für ihn brennen lassen, und wie immer würde er sie zu dieser Zeit schlafend vor dem Fernsehgerät finden, die leere Verpackung einer Tafel Schokolade auf dem Tisch, vielleicht ein bräunlicher Rest in ihrem Mundwinkel. Peter zog die Schuhe aus. Mit der Spieluhr in der Hand ging er in die Küche. Dort floss das schummrige Licht der Dunstabzugshaube über Herd und Arbeitsplatte. Auch das wie immer. Trotzdem verharrte er. Etwas stimmte nicht! Die gedämpften Geräusche des Fernsehers, die ihn sonst um diese Zeit erwarteten, fehlten. Es war still im Haus, ungewohnt still.

Auf Socken schlich er zum Wohnzimmer. Jedes Knacken seiner Fußgelenke erschien ihm erschreckend laut. Die Tür zum Wohnzimmer stand offen, nur die kleine Lampe auf dem Fensterbrett brannte. Ellie war nicht da. Ihre Wolldecke lag unangetastet auf der Couch, die Heizung lief nicht, der Raum war kalt. Peter konnte sich an keinen Abend erinnern, an dem er das Wohnzimmer in diesem leblosen Zustand vorgefunden hatte. Es war der einzige Raum des Hauses, in dem sie sich zu dieser Zeit aufhielten.

Wo steckte Ellie?

War sie schon zu Bett gegangen? Das wäre ungewöhnlich, sie ging niemals ohne ihn zu Bett. Aber ungewöhnliche Verhaltensweisen waren neuerdings ja ihre Spezialität. Und wo sollte sie sonst sein?

Peter ging in den Flur zurück, verharrte vor der Treppe und lauschte. Kein Geräusch. Er stieg hinauf. Peter war alles andere als ein Schwergewicht, doch als er die erste Stufe betrat, knarrte das Holz sofort. Das schwache Licht aus dem Flur reichte bis zur Mitte der Treppe, dahinter lag undurchdringliche Dunkelheit. Aber Peter sah ohnehin nicht hinauf. Er achtete darauf, wohin er seine Füße setzte, verzog bei jedem Knarren das Gesicht. Auf der obersten Stufe angekommen, streckte er die Hand aus, um Licht zu machen. Seine Finger berührten den Schalter, doch er kam nicht mehr dazu, ihn umzulegen. Er sah den Schatten kaum, der sich aus der Tür zum künftigen Kinderzimmer löste, spürte aber die Bewegung, spürte etwas auf sich zukommen, das die Luft verdrängte.

Bevor er reagieren konnte, traf ihn das Bügeleisen an der Stirn. Der Schlag war wuchtig, die chromüberzogene Spitze drang tief in die Schädeldecke ein. Peter Brock gab ein unmenschliches Geräusch von sich, taumelte zurück, stürzte die Treppe hinunter und blieb auf dem gefliesten Boden des Flures liegen. Die verpackte Spieluhr polterte

Stufe für Stufe hinab, bevor sie zu seinen Füßen liegen blieb. Die Erschütterung setzte die feine Mechanik in Gang, und durch die Geschenkverpackung hindurch erklang gedämpft eine blecherne Version von *Hänschen klein*.

Die sanften Töne begleiteten Peter Brock in den Tod.

Drei Jahre später

Aus dem Dunkel näherten sich grausige Geräusche. Obwohl sie zunächst weit entfernt und leise waren, schrak das Kind doch wegen ihnen aus dem Schlaf. Es schlug die Augen auf, hielt den Atem an und lauschte. Zunächst war da nur das hastige, harte Wummern seines Herzens, das Rauschen des Blutes in seinen Ohren; dann schwollen jene Geräusche, die es aus dem Schlaf geschreckt hatten, schnell von Neuem an, wurden infernalisch. Und es war kein Traum, die Geräusche waren real. Ein hohes Sirren in der Luft, weiter entfernt dumpfes, hohles Flattern. Plötzlich zerriss die nächtliche Schwärze, starkes, blendend helles Licht zuckte draußen vor dem Fenster hin und her, sprang dann unvermittelt durchs Glas und verdampfte die Dunkelheit.

Mit weit aufgerissenen Augen lag das Kind in seinem Bettchen; die Knie angezogen, dicht an die kalte, feuchte Wand gedrängt. Sein Atem ging stoßweise, es fürchtete sich vor den Lichtfingern, die den winzigen Raum durchzuckten, das Bett aber nicht erreichten.

Wo blieb Mama? Warum kam sie nicht?

Die Geräusche schwollen noch lauter an, wurden intensiver, ließen die Holzwände der Hütte erzittern. Das hohle Flattern trieb Luft in wellenartigen Schüben in den Körper des Kindes. Es spürte den Druck bis tief in die Lungen. Seine Angst wurde zur Panik, und doch fand der Junge die Kraft, die Decke beiseitezustrampeln und die nackten

Füße vor das Bett zu setzen. Den alten zerfledderten Teddy fest umklammernd stand er vor seinem Bett und begann zu weinen und nach seiner Mama zu rufen. Doch statt ihrer Stimme ertönte eine andere. Seltsam verzerrt und ungeheuer laut, noch lauter als die anderen Geräusche da draußen vor der Hütte.

Ein Riese! Ein Riese war durch den Wald gekommen, hatte die Bäume niedergewalzt und mit seinem Feueratem das Laub in Brand gesteckt. Der Riese aus der Geschichte, die Mama ihm vorgelesen hatte. Eine böse Gestalt, die Kinder raubte, um sie in jenes ferne Land zu bringen, in dem die grausame Königin Urgade herrschte. Sie fraß die Kinder, um selbst ewig jung zu bleiben.

Unsicher tapste der Junge zum Fenster. Er wollte sehen, wie seine starke, mutige Mama den Riesen in die Flucht trieb. Geblendet von dem grellen Licht kniff er die Augen zusammen, sein nackter Fuß stieß gegen ein Spielzeug. Es kippte um, der empfindliche Mechanismus wurde ausgelöst. Doch das Toben vor der Hütte war zu laut, als dass der Junge die Melodie hätte hören können.

Plötzlich verschwand das Licht. Von einer Sekunde auf die andere war es wieder dunkel im Zimmer. Den Teddy noch immer fest umklammernd, ging der Junge zum Fenster und zerrte am Vorhang. Im selben Moment flog die Tür auf. Mama stürzte in den Raum, packte das Kind bei den Schultern und riss es vom Fenster weg. Sie schrie, doch ihre Worte gingen unter in dem Höllenlärm. Und dann griff der Riese durch das Fenster. Glas zerplatzte, ein Scherbenregen sprühte in den Raum, stach der Mutter in den Rücken. Etwas rollte zwischen ihren Füßen hindurch. Eine Nebelkralle stieg vom Teppich auf, füllte rasend schnell das kleine Zimmer aus. Der Junge bekam keine Luft mehr, riss den Mund weit auf, doch nur flüssiges Feuer drang in seinen Rachen ein und verbrannte seine Lunge. Die kräftigen Arme seiner Mama hielten ihn fest, sie wollte mit ihm zur Tür laufen, sank auf halbem Weg in die Knie, ließ ihn jedoch nicht los. Zusammen kippten sie auf den Teppich, auf dem noch die Spielsteine vom Nachmittag verstreut lagen. Mamas Lippen waren dicht an seinem Ohr.

»Niemand nimmt dich mir weg!«, rief sie. »Ich werde dich finden, überall!«

Dann wurde alles schwarz. Und aus dem Dunkel kam der Riese.

Teil I

Gegenwart

Montag

»Herr Trotzek, das Gericht hat mich zu Ihrem Verteidiger bestellt. Sind Sie darüber informiert worden?«

Seitdem Sebastian Schneider den quadratischen, gelb getünchten Raum betreten hatte, hatte Trotzek ihn nicht aus den Augen gelassen. Der kleine breitschultrige Mann mit dem kahl rasierten Schädel saß regungslos auf seinem Stuhl, lediglich seine Augen verrieten Aufmerksamkeit. Sie wirkten hellwach, waren flink, folgten jeder seiner Bewegungen, taxierten ihn. Schon nach wenigen Minuten spürte Sebastian Schweißtropfen seine Wirbelsäule hinabrinnen. Merkwürdig! Der Besprechungsraum war doch kühl. Lag es an der ungewohnten Situation oder an diesem kleinen Mann? Würde er ohne sein Hintergrundwissen genauso auf ihn reagieren? Menschen definieren sich durch ihre Taten, gerade in der Wahrnehmung anderer. Unbeschriebene Blätter sind weiß, unschuldig, rein. Trotzeks Blatt war beschrieben und triefte vor Blut. Sebastian konnte also gar nicht anders, als eine gewisse Furcht zu empfinden. Vor seinem geistigen Auge tauchten Fotos auf. Auch die Aufnahme der Tatwaffe. Wie konnte ein so kleiner Mann einen so schweren Hammer schwingen?

Trotzek nickte schwerfällig, sagte aber nichts.

Sebastian wusste, dass er sich besser hinsetzen sollte, um eine persönliche Beziehung zu seinem Klienten herzustellen. Proxemik, die Lehre der kleinräumigen Verhaltensweisen, sagt, dass die persönliche Distanz zwischen fünfundvierzig und hundertzwanzig Zentimetern liegt. Das Studium war noch nicht lange her, er wusste all diese Dinge, aber wollte er überhaupt eine persönliche Beziehung zu diesem Mann? Dieser eine Schritt auf den am Boden verschraubten Tisch zu erschien ihm wie der Schritt in eine Welt, in die er nicht gehörte und aus der es keine Wiederkehr gab. Trotzdem würde er diesen Schritt wohl gehen müssen. Vor ihm saß sein Klient, sein Chef wollte es so, er hatte gar keine Wahl. Also erfasste Sebastian die Lehne, zog den Stuhl etwas vom Tisch weg (die Spanne ging bis hundertzwanzig Zentimeter, warum sie nicht ausnutzen!) und setzte sich. Zusätzlich legte er seinen schwarzen Koffer auf den Tisch – eine kleine Barriere zwischen Trotzek und ihm, kein wirklicher Schutz, aber immerhin.

Die Akte Trotzek lag im Koffer, also hatte Sebastian nichts, worin er herumblättern konnte. Er musste sein Gegenüber ansehen, ihm in die Augen blicken, in diese kleinen, hellblauen, rot geränderten, nervösen Dinger. Unsympathische Augen. Nein, verdammt, das waren Vorurteile! Er musste seine Vorurteile in den Griff bekommen, sonst konnte er es gleich sein lassen. Vor ihm saß ein Klient, kein Mörder.

»Sie wollen keinen Verteidiger, richtig?«, versuchte Sebastian es auf die ehrliche Tour.

Trotzek schüttelte den Kopf.

»Nein.«

Das erste Wort zwischen ihnen. Ein negatives Wort, ein Wort wie ein hoher Zaun. Sebastian verfluchte sich innerlich, missachtete er doch die Spielregeln einer erfolgreichen Kommunikation.

»Warum nicht?«, setzte er nach, um zu retten, was noch zu retten war. Seinen kleinen Koffertrick hätte er sich sparen können. Trotzek schien viel mehr daran gelegen, Barrieren aufzubauen, als ihm selbst. Der kleine Mann unterstrich dies noch durch seine leise gestellte Frage: »Was wollen Sie?«

Sie starrten sich an. Trotzeks Augen huschten nicht mehr umher, waren jetzt nur noch auf ihn gerichtet. Die Stimme des Mannes wollte nicht zu dem Körper passen. Sie klang wie die eines großen Kerls, der über einen riesigen Resonanzraum verfügte. Vielleicht lag es aber auch nur an dem osteuropäischen Akzent.

»Ich will Ihnen helfen.«

Trotzek schüttelte behäbig den Kopf. »Man zwingt Sie.«

»Das sehen Sie falsch. Das Gericht hat mich zwar zu Ihrem Pflichtverteidiger bestellt, ich hätte aber ebenso gut ablehnen können.«

Und das war eine Lüge, wie sie dreister nicht sein konnte. Seine Kanzlei, Oltmanns, Steyer und Riedelsberger, hatte einen Anwalt zu stellen, und es war Oltmanns' Wille, dass Sebastian diesen Fall übernahm. Man schlug dem alten Fuchs keinen Wunsch ab, nicht, wenn man soeben sein Studium beendet hatte und in einer der besten Kanzleien der Stadt Karriere machen wollte. Und immerhin hatte Oltmanns ihn damals gewarnt. *Sie können sich bei uns auf Arbeits- und Vertragsrecht spezialisieren, aber wenn ich es will, dann vertreten Sie Ted Bundy oder noch schlimmeren Abschaum, und zwar mit hundertfünfzig Prozent Einsatz.* Vor ihm saß kein Massenmörder wie Bundy, aber der Unterschied war doch rein mathematischer Natur, oder? Die Schwelle war übertreten, der Weg dahinter eben und voller Verlockungen.

Trotzek sah ihn noch intensiver an als vorher, senkte dann aber den Blick und betrachtete seine Handschellen.

»Wie wollen Sie mir helfen?«

Sein Sie schien Sebastians gesamte Kompetenz in Frage zu stellen.

»Da gibt es viele Möglichkeiten.«

»Mord bleibt Mord.«

Innerlich stimmte Sebastian ihm sofort zu, aber das Gesetz sah es etwas differenzierter. Er lehnte sich vor und nahm endlich den Koffer vom Tisch.

»Mord ist nicht gleich Mord. Wir können auf Totschlag plädieren, auf Unzurechnungsfähigkeit … Es gibt immer Möglichkeiten. Natürlich bleibt es ein Verbrechen, für das Sie in Vollzug müssen, aber der Unterschied kann durchaus zehn Jahre betragen. Das sollten Sie bedenken, bevor Sie meine Hilfe ablehnen.«

Während er sprach, rückte Sebastian sogar näher an den Tisch heran und damit auch näher an die untere Grenze der persönlichen Distanz, kaum noch zu unterscheiden von dem intimen Bereich. Erstaunlich, wie leicht es ihm fiel, nachdem das Gespräch jetzt erst einmal eröffnet war. Kommunikation war eben doch das mächtigste Schwert der Zivilisation.

Trotzek schüttelte kaum merklich den Kopf, starrte ihn aus seinen rot geränderten Augen an. Da war er wieder, dieser intensive, unangenehme Blick.

»Er hat es verdient.«

»Das ist für das Urteil nicht relevant. Die Frage ist …«

»Sie verstehen das nicht«, unterbrach Trotzek ihn. »Er hat es verdammt noch mal verdient, in der Hölle zu schmoren, und ich werde mich nicht rausreden.«

Trotzek hatte die Stimme erhoben und die kurze Kette zwischen seinen Handgelenken straff gespannt. Sebastian zog sich zurück, warf einen schnellen Blick zu dem kleinen Fenster in der Tür, durch das der Vollzugsbeamte sie eigentlich beobachten sollte – es gerade jetzt aber nicht tat.

»Aber er war doch Ihr Vater.«

Die Kette entspannte sich, Trotzeks Hände sanken auf die Tischplatte. Er presste die Lippen zu blutleeren Strichen zusammen und nickte schwerfällig.

»Ja, er war mein Vater. Und darum können Sie mir nicht helfen. Lassen Sie mich in Ruhe.«

Im Dorf sagten die Leute *Da oben*, wenn sie den Schneiderhof meinten, und *Die da oben*, wenn sie über die Schneiders sprachen. Das lag zum einen an der geografischen Lage und Entfernung – von Bentlage führte die schmale Straße über vier Kilometer stetig aufwärts und überwand dabei einen Höhenunterschied von dreihundertsiebzig Metern –, zum anderen aber auch an der zurückgezogenen Art und Weise, in der die Bewohner zu leben pflegten. Sie waren keine Eremiten, beschäftigten ab und an auch Hilfskräfte aus dem Ort, aber sie waren Eigenbrötler, verdienten Geld mit der Aufzucht und dem Verkauf von Hannoveranern, wovon in dieser Gegend kaum jemand etwas verstand, und das reichte für viele, um immer wieder Gerüchte in die Welt zu setzen. Inzest, Satanskult, Orgien – die Klatschmäuler hatten aus dem Vollen geschöpft. Es war wie überall auf der Welt, wenn dumme Menschen auf Spekulationen angewiesen waren.

Während der Schulzeit hatte es Tage gegeben, an denen Sebastian Schneider darunter gelitten hatte (Kinder waren grausamer als Erwachsene, wenn es darum ging, mit Worten zu Felde zu ziehen), heute interessierte es ihn nicht mehr. Menschen gewöhnten sich an alles. Außerdem spürte er mit jedem Tag, an dem er zwischen dieser Welt und jener in der dreißig Kilometer entfernten Stadt pendelte, die Bindung zum Hof enger werden. Eigentlich hatte er genau das Gegenteil erwartet.

Es war achtzehn Uhr vorbei, als die weißen Zäune hinter der letzten Kurve auftauchten. Sie begleiteten die Straße ein Stück weit, flossen mit den sanften Hügeln dahin, tauchten in Täler ab, um sich bald wieder aus ihnen zu erheben. Durch einen Windbruch, Überbleibsel des letzten großen Herbststurms, sah Sebastian die drei jungen Stuten auf der Weide nahe dem Hof stehen. Sie grasten mit gesenkten Köpfen, ihr Fell schimmerte wie Bronze und Kupfer. Links erhob sich das Wohnhaus auf der Kuppe des Hügels. Die tief stehende Sonne ließ die roten Klinker glühen wie heiße Kohlen. Wo die Straße durch den Zaun hindurchführte, ragten rechts und links drei Meter hohe, massive Holzpfähle auf, verbunden durch ein halbrundes Holzschild, auf dem *Schneiderhof* stand, umgeben von zwei Hufeisen. Sebastian fuhr darunter hindurch und parkte seinen Volvo neben den Land Rover seiner Eltern in dem offenen Schuppen.

Wie jeden Abend kam Taifun ihn als Erster begrüßen. Sebastian kraulte dem Schäferhundrüden die Brust und ließ sich die Hand abschlecken. Auf dem Weg zum Haus winkte er seinem Vater zu, der auf dem alten Deutz saß und Mist zur Sammelstelle fuhr. Für eine andere Begrüßung war die Entfernung zu groß und das alte Ungetüm, von dem sein Vater sich niemals trennen würde, zu laut. Kaum hatte er die Haustür geöffnet, strömte ihm der Geruch des Abendessens entgegen. Es duftete nach Muskatnuss und Basilikum. Sebastian stellte seinen Koffer auf der Treppe ab, die ins Obergeschoss führte, und bemerkte einen

Brief auf der vierten Stufe, seiner Poststufe, ignorierte ihn aber.

Mutter rumorte in der Küche. Er ging zu ihr und begrüßte sie.

»Du siehst müde aus. Gab's Ärger im Büro?«

»Ärger? Nein, Ärger gab es nicht. War aber trotzdem ein anstrengender Tag.«

Seine Mutter küsste seine Stirn, wofür er sich zu ihr hinabbeugen musste. Seit seinem vierzehnten Lebensjahr war er größer als sie.

»Mach dich ein wenig frisch, und erzähl uns beim Abendessen davon. In fünfzehn Minuten ist es fertig.«

»Soll ich Edgar rufen?«

»Nicht nötig. Er kommt sicher gleich rein.«

Sebastian nickte und verließ die Küche. Seine Wohnung lag im Obergeschoss des Hauses. Für sich allein hatte er ebenso viele Zimmer zur Verfügung wie seine Eltern, wovon drei aber mit abgedeckten Möbeln zugestellt waren. Er nahm den Koffer, ließ den Brief erneut unbeachtet und ging hinauf. Im Bad spritzte er sich minutenlang kaltes Wasser ins Gesicht. Seine Haut war gerötet und taub, als er sich danach im Spiegel betrachtete. Genauso gerötet wie seine Augen. Sie erinnerten ihn an Trotzek. Nach dem kurzen Gespräch hatte er zwei Aspirin nehmen müssen, und davon wirkten seine Augen stets, als hätte er getrunken.

Edgar saß bereits am Tisch, als Sebastian wenig später in Jeans und T-Shirt die Küche betrat. Sein Vater roch nach Stallmist und dem Dieselgestank des alten Deutz. Selbst der Duft des gerösteten Käses aus der großen Auflaufform, die Anna auf dem Tisch abstellte, kam gegen diese Mischung nicht an. Sebastian nahm zwei Flaschen Bier aus dem Kühlschrank, öffnete sie und gab eine seinem Vater.

»Du hast Ärger im Büro?«

Edgars weißes Haar stand zu Berge, eine Rasur war mehr als überfällig.

Sebastian schüttelte den Kopf. Für Anna bedeutete jede Abweichung von der normalen Routine Ärger. Was kaum verwunderlich war nach vierzig Jahren auf dem Hof, einer Insel der Ruhe in einer zunehmend hektischen Welt.

»Keinen Ärger, aber einen neuen Fall.«

»Was Besonderes?«

Sebastian schob eine Gabel Auflauf in seinen Mund, kaute darauf herum und ließ sich Zeit. Ein zähes Stück Fleisch, auf dem er fünfzigmal hätte herumkauen können, wäre ihm in diesem Moment lieber gewesen.

»Kann man sagen, ja. Mein erster Mordfall.«

Annas Gabel sackte auf den Teller, sie starrte ihn an. Diese Reaktion hatte Sebastian erwartet und den beiden deshalb im Vorfeld nichts von Trotzek erzählt. Er hätte es auch jetzt noch gern für sich behalten, hätte dafür aber mit ihrer lieb gewonnenen Tradition, in diesem Haus über alles zu sprechen, brechen müssen. Das war ihm Trotzek nun auch nicht wert.

»Du musst einen Mörder verteidigen?!«, fragte Anna schrill. »Du wolltest dich doch auf Vertragsrecht spezialisieren, was ist denn daraus geworden?«

»Ich kann es mir nicht aussuchen, dafür bin ich zu kurz in der Kanzlei. Oltmanns will, dass ich diesen Fall übernehme.«

»Was hat er getan?«, fragte Edgar.

»Seinen Vater getötet.«

Sebastian hätte noch anfügen können, *wie* Trotzek seinen Vater getötet hatte. Er hätte von dem Hammer und dem übel zugerichteten Körper erzählen können, den er auf den viel zu genauen, viel zu detailreichen Tatortfotos gesehen hatte. Er ließ es. Sein Magen rebellierte, wenn er nur daran dachte.

»Du hättest auf dem Hof bleiben sollen«, sagte Anna und schüttelte den Kopf.

Ihr immer noch kräftiges, silbergraues Haar fiel ihr in die Stirn. So konnte Sebastian ihre Augen nicht sehen, was aber auch nicht nötig war, wusste er doch um den missbilligenden Ausdruck darin. Wäre es damals nach ihr gegangen, hätte er Agrarwissenschaften studiert, den Hof übernommen und die gut laufende, einträgliche Hannoveranerzucht noch ausgebaut. Aber dann wäre er niemals hier weggekommen.

Er ging auf ihren Vorwurf nicht ein, dieses Thema hatten sie zu oft durchgekaut.

»Warum hat er seinen Vater getötet?«, wollte Edgar wissen.

»Ich weiß es nicht.«

»Er muss doch einen Grund gehabt haben.«

»Den hatte er bestimmt, aber er spricht nicht darüber, verweigert jede Aussage. Er will ja nicht mal einen Anwalt. Das Gericht hat unsere Kanzlei dafür bestellt.«

»Aber warum ausgerechnet dich?«, warf Anna ein.

»Es ist mein Beruf. Ich kann es mir nicht aussuchen.«

Edgar stocherte in seinem Essen herum. Ohne aufzublicken sagte er: »Wenn ohnehin feststeht, dass er schuldig ist, wozu braucht er dann einen Anwalt? Sollen sie ihn doch ins Gefängnis stecken.«

»Auch ein Mörder hat das Recht auf eine Verteidigung.«

»Vatermörder«, verbesserte Edgar ihn, »und so ein Recht taugt nichts.«

Sebastian schluckte eine Erwiderung mit der nächsten

Gabel runter. Auch wenn sein Vater kein genereller Verfechter der Todesstrafe war, würde er sie wohl in manchen Fällen trotzdem befürworten. Hätte Trotzek zum Beispiel eine Frau getötet, sie vorher vielleicht noch vergewaltigt, wäre für Edgar der Tod die einzig angemessene Strafe gewesen. Sebastian fürchtete schon jetzt den Tag, an dem er einen solchen Fall übernehmen müsste.

Eine Weile aßen sie schweigend. Erst als die Teller leer waren, sagte Anna: »Auf der Treppe liegt übrigens Post für dich.«

»Ich hab's gesehen.«

»Ein violetter Umschlag.« Anna lächelte verschmitzt. »Zu meiner Zeit benutzten nur Verliebte solche Umschläge.«

Das war Sebastian gar nicht aufgefallen. Ein violetter Umschlag? Zurzeit gab es in seinem Leben niemanden, der Grund hätte, solche Umschläge zu benutzen. Er stand auf, ging zur Treppe und holte den Brief. »Ohne Absender«, sagte er und setzte sich wieder an den Tisch.

Sein Name und seine Adresse waren mit einer Schreibmaschine getippt, die Klappe zusätzlich mit Tesafilm verklebt. Die ungewöhnliche Farbe des Umschlags rief Erinnerungen in ihm wach. Insa hatte Briefumschläge in zarten Pastelltönen benutzt, sie zusätzlich aber noch einparfümiert. An diesem Brief roch nichts, außerdem würde Insa ihm sowieso nicht mehr schreiben. Ihr letztes gemeinsames Jahr an der Uni war nicht ihr bestes gewesen.

Unter den neugierigen Augen seiner Mutter öffnete Sebastian mit einem Messer den Umschlag. Ein einziges, in der Mitte gefaltetes, ebenfalls violettes Blatt befand sich darin. Er nahm es heraus, faltete es auseinander und las die wenigen Worte.

Hänschen klein ging allein
in die weite Welt hinein.
Stock und Hut stehn ihm gut,
ist ganz wohlgemut.
Aber Mutter weinet sehr,
hat ja nun kein Hänschen mehr.
Wünsch dir Glück, sagt ihr Blick,
kehr nur bald zurück.

Lieber Hans,
Viel Zeit ist vergangen.
Keinen weiteren Tag habe ich mehr zu verschwenden.
Was ich tue, tue ich für uns, ich bin mir sicher, dass du es eines Tages verstehen wirst. Nicht sofort, das erwarte ich nicht, aber denke bitte immer daran, dass ich es aus Liebe tue.

Kein Name, keine Unterschrift. Nichts weiter als Worte, die keinen Sinn ergaben. Den oberen Abschnitt kannte Sebastian. Wer war nicht in der Schule mit diesem blöden Liedtext gequält worden, wer hatte nicht in endlosen Musikstunden die Tonfolge auf der Blockflöte üben müssen? Aber was sollte der Quatsch? Er nahm noch einmal den Umschlag zur Hand. Nein, keine Verwechslung, der Brief war eindeutig an ihn adressiert.

»Was steht drin?«, fragte Anna.

»Lies selbst.«

Er reichte ihr den Brief über den Tisch. Sie zögerte einen Augenblick, bevor sie das Blatt Papier entgegennahm. Ihr Lächeln erfror schon bei den ersten Worten. Sebastian entging der Schatten nicht, der sich über ihr Gesicht legte. Sie sah zu ihm auf, dann zu Edgar hinüber, der ebenfalls neugierig geworden war. Eine Eigenschaft, die ihm eigentlich fremd war.

»Was soll denn das bedeuten?«, fragte Anna.

»Ich habe keine Ahnung.«

Der Brief wanderte zu Edgar. Er las ihn schnell und ohne sichtbare Regung.

»Merkwürdig, aber eindeutig nicht für dich.«

»Wieso? Mein Name steht auf dem Umschlag.«

»Aber hier steht *Lieber Hans*. Du heißt nicht Hans, oder? Also muss es sich um eine Verwechslung handeln.«

Edgar gab den Brief an seinen Sohn zurück und stand ruckartig auf. »Ich muss beim Deutz die Glühkerzen reinigen. Dauert bestimmt eine Stunde.«

An der Küchentür drehte er sich noch einmal um.

»Vielleicht öffnet bei der Post jemand Briefe und hat den falschen Brief in den Umschlag gesteckt. Perverse und Spinner gibt es heutzutage doch überall.«

Dann ging er hinaus.

Anna warf ihrem Mann einen langen Blick hinterher. Sebastian dachte, dass sein Vater mit dieser Vermutung recht haben könnte. Damit wäre auch der zusätzliche Streifen Tesafilm erklärt. Er zerknüllte den Brief und warf ihn mitsamt dem Umschlag in den Mülleimer.

Dienstag

Die Luft war klar.

Nur in flachen Tälern zwischen den weitläufigen Tannenwäldern hielten sich letzte Reste von Nebel, schon jetzt den Sonnenstrahlen hilflos ausgeliefert. Die Farbe des Himmels lag irgendwo zwischen Weiß und Blau; eine milchige Melange, typisch für den frühen Morgen eines klaren Tages im erwachenden Sommer. Weit voraus, in einer Entfernung, in der alles miteinander verschmolz, weidete auf freier Fläche Dammwild in sicherer Entfernung zum Wald. Mit einer sanften Brise wehte würziger Geruch aus dem Wald herüber. Der Geruch verrottender Blätter und Nadeln aus dem vergangenen Herbst. Vier oder fünf Wochen noch, dann würde dieser feuchte, erdige Geruch dem des Sommers gewichen sein. An den Nachmittagen war die Sonne schon seit einigen Tagen sehr kräftig, der Wald begann zu trocknen. Diesen beinahe unmerklichen Übergang vom Frühling zum Sommer mochte er besonders gern. Es war eine Zeit des Wechsels, des Erneuerns.

Sebastian Schneider stützte sich auf den Rand des Sattels, beugte sich nach vorn und tätschelte den kräftigen Hals des Wallachs. Falco drehte den Kopf und blickte ihn aus seinen dunklen Augen an. Sebastian meinte, darin Freude über den ungewöhnlichen Ausritt erkennen zu können, wahrscheinlich projizierte er jedoch nur seine Empfindungen auf das Pferd. Ganz sicher aber vermissten sowohl Falco als auch er die gemeinsamen Ausritte durch die

Wälder, die sie früher mit großer Regelmäßigkeit unternommen hatten. Seit er das Studium beendet hatte, fraß der neue Job den größten Teil seiner Zeit.

»Das wird ein schöner Tag. Was meinst du, alter Junge?«

Falco stimmte wortlos zu.

In gemächlichem Trab ließen sie den Hof weit hinter sich. Sebastian – zwei Stunden, bevor der Wecker geklingelt hätte, von einem rasenden Traum-Trotzek aus dem Schlaf gerissen – versuchte den vor ihm liegenden Tag zu verdrängen. Er konzentrierte sich auf das Pferd unter sich, passte sich dessen Rhythmus an und ließ sich vom Geruch, der Wärme und den Geräuschen des Tieres gefangennehmen.

Sie näherten sich dem Waldrand. Die langen Stämme der Kiefern glänzten im Sonnenlicht. Ein ausgetretener Pfad führte zu einer Art Eingang, den Sebastian vor Jahren mit Axt und Säge selbst geschaffen hatte. Er führte in einen weitläufigen Nadelwald, und wie die meisten Wälder rings um den Hof war auch er im Besitz seiner Eltern. Das Unterholz war undurchsichtig; seit dem Holzeinschlag vor drei Jahren hatte sich dank des vermehrten Lichteinfalls giftiger Holunder, amerikanische Traubenkirsche und Brombeere durchgesetzt. Hoch oben befand sich das löchrige Dach aus Kiefern, Fichten und Douglasien. Eine eigentümliche, sehr dichte Atmosphäre erfüllte den Wald. Die Strahlen der Sonne, durch das Nadeldach gefiltert und zu einzelnen, scharf umrissenen Lanzen gebündelt, wirkten wie Fremdkörper. Sie sprenkelten den Waldboden mit zuckenden, wandernden Lichtpunkten.

Ein Geräusch im Unterholz schreckte Falco auf. Er schnaubte laut. Sebastian brachte ihn zum Stehen und sah sich um. Ein Hase flüchtete in wildem Zickzackkurs und verschwand zwischen den Brombeerranken. Ohne dass

Falco wirklich geführt werden musste, folgte er dem ausgetretenen Pfad durch eine lang gezogene Senke, erklomm den gegenüberliegenden Hügel und erreichte alsbald das Ufer des Sees. Auf der anderen Seite des großen, in der Form eines angebissenen Apfels geschaffenen Sees begann Land, das nicht mehr seinen Eltern gehörte. Nach Westen hin stieg das Gelände steil zu einem felsigen Hochplateau an, dem Adlerrücken. Weiß schimmernder Kalkstein blitzte hier und dort auf.

Dunkel und undurchdringlich lag der See in der morgendlichen Stille. Plötzlich aufgeregtes Geschnatter von Stockenten. Auf der Ostseite des Sees stob ein Pärchen wild mit den kurzen Flügeln schlagend aufs offene Wasser davon. Es war Brutzeit. Sie verließen ihre Jungen nur, wenn sie gezwungen wurden.

Falcos Ohren zitterten, seine Nüstern blähten sich auf. Irgendetwas machte auch ihn nervös. Sebastian richtete sich im Sattel auf, kniff die Augen zusammen und spähte zu der Stelle, von der die Enten geflüchtet waren. Bewegte sich da etwas am Waldrand? Ein Schatten zwischen den Bäumen?

Wahrscheinlich Wild. Die Tiere kamen oft zum Trinken an den See.

Ein paar Minuten noch genoss Sebastian die Stille, dann führte er Falco an und ritt zurück zum Hof. In der Stadt, dieser anderen, weit entfernten Welt, wartete ein Mörder auf ihn.

Nachdem er sich zuerst um Falco gekümmert und dann selbst geduscht und gefrühstückt hatte, machte Sebastian sich auf den Weg ins Büro. Die Fahrt dauerte fünfundvierzig Minuten, und das war entschieden zu lange, um den

Fall Trotzek die ganze Zeit erfolgreich aus seinen Gedanken verdrängen zu können. Während er sich durch den morgendlichen Berufsverkehr quälte, war sein Kopf voller grausiger Tatortfotos, pathologischer Berichte und polizeilicher Protokolle.

Den weißen Wagen sah er deshalb zu spät.

Meine Ampel ist grün! Verdammt, Scheiße, ich habe Vorfahrt!

Trotzek war mit einem Schlag verschwunden. Wie eine Rakete schoss der andere Wagen auf die Kreuzung. Noch ehe es passierte, wusste Sebastian, dass es passieren würde. Er klammerte sich ans Lenkrad, trat das Bremspedal durch bis zum Bodenblech, atmete scharf ein – und dann kniff er die Augen zu wie ein kleiner Junge, der glaubt, damit der Gefahr entgehen zu können.

Jämmerliches Schreien gequälter Reifen.

Der plötzliche Ruck war enorm. Unglaubliche Kräfte pressten Sebastian in den Sicherheitsgurt. Augenblicklich schoss der Airbag heraus und drückte ihn in den Sitz zurück. Blech zerriss. Glas explodierte. Grauenvolle Geräusche. Sebastian wartete auf den Schmerz, auf den spitzen Gegenstand, der ihm in die Bauchdecke fuhr, auf den schweren Klotz, der seine Beine zermalmte.

Plötzlich war es vorbei. Jegliche Bewegung erstarrte.

Ineinander verkeilt blockierten die Wagen die Kreuzung. Ein zänkisches Paar, das nicht voneinander lassen konnte, eingehüllt in intensive Stille. Die Welt hielt den Atem an und wartete ab, ob es weitergehen konnte.

Dann hörte Sebastian, die Lider immer noch fest zusammengepresst, zischend Wasserdampf aus dem Motorblock entweichen, und kapierte, dass er den Unfall überstanden hatte. Er öffnete die Augen. Gleichzeitig stieg ihm alarmierender Geruch in die Nase. Benzin! Der Wagen würde explodieren! Eine geborstene Benzinleitung, der heiße Motor … hastig löste er den Sicherheitsgurt, stieß den jetzt schlaffen Airbag beiseite – und fiel aus dem Wagen, weil jemand im selben Moment die Tür öffnete. Dieser Jemand griff nach ihm, als er neben seinem Wagen zu Boden ging.

»Der Tank … Benzin … wir müssen weg, schnell!«

»Ruhig, bleiben Sie ruhig, hier läuft kein Benzin aus.«

Sebastian stützte sich auf den ausgestreckten Arm und ließ sich hochziehen.

»Sind Sie okay?«

»Ich … ich hab ihn nicht kommen sehen.«

»Beruhigen Sie sich. Sind Sie verletzt?«

Sebastian sah an sich herunter. Kein Blut, keine stechenden Schmerzen, nur ein Taubheitsgefühl, das aus den Beinen langsam in seinen Körper kroch.

»Ich hab ihn wirklich nicht gesehen.«

»Sie trifft keine Schuld, das kann ich bezeugen. Die ist wie 'ne Wahnsinnige bei Rot auf die Kreuzung gerast. Muss wohl lebensmüde sein, die blöde Kuh.«

Erst jetzt sah Sebastian den Mann, der ihn noch immer am Ellenbogen stützte. Ein großer bärtiger Mann in der Kleidung eines Bauarbeiters. Sebastian sah sich um. Überall Menschen, die Kreuzung war voller Gaffer. Da vorn, der andere Wagen, der andere Wagen, großer Gott …!

Ein kleiner weißer Japaner, in der Mitte eingeknickt, wo sich die Schnauze seines schweren Volvo hineingebohrt hatte. Ein paar Leute standen herum, starrten ins Wageninnere, jemand versuchte, die Beifahrertür zu öffnen. Durch den aufsteigenden Wasserdampf des defekten Kühlers hindurch konnte Sebastian in den Wagen sehen. Ihm zugewandt war das Gesicht einer Frau, schwarzes Haar, geschlossene Augen, abgeknickter Hals. Blut, das ganze Gesicht verschmiert, Blut an der zerborstenen Seitenscheibe, überall Blut. Ein totes Gesicht.

Sein Magen verkrampfte sich, das Frühstück kam in ihm hoch. Das Taubheitsgefühl erfasste plötzlich seinen ganzen Körper, die Beine wollten sein Gewicht nicht mehr tragen, er taumelte gegen seinen Wagen, klammerte sich mit der rechten Hand an die geöffnete Tür.

»He, he, he!«

Der Bauarbeiter griff ihm unter die Achseln.

»Ist wohl doch besser, Sie setzen sich erst mal.«

Widerstandslos ließ sich Sebastian von seinem Wagen wegführen. Weg von dem toten Gesicht, nur weg, nicht noch mal hinsehen. Die Menschenmasse teilte sich vor ihnen. Tuscheln, Raunen, Blicke, laute Einsatzsirenen. In seinem Kopf geriet alles durcheinander. Der Bauarbeiter führte ihn zu einem Ampelmast, drückte ihn zu Boden, lehnte ihn mit dem Rücken dagegen. Sebastian presste sich die Hände vors Gesicht. Es nützte nichts. Das Bild hatte sich eingebrannt.

Ein totes Gesicht.

Sebastian wurde nicht bewusstlos, kam aber trotzdem erst in der Notaufnahme des Krankenhauses wieder zu sich. Der Notarzt, die Sanitäter, die Fahrt im Rettungswagen, angeschnallt auf einer Trage, all das bekam er zwar mit, aber es fand keinen Zugang in seinen Kopf, blieb außen vor, so als ginge es ihn überhaupt nichts an.

Nachdem ihm eine Ärztin ein Beruhigungsmittel gespritzt und er eine halbe Stunde geruht hatte, setzten die logischen Vorgänge innerhalb des Gehirns wieder ein. Der komfortable Zustand des Losgelöstseins von der Welt verabschiedete sich. Leider. Er ließ eine weitere Untersuchung über sich ergehen. Außer einem sich langsam einfärbenden Abdruck des Sicherheitsgurtes über seiner Brust hatte er keine Verletzungen davongetragen. Nachdem das Beruhigungsmittel den anfänglichen Schock vertrieben hatte, konnte er das Krankenhaus mit ärztlichem Segen verlassen. Er rief seine Eltern an und bat sie, ihn abzuholen. Selbst wenn sie sich beeilten, was sie ohne Zweifel tun würden, benötigten sie mindestens eine Stunde. Eine Stunde Wartezeit in der Notaufnahme eines Krankenhauses. Vortrefflich viel Zeit für Vorwürfe.

Sie trifft keine Schuld, hatte der Bauarbeiter gesagt. Trotzdem: Wäre sein Kopf nicht voller Trotzek gewesen, hätte er seinen Wagen vielleicht etwas schneller zum Stehen gebracht und damit Schlimmeres verhindert.

Hätte, wäre, könnte!

Die Frau am Steuer des Kleinwagens war nicht tot, das hatte ihm der Sanitäter im Rettungswagen bereits gesagt. Darüber hinaus wusste Sebastian aber rein gar nichts. Wie schwer waren ihre Verletzungen? War sie in der Notaufnahme vielleicht doch noch verstorben?

Sebastian sprang auf, verließ die Sitzecke vor der Notaufnahme und postierte sich gut sichtbar auf dem Korridor. Es dauerte nicht lange, bis leises Quietschen von Gummisohlen auf dem Korridor jemanden ankündigte. Eine Schwester kam ihm entgegen. Eine dicke ältere Frau mit freundlichem Gesicht. Er hatte sie vorhin, während er untersucht worden war, schon beobachtet. Sie schien die Einzige zu sein, die bei der Hektik in der Notaufnahme noch Zeit für ein Lächeln fand. Sebastian nahm seinen Mut zusammen und trat ihr entgegen, versperrte den Gang.

»Sie sind noch da?«, fragte die Schwester.

»Ja, ich … ich wollte noch … können Sie …«

Ihre dicken Augenbrauen senkten sich über der Nasenwurzel zusammen.

»Ja?«

»Ich … diese Frau, mit der ich den Unfall hatte, wissen Sie, wie es ihr geht?«

Die Augenbrauen entspannten sich. Die Schwester trat einen Schritt vor und tätschelte seinen Oberarm.

»Frau Eschenbach ist außer Gefahr. Ihre Verletzungen sind nicht lebensbedrohlich. Machen Sie sich keine Sorgen, in ein paar Tagen geht es ihr wieder besser. Wir kümmern uns hier um sie.«

»Wirklich?«

»Aber natürlich.«

Sie hakte sich bei ihm unter und führte ihn in Richtung Ausgang. Sebastian ließ es mit sich geschehen. Mit diesen wenigen Sätzen schaffte die Schwester, was das Beruhigungsmittel nicht geschafft hatte. Jetzt konnte er das Krankenhaus wirklich verlassen.

Mechthild Kreiling starrte auf die Einstichstellen in ihrem Unterarm. Sie waren von kundiger Hand gesetzt worden und hatten kaum Verfärbungen hinterlassen. Trotzdem störte sie sich daran. Sie hatte Spritzen nie gemocht, auch keine Ärzte. Mit Ziegenmilch und viel frischer Luft war sie auch ohne die Quacksalber in weißen Kitteln achtundachtzig Jahre alt geworden. Darauf war sie ausgesprochen stolz. Umso mehr ängstigte und ärgerte sie ihr jetziger Zustand. Seit dem bösen Sturz vor einer Woche – oder lag es schon länger zurück? – hielt eine merkwürdige Schwäche sie von ihren gewohnten Tätigkeiten ab. Draußen wucherte das Kraut, die Rosen mussten geschnitten und gedüngt werden, die Ziege versorgt … es gab so viel zu tun, aber sie fand nicht die Kraft, aus dem Rollstuhl aufzustehen.

Trotz allem habe ich riesiges Glück gehabt. Das darf ich nicht vergessen. Wenn Else nicht an genau dem Tag vorbeigekommen wäre, würde ich heute noch hinter dem Haus im Garten liegen, vielleicht wäre ich sogar längst tot.

Was gab es doch für Zufälle im Leben! Zehn Jahre war es nun schon her, seitdem Konrad an Leberkrebs verstorben war, zehn Jahre allein in dem kleinen Haus am Ende der Straße. Allein und einsam. In den letzten Jahren hatte sich viel geändert. Die Alten waren verstorben oder ins Altenheim gesteckt, die Häuser an junge Familien verkauft worden. Von denen kannte sie niemanden, und die interessierten sich sowieso nur für sich selbst. Nein, seit Konrads Tod war es wahrlich nicht einfacher geworden. Und darum war es ja nahezu unglaublich, wie das Schicksal sich just zum richtigen Zeitpunkt gewendet hatte. Da hatte über Nacht eine Wurzel eine der alten Waschbetonplatten auf dem Gartenweg hinterm Haus angehoben, sie stolperte über die blöde Kante, stürzte schlimm und konnte wegen der Schmerzen in der Hüfte und im Rücken nicht aufstehen. Und noch bevor sie weitab der anderen Häuser vergeblich um Hilfe schreien konnte, stand plötzlich Else da. Wie ein Fels in der Brandung.

Mechthild hatte vieles von dem, was Else ihr erzählt hatte, nicht verstanden, aber das spielte ja keine Rolle. Else war mit ihrem Mann, einem Arzt, vor vielen Jahren in die Schweiz ausgewandert. Ihr Mann war unlängst viel zu jung verstorben, und Else war in die alte Heimat zurückgekehrt, um ihren Cousin zu besuchen, der unten im Ort lebte. Und dieser Cousin hatte ihr wohl erzählt, dass Mechthild darüber nachdachte, ihr Haus zu verkaufen. Sie war vorbeigekommen, um sich zu erkundigen, und nun blieb sie und wohnte sozusagen zur Probe, bis es Mechthild wieder besser ging.

Woher wusste der Cousin nur davon? Tatsächlich dachte Mechthild seit ein paar Monaten darüber nach, aber hatte sie das jemandem erzählt? Dem Postboten vielleicht? Sie wusste es nicht mehr. Überhaupt vergaß sie in der letzten Zeit so viel. Ob das an den Medikamenten lag? Medikamente hatten Nebenwirkungen, das wusste jeder. Aber Else sagte, die Spritzen seien notwendig, damit sich der angeschwollene Knöchel nicht entzündete und die Prellung in der Hüfte zurückging. In ihrem Alter musste man mit solchen Verletzungen vorsichtig sein.

Else war ja eine so liebe Frau! Darum machte es Mechthild auch gar nichts aus, sie bei sich wohnen zu lassen. Die Alternative wäre schließlich das Krankenhaus, und für eine Frau wie sie, die die Quacksalber in weißen Kitteln, die ihren Mann trotz Studium und arroganten Auftretens nicht hatten retten können, nicht ausstehen konnte, war das ein entsetzlicher Gedanke.

Sie konnte sich wirklich glücklich schätzen!

Die schweren Schritte auf der Treppe rissen Mechthild aus ihren Gedanken. Else kam mit der Spritze, alle drei Stunden kam sie damit. Vielleicht sollten sie mal eine Pause machen? Sie war ja so vergesslich geworden, und ständig schweiften ihre Gedanken ab.

Die Tür zum Schlafzimmer wurde geöffnet. Elses riesiger Körper füllte den Rahmen aus.

»Na, Frau Kreiling, schauen Sie ein bisschen aus dem Fenster? Es ist ein wunderbarer Tag heute, nicht wahr?«

»Ja, ein wunderbarer Tag, und ich würde so furchtbar

gern hinaus in den Garten gehen. Das Unkraut wuchert schon zwischen den Rosenstöcken.«

»Vielleicht morgen, Frau Kreiling. Ihr Knöchel ist noch immer nicht in Ordnung, der Sturz war wirklich schlimm. Wir wollen doch keine Komplikationen, nicht wahr?«

Während der letzten Worte hob sie eine Spritze gegen das einfallende Licht und spritzte ein wenig von dem Medikament in die Luft. Feuchtigkeit traf Mechthild Kreilings Wange, ihre Lider zuckten.

»So, dann halten Sie schön still, damit es nicht wehtut.«

Mechthild spürte die Nadel kaum, dafür aber die Flüssigkeit, die in ihre Blutbahn gedrückt wurde. Sie meinte sogar, sie auf ihrem Weg zum Herzen verfolgen zu können, meinte zu spüren, wie sie sich von dort aus in ihrem Kopf breitmachte und sich wie ein Schleier um ihre Gedanken legte. Ihre Lider begannen zu flattern, sie fühlte sich müde, nur noch müde …

»Wie geht es Fiodora … bekommt sie ihr Futter … regelmäßig ihr Futter?«

»Machen Sie sich keine Sorgen, Frau Kreiling, ich kümmere mich um Ihre Ziege. Jetzt ist Zeit für Ihr Mittagsschläfchen.«

Die große Frau hob die alte Dame aus dem Rollstuhl, trug sie zum Bett hinüber und legte sie darauf ab. Nachdem sie sie zugedeckt hatte, trat sie ans Fenster. Von der gelblichen Gardine geschützt, spähte sie hinaus. Die nächsten Häuser standen nicht weit entfernt, und irgendwo jenseits der Hügel, die sich sanft hinter diesen Häusern erhoben, lag der Schneiderhof.

Anna Schneider saß tief über den Schreibtisch gebeugt im Büro ihres Mannes. Die Lampe mit dem grünen Schirm warf einen zerfließenden Lichtschein auf die große Platte aus Eichenholz, eine kleine, leuchtende Insel in einem Meer aus stiller Dunkelheit. Anna trug ihre Lesebrille. Vor ihr lag ein schwarzer Aktenordner. Er war alt und abgestoßen, die Deckel verbogen. Dieser Ordner hatte niemals sauber und ordentlich in einem Regal gestanden. Seit mehr als zwanzig Jahren lag er unter alten Leinen versteckt in einem Karton, der Karton ebenfalls versteckt in einer Nische auf dem Dachboden. Dort hätte er alle Zeiten überdauern sollen, denn was er enthielt, hatten Edgar und sie versucht, dem Vergessen zu überantworten. Dass ihr dies jedoch niemals würde gelingen können, hatte Anna verstanden, als sie den Karton, ohne suchen zu müssen, auf Anhieb gefunden hatte.

Die Papiere waren allesamt vorhanden. Vergilbt zwar, und manche von ihnen fühlten sich bereits an wie brüchiges Pergament, doch die Worte darauf hatten sich in den letzten zwei Jahrzehnten nicht geändert. Anna fuhr mit dem Zeigefinger über eine ihrer Unterschriften. Als sie diesen Stift geführt hatte, war sie dreißig Jahre jung gewesen. Daneben hatte sich Edgar verewigt. Schon damals hatte seine Unterschrift viel mehr Raum eingenommen als ihre. So viel Zeit war so unglaublich schnell vergangen, trotzdem stellte Anna nun fest, dass nichts vergessen war. Verdrängt, verschüttet, eingestaubt, ja, natürlich, aber nicht vergessen. Dieser Moment war wie eine Zeitreise. Wie beim Betrachten eines Films konnte sie verschiedene Szenen vor ihrem geistigen Auge sehen. Es war ein langer und harter Kampf gewesen, den sie ohne Edgar weder durchgestanden noch gewonnen hätte.

Die Tür zum Büro wurde geöffnet.

Anna klappte rasch den Deckel des Ordners zu und richtete sich auf. Mit dem Lichtschimmer der kleinen Stehlampe auf dem Flur erschien ihr Mann im Türrahmen. Noch ehe er den Raum betrat, roch sie sein Rasierwasser und den feinen Limonenduft des Duschgels. Sein weißes Haar war noch feucht und darum eine Nuance dunkler als sonst. Er trug Bademantel und Hausschuhe.

»Was machst du hier?«, fragte er.

»Schließ die Tür«, sagte Anna leise.

Edgar drückte sie sacht und geräuschlos ins Schloss, dann kam er zum Schreibtisch. Er beugte sich hinunter und küsste ihr Haar in der Nähe des Scheitels. Anna spürte die Wärme der Dusche. Sie legte ihren Kopf an seine Hüfte.

»Schläft Sebastian?«

»Ich denke schon. Ich habe eben nichts mehr gehört. Er war ja auch ziemlich erschöpft, und wenn so ein Schock erst mal nachlässt, schläft man wie ein Murmeltier im Winter.«

»Ich bin so froh, dass ihm bei dem Unfall nichts passiert ist.«

»Ich auch, und er wohl am allermeisten. Aber warum sitzt du hier? Und was siehst du dir an?«

Anna beließ ihre Hände noch auf dem Ordnerdeckel.

»Während der Fahrt ins Krankenhaus ist mir so viel durch den Kopf gegangen. Ich musste immer wieder daran denken, wie schnell ein Leben enden kann … und auch, dass wir beide nicht mehr alle Zeit der Welt haben. Weißt du, man lebt und arbeitet so vor sich hin, schaut kaum einmal nach rechts oder links und merkt gar nicht, wie der Sand im oberen Teil der Uhr immer weniger wird. Irgendwann ist man dann völlig überrascht, wenn man nach unten rutscht. Vielleicht ist so ein Unfall auch dazu gut, um mal wieder innezuhalten, nachzudenken und eventuell alte Entscheidungen zu überdenken.«

Edgar runzelte die Stirn und sah seine Frau verständnislos an. Dann jedoch klärten sich seine Gesichtszüge – bevor sich erneut ein Schatten darüberlegte.

»Anna, was siehst du dir an?«

Weil der Klang seiner Stimme unmissverständlich war, nahm Anna ihre Hände von dem Aktenordner. »Erinnerst du dich noch?«

Ein Flüstern wie der Flügelschlag eines Nachtfalters.

Edgar musste nur einen kurzen Blick darauf werfen, um zu erkennen, um was für einen Ordner es sich handelte. Er seufzte vernehmlich. »Natürlich erinnere ich mich. Aber was soll das? Hatten wir nicht abgesprochen, dass er für alle Zeiten in seinem Versteck bleibt?«

»Ich weiß … ich weiß.«

Anna rutschte zur Seite und bedeutete Edgar, er möge sich neben sie setzen. Der Schreibtischstuhl sank unter ihrer beider Gewicht tief ein. Edgar legte seinen Arm um ihre Schulter. »Warum hast du ihn hervorgeholt? Wegen des Unfalls?«

»Auch, ja. Aber nicht nur.«

»Und warum noch?«

Anna öffnete eine Schublade, hob ein Paket Druckerpapier an und zog den zerknitterten, notdürftig geglätteten Brief hervor. Sie legte ihn neben den Ordner. »Deshalb.«

Edgar seufzte noch lauter und schüttelte den Kopf. »Ich hab es mir schon gedacht. Warum hast du ihn nicht einfach im Mülleimer gelassen? Warum machst du dich verrückt wegen einer dummen Verwechslung?«

Sie sah ihn an. »Und wenn es keine ist?«

»Es ist eine!«

»Ich meine ja nur …«

»Nein, Anna!«

Edgar stand ruckartig auf, ging zum Fenster und sah hinaus in die Dunkelheit. »Allein schon die letztendliche Konsequenz deiner Befürchtungen müsste dir sagen, dass es unmöglich ist. Es ist nichts weiter als eine dumme Verwechslung. Irgendjemand bei der Post öffnet Briefe, liest sie und steckt sie wieder zurück. Dabei ist ihm ein Fehler unterlaufen.«

Er kam zum Schreibtisch zurück, stützte sich mit den Händen ab, sah sie an.»Eine andere Erklärung gibt es nicht. Was du dir zusammenreimst, kann nicht sein.«

»Aber diese Liedstrophe … und diese Worte, sie klingen wie eine Drohung. Was, wenn man uns damals belogen hat?«

Edgar schnappte sich den Brief, hielt ihn unter die Lampe und las. Dann schüttelte er den Kopf, knüllte den lila Zettel zusammen und warf ihn in den Papierkorb.

»Dummes Geschwafel. Das hat mit uns nicht das Geringste zu tun. Morgen früh, wenn er aus dem Haus ist, bringst du den Ordner wieder zurück. Und bevor du jetzt noch etwas sagst: Nein, ich denke nicht daran, unsere Abmachung zu brechen, nur weil unser Sohn einen Unfall hatte. Es hat sich nichts geändert.«

Anna sah ihren Mann aus feuchten Augen an. Er ging um den Schreibtisch herum, drehte den Stuhl mit ihr darauf zu sich und küsste sie abermals auf den Kopf.

»Anna … meine Anna. Du hast dir schon immer zu viele Sorgen gemacht. Vergiss es einfach. Es hat nichts zu bedeuten.«

Donnerstag

Blutroter, giftiger Nebel steigt vom Boden auf, hüllt ihn ein, frisst sich durch seine Haut in den Körper. Er presst die Lippen fest aufeinander, hält die Luft an. Nur nicht atmen, nicht atmen, denn sobald dieses rote Gift in deinen Mund eindringt, bist du verloren. Du darfst auf keinen Fall atmen! Und doch reißt er den Mund auf und saugt die ätzende rote Substanz ein, als sei sie reine, klare Bergluft. Der Schmerz kommt sofort, ist enorm und unerträglich. Seine Lunge verkrampft sich, ist plötzlich nicht mehr in der Lage, seinen Körper mit Sauerstoff zu versorgen. Weit reißt er den Mund auf, ringt und kämpft, röchelt und krepiert …

Keuchend und grunzend kam Sebastian zu sich. Seine Hand schnellte zum Nachtschränkchen, ein geübter Griff, der Aerosol-Inhalator stand an seinem Platz, immer. Er presste sich das Munstück gegen die Lippen, sprühte und atmete das krampflösende Medikament ein. Augenblicklich brachte es ihm Linderung. Tief Luft holend sank er in die Kissen zurück, schloss die Augen, horchte in sich hinein und stellte fest, dass alles wieder in Ordnung war. Als er die Augen öffnete, sah er schwaches graues Licht durchs Fenster hereindämmern. Der Morgen war nicht mehr weit entfernt. Ein Blick auf die lumineszierenden Ziffern und Zeiger des Weckers bestätigte dies. Fast fünf.

Verdammter Mist, schon wieder!

Verschwitzt in seinem Bett liegend traf Sebastian eine

Entscheidung, die er seit gestern vor sich her schob. Seine Annahme, die Worte der Krankenschwester würden reichen, hatte sich als Irrtum erwiesen. Das tote, blutüberströmte Gesicht der Frau war ihm bereits gestern Nacht erschienen und hatte einen Erstickungsanfall ausgelöst. Diese Anfälle kannte er, seit er denken konnte, allerdings nicht in dieser Häufigkeit. Stress, schlechte Träume, aber auch ungewohnte Situationen konnten dazu führen, dass sich die Bronchialäste seiner Lunge verkrampften. Die Ursache dieser Anfälle, die er ausschließlich nachts bekam, vermuteten die Ärzte im vegetativen Nervensystem – eine schwammige Diagnose, die eigentlich nichts erklärte. Die Ursache für die letzten beiden Anfälle lag auf der Hand, und es war denkbar einfach, sie aus dem Weg zu räumen.

Bis zum Aufstehen dachte er darüber nach, wie es sich am besten bewerkstelligen ließ. Nachdem er geduscht hatte, durchsuchte er in dem leer stehenden Zimmer neben dem Bad einige Kartons, in denen er ausgediente Fachbücher aufbewahrte, die er während des Studiums gebraucht hatte. Nach dem Frühstück lieh er sich den Land Rover seiner Eltern, fuhr in die Stadt, kaufte bei einem Floristen einen Strauß frischer bunter Sommerblumen und machte sich auf den Weg ins Krankenhaus.

Er fand schnell eine Lücke im Parkhaus, stellte den Motor ab, blieb aber noch sitzen. Bisher hatte der Morgen aus Planung und Aktivität bestanden, ohne Platz für Zweifel. Jetzt aber, kurz vor dem entscheidenden Schritt, war der Zweifel wieder da. Eine völlig Fremde, und er brachte ihr Blumen mit. Wie musste das auf sie wirken? Machte er sich damit nicht zum Idioten?

Und wenn schon, es spielte keine Rolle. Wenn er seinen

ungestörten Nachtschlaf wiederhaben wollte, musste er sich davon überzeugen, dass die Frau lebte.

Also los! Sei kein Feigling!

An der Information erkundigte er sich nach dem Namen, den ihm die Schwester in der Notaufnahme genannt hatte: Eschenbach! Er bekam die Zimmernummer und fuhr mit dem Lift in die vierte Etage.

Vor der Tür mit der Nummer 478 blieb Sebastian stehen. Er atmete tief ein. Klemmte sich das in Geschenkpapier gehüllte Buch unter die Achsel, wechselte die Blumen in die linke Hand, ballte die rechte zur Faust, führte sie zur Tür und … verharrte. Starrte auf die Knöchel seiner erhobenen Hand. Sollte er wirklich? War das Ganze nicht doch eine blöde Idee? Er machte sich nicht gern zum Narren, und wenn die Frau …

Plötzlich kam ein Pfleger um die Ecke des Ganges. Sebastian kam sich ertappt vor und klopfte. Das leise *Herein* kam schneller, als ihm recht war.

Er öffnete die Tür und trat ein. In dem Zimmer standen zwei Betten, doch nur das eine nahe dem Fenster war belegt. Die Frau darin schaute ihn fragend an. Ihr schwarzes Haar glänzte metallen im einfallenden Sonnenlicht. Links auf ihrer Stirn klebte ein großes Pflaster. Auf dem ordentlichen Laken über ihrem Bauch lag ein aufgeklapptes Buch.

»Frau Tiegel ist heute früh entlassen worden«, sagte sie, und Sebastian begriff, dass er sie anstarrte.

»Oh … nein, ich wollte nicht … ich suche Frau Eschenbach.«

»Dann brauchen Sie nicht weitersuchen. Ich bin Frau Eschenbach. Kennen wir uns?«

Sebastian ging einen Schritt auf das Bett zu. Ihre Augen folgten ihm.

»Ja, aber nur flüchtig.«

Sie starrte ihn an. Ihre Augen waren genauso dunkel wie ihr Haar. Plötzlich schien sie zu verstehen, die Augen wurden groß, ihre Lippen öffneten sich, sie stemmte sich in eine sitzende Position.

»Nein!« Das Wort fiel geradezu aus ihrem Mund. »Sagen Sie bitte nicht, Sie sind …«

Sebastian nickte. »Doch, bin ich.«

Ihre Gesichtszüge entglitten ihr, sie schlug beide Hände vors Gesicht und stöhnte verzweifelt. »O Gott!«, hörte Sebastian sie durch den Schalldämpfer ihrer Hände sagen. »Das ist mir so peinlich.«

Sie nahm die Hände herunter und brachte ein ziemlich schiefes Lächeln zustande.

»Und Sie bringen mir auch noch Blumen mit. Ausgerechnet mir!«

Erst in diesem Augenblick wurde sich Sebastian der Blumen und des Buches in seinen Händen wieder bewusst. Hatte ein einziger Blick in diese dunklen Augen ihn tatsächlich derart fasziniert? Hatte er sie die ganze Zeit angestarrt? Jetzt musste er sich unbedingt irgendetwas Witziges einfallen lassen, wenn er sich nicht völlig blamieren wollte!

»Nein, nein, die Blumen sind nicht für Sie. Die sind für diesen unglaublich gut aussehenden Pfleger mit dem gelockten blonden Haar. Sie wissen nicht zufällig, wie der heißt?«

Verblüfft starrte sie ihn an. Die runden Augen wurden tatsächlich noch größer.

»Das war ein Scherz. Natürlich sind die Blumen für Sie. Immerhin liegen Sie in einem Krankenhausbett.«

Er legte das Buch auf dem unbenutzten Bett ab und überreichte ihr die Blumen. Sie nahm sie entgegen, hielt sie unter ihre Nase, roch daran und legte sie auf ihrem Bauch ab.

»Die sind wunderschön, vielen Dank. Aber verdient habe ich sie nicht.«

Einen Moment lächelten sie sich wortlos an. Sebastian spürte Wärme in seinen Kopf steigen. Wo waren nur die passenden Worte für eine solche Gelegenheit?

»Wie geht es Ihnen?«, fragte er schließlich. Was Besseres stand nicht zur Verfügung, und die Frage musste ohnehin gestellt werden.

»Ganz gut, danke. In drei oder vier Tagen darf ich hier raus.«

»Dann sind die Verletzungen nicht so schlimm?«

»Nein. Ich hatte großes Glück. Zwei Rippen sind angeknackst, ich habe eine Gehirnerschütterung und …«

Sie ließ den Satz unvollendet und deutete auf das große Pflaster an ihrer Stirn.

»Genäht?«

Sie nickte. »Sechs Stiche. Ein Andenken für die Ewigkeit.«

»Tut mir leid.«

»Muss es nicht, ich bin ja selbst schuld. Ich bin diejenige, der es leidtun und die sich bei Ihnen entschuldigen muss. Der Arzt erzählte mir schon, dass Ihnen nichts weiter passiert ist, aber ich hab Ihnen ganz schön den Tag verdorben, oder?«

Mit den Gedanken an Trotzek im Hinterkopf, dem er dank des Unfalls für zwei Krankheitstage entkommen war, sagte Sebastian wahrheitsgemäß, wie es sich für einen Anwalt gehörte: »Eigentlich haben Sie mir den Tag sogar gerettet, wenn auch nicht gerade auf die nette Art. Und deshalb habe ich noch ein Geschenk für Sie mitgebracht.«

Er nahm das Buch und trat neben ihr Bett.

Sie zog die Augenbrauen zu einem argwöhnischen Blick zusammen.

»Was ist das? Ihre Versicherungsunterlagen?«

»Nein, aber die werden sicher nicht lange auf sich warten lassen.«

Sie seufzte. »Das habe ich befürchtet.«

Sebastian beobachtete sie, während sie das Geschenkpapier entfernte. Als sie das Buch schließlich in Händen hielt, trat genau das ein, was er sich erhofft hatte. Erst nahm ihr Gesicht einen fragenden, verständnislosen Ausdruck an, dann begriff sie, schüttelte den Kopf und sah lächelnd zu ihm auf.

»Sie Schuft!« Sie hielt das Buch mit dem Titel zu ihm. »Die Straßenverkehrsordnung?«

»Die wichtigsten Stellen habe ich unterstrichen. Angepasste Geschwindigkeit, Leuchtzeichenregelanlage und so weiter.«

Sie lachte, brach aber abrupt ab und krümmte sich zusammen. »Ich darf nicht lachen, die Rippen.« Sie atmete flach ein und aus, wartete einen Moment ab und fragte ihn schließlich: »Sind Sie Fahrlehrer?«

»Nein. Nur ein Witzbold.«

»Ja, das glaube ich gern. Und Humor kann ich hier drin wirklich gebrauchen.«

Sie streckte ihm die Hand entgegen.

»Ich bin Saskia Eschenbach.«

Sebastian ergriff die Hand. Sie war weich und warm.

»Sehr erfreut. Sebastian Schneider.«

Ihr Händedruck und der Augenkontakt dauerten vielleicht einen Moment zu lang, vielleicht waren sie aber auch viel zu kurz. Sebastian brach beides nur ungern ab. Der

Blick in diese dunklen Augen war wirklich faszinierend. Es war eine Tiefe darin, die so leicht nicht zu ergründen war, es einem aber wert erscheinen ließ, selbiges zu versuchen.

»Mir fällt ein Stein vom Herzen, wissen Sie das?«

Das war bei Sebastian auch der Fall, allerdings landete der Stein in seinem Bauch, wo er schwer wog und ein wenig die Atmung beeinträchtigte.

»Warum?«

»Ich war fest überzeugt, mir einen Feind auf Lebenszeit gemacht zu haben. Deutsche Männer reagieren meist sehr aggressiv, wenn man ihren geliebten Autos etwas antut. Dass Sie es so locker nehmen, freut mich wirklich.«

Sebastian zuckte mit den Schultern.

»Für mich ist ein Auto nur ein Auto, und das kann man reparieren. Ich gebe meinem Wagen keinen weiblichen Namen und hauche ihm auch keinen Kuss auf den Lack.«

»Das macht die Sache leichter ... aber trotzdem möchte ich mich ganz offiziell bei Ihnen entschuldigen. Ich war an dem Tag in Eile und ... na ja, ich hab richtig Gas gegeben, um diese verfluchte Ampel noch bei Gelb zu erwischen. Hat leider nicht geklappt. Tut mir schrecklich leid.«

Sie sah ihn an, auffordernd, bittend.

Sebastian wurde die Situation etwas zu ernst. Sie lag in einem Krankenhausbett, hatte Schmerzen, eine Narbe, ein schlechtes Gewissen; es fühlte sich nicht richtig an, dass sie sich bei ihm entschuldigte.

»Okay, angenommen und vergessen, wenn Sie mir einen Gefallen tun«, sagte er schnell.

»Wenn ich kann, gerne.«

»Ich finde, wo wir uns schon so nahe gekommen sind und uns die Autos demoliert haben, können wir uns auch duzen, oder?«

Ein Lächeln, ein schüchterner Blick unter den langen Wimpern, und der Stein verdoppelte sein Gewicht. Sie nickte.

»Ja, finde ich auch. Saskia.«

»Sebastian.«

Sie reichten sich noch einmal die Hände. Und es fühlte sich schon beinahe vertraut an.

Ein billiger weißer Tisch, abgenutzt, von der Zeit vergilbt. Auf einem einfachen Metallstuhl davor eine massige Gestalt, deren Hinterbacken über die Sitzfläche des Stuhls hinausquellen. Der staubbedeckte Schirm einer großen Lampe hängt tief über dem Tisch, doch sie bleibt kalt und ungenutzt. Dreizehn neue Kerzen stehen zu einem nach vorn offenen Kreis angeordnet auf der Tischplatte, mit ihrem eigenen Wachs befestigt. Ein brennendes Streichholz, die einzige Lichtquelle im Raum, wird langsam an die dreizehn Dochte geführt, nach und nach wird es heller. Die dicken Finger zucken nicht zurück, als die Flamme das Ende des Streichholzes erreicht. Schließlich brennen alle Dochte. Die zunächst unruhigen Flammen gebären zuckende Schatten und geisterhaftes Licht. In des Kreises Mitte steht eine flache Schale aus dunklem Holz, grob geschnitzt, mit vielen Kanten und Riefen, die Arbeit eines Ungeübten. Sie ist zur Hälfte mit Wasser gefüllt. Eine fleischige Hand greift durch die Öffnung im Kreis und zieht die Schale heraus. Die linke Hand wird über die Schale geführt. Die saubere Klinge eines Küchenmessers zieht über die Handfläche und hinterlässt eine kurze, klaffende Wunde, aus der sofort Blut quillt. Es tropft von der Hand in die Schale, bis das Wasser dunkelrot verfärbt ist. Schließlich wird die Wunde mit einem Pflaster bedeckt.

Die rechte Hand ergreift einen kurzen Stößel, ebenfalls aus dunklem Holz und genauso grob bearbeitet wie die Schale, taucht ihn in die Wasser-Blut-Mischung und rührt vorsichtig. Dann zeichnet sie mit dem Stößel auf der weißen Tischplatte im Kreis der Kerzen. Immer wieder taucht sie den Stößel ein und malt.

Zuerst einen großen Kreis, dessen Durchmesser dem des Kerzenkreises nahe kommt. Auf diesen Kreis zeichnet sie vier gleichschenklige Dreiecke, mit einer zu den Kerzen zeigenden, offenen Seite. Die Abstände zwischen den Dreiecken sind identisch, sie sind gleichmäßig auf dem Kreis verteilt. In den Kreis wird ein weiterer, wesentlich kleinerer gezeichnet. Die Spitzen der Dreiecke zeigen darauf. Zum Schluss werden zwei Striche in den kleinen Kreis gemalt; sie sehen aus wie Wellen und liegen dicht beieinander.

Der Stößel wird beiseitegelegt, in den kleinen Kreis mit den Wellen wird die Schale gestellt, ihr Boden verdeckt ihn gänzlich. Die Gestalt führt ihre Hände über die Schale und taucht alle Finger, bis auf die Daumen, in die Flüssigkeit. Leiser Sprechgesang setzt ein. Rhythmisch, mal lauter, mal leiser. Die Gestalt beginnt, ihren Oberkörper zu wiegen. Die Flammen der Kerzen, die zuvor völlig ruhig gebrannt haben, flackern auf.

Die massige Gestalt lächelt.

Im Zimmer herrschte nun Stille, untermalt nur von den Geräuschen des alten Hauses. Sebastian Schneider lag angezogen auf seinem Bett, die Arme unter dem Kopfkissen verschränkt, und starrte zur Zimmerdecke hinauf. Eine geraume Zeit starrte er sie bereits an, natürlich ohne sie zu sehen, denn sein Blick war in weite Ferne gerichtet. Für des Menschen Geist waren Mauern oder Dächer manchmal kein Hindernis. Während er das Zimmer verlassen hatte, und auf Wanderschaft gegangen war, war nach und nach das Tageslicht gewichen, Schatten hatten sich hereingeschlichen, er hatte seine Eltern zu Bett gehen hören – aber all das hatte seine Gedanken nur gestreift, war nicht wirklich zu ihm durchgedrungen. Erst als seine Arme ob der unnatürlichen Haltung zu schmerzen begannen, kehrte er in seinen Körper zurück. Schließlich stand er auf, ging zu dem kleinen Bord neben der Tür, auf dem er seine Brieftasche aufbewahrte, holte das kleine Kärtchen daraus hervor und legte sich wieder aufs Bett. Er knipste die Leselampe an, betrachtete die Karte.

Es handelte sich um die Visitenkarte von Saskia Eschenbach, die sie ihm im Krankenhaus mit den Worten: *Falls noch was sein sollte*, gegeben hatte. Sebastian bildete sich ein, zwischen jedem dieser fünf Worte eine breite Lücke gehört zu haben, in der alles Platz fand, was seine Fantasie hineinhören wollte.

Von Beruf war sie Innenarchitektin, offensichtlich selbstständig. Die Nummer ihres Handys war abgedruckt, außerdem ihre Adresse und die Festnetznummer.

»Saskia Eschenbach.«

Er flüsterte ihren Namen in die Stille seines Zimmers, rief sich dabei abermals ihr Gesicht in Erinnerung. Diesmal nicht das entsetzliche, tote, sondern das Gesicht auf dem weißen Kopfkissen des Krankenbettes, eingerahmt von ihrem schwarzen Haar, einzigartig durch die dunklen, lebendigen, tiefgründigen Augen. Mit vielem hatte Sebastian gerechnet, als er am Vormittag ins Krankenhaus gefahren war, damit jedoch nicht. Derart verändert war er auf den Hof zurückgekehrt, dass Anna es sofort bemerkt und befürchtet hatte, seine Unfallgegnerin sei doch noch verstorben.

Diese Angst hatte Sebastian ihr nehmen können, die Neugier seiner Mutter aber nicht stillen wollen. Man konnte nicht in Worte fassen, was der Verstand noch nicht durchgekaut und als verstanden abgelegt hatte. Und dann wollte man es manchmal erst recht nicht.

Während Sebastian mit offenen Augen träumend auf dem Bett lag und das Kärtchen wie einen Schatz festhielt, begann draußen vor dem Haus der Hund zu bellen. Saskias Gesicht verschwand. Er ließ die Hände sinken und horchte. Sie hatten Taifun vor vier Jahren angeschafft, damit er den Hof bewachte. Er kam nicht ins Haus, lag nicht vor dem Kamin oder auf dem Sofa, er war ein reiner Hof- und Wachhund mit einer entsprechenden Ausbildung. Der Schneiderhof lag einsam, es gab mehr als genug Verrückte, die Pferde auf Weiden abschlachteten.

Taifun bellte niemals ohne Grund, aber nicht immer waren seine Gründe auch für Menschen wichtig. Den in milden Frühsommernächten häufig zu hörenden Balzruf der Rohrdommel, die im Schilfdickicht lebte und wegen ihres Rufes volkstümlich Moorochse genannt wurde, mochte er nicht besonders. Mitunter störte ihn auch einfach Schwarzwild, das sich im Dunkeln dem Hof näherte.

Auch wenn sich nach Einbruch der Dunkelheit ein Wagen dem Hof näherte, dessen Motorklang er nicht kannte, gebärdete er sich laut genug, um jeden im Haus zu wecken.

Motorenlärm war nicht zu hören, trotzdem wurde Taifuns Bellen dumpfer, bedrohlicher. Er wollte jemanden einschüchtern. In immer kürzeren Abständen ließ er von sich hören. Sebastian stand auf, steckte die Karte zwischen Rahmen und Glas des kleinen Spiegels neben der Tür und trat ans Fenster.

Die Nacht war klar. Das Licht des Vollmondes floss silbrig über den Hof und das lang gestreckte Dach des Stallgebäudes. Vereinzelt zogen dünne Wolkenfetzen vorüber, kaum mehr als ein Atemhauch am Himmel. Von seinem Zimmerfenster im Obergeschoss konnte Sebastian bis ins Tal hinuntersehen. Er sah die schwarz aufragenden Wälder, die helleren Flächen der Weiden dazwischen, ein kurzes Stück der Straße – und Taifuns unruhigen Schatten in dem großen Zwinger. Allerdings sah er nichts, was Taifuns Verhalten erklärt hätte.

Seine Tageskleidung trug er noch am Leib, also zog er schnell die leichten Turnschuhe an und verließ sein Zimmer. Nachschauen konnte nicht schaden, und wenn es nur dazu diente, Taifun zu zeigen, dass er ernst genommen wurde.

Auf dem unteren Flur angekommen, hörte er Edgar durch die geschlossene Schlafzimmertür laut schnarchen. Kein Wunder, dass er von dem Gebelle nichts mitbekam. Wie konnte seine Mutter dabei nur schlafen?

Sebastian schaltete von drinnen die Hofbeleuchtung an, schloss die Haustür auf und trat hinaus. Es war mild. Im grellen Licht der Scheinwerfer schritt er quer über den Hof auf den Zwinger zu, der sich neben dem Schuppen für die Autos befand.

Taifun hatte ihn längst bemerkt und das Bellen eingestellt. Sebastian steckte seine Hand zwischen die Stäbe des Zwingers und ließ sie sich abschlecken.

»Was ist los, alter Junge? Hast du eine Freundin im Dorf?«

Zu zweit lauschten sie in die Nacht. Nichts zu hören. Auch im Pferdestall war es ruhig.

Sebastian starrte mit zusammengekniffenen Augen in

die Nacht. Dabei hatte er plötzlich den Eindruck, etwas würde zurückstarren. So als hätte die Dunkelheit Augen bekommen. Ein verdammt merkwürdiges, beängstigendes Gefühl war das! Nur dank des Hundes fühlte er sich sicher. Und auch Taifun schien sich durch seine Anwesenheit beruhigt zu haben, legte sich auf den Boden und ließ sich das Nackenfell kraulen.

Nach ein paar Minuten kam Sebastian aus der Hocke hoch und ging zurück zum Haus. Was auch immer Taifun gestört hatte, es war weg. Trotzdem kribbelte es in seinem Nacken, während er über den Hof ging. Und erst als er die Haustür hinter sich geschlossen und verriegelt hatte, ließ das Kribbeln nach.

Freitag

»Haben Sie Angst vor Trotzek?«

Die Frage überraschte Sebastian nicht, trotzdem zögerte er. Er war sich nicht sicher, welche Antwort Oltmanns von ihm erwartete: eine ehrliche oder eine professionelle? In den wässrigen grauen Augen seines Chefs stand wie immer nichts zu lesen.

»Ja, ich denke schon«, sagte er und beobachtete Oltmanns. Sie saßen sich in der ledernen Sitzgruppe in dessen Büro gegenüber. Zwanglos, wie es schien, doch Sebastian hatte schon bei anderen Gesprächen bemerkt, dass Oltmanns nichts ohne Grund oder Hintergedanken tat. Der alte Mann war ein Fuchs, und Sebastian wusste, dass er ihm mit seiner Uni-Rethorik nicht gewachsen war.

Oltmanns nickte. »Also, ich hätte eine Scheißangst! Ich meine, haben Sie das gelesen? Fünfzehn bis zwanzig Schläge!«

Sebastian hatte es gelesen. Und er hatte auch die Fotos gesehen. »Ja, es ist schwer zu verstehen, wie jemand seinem Vater so etwas antun kann. Wie man überhaupt einem Menschen so etwas antun kann.«

Oltmanns fuhr sich durch sein volles graues Haar und seufzte. Seine Tränensäcke schienen an diesem Tag noch tiefer zu hängen als sonst.

»Vatermord ist an sich nicht ungewöhnlich. In meinen vierzig Jahren als Anwalt habe ich einige derartige Fälle vertreten. Aber nie von einer solchen Brutalität. Stellen

Sie sich nur diese Raserei vor! Was muss zwischen den beiden vorgefallen sein, dass es so weit kommen konnte? Interessiert Sie das nicht?«

Nein!

Das Wort lag Sebastian auf der Zunge – und dort blieb es auch. Es war nicht das, was Oltmanns hören wollte.

»Vielleicht werden wir es nie erfahren«, wich er der Frage aus.

Oltmanns schob seine buschigen Augenbrauen zusammen. Seine Brille rutschte ein Stück die Nase herunter. »Ich verstehe nicht?«

»Der Mann ist verstockt. Er will keine Verteidigung. Bei unserem ersten Gespräch hat er mich nach wenigen Minuten abblitzen lassen.«

Oltmanns sah ihn an und lächelte, als hätte er genau das erwartet. »Bleiben Sie einfach dran, Sebastian. Der Mann will ganz sicher einen Anwalt, er weiß es nur noch nicht. Manchmal gehört es zu unserem Beruf, dass wir uns verkaufen müssen. Und Sie können das! Ich hätte Ihnen den Fall sonst nicht übertragen. Sie sind der jüngste Anwalt, den ich je eingestellt habe, und ich hätte es nicht getan, wenn ich kein Vertrauen in Ihre Fähigkeiten hätte.«

»Vielen Dank.«

»Aber entgegengebrachtes Vertrauen muss auch bestätigt werden, nicht wahr! Also, machen Sie sich an die Arbeit!«

Die restlichen Minuten des Gespräches waren privater Natur. Oltmanns erkundigte sich nach dem Unfall, nach seinem Befinden, und Sebastian wurde immer klarer, dass der Alte dieses Gespräch nur führte, um herauszufinden, ob die beiden freien Tage nach dem Unfall eine Flucht vor Trotzek gewesen oder tatsächlich den Umständen geschuldet waren.

Als Sebastian später in seinem Büro saß, fragte er sich das selbst auch. Da die Antwort zwiespältig ausfiel, nahm er den Ordner Trotzek zur Hand, schlug ihn auf und machte sich an die Arbeit. So wie der Alte es verlangt hatte. Arbeit half doch eigentlich immer!

Obenauf lagen die Fotos. Aufnahmen, die unangenehm eindringlich waren in ihrer Klarheit. Sebastian ergriff den Stapel und legte ihn umgekehrt zur Seite. Es war nicht nötig, sie erneut anzusehen. Darunter befand sich der Bericht des Gerichtsmediziners. In emotionslosen Worten stand dort zu lesen, was er sich auf den Bildern nicht mehr ansehen mochte.

Der Leichnam weist starke Deformierungen an den Extremitäten sowie an Torso und Schädel auf. Herbeigeführt durch die aufgefundene Tatwaffe, einen 12 Kilogramm schweren Abbruchhammer mit 90 Zentimeter Stiellänge. Schädel- und Kieferknochen sind weitgehend zerstört, ebenso das Gebiss. Das Nasenbein sowie beide Jochbeine sind zertrümmert. Jeder der neun zum Schädel geführten Schläge war für sich tödlich. Der Torso ist im Bereich des Brustkorbs stark deformiert. Sämtliche vorderen Rippen sowie das rechte Schlüsselbein und das Sternum sind zerstört. Der Herzmuskel ist medial durch Knochenfragmente verletzt, die Lunge ist zerquetscht. Ferner wurden offensichtlich gezielt die Hände und Füße des Opfers verletzt. Beide Fußgelenke sind zertrümmert, ebenso beide Mittelhandknochen sowie Elle und Speiche des rechten Armes. Dem Opfer wurden 15 bis 20 Schläge beigebracht. Die genaue Anzahl lässt sich wegen der großflächigen Traumata nicht klären, ebenso wenig, welcher der Schläge zum Tod geführt hat.

Sebastian blätterte weiter zu der Kopie des Polizeiberichts. Waldemar Trotzek hatte selbst die Polizei informiert und war am Tatort festgenommen worden. Er leistete keinen Widerstand, gab sogar noch am Tatort zu, seinen Vater erschlagen zu haben. Seine Fingerabdrücke fanden sich am Stiel des Hammers. Das Blut seines Vaters befand sich an seiner Kleidung, seinen Händen, im Gesicht. Es gab keinerlei Zweifel an der Schuld des Waldemar Trotzek.

Sebastian legte den Bericht zur Seite und seufzte. Dann nahm er das Telefon zur Hand, rief die Sekretärin der Kanzlei an und bat sie, für Montag einen weiteren Termin in der JVA zu vereinbaren.

Samstag

Mit zitternder Hand spannte sie das violette Blatt Papier in die kleine Reiseschreibmaschine ein. Sie justierte es, setzte den Druckkopf auf den Beginn der ersten Zeile – und verharrte. Die Worte! Wo waren nur all die Worte hin? Die ganzen Jahre über waren sie wieder und wieder durch ihren Kopf gegeistert, hatten keine Ruhe gegeben, sie in manchen Nächten derart gequält, dass sie beinahe ihren Verstand darüber verloren hätte.

Sie nahm ihren Blick von dem verhexten Blatt Papier, so rein, so unschuldig, so quälend. Durch den Spalt in der Gardine sah sie zum Garten hinaus. Helles Sonnenlicht belebte die ohnehin kräftigen Farben des frühen Sommers, zerrte die letzten Knospen aus ihren Verstecken. Drückend warm war es da draußen, hier drinnen in der Küche nicht viel kühler. Schweiß stand auf ihrer Oberlippe, auf der Stirn, das Hemd war unter den Achseln und am Rücken unangenehm feucht. Sie mochte den Sommer nicht, hatte ihn noch nie gemocht, er brachte alles ans Licht, badete alles darin. Sein Licht fraß die frühen Schatten des Abends, in denen es kühl und geheimnisvoll war. Die langen Nächte des Winters waren ihr lieber.

Oh, warum war es nur so schwer! Dabei hatte sie doch geglaubt, das Schwerste bereits hinter sich zu haben. Und jetzt? Jetzt war sie ihrem Ziel so nahe, war *ihm* so nahe wie seit mehr als zwanzig Jahren nicht mehr, hatte die Fesseln abgestreift und fühlte sich trotzdem nicht frei. Ihn zu sehen, auf dem Rücken des Pferdes über die Weiden gleiten zu sehen, dieser Anblick hatte die Macht besessen, Tausende Risse ihres Herzens zu kitten. Hatte die tiefe, niemals erlöschende Mutterliebe aus ihrem Käfig befreit.

Und trotzdem wollten die Worte nicht fließen, fiel ihr nichts anderes ein als immer wieder dieser alberne Kinderreim. Das war so ungerecht, so …

Schon wieder das dumpfe Pochen!

Nun, da war es ja kein Wunder, wenn sie sich nicht konzentrieren konnte! Wann würde die Alte endlich mit dem Klopfen aufhören! Musste sie es denn unbedingt auf die Spitze treiben!

Sie legte die beiden Zeigefinger auf die Buchstaben H und Ä, verharrte kurz, tippte sie dann ein und ließ die restlichen folgen. Warum nicht? Sie konnte doch durchaus wieder mit dem Reim beginnen, immerhin war es ihr Reim, und wenn er erst mal auf dem Papier stand, dem Papier seine Blendkraft genommen hatte, würden die anderen Worte schon noch folgen. Von ganz allein würden sie dann aus ihrem Herzen über die Finger aufs Papier fließen.

Poch, poch.

Ihr Blick flog zur Zimmerdecke.

Nein, so ging das nicht! Wenn die Alte weiterhin klopfte, würde sie nicht einmal den Reim niederschreiben können. Sie hatte doch nach dem Frühstück ihre Spritze bekommen. Warum war die Kuh noch immer so fidel? Hatte ihr Körper sich bereits an das Medikament gewöhnt? So schnell?

Poch, poch.

Sie sprang auf, wuchtete ihr immenses Körpergewicht empor, der Stuhl kippte um und fiel klappernd auf das alte Linoleum.

»So geht das nicht, so geht das einfach nicht!«

Sie wischte sich übers Kinn, spürte den Speichel auf ihrem Handrücken. Wenn sie aufgeregt war, flossen Speichel und Schweiß in Strömen. Mit wuchtigen Schritten stürmte sie aus der Küche in den Flur und die Treppe hinauf. Das Geländer bog sich zu ihr, als sie sich daran emporzog. Oben angekommen riss sie die Tür zum Schlafzimmer auf.

»Frau Kreiling, so geht das nicht! Ich kann mich nicht dauernd um Sie kümmern. Ich habe noch andere Dinge zu erledigen. Wichtige Dinge!« Ihre Stimme war ein einziges wütendes Kreischen.

»Ich will endlich raus, lassen Sie mich in meinen Garten!«, keifte die alte Kuh zurück.

Mitten im Raum im Rollstuhl sitzend stampfte sie mit dem Fuß auf wie ein kleines, trotziges Kind.

»Sie sind noch nicht gesund.«

»Doch, ich bin gesund, es sind Ihre Spritzen, die mich krank machen. Verlassen Sie endlich mein Haus. Ich verkaufe es Ihnen nicht, niemals. Lassen Sie mich in meinen Garten.«

»Gar nichts sind Sie. Sie brauchen Ihre Spritze!«

»Nein!«, kreischte die alte Frau in ohrenbetäubender Lautstärke. »Keine Spritze mehr!«

Das Schellen der Türglocke folgte auf den Schrei, sodass sie es im ersten Moment gar nicht wahrnahm. Mechthild Kreiling schon.

»Hilfe!«, schrie sie.

Mit einer schnellen, behänden Bewegung, die ihrem Körper sonst nicht innewohnte, ergriff sie den Rollstuhl an den Griffen und schleuderte ihn mitsamt der alten Frau darin gegen die Wand. Scheppern und Poltern beendeten den

Schrei der Alten, übertönten aber nicht das hässliche Knacken brechender Knochen. Dann schellte es erneut an der Haustür.

Ihr mächtiger Brustkorb hob und senkte sich unter den tiefen Atemzügen der ungewohnten Anstrengung. Ihre Gedanken rasten. Sollte sie öffnen? Wer stand dort vor der Tür, und hatte die Person den Schrei und das Poltern gehört? Es klingelte ein drittes Mal, zudem pochte es an der Tür. Pochen, überall Pochen, warum ließen sie sie nicht endlich in Ruhe! Sie hatte keine Wahl. Also ging sie hinunter und öffnete. Lächelte breit und freundlich, zeigte dem Mann aber auch, dass sie völlig außer Atem war.

»Oje, Sie haben mich auf der Toilette erwischt. Tut mir leid, dass es so lang gedauert hat.«

Lächeln, immer freundlich lächeln.

Der Postbote, ein dicklicher Mann mit rotem Kopf und wenig Haaren, lächelte nicht. Er streckte ihr zwei Briefe und einen Packen Werbung entgegen.

»Habe ich nicht eben einen Schrei gehört?«, fragte er.

»Einen Schrei?«, sie tat erstaunt, dann als ob der Groschen fiele: »O ja, natürlich, die Toilette ist hinten, ich habe gerufen, damit Sie nicht weggehen.«

»Hm«, machte der Postbote und zog die Stirn in Furchen.

Seine kleinen Schweinsäuglein fixierten sie. Er war einer von der aufdringlichen Sorte, einer, der mit dem Finger auf andere zeigte, das spürte sie sofort.

»Sagen Sie, wohnt Frau Kreiling nicht mehr hier? Ihre Post geht nicht mehr in den Kasten. Der ist schon seit Tagen voll.«

Neugierig, vorwurfsvoll und aufdringlich, ein schlimmer, schlimmer Mensch. Aber im Moment ärgerte sie sich mehr darüber, diesen dummen Fehler mit dem Briefkasten begangen zu haben. Warum hatte sie nicht daran gedacht? Sie wusste doch, wie die Menschen hier auf dem Lande waren.

Trotzdem lächeln!

»Oje, das tut mir leid, den Briefkasten habe ich total vergessen. Ich leere ihn gleich aus.«

»Und Frau Kreiling wohnt nicht mehr hier?«, blieb der Postbote hartnäckig.

»Doch, natürlich. Sie hat sich letzte Woche im Garten den Fuß gebrochen, an so einer dummen Kante im Weg. Ich bin ihre Cousine mütterlicherseits und kümmere mich um Mechthild, bis sie wieder laufen kann.«

»Den Fuß gebrochen? Na, dann wünschen Sie ihr mal gute Besserung. Schön, dass sie jemanden hat. Ich war immer der Meinung, sie hat gar keine Verwandtschaft.«

»Ist ja auch nur entfernt, aber besser als gar nichts, nicht wahr?«

Sie lachte übertrieben, ihr riesiger Busen bebte.

»Da haben Sie recht. Bestellen Sie mal einen schönen Gruß. Wenn ich das nächste Mal mehr Zeit habe, sage ich guten Tag.« Er ging zur Zaunpforte. »Und leeren Sie den Kasten, sonst wird beim nächsten Schauer alles nass.«

»Mach ich, ganz bestimmt.«

Sie hob zum Abschied die Hand, konnte sich ein Winken gerade noch verkneifen. Man musste freundlich sein, durfte aber auch nicht zu dick auftragen. Die Menschen wurden argwöhnisch, wenn man ihnen zu viel unbezahlte, uneigennützige Freundlichkeit entgegenbrachte. Die Zeit war nicht mehr danach.

Sie wartete noch ab, bis der Postbote seinen Hintern aufs Fahrrad geschwungen hatte und die Straße ein Stück runtergefahren war (er drehte sich zweimal um dabei, das war nicht gut, gar nicht gut), dann drückte sie die Haustür sacht ins Schloss und schlich mit vorsichtigen Schritten die Treppe hinauf. Oben fand sie, was sie befürchtet hatte. Das Knacken vorhin war einfach zu laut gewesen.

Mechthild Kreiling lag zwischen dem umgekippten Rollstuhl und der Wand. Ihr Hals war in einem anatomisch ungünstigen Winkel abgeknickt, ihre Augen weit geöffnet. Zuletzt hatte sich noch ihr Darm entleert. Fäkalgestank zog durch den kleinen Raum. Hitze und Gestank, beides erinnerte sie an die Anstalt. Sie ballte die Hände zu Fäusten und presste sie sich an die Wangen.

»Das habe ich nicht gewollt … nein, bitte, das habe ich doch nicht gewollt.«

Die Pferde befanden sich auf der Koppel westlich des Hauses. Ihre Ausdünstungen waberten jedoch noch durch den Stall, und die Sonne, die mörderisch auf das Dach knallte, kochte daraus einen Sud, der kaum zu atmen war. Schon gegen Mittag war die Temperatur auf fünfundzwanzig Grad angestiegen, und ausgerechnet heute hatte Lars, ihre Hilfe aus dem Ort, der sonst zuverlässig war und sich nicht vor schwerer Arbeit drückte, abgesagt. Seine Mutter war mit einem Schwächeanfall ins Krankenhaus eingeliefert worden. Wahrscheinlich eine Folge der schwülen Luft.

Die machte auch Sebastian zu schaffen. Er kam nicht wirklich voran. Trotz freien Oberkörpers schwitzte er bei jeder Bewegung und verfluchte innerlich das kurze Streichholz, das er aus der Hand seines Vaters gezogen hatte. Ihr übliches Spielchen, wenn es darum ging, unliebsame Arbeiten aufzuteilen. Andererseits half die harte Arbeit dabei, auf andere Gedanken zu kommen, die kleine Karte oben im Rahmen seines Spiegels mal zu vergessen. Die Nummernfolge zu vergessen, die er bereits in seinem Handy eingespeichert, aber noch nicht gewählt hatte.

Als er die volle Schubkarre nach draußen schaffte, sah er Edgar winken. Sein Vater stand vor der grünen Tür des flachen Anbaus, der sich geduckt an den hohen Stall schmiegte. Dort bewahrten sie Zaumzeug, Medikamente und Werkzeug auf. Sebastian kippte die schwere Mistkarre aus, ließ sie dann einfach umfallen und schlurfte zu Edgar hinüber.

»Sieh dir das mal an«, sagte Edgar, als Sebastian ihn erreichte.

Sein Vater trug ein graues T-Shirt, es klebte feucht und dunkel an seinem Rücken. Sein braungebrannter, behaarter Arm zeigte auf die grün gestrichene Holztür. In der makellosen Farbe waren Kerben zu erkennen. Jemand hatte versucht, die Eisenbeschläge mit einem Brecheisen abzuhebeln. Die beiden Abdrücke einer Kuhfußklaue waren deutlich zu sehen. Dieser Jemand hatte große Kraft aufgebracht, es jedoch nicht geschafft, den Beschlag vom Holz zu lösen.

»Da wollte jemand rein«, sagte Sebastian, während er mit den Fingerkuppen über das eingedrückte Holz fuhr. »Und es scheint noch nicht lange her zu sein. Wahrscheinlich die Nacht, in der Taifun sich so merkwürdig benommen hat.«

Er kam aus der Hocke hoch, wischte sich den Schweiß aus den Augen und sah seinen Vater an. Dessen Blick war wie versteinert, die Augenbrauen drohend zusammengezogen, tiefe Falten um die Mundwinkel herum.

»Das werde ich nicht wieder zulassen. Wir werden Taifun nachts frei laufen lassen.«

»Bist du sicher?«

Edgar warf einen langen Blick ins Tal hinab. »Wenn dieser Kerl wiederkommt, soll der Hund ihm den Arsch aufreißen.«

In seiner Stimme schwang ein Unterton mit, der Sebastian eine Gänsehaut über den Rücken laufen ließ. Dabei konnte er seinen Vater verstehen. Vor drei Jahren erst war jemand in den Stall eingebrochen und hatte einen Sattel gestohlen. Ein Erbstück von Edgars Vater, handgefertigt von einem Sattler aus dem Ort, der längst verstorben war. Dieser Sattel war unbezahlbar gewesen, besaß er für Edgar doch einen großen ideellen Wert. Seitdem waren die Türen und Fenster einbruchsicher. Wer hier reinwollte, musste schon etwas Besseres auffahren als einen Kuhfuss.

»Hier ist er nicht reingekommen, aber ich vermisse trotzdem etwas«, sagte Edgar.

»Was?«

»Die Mistgabel, die immer draußen an der Sammelstelle in der Tonne steckt. Hast du sie vielleicht irgendwo stehen lassen?«

Sebastian schüttelte den Kopf. »Wer klaut denn eine Mistgabel?«

»Verrückte klauen alles. Schaufel und Besen stecken noch in der Tonne, aber die Mistgabel ist weg.«

Unwillkürlich dachte Sebastian an die Nacht zurück, in der Taifun ihn geweckt hatte. Noch zu gut erinnerte er sich an das Gefühl, beobachtet worden zu sein. Diese körperlosen Blicke, die sich in seinen Nacken gebohrt hatten.

Edgar legte ihm eine Hand auf die Schulter und riss ihn so aus seinen Gedanken.

»Erzähl es nicht Anna. Sie macht sich sonst unnötig Sorgen.«

Sebastian nickte. Dann wurden sie unterbrochen vom Motorenlärm eines Lkws. Es war der Futtermittelhändler aus Bentlage mit der samstäglichen Lieferung für den Hof. Noch mehr Arbeit!

Montag

Seit einer Stunde war alles erledigt. Der Arzt hatte, wenn auch ein klein wenig gegen seinen Willen, die Entlassungspapiere unterschrieben (mein Gott, das klang, als würde sie aus dem Gefängnis entlassen), die Rechnung für Fernseher und Telefon war bezahlt, ihre Wäsche und der Kleinkram befanden sich in der grünen Reisetasche, die Stefanie ihr am Tag nach dem Unfall ins Krankenhaus gebracht hatte. Oben auf der Wäsche lag die Straßenverkehrsordnung. Saskia hatte sie beim Einpacken noch mal in die Hand genommen, hatte die erste Seite aufgeschlagen und die Widmung gelesen, die sie Sebastian Schneider vor vier Tagen abgetrotzt hatte. Er hatte sich geziert, sich letztendlich aber nicht gegen ihr Argument, dass jeder, der ein Buch schenkt, für eine persönliche Widmung verantwortlich sei, wehren können. Ein ungeschriebenes Gesetz, natürlich universell gültig. Er hatte eine saubere Handschrift, die Buchstaben waren etwas geneigt, die Schleife des G geschlossen und geschwungen, er malträtierte das Papier nicht, er glitt darüber. Deutete das nicht auf einen emotionalen, weichen, wenig gefestigten Charakter hin? Mehr Schmusekater als Macho? Ein femininer Mann? Saskia meinte, das mal irgendwo gelesen zu haben.

Als Erinnerung an einen denkwürdigen Zusammenstoß. Ich erwarte nicht, dass du es liest, aber einen Ehrenplatz in deinem Bücherregal sollte es schon be-

kommen. Vielleicht hat es Zauberkräfte und bewirkt, dass dies dein erster und letzter Unfall bleibt. In diesem Sinne gute Besserung!
Sebastian Schneider.

Ja, eindeutig emotional, geradezu romantisch. Kein trockener Rechtsanwalt, der sein Leben zwischen staubigen Buchseiten und langweiligen Paragrafen verbrachte. Dazu passte auch sein Äußeres. Sanfte, blaue Augen, eine schmale, beinahe aristokratische Nase zu nicht besonders ausgeprägten Wangenknochen und einem leicht spitzen Kinn. Alles eingerahmt von vollem, blondem Haar, im Nacken lang, an den Seiten modisch kurz. Er war groß, mindestens einen Kopf größer als sie, wirkte sportlich mit seinen kräftigen Schultern und der schmalen Taille. Und wenn sie sich nicht täuschte …

Es klopfte an der Tür, was aber nur rhetorisch gemeint war, denn gleich darauf flog sie auf, ohne dass Saskia den Eintritt gestattet hatte. Stefanie platzte herein, so wie es ihre Art war. Sie betrat einen Raum nicht, sie eroberte ihn, füllte ihn sofort ganz aus mit ihrer Energie, mit ihrem Enthusiasmus und ihrer grenzenlosen Lebensfreude. Ein kleiner Wirbelsturm, nicht mehr als eins fünfundsechzig, schlank, mit einer zerzausten Kurzhaarfrisur, die stets wirkte, als käme sie gerade aus dem Bett. Was natürlich beabsichtigt war.

»Hey, Süße!«

Sie fielen sich in die Arme. An der Schulter ihrer Freundin schloss Saskia kurz die Augen, atmete ihr Parfum ein. Es roch nach Zuhause, nach Vertrautheit. Schließlich schob Stefanie sie ein Stück weg, hielt sie aber an den Schultern und betrachtete sie. Ihre gringrauen Augen leuchteten intensiv, suchten nach verräterischen Spuren.

»Alles klar?«

Saskia nickte. »Und sobald ich hier raus bin, geht es mir noch besser.«

»Glaub ich dir gerne. Aber was ist mit deinen Verletzungen? Wieso darfst du heute schon gehen? Hat dein Arzt das wirklich abgesegnet?«

»Drei Fragen auf einmal, ist das nicht ein bisschen viel?«

»Ich meine es ernst, Süße. Ich nehme dich nicht mit, wenn du mir auf der Treppe zusammenklappst.«

»Mach dir keine Sorgen, das wird nicht passieren. Sport darf ich zwar noch nicht treiben, aber fürs Krankenhaus bin ich nicht mehr krank genug.«

Stefanie hob die Hand und fuhr mit dem Daumen sacht über das Pflaster auf Saskias Stirn. Dabei verzog sie ihr Gesicht, so als würde es eigentlich ihr Schmerzen bereiten.

»Die wird bleiben, was?«

»Ja. Die wird mich zeit meines Lebens daran erinnern, dass ich nicht bei Rot über die Ampel fahren darf.«

Plötzlich drückte Stefanie sie wieder an sich.

»Ich bin so froh, dass dir nicht mehr passiert ist«, hörte Saskia sie in ihr Ohr hauchen.

»Du wirst mir doch nicht gefühlsduselig werden?«

»Doch, ein bisschen schon … und ein schlechtes Gewissen habe ich auch wegen dieses verdammten Termins in Augsburg. Da liegt meine beste Freundin im Krankenhaus, und ich habe keine Zeit für sie.«

»Ist wirklich nicht schlimm. Die Zeit verging wie im Flug.«

Das war glatt gelogen. Die Zeit war ähnlich schnell vergangen, wie Honig von einem Löffel tropft.

»Die Tasche nehme ich«, sagte Stefanie und nahm sie vom Bett. Dabei fiel ihr Blick auf den Blumenstrauß auf dem Beistellwagen; die Margeriten ließen zwar die Köpfe hängen, ansonsten sah er aber immer noch gut aus. Saskia hätte ihn mitgenommen, aber das verstieß gegen die Gepflogenheiten des Krankenhauses. Da war die Schwester resolut gewesen.

»Oh!«, machte Stefanie. »Von wem stammt denn der?«

»Das verrate ich dir im Wagen. Lass uns schnell hier verschwinden.«

Ihr Weg ins Parkhaus glich einer Flucht. Erst als Stefanie den Zündschlüssel ins Schloss ihres Audis steckte, atmete Saskia erleichtert aus. Ihre Freundin sah sie von der Seite an.

»Jetzt siehst du wieder lebendig aus.«

»Jetzt fühle ich mich auch wieder so.«

Stefanie startete den Motor, fuhr los und lenkte den Wagen mit Schwung durch die engen Kurven der Hochgarage. »Verrätst du mir jetzt, von wem die Blumen sind?«

Saskia griff nach hinten und kramte in ihrer Tasche auf dem Rücksitz. Die schmerzenden Rippen ignorierte sie dabei einfach. Sie holte das Buch hervor und hielt es so, dass Stefanie den Titel lesen konnte, hielt es mit einem gewissen Stolz, wie sie selbst bemerkte.

»Straßenverkehrsordnung? Was soll das denn?«

»Ist von demselben, der mir die Blumen geschenkt hat.«

Stefanie musste an der Schranke vor der Ausfahrt des Parkhauses halten. Aus großen Augen sah sie Saskia an. »Warte! Das ist nicht dein Ernst! Der Typ, dem du in die Karre gefahren bist?«

Eine Hupe schrillte, hallte zwischen Beton wider. Stefanie zeigte dem gestikulierenden Fahrer hinter ihnen den Mittelfinger, steckte ihren Parkschein in den Automaten und fuhr mit quietschenden Reifen an. In den zwanzig Minuten Fahrt zu ihrer Wohnung musste Saskia bis ins kleinste Detail von Sebastian Schneider berichten. Stefanie stellte ihre bohrenden Fragen erst ein, als sie am Straßenrand vor der Villa parkten.

Saskia sog den Anblick in sich auf. Durch die ausladenden Kronen der Buchen schimmerte Sonnenlicht, leichter Wind schüttelte die noch hellgrünen Blätter, ein Stück die Straße runter marschierte eine Kindergartengruppe über den Zebrastreifen. Das helle Lachen und Schreien der Kinder drang bis ins Auto. Kaum eine Woche war sie fort gewesen, alles war wie immer, und doch kam es ihr vor, als hätte sich etwas verändert. Das Licht, die Aura der Umgebung. Oder lag es nur an ihr?

Sie stiegen aus. Stefanie nahm die Tasche, Saskia trug ihr Gesetzbuch. Schweigend schritten sie über den gepflasterten Weg auf die Villa zu. Links leuchteten zwei Ginsterbüsche in sattem Gelb. Der Geruch der Blüten schien sich einer Droge gleich in Saskias Kopf zu schleichen.

Marlene Ostrowski stand in gebückter Haltung in der geöffneten Tür. Wie jeden Tag trug ihre Vermieterin den grauen Faltenrock, die weiße, gestärkte Bluse und die graue Strickweste mit der kleinen Applikation in Form eines Alpenveilchens über der rechten Brust. Farbe spielte keine Rolle mehr im Leben der Ostrowskis.

Die alte Frau begrüßte Saskia mit einer herzlichen, aber ungelenken Umarmung. »Mein Mädchen … es tut mir ja so leid, so leid. Wir konnten Sie wirklich nicht besuchen kommen.«

»Aber das macht doch …«

»Ich wollte ja, ganz bestimmt, und Kurt auch, aber sein Rheuma, verstehen Sie. In den letzten Tagen ist es wieder schlimmer geworden, er kommt kaum noch aus dem Sessel hoch. Und Doktor Bramstedt hat nichts anderes als die üblichen Spritzen, immer nur die Spritzen.«

»Das tut mir wirklich …«

»Sonst wäre ich Sie besuchen gekommen, ganz bestimmt, aber so! Meine Augen lassen mich ja auch jeden Tag ein bisschen mehr im Stich. Grad bis zur Straße kann ich noch sehen. Alt zu werden ist nicht einfach, wirklich nicht einfach …«

Ein paar Minuten musste Saskia die Krankengeschichte der Ostrowskis noch über sich ergehen lassen, bevor sich plötzlich eine Lücke auftat im Redeschwall der alten Dame. Stefanie nutzte sie gnadenlos, bugsierte Saskia durch den Hausflur und wimmelte die Einladung zu einer Tasse Tee auf einen unbestimmten Zeitpunkt ab. Als sie die breite Treppe hinaufstiegen, beugte Stefanie sich zu ihr hinüber und flüsterte: »So langsam mache ich mir Sorgen um die beiden. Wie lange können sie sich wohl noch allein versorgen?«

»Hoffentlich noch lange. Wenn sie ins Altenheim gehen, wird das Haus verkauft und wir müssen hier raus.«

Was unglaublich schade wäre, schob Saskia in Gedanken hinterher. Eigentlich konnte sie bis heute nicht fassen, was für ein Glück sie vor zwei Jahren mit dieser Wohnung gehabt hatte. Wenige Monate nach dem Unfalltod ihrer Eltern hatte sie nichts dringender gebraucht als eine Unterkunft und eine Freundin. Beides hatte sie hier mit einem Schlag gefunden, und wenn es nach ihr ginge, würde sie nie wieder ausziehen. Die Türen von Stefanies und ihrer Wohnung lagen sich an einem kurzen Flur gegenüber, und wenn sie beide zu Hause waren, standen sie meist offen. Sie führten eine Art Wohngemeinschaft, aßen häufig zusammen, übernachteten mitunter sogar bei der jeweils anderen. Das Obergeschoss gehörte ihnen allein, die alten Leute kamen niemals hoch, da sie die Treppe nicht mehr bewältigen konnten.

In ihrem Wohnzimmer blieb Saskia stehen, schloss die Augen und atmete den unverwechselbaren Geruch ihrer Wohnung ein. Bewusst hatte sie ihn schon lange nicht mehr wahrgenommen, ihn im Krankenhaus aber trotzdem vermisst. Immer waren es die kleinen, unbewussten Dinge, die einem zuerst fehlten. Es waren genau diese Dinge, die Heimweh verursachten.

Saskia legte das Buch auf den Tisch, streifte ihre Schuhe ab und ließ sich auf die Couch fallen. Noch ehe sie es verhindern konnte, hatte Stefanie es sich gegriffen und blätterte darin herum. Natürlich entging ihr die Widmung nicht.

»Das ist persönlich«, sagte Saskia mit gespielter Empörung.

»Soso«, sagte Stefanie, klappte das Buch zu und sah sie grinsend an. »Und, was machen wir jetzt mit deinem Blumenfreund?«

»Was sollen wir denn machen?«

»Na hör mal! Du bist ihm in die Karre genagelt, trotzdem besucht er dich im Krankenhaus, bringt Blumen und Geschenke mit … Die Sache ist doch wohl eindeutig.«

»Wieso eindeutig? Er wollte sich einfach nur davon überzeugen, dass es mir gut geht.«

»Na klar«, sagte Stefanie, »und ich bin der Kaiser von China. Ruf ihn an!«

»Bitte?«

»Ruf ihn an! Es ist jetzt an dir, den nächsten Schritt zu machen. Immerhin hat er den ersten gemacht.«

Schon im Krankenhaus hatte Saskia darüber nachgedacht, ob sie die Nummer auf der Visitenkarte, die sie im Tausch gegen ihre bekommen hatte, anrufen sollte. Eine Kleinigkeit, oder? Das Risiko konnte sie doch eingehen. Warum nicht? Die Nummer wählen, sich bedanken, vielleicht eine Einladung zum Essen, wie es unter Erwachsenen üblich war. Sie hatte es nicht getan, hatte sich nicht getraut, sich immer wieder nur gesagt, dass eine Beziehung zurzeit nicht in ihre Lebensplanung passte. Das Geschäft ging vor, musste vorgehen.

Stefanie schien ihre Gedanken lesen zu können.

»Hey, Süße, warum machst du es so kompliziert? Wenn ich deine Blicke und die Art und Weise, wie du während der Rückfahrt das Buch umklammert hast, richtig deute, dann hat dieser Herr Schneider das gewisse Etwas. Er interessiert dich doch, oder täusche ich mich?«

Nein, du täuscht dich nicht, dachte Saskia.

Der Justizvollzugsbeamte in graublauer Uniform schloss die Glastür vor sich auf, ließ Sebastian eintreten und verriegelte die Tür wieder. Dann ging er voraus, nach rechts den Gang hinunter. Sebastian hielt sich zwei Schritte hinter dem großen, breitschultrigen Mann und starrte auf dessen Rücken. Sie sprachen nicht. Entweder hatte der Mann die berüchtigte Montagslaune, oder es lag daran, dass Sebastian ein Monster wie Trotzek verteidigte. Aber das konnte ihm ja auch egal sein.

Sie erreichten ein Büro. An dem Schreibtisch darin saß ein weiterer Wärter und las in einem Buch. Jetzt sah er zu ihnen auf. »Für Trotzek?«

»Jau!«, sagte Sebastians Begleiter.

»Da liegt die Liste.« Die Nase senkte sich wieder Richtung Buch.

Sebastian bekam ein Klemmbrett und einen Kugelschreiber gereicht.

»Wo das Kreuz ist, bitte.«

Er machte sein Namenszeichen an die markierte Stelle. Dann gingen sie den Gang noch ein Stück hinunter und passierten eine weitere abgesperrte Tür, bevor Sebastian in das Zimmer gesperrt wurde, das Anwälten und Angeklagten für Gespräche zur Verfügung stand. Als die Tür hinter ihm zuschlug, wurde es abrupt still. Trotzek war noch nicht da. Auf den Tag genau vor einer Woche war Sebastian in diesem Raum gewesen, hatte eine Abfuhr kassiert, würde es heute aber noch mal versuchen. Der Knast hatte schon viele stolze Männer gebrochen.

Er setzte sich an den Tisch. Die Sitzfläche und Lehne des Stuhls waren eiskalt. Zwei Minuten beschäftigte er sich sinnlos mit der Akte, bevor die zweite Tür des Raumes geöffnet und Trotzek hereingeführt wurde. Der Wärter wartete ab, bis Trotzek sich gesetzt hatte, dann verließ er den Raum. Die Tür schlug zu, und erneut kehrte Stille ein.

Sebastian sah Trotzek an. Der saß gekrümmt da, hielt seinen Blick starr auf die Tischplatte gerichtet und machte nicht den Eindruck, als ob er sehnsüchtig auf Sebastian gewartet hätte.

»Haben Sie mittlerweile über Ihre Verteidigung nachgedacht, Herr Trotzek?«

Seine Worte hallten in dem kahlen Raum. Zunächst blieb Trotzek reglos sitzen, starrte weiterhin die Tischplatte an. Dann, nach einer Minute des Wartens, hob er aber doch den Kopf – und offenbarte Sebastian einen anderen Mann als den, der vor einer Woche hier gesessen hatte. In den kleinen, roten Augen war jetzt ein Ausdruck, den Sebastian voher nicht gesehen hatte: Verzweiflung, vielleicht sogar Angst. Außerdem zitterte Trotzek leicht. Keine Frage, er war mit den Nerven am Ende.

»Ich … ich hab nachgedacht … hier drinnen hat man ja so viel Zeit dafür, und, na ja, ich weiß nicht, vielleicht haben Sie ja recht … vielleicht brauche ich doch Ihre Hilfe.«

Wo war nur die tiefe, kräftige Stimme geblieben? Heute klang Trotzek eher wie ein Schuljunge. Sebastian, der sich wieder auf ein äußerst anstrengendes Gespräch eingestellt hatte, war überrascht.

»Die brauchen Sie bestimmt«, begann Sebastian. »Aber ich kann Ihnen nur helfen, wenn Sie ehrlich und offen sind. Was wir vor Gericht sagen, entscheiden wir später, aber ich muss hier und heute wissen, ob Sie mir gegenüber die Wahrheit sagen werden.«

Schweigen.

»Sonst übernehme ich Ihre Verteidigung nicht.«

Trotzek sah ihn fest an, schien in Sebastians Augen nach etwas zu suchen, das es ihm leichter machen würde. Scheinbar fand er es, denn schließlich nickte er und sagte: »Was wollen Sie wissen?«

»Alles. Aber zunächst einmal interessiert mich, warum Sie Ihren Vater getötet haben. Was ist zwischen Ihnen vorgefallen, das Sie zu dieser Tat getrieben hat?«

»Ich bin kein Mörder«, sagte Trotzek, »vielleicht können Sie das dem Richter ja erklären! Dafür sind Sie doch da, oder?«

Sebastian erkannte, dass die Worte, die er vor einer Woche zu Trotzek gesagt hatte, nicht fruchtlos verhallt waren. Er hatte offenbar wirklich darüber nachgedacht. »Ja, dafür bin ich da«, sagte er und wartete ab.

»Er hat es verdient«, fuhr Trotzek schließlich fort.

»Womit hat er es verdient?«

Trotzek starrte jetzt wieder die Tischplatte an und schüttelte langsam den Kopf. »Haben Sie jemals die Hand erhoben gegen jemanden aus Ihrer Familie?«

»Um mich geht es hier nicht, Herr Trotzek. Ich werde Ihnen sicher keine persönlichen Fragen be…«

»Es war nicht leicht, glauben Sie mir! Aber es musste sein!«

Sebastien ließ zwei Atemzüge verstreichen. »Warum?«

Langsam hob Trotzek den Kopf. Seine Augen schimmerten feucht. »Er brach meiner Mutter das Herz, er hat sie umgebracht … und dafür hat er es verdient.«

Und dann begann er zu erzählen. Die ganze Geschichte. Mal stockend, mal fließend, aber ohne größere Pausen. Und er hörte nicht auf, ehe er sich nicht alles von der Seele geredet hatte.

Dienstag

Ein ungewöhnlich glutroter Streifen lag wie mit dem Lineal gezogen über der Stadt, seine intensive Farbe ließ die Dächer der Häuser erglühen, als stünden sie in Flammen. Trotz der drückenden Schwüle des Tages hatte sich kein Gewitter eingestellt. Jetzt am Abend lag die Temperatur noch immer über zwanzig Grad, aber die Luft war besser, leichter, nicht mehr so feucht. Das Wetter hatte sozusagen Entwarnung gegeben. Allerdings nur vorerst, denn diese Färbung am Himmel glich einem Versprechen auf die geballte Kraft der Natur zu einem späteren Zeitpunkt. Aufgeschoben ist nicht aufgehoben.

Sebastian betrachtete durch die Windschutzscheibe seines Leihwagens das Schauspiel am Himmel. Natürlich war er zu früh zu dem Abendessen mit Saskia Eschenbach gekommen, wie sollte es auch anders sein. Sein Inneres stand dem dramatischen Spektakel dort oben in nichts nach; sein Bauch kribbelte, seine Finger waren in ständiger Bewegung, und irgendwo in seinen Eingeweiden schien es neuerdings eine fremde Lebensform zu geben. Gestern, nach dem Gespräch mit Trotzek, hatte sie ihn angerufen, und bestimmt hatte er sich am Telefon wie ein Trottel benommen, da sein Kopf angefüllt gewesen war mit Trotzeks Geschichte.

Sein Blick ging zur Uhr auf dem Armaturenbrett. Noch so viel Zeit! Auf der anderen Straßenseite erwachte flackernd die grüne Leuchtreklame des italienischen Restaurants. Obwohl kein Geräusch ins Innere des Wagens drang, meinte er doch, mediterrane Musik zu vernehmen. Saskia hatte das Lokal vorgeschlagen. Er selbst kannte es nicht, hatte aber von dem ausgezeichneten Ruf gehört. Sein eigener Ruf war ruiniert, keine Frage, er hatte nämlich vergessen, Saskia zu fragen, ob er sie abholen durfte. Eine Unhöflichkeit, die jetzt leider nicht mehr wiedergutzumachen war.

Die Zeiger der Uhr rückten enervierend langsam vor. Als sie eine vorher festgelegte Stelle erreichten, atmete Sebastian tief ein und verließ den Wagen. Der Geruch warmer Straßen vermischte sich mit dem Duft von Hibiskushecken, lauer Abendwind transportierte Grillgeruch herüber. Mit langen Schritten ging er auf das Lokal zu. Zehn Minuten trennten ihn jetzt noch von dem abgesprochenen Termin; Zeit genug, um die Atmosphäre des Lokals auf sich wirken zu lassen und damit vielleicht dem Flattern im Bauch Einhalt zu gebieten.

In dem Lokal wartete eine andere Welt. Direkte Beleuchtung war dem Besitzer offenbar ein Gräuel. Sanftes Licht quoll aus Ritzen, Ecken und Nischen, verlieh dem unübersichtlichen Raum ungeahnte Tiefe. Halbhohe Holzpalisaden gewährten den Wunsch nach Abgeschiedenheit, jeder Tisch befand sich in einer Nische. Die Musik, die er im Wagen draußen schon erahnt hatte, schien direkt aus den Wänden zu dringen, allerorten gleichermaßen leise und unaufdringlich.

Ein Kellner wies ihm seinen Tisch und zog sich zurück, nachdem Sebastian gesagt hatte, dass er noch auf jemanden warte. In den folgenden sechs Minuten öffnete sich viermal die Tür, jedes Mal flog sein Kopf herum und sein Magen zog sich zusammen, aber als sie dann wirklich hereinkam, erkannte er sie erst auf den zweiten Blick. Sie sah faszinierend aus in ihrem schwarzen Hosenanzug. Ihr halblanges schwarzes Haar schimmerte wie dunkles Edelholz, ihre Haut erschien noch eine Spur dunkler als im Krankenhaus. Sie passte wie kein zweiter Gast in dieses mediterrane Flair.

Sebastian stand auf und ging ihr entgegen. Sie begrüßten sich artig mit Handschlag. Ihr Lächeln war ehrlich und offen. Überdeutlich nahm Sebastian den Duft ihres Parfums wahr, während er sie zum Tisch begleitete. Dort sahen sie sich einen Augenblick schweigend an. Auch ihre Augen waren noch dunkler, als er sie in Erinnerung hatte; zwei schwarze, unendlich tiefe Brunnen, eingerahmt von langen Wimpern und schwarzen Brauen.

Der Kellner kam erneut an den Tisch und unterbrach diesen erlesenen Augenblick, der sonst vielleicht peinlich geworden wäre. Er brachte die Speisekarten und nahm ihren Wunsch nach Rotwein auf. Nachdem er gegangen war, sprachen sie über den Unfall, und jeder Satz löste die anfängliche Verkrampftheit. Sebastians Bauch entspannte sich, seine Finger kamen zur Ruhe und ließen die Serviette los, deren Ränder mittlerweile ausgefranst waren.

Zwischendurch bestellten sie das Essen. Danach erzählte Sebastian vom Schneiderhof.

»Also kannst du reiten?«, fragte Saskia schließlich.

»Seit meinem fünften Lebensjahr. Western genauso wie den klassischen englischen Stil. Aber das ist nichts Besonderes. In zwei Tagen kann ich dir die Grundregeln beibringen.«

»Ich weiß nicht … ich bin noch nie auf einem Pferd gesessen.«

»Dann wird es allerhöchste Zeit. Das ist ein unbeschreibliches Gefühl … An einem klaren Morgen durch die freie Landschaft zu reiten, dabei wird das Pferd zu einem Bindeglied zwischen Mensch und Natur. Wenn du das einmal erlebt hast, willst du nie mehr darauf verzichten.«

Saskia hatte ihr Kinn in die rechte Hand gestützt, sah ihn unverwandt an und hörte zu. Sebastian hätte ihr gern mehr erzählt, doch ihr Blick irritierte ihn, und er lief Gefahr, sich in ihren tiefen Augen zu verlieren.

Es war der Kellner mit dem Essen, der ihn rettete.

Die Ebenholzschale ist mit Blut und Wasser gefüllt, kalt und dunkel hängt die Lampe über dem Tisch. Abermals wird der Raum erhellt von dreizehn Kerzen, kreisförmig um die Schale aufgestellt. Ihr ruhiges Licht wirft lebendige Schatten an die Wände. Außerhalb des Kerzenscheins liegen ein Messer und der Stößel aus Ebenholz auf dem Tisch. Heute aber braucht sie noch etwas mehr. Wie eine kostbare, zerbrechliche Porzellanschale trägt sie einen Gegenstand zum Tisch und stellt ihn behutsam neben dem Messer ab. Die Zeit hat ihre Spuren hinterlassen, vor allem in Form von Rost, da sein Versteck feucht gewesen ist, doch nach einigen Stunden liebevoller Arbeit funktioniert er nun wieder. Sie ergreift die Flügelschraube, zieht die Mechanik auf und entriegelt den Mechanismus. Es ratscht und knackt, dann erfüllen die ersten Töne des alten Kinderliedes die kleine Küche. Sie singt mit, und es füllt ihr Herz mit Freude und ihre Augen mit Tränen.

Hänschen klein ging allein in die weite Welt hinein. Stock und Hut stehn ihm gut, ist ganz wohlgemut. Aber Mutter weinet sehr, hat ja nun kein Hänschen mehr: Wünsch dir Glück, sagt ihr Blick, kehr nur bald zurück.

Während die blechernen Klänge leiser und langsamer

werden, taucht sie ihre Finger in die Flüssigkeit, schließt die Augen und beginnt, sich im Takt der Melodie zu wiegen.

Der Kerzenschein gerät in Bewegung. Etwas entweicht aus dem Kreis, stoßweise zuerst, dann gleichmäßiger, und die Flammen biegen sich nach außen, stehen bald horizontal zur Tischplatte, gebeugt von einer Kraft, welche die Wände des Raumes mühelos durchdringt. Unaufhaltsam fließt die Energie, sucht und erreicht ihr Ziel.

Wie ein aufgeschlagenes Buch liegt sein Verstand vor ihr. Hier muss sie vorsichtig sein, das weiß sie, denn der menschliche Verstand ist empfindlich und lässt sich nicht gern manipulieren. Darin ist sie zu einer Meisterin geworden, und doch kann auch sie die Folgen nicht immer abschätzen. Ganz sanft dringt sie ein, behutsam, sie will ihm ja nicht wehtun.

Tränen schossen Sebastian in die Augen und liefen als dicke Tropfen seine Wangen hinab. Von einer Sekunde auf die andere war er blind, sah nur noch tanzende weiße und schwarze Punkte, sah Ringe, die sich ausweiteten, als habe jemand einen Stein ins Wasser seiner Tränen geworfen. Er blinzelte heftig und wischte sich mit dem Handrücken über seine Augen, änderte damit aber nichts.

Eben hatte er sich die letzte Gabel seiner über ihr intensives Gespräch erkalteten Ravioli in den Mund geschoben, aber er hatte sich nicht verschluckt, keine Teigtasche klebte in seinem Hals, und einen typischen Asthmaanfall hatte er auch nicht. Zwar bekam er kaum noch Luft, aber der Druck kam von außen, so als habe sich eine Klammer um seinen Hals gelegt. Gleichzeitig schien eine Hand in seinen Kopf zu fahren, in sein Gehirn zu greifen und darin herumzuwühlen.

Mit einem hustenden, würgenden Laut stieß er sich vom Tisch ab. Die Stuhlbeine kratzten über den Terrakottaboden. Gespräche verstummten, Augenpaare zuckten zu ihnen rüber. Saskia sagte etwas, doch Sebastian konnte sie nicht verstehen. Er wollte die Augen öffnen, als plötzlich etwas wie ein Derwisch vorüberhuschte. Er zuckte zurück, stöhnte, als hätte er einen Schlag bekommen.

Lebensmittelvergiftung! Das Wort schoss wie eine Kugel durch seinen Kopf. *Jemand hat dich mit Gehacktem vergiftet und jetzt gehst du drauf!*

Aber es hörte in dem Moment auf, da Saskia ihre Hand auf seinen Arm legte. Durch sein nasses Blinzeln hindurch sah er sie neben sich hocken, ihre warme Hand tätschelte seinen Unterarm, eine Berührung, die zu brennen schien. Jetzt drangen auch ihre Worte wieder zu ihm durch. Sie war es, die ihn aus dem Teich des Todes zog, in dem er beinahe untergegangen wäre.

»Sebastian! Was ist denn los? Hast du dich verschluckt?«

Er schüttelte den Kopf, brachte zunächst kein Wort hervor. Mit zitternder Hand klaubte er eine Serviette vom Tisch, wischte sich die Feuchtigkeit von den Wangen und aus den Augen.

»Sebastian … geht es wieder?«

Er fühlte sich vergewaltigt, ausgelaugt. »Ja, ja, es geht schon, danke.«

Nur widerstrebend löste sie sich von ihm, kehrte zu ihrem Platz zurück, ließ ihn aber nicht aus den Augen. Genauso wenig wie der Kellner oder die anderen Gäste. Für ein paar Minuten waren sie die Attraktion des Restaurants.

Saskia beugte sich vor und flüsterte: »Was war denn los, um Gottes willen? Ich dachte, du erstickst.«

»Das dachte ich auch.«

»Hast du dich verschluckt?«

»Ich … ich weiß nicht, nein, eigentlich nicht. Das war wie ein Anfall.«

Der Restaurantchef, ein gedrungener Italiener mit Schmerbauch und freundlichem Gesicht, kam an ihren Tisch. Mit gesenkter Stimme erkundigte er sich nach Sebastians Befinden, fragte, ob mit dem Essen alles in Ordnung sei. Sebastian versicherte es und griff die Ausrede auf, er habe sich verschluckt. Genau das wollte der Mann hören. Er lächelte mitfühlend, versprach ihnen pronto zwei Glas Wasser auf Kosten des Hauses und entschwand wieder in die Unsichtbarkeit.

Sebastian wollte nur noch raus, er fühlte sich plötzlich eingeengt, bedrängt, als wären die Mauern und Nischen zusammengerückt. »Können wir gehen? Ich möchte an die frische Luft.«

»Natürlich! Lass uns gehen. Du bist ja immer noch ganz blass.«

Der Kellner kam mit dem Wasser. Sebastian zahlte die Rechnung, sie tranken aus und verließen das Lokal. Unter der Weite des sternenüberzogenen Nachthimmels holte Sebastian tief Luft. Das Gefühl, nicht richtig atmen zu können, verschwand nun vollends. Er füllte seine Lunge, so gut es ging. Saskia stand daneben und beobachtete ihn. Was für eine Vorstellung! Unübertrefflich peinlich! Seine erste Verabredung mit diesem bemerkenswerten Mädchen, und er bekam während des romantischen Essens einen Anfall. Große Klasse!

»Gehst du ein paar Schritte mit mir?«, fragte er sie.

»Gern.«

Langsam schlenderten sie nebeneinander die Straße hinunter. Sebastians Sinne waren auf merkwürdige Art geschärft. Er nahm alles überdeutlich wahr. Die in den Lichtkegeln der Laternen tanzenden Insekten, das Zirpen der Grillen, die Geräusche einer entfernten Durchgangsstraße. Saskia an seiner Seite, ihren Atem, ihren Geruch. Er erzählte ihr von seinen Asthmaanfällen, die ihn schon heimsuchten, solange er denken konnte. Ungezählte Male war er als Kind bei ungezählten Ärzten gewesen, alle hatten sie nur den Kopf geschüttelt. Sich verkrampfende Bronchialäste, genetischer Defekt, vererbt, angeblich hatte sein Vater als Kind schlimme Probleme mit den Bronchien gehabt. Dabei verschwieg er ihr aber, dass er den Anfall nicht mit seinem Asthma in Verbindung brachte. Mit sich verkrampfenden Bronchialästen hatte das vorhin nichts zu tun gehabt. Irgendwas war in seinem Kopf gewesen, etwas, das dort nicht hingehörte. Hatte es je Fälle von Wahnsinn in seiner Familie gegeben? Nein, das war zu weit hergeholt. Vielleicht sollte er es einfach vergessen. In den letzten Tagen hatte er viel Stress gehabt. Stress konnte alles Mögliche verursachen!

»Tut mir leid, dass ich unser Essen auf diese Weise beendet habe. Normalerweise bekomme ich die Anfälle nur nachts.«

»Du brauchst dich nicht zu entschuldigen. Du kannst schließlich nichts dafür.«

Ihre Handrücken berührten sich. Sebastian fragte sich, ob er ihre Hand nehmen sollte, beließ es aber bei der Frage.

»Ein schöner Abend«, sagte Saskia leise.

Ihr Kinn zum Himmel gereckt sah sie mit großen Augen hinauf. »Am Nachmittag dachte ich noch, es gibt ein Gewitter.«

»Ja, es sah so aus. Hat sich aber verzogen.«

Was für ein wunderschöner, romantischer Satz! Herzlichen Glückwunsch! Er suchte fieberhaft nach Worten, fand aber keine. Seine Rhetorik, während des Studiums in unzähligen Seminaren geschult, versagte hier. Der Grundlage kühler Argumente und stechender Logik entzogen, stand er da wie ein Achtklässler und fühlte sich auch so. Klein, pickelig, voller pubertärer Probleme und Unsicherheiten.

Unvermittelt blieb Saskia stehen und sah ihn an, reckte ihr zierliches Kinn zu ihm empor, wie sie es vorher zum Himmel gereckt hatte. Ihre Augen fingen das Licht der Straßenlaternen ein.

»Warum hast du mich im Krankenhaus besucht?«

Die Frage überraschte ihn.

»Ich verstehe nicht.«

»Das war nicht selbstverständlich, und ich würde gern wissen, warum du es getan hast?«

Ohne lange darüber nachzudenken, erzählte er ihr die Wahrheit, sprach von ihrem blutüberströmten Gesicht hinter der zerborstenen Scheibe, von seinem Gewissen, das sich nicht durch die Worte der Schwester hatte beruhigen lassen wollen. Erst während er sprach, fragte er sich, ob das die Antwort war, die sie hören wollte. Aber was spielte das für eine Rolle, er hatte keine andere. Als er endete, legte sie den Kopf schräg und sah ihn unverwandt an.

»Du dachtest, ich wäre tot?«

Um Worte beraubt nickte Sebastian nur. Dann trat sie schnell auf ihn zu, nahm seine Hand und verschränkte ihre Finger in den seinen. So gingen sie schweigend zu ihren Autos zurück. Dort angekommen öffnete sie die Fahrertür des Audis, den sie sich von Stefanie geliehen hatte, drehte sich um, stellte sich auf die Zehenspitzen und hauchte ihm einen Kuss auf die linke Wange. Sanfte Wärme glitt über sein Gesicht, ihr Haar berührte für einen kurzen Moment seine Lippen, wie das Streicheln einer Feder, die zuvor durch eine sinnliche Welt voller Düfte geschwebt war.

»Danke … auch für den schönen Abend.«

Sie stieg ein und steckte den Schlüssel ins Zündschloss. Lag es an der Instrumentenbeleuchtung, oder überzog eine leichte Röte ihr Gesicht?

»Ich würde dich gern wiedersehen«, sagte Sebastian.

Ein einziger Blick von unten herauf, aus diesen tiefen, dunklen Augen, ein einziger Blick und der wie in Zeitlupe ablaufende Augenaufschlag, und er war sich völlig sicher.

»Lad mich ein, und bring mir das Reiten bei.«

»Ich wüsste nicht, was ich lieber täte. Morgen?«

»Musst du nicht arbeiten?«

»Ich könnte um sechzehn Uhr Schluss machen, dann wäre ich um siebzehn Uhr auf dem Hof.«

»Ich bin da.«

Ein letzter Blick, dann warf er die Tür zu und sah dem Wagen nach, noch lange, nachdem er verschwunden war.

Grelles Licht blendet ihn, schießt als stechender Schmerz durch seine Augen bis in den Kopf, zerplatzt dort zu Millionen Sternen, die wie Kometenhagel niedergehen, jeder einzelne mit der Leuchtkraft einer Sonne. Alles ist Licht. Zeitgleich hört und spürt er den Riesen, groß wie ein Haus, gewaltige Füße walzen durch den Wald, zerstören alles und jeden. Das infernalische Krachen seiner Schritte erschüttert den Boden, lässt sein Bett beben. Dann schließen sich kräftige Arme um seinen Oberkörper, drohen seine Rippen zu zermalmen, ihn zu ersticken. Der blauschwarze

Odem des Riesen steigt vom Boden auf, greift nach ihm, fließt in seinen Mund, der nach Atem ringend weit geöffnet ist. Wie flüssiges Feuer gleitet er in seinen Rachen, verbrennt ihn innerlich, lässt auf seinem Weg nur Schmerz, Schmerz, Schmerz zurück. Das bisschen Luft, das er mühsam einatmet, lehrt ihn die Qualen der Hölle. Er zieht es vor zu ersticken …

Seine Hände krampfhaft um den Hals geschlossen, schoss Sebastian in die Höhe. Seine Luftröhre brannte vom Rachen bis in die Lunge, schrie nach Atemluft. Hektisch tastend fand er in der Dunkelheit den Inhalator auf dem Nachtschrank, führte ihn an seinen Mund und drückte dreimal drauf. Sofort legte sich die Medizin beruhigend auf seinen Rachen, gelangte bis in die Lunge, erweiterte und entkrampfte dort die Gefäße. Die Linderung trat augenblicklich ein; seine Atemfrequenz wurde gleichmäßig, sein Herz hörte zu rasen auf. Das Gefühl, innerlich verbrannt zu sein, verschwand.

Er stand auf, trat ans Fenster und öffnete es weit. Die hereinfließende Nachtluft war zwar nicht kühl, tat aber trotzdem gut, legte sich wie Balsam auf seine erhitzte Gesichtshaut. Anders als die verbrauchte Luft im Zimmer roch sie nach trockenem Gras, den Pferden und dem Harz der Kiefern. All das glaubte er riechen und schmecken zu können, obwohl die Medizin des Inhalators seine Geschmacksknospen eigentlich vorübergehend lahmgelegt hatte.

Mit den Händen auf der Fensterbank abgestützt, lehnte Sebastian sich so weit wie möglich vor, ohne dabei aus dem Fenster zu fallen. Er schloss die Augen und sog die würzige Luft ein. Dies war nicht sein erster Erstickungsanfall, und es würde auch nicht der letzte sein. Er hatte gelernt, damit zu leben, hatte sich mit seiner Krankheit abgefunden. Nachdem die Ärzte unisono erklärt hatten, dass er damit leben *müsse*, war es einfacher geworden. Und da es nur nachts auftrat, konnte er sich damit arrangieren.

Nicht aber mit dem, was ihm beim Essen mit Saskia widerfahren war. Was, wenn die Krankheit sich veränderte, wenn sie begann, den Tag zu erobern? Sein Leben würde sich völlig ändern. Aber er wollte diesen Befürchtungen nicht zu früh Glauben schenken, denn wie ein typischer Asthmaanfall hatte es sich nicht angefühlt. Da war etwas anderes mit ihm geschehen, etwas, das er nicht einordnen konnte. Vielleicht eine allergische Reaktion auf irgendeine Zutat im Essen?

Vielleicht, vielleicht, vielleicht …

Und vielleicht sollte er es einfach vergessen. Sich auf den morgigen Tag freuen, auf Saskias Besuch hier auf dem Hof.

Der Ruf eines Moorochsen schall vom See herüber. Ein dunkles, langgezogenes *Hui-Wuuh*, ähnlich dem Blöken einer Kuh, das in der nächtlichen Stille und Einsamkeit jedoch eine völlig andere, unheimliche Klangfarbe bekam. Eine leichte Gänsehaut breitete sich auf Sebastians Armen aus. Er schloss das Fenster, ging zurück ins noch warme Bett und fiel in einen traumlosen Schlaf.

In dieser Nacht kam der Riese nicht mehr.

Mittwoch

Sie hatte den Körper in den kühleren Keller geschafft, trotzdem war der Gestank innerhalb eines einzigen Tages unerträglich geworden. Als sei die alte Schachtel bereits zu Lebzeiten innerlich angefault gewesen, achtundachtzig Jahre altes Fleisch, in dem die Saat des Todes längst aufgegangen war und ihren Zersetzungsprozess begonnen hatte. Sobald sie die Kellertür öffnete, schlug ihr der Gestank wie eine massive Faust entgegen, kroch aber auch durch den Ritz darunter, wenn die Tür geschlossen blieb. Sie selbst hätte damit noch einige Tage leben können, aber es lag eine Gefahr darin, und deshalb musste sie handeln. Neugierige Menschen gab es mehr als genug auf der Welt. Leute wie dieser Postbote! Dem traute sie es zu, dass er vor dem Haus stehen blieb und mit seiner aufgedunsenen Säufernase den stechenden Geruch wahrnahm, der aus den Fensterschächten ins Freie drang.

Bevor sie zur Tat schritt, spähte sie aus dem Obergeschoss noch einmal zum Fenster hinaus. Mitternacht war vorüber, draußen lag eine lichtlose Nacht zwischen den Häusern, leichte Wolken hatten sich vor die Sterne geschoben, die Straßenlaternen waren vor zehn Minuten erloschen. In keinem der Häuser dort vorn konnte sie noch Licht entdecken. Dort schlummerte die friedliche Welt der braven Bürger, heile Familien, Kinder, die bei ihren Müttern aufwachsen durften, die ihnen nicht säugend von den Brüsten gerissen wurden.

Aus einer Lade des Nachtschränkchens neben dem Bett der alten Kreiling nahm sie ein Taschentuch aus teurem, weichem Stoff und band es sich schützend vor die Nase. Ein eigentümlicher Geruch haftete dem Tuch an. Wahrscheinlich eine Mischung aus Waschpulver und Parfum. Es konnte ihr nur recht sein, vielleicht hielt es den Gestank im Keller dadurch besser ab.

Sie ging ins Erdgeschoss, öffnete die Kellertür und stieg hinab. Auf der Treppe schützte das Tuch ihre Nase vor allen anderen Gerüchen, doch kaum hatte sie einen Fuß auf den Boden gesetzt, drangen Mechthild Kreilings sterbliche Überreste in Form von Gasen durch das Tuch. Leider wusste sie nur zu genau, was Geruch letztendlich war; nämlich nichts anderes als mikroskopisch kleine Partikel des stinkenden Materials – in diesem Falle eben menschliches Fleisch.

Die Leiche befand sich im letzten Raum nahe der Außentreppe, dort, wo die Kreiling in langen Holzregalen eingemachte Kirschen, Pflaumen und ein paar vergammelte Äpfel aufbewahrte. Sie drückte die Tür auf, machte aber kein Licht. Jeder Raum hatte einen Lichtschacht, und sollte es einen unerwarteten Besucher geben, würde der sich fraglos wundern, was es mitternächtlich im Keller zu tun gab. Das dämmrige Licht der Glühbirne auf dem Flur würde reichen müssen. Der Leichnam lag mitten im Raum. Das Tuch vor ihrer Nase hatte keine Wirkung mehr. Nur noch in ihrer Wunschvorstellung blieben die winzigen Fleischpartikel darin hängen.

Sie bückte sich, griff nach den Beinen und zog kräftig daran. Das alte Fleisch gab nach, sie spürte etwas reißen, der Rest des Körpers sackte wieder zu Boden, obwohl sie beide Fußknöchel noch umklammert hielt. Einen unschlüssigen Moment blieb sie so stehen, sah sich im Kellerraum um, dachte nach. In dem Halblicht vom Flur entdeckte sie eine mittelgroße Holzkiste. Sie ließ die Beine fallen, ging hinüber und hob den Deckel. In der Kiste war nur ein kleiner Rest Eierkohle. Die störte nicht. Sie schob die Kiste neben Mechthild Kreiling. Die alte Dame war zu Lebzeiten nicht groß gewesen und wirkte jetzt sogar noch kleiner, trotzdem würde sie nicht ohne Weiteres in die Kiste passen.

Sie hob zunächst die Unterschenkel über die Kante, packte die Leiche dann unter den Achseln, wuchtete sie mühelos hoch und ließ sie mit dem Kopf voran in die Kiste sacken. Der tote Körper verkeilte sich und blieb quasi mit einem Katzenbuckel stehen. Doch unter dem Druck ihres immensen Körpergewichts, welches sie auf die Mitte der Wirbelsäule konzentrierte, brach diese, und sie konnte die Gliedmaßen mit ein wenig Kraft in die Kiste pressen. Die rechte Beckenhälfte weigerte sich zunächst standhaft, gab dann aber einigen gezielten Fußtritten nach. Zehn Minuten, nachdem sie den Keller betreten hatte, war die Leiche in der Kiste verstaut.

Sie rang nach Luft. Das hier war schwere Arbeit, dazu noch der Gestank und das behindernde Tuch vor der Nase, kein Wunder, wenn ihr Herz raste. Sie musste raus aus dem Keller!

Also schloss sie die Außentür auf, wuchtete die Kiste vor ihren Bauch und trug sie schnaufend und keuchend hinauf. Die letzten Stufen waren eine Qual, ihre Beine zitterten, aber sie schaffte es und setzte die Kiste erst ab, nachdem sie die Treppe überwunden hatte. Der Wille zählte! Mit einem festen Willen konnte der Mensch alles schaffen!

Die Nachtluft, obgleich weder kühl noch besonders erfrischend, war nach dem Gestank im Keller wie eine Offenbarung. Sie entfernte das Tuch von ihrem Gesicht, legte den Kopf in den Nacken und atmete tief ein und aus, genoss die stille Freiheit um sich herum, sah Sterne zwischen den Wolken blinzeln. In ihrem Brustkorb löste sich ein tiefer Seufzer. Eines Tages würde sie, so wie Mechthild Kreiling jetzt schon, als reine Energie dort oben zwischen den Sternen existieren. Sie würde ihre nutzlose Hülle aufgeben und sich mit dem ewigen Fluss der Natur vereinigen. Seit Urzeiten war es immer der gleiche Ablauf, und nur weil die Menschen es vergessen hatten, weil sie nicht mehr daran glaubten, hatte sich die Natur nicht verändert. Alles floss auf einen bestimmten Punkt zu, nichts ging verloren, Energie änderte nur ihren Aufenthaltsort. Sie kannte das Wissen einer längst vergangenen Epoche, und es erfüllte sie mit großer Genugtuung und tiefer Zufriedenheit. Mitunter wünschte sie sich sogar, jetzt schon in diesen ewigen Fluss eintauchen zu können, doch das ging nicht. Es gab noch so viel zu tun. Erst musste sie mit ihrem Kind vereinigt sein!

Sie bückte sich, griff nach der Kiste und wuchtete sie abermals hoch. An der westlichen Seite des Grundstücks hatte sie eine Stelle ausgemacht, die für ihr Vorhaben wie geschaffen war. Zur Straße hin von einer dicht belaubten Hecke abgeschirmt, zur Ackergrenze hin durch eine Reihe hoher Tannen verborgen. Dort stellte sie die Kiste ab. Der Spaten wartete bereits unter den Tannen. Sie begann zu graben.

Eine halbe Stunde später war ein Loch von anderthalb Metern Tiefe ausgehoben. Zum allerletzten Mal hob sie die Kiste an und ließ sie einfach in die Grube fallen. Der dumpfe Laut verließ kaum das Erdreich. Weitere zehn Minuten später waren das Loch wieder aufgefüllt und die restliche Erde unter den Tannen verteilt.

Und so bekam Mechthild Kreiling, was sie sich immer gewünscht hatte. Ein Grab in ihrem geliebten Garten.

Seine Mutter hatte Kuchen gebacken, also kamen sie um ein offizielles Kaffeekränzchen nicht herum. Sebastian war die Situation peinlich, schließlich war er kein Schüler mehr, aber verhindern konnte er es nicht, immerhin trafen sie sich in seinem Elternhaus. Während der halben Stunde, die sie am Esszimmertisch verbrachten, kam er kaum zu Wort. Saskia hielt sich gut. Sie aß mehr von dem Kuchen als er, sprach mehr mit seinen Eltern als mit ihm und schien sich überhaupt wohlzufühlen. Als er jedoch den Eindruck bekam, seine Mutter würde Saskia ausfragen, brach er das Gespräch mit der Begründung ab, sie würden jetzt mit dem Reitunterricht beginnen müssen, bevor das Wetter umschlug.

Draußen lag die schwüle Luft wie ein fester Block im windgeschützten Bereich zwischen Stallung und Haus und war kaum zu ertragen. Die Sonnenstrahlen wurden durch leichte Schleierwolken gemildert, trotzdem war es sehr warm. Sebastian führte Saskia zum Koppelzaun.

»Deine Eltern sind nett«, sagte sie.

»Ja, eigentlich schon. Leider ist meine Mutter ein wenig zu neugierig. Sie hat dich ja regelrecht ins Kreuzverhör genommen.«

Saskia lachte. »So schlimm was es auch wieder nicht. Schließlich kennen sie mich überhaupt nicht, da ist das normal.«

Der Zaun, der Sebastian bis zur Brust reichte, versperrte Saskia, die ein ganzes Stück kleiner war, die Sicht. Sie stellte sich kurzerhand auf die unterste Latte und klammerte sich mit den Armen an der obersten fest. So reichte ihr Blick von den sanft abfallenden Weiden über die Nadelwälder bis hinunter ins Tal. Das Dorf selbst war nur ein Schemen in der flirrenden, dunstigen Luft. Über den weit entfernten Dächern schwebten drohende Wolken mit dunklen Unterseiten.

»Wunderschön ist das hier«, sagte Saskia.

Ihre Stimme klang, als wäre sie weit, weit entfernt. Sebastian hätte etwas dafür gegeben, ihre Augen sehen zu können, ihre dunklen Augen, in die er sich – das konnte er sich ruhig eingestehen – hoffnungslos verliebt hatte. Aber er stand hinter ihr, und das Einzige, was er sah, war das fein gezeichnete Relief ihrer Rückenmuskulatur unter dem hautengen, dünnen Trikot.

»Und, wollen wir es ausprobieren?«, fragte er.

Sie stieg vom Zaun und sah ihn an. Unsicherheit lag in ihrem Blick.

»Wir nehmen Falco, unser ruhigstes Pferd. Dir kann wirklich nichts passieren.«

»Okay, aber nur ganz langsam bitte, wegen der Rippen.«

Sebastian führte Falco von den anderen Pferden weg auf eine abgetrennte Koppel, sattelte ihn und zeigte Saskia, wie das Zaumzeug angelegt werden musste. Als sie beim Gebissstück angelangt waren, zog Saskia ihre Hand hastig zurück, da Falco sich dafür interessierte.

»Ruhig.« Sebastian strich ihm über die Blesse. »Er will nur deinen Geruch aufnehmen. So lernt er dich kennen.«

Unsicher lächelnd streckte Saskia ihre Hand wieder aus. Falco näherte sich mit seinen großen Nüstern, schnupperte geräuschvoll an ihrer Handfläche.

»Das fühlt sich ja richtig weich an«, staunte Saskia.

»Ich weiß. Und Pferde küssen auch richtig gut, willst du es mal ausprobieren?«

Ihre Augen wurden noch größer. »Ist nicht dein Ernst!«

»Nein, kleiner Scherz. Aber ich glaube, er hat dich für in Ordnung befunden, also können wir loslegen. Bist du so weit?«

Saskia nickte. Er zeigte ihr, wie sie mithilfe der Steigbügel auf den hohen Pferderücken kam, wo sie sich dabei festhalten und wie sie ihr Gewicht verlagern musste. Falco stand still und hielt den Kopf so, dass er sehen konnte, was an seiner Flanke vorging. Sebastian beruhigte sowohl ihn als auch Saskia, und erst als beide etwas lockerer waren, führte er sie zweimal durch die gesamte Koppel.

»Wie fühlst du dich?«, fragte er danach.

Saskia strahlte. »Einfach toll!«

Sebastian half ihr herunter. Sie wirkte erleichtert und glücklich zugleich, fast wie ein kleines Mädchen, das eine Mutprobe hinter sich gebracht hatte und nun meinte, die ganze Welt aus den Angeln heben zu können.

»Für das erste Mal nicht schlecht«, lobte er sie.

Wenig später saßen sie jenseits der Zäune auf der Kuppe des Hügels. Über ihnen raunte der zunehmende Wind durch die Äste der Kiefern. Aus dem Dorf klang dünn das Geläut der Kirchenglocke. Neunzehn Uhr. Der Nachmittag war vorüber. Sie waren verschwitzt und müde, die drückende Hitze machte ihnen zu schaffen.

Eine Weile verbrachten sie schweigend. Sebastian war nicht nach reden, und er meinte zu spüren, dass Saskia ebenso empfand. Jedes Wort hätte den Zauber des Augenblicks zerstört. Sie waren allein, die restliche Welt schien weit entfernt, ihr Alltag mit all seinen Sorgen und Nöten war nicht existent. Auf dieser weichen Kuppe schienen sie wie in einem Traum über allem anderen zu schweben, losgelöst, schwerelos, nur noch die Gegenwart des anderen spürend.

Als Saskia sich ausstreckte und die Augen schloss, betrachtete Sebastian sie ohne Scheu – ihren schlanken Körper, die braune Haut, das schwarze Haar – und als sie die Augen öffnete, sah er nicht weg. Sie stützte sich auf die Ellenbogen, reckte ihm ihr Gesicht entgegen. Ihre Lippen fanden sich. Die ihren waren warm, salzig und weich. Sie roch nur noch nach Saskia, nicht mehr nach irgendwelchen Parfums oder Lotions. Nach einem kurzen Moment der Zurückhaltung öffnete sie ihre Lippen, tastend fanden sich ihre Zungen. Sebastian schloss seine Arme um ihre Taille und zog sie heran.

Ein heftiger Windstoß fuhr in die Bäume über ihnen. In der Ferne grollte die noch leise Stimme des Gewitters.

Ein heftiger Donnerschlag riss Sebastian aus dem Schlaf. Sofort war er hellwach, hörte deutlich, wie sich die wütende Stimme des Riesen grollend in die Ferne zurückzog. Er richtete sich auf und sah zum Fenster. Wegen der drückenden Wärme hatte er beide Flügel weit geöffnet und die Vorhänge zurückgezogen. Geisterhaft bewegten sie sich nun in dem kühlen Luftstrom, wurden aufgebläht, griffen wie Finger tief in den Raum. Der nächste Blitz erhellte das Zimmer für den Bruchteil einer Sekunde, riss die Möbel aus dem Dunkel, zeichnete scharf umrissene Schatten. Sebastian zählte, so wie Edgar es ihm als Kind beigebracht hatte. Der Schall legt in der Sekunde dreihundertdreiunddreißig Meter zurück. Teilt man das Ergebnis des Zählens durch drei, ergibt dies die Entfernung in Kilometern.

… einundzwanzig … zweiundzwanzig … dreiundzwanzig …

Diesmal grollte der Donner langsam anschwellend aus der Ferne heran, schlug brüllend über dem Haus zusammen und entfernte sich nur widerwillig.

Sechs Sekunden. Zwei Kilometer. Ziemlich nah!

Sebastian schwang die Beine aus dem Bett und trat ans Fenster. Sofort kühlte der Luftstrom seine erhitzte Haut, und ein Frösteln lief seine Wirbelsäule hinab. Der Himmel war eine tiefschwarze Hölle, undurchdringliche Dunkelheit lauerte zwischen Haus und Stallgebäude. Die Welt existierte nur noch in den bizarren Ausschnitten der Blitze – und im Geruch. Da es noch nicht zu regnen begonnen hatte, roch die Luft intensiv nach Staub und Ozon. In den Eichen hinterm Haus fauchte die Stimme des aufkommenden Sturms, raschelte und knackte es in den alten Kronen. Ein besonders greller Blitz ließ ihn zusammenzucken. Der Donner erschütterte den Holzboden unter seinen Füßen. Sebastian schloss das Fenster und zog sich an.

Er hatte Angst!

Abgesehen von den Eichen hinter dem Haus bildete der Schneiderhof die höchste Stelle in dieser Gegend. Geografisch gesehen überragte er sogar noch den Adlerrücken. Drei Blitzableiter waren über die gesamte Länge des Daches verteilt, aber nicht einmal die hatten das Haus damals schützen können. Bei jedem Gewitter kehrte die Erinnerung daran zurück. Er war zehn gewesen, und in einer ähnlich heftigen Nacht war der Blitz in die Fernsehantenne eingeschlagen. Die Spannung hatte alle angeschlossenen Elektrogeräte zerstört und den Putz von den Wänden bröckeln lassen, wo elektrische Leitungen verliefen. Das hatte er erst am nächsten Morgen erfahren, aber während er zitternd unter seiner Bettdecke gelegen hatte, war eine Feuerlanze aus der unbenutzten Steckdose gegenüber seinem Bett geschossen. So wie in seinen Träumen von dem Riesen lange, grelle Finger durch den Raum tasteten, tastete die Feuerlanze nach seinem Bett. In den wenigen Minuten, bis seine Eltern ihn erlösten, hatte er ins Bett gemacht, und noch heute kehrte mit jedem Gewitter die Angst zurück.

Sie war nicht mehr so erdrückend und lähmend wie früher, reichte aber immer noch aus, ihn solche Nächte angezogen und wach verbringen zu lassen. So wie jetzt. Es war kurz nach eins, kaum mehr als zwei Stunden hatte er geschlafen. Gegen einundzwanzig Uhr, als das Gewitter unübersehbar am Horizont gelauert hatte, war Saskia aufgebrochen. Dreimal hatten sie sich im Laufe des Nachmittags geküsst; noch zaghaft auf der Kuppe am Rande des Waldes, später auf seinem Zimmer dann mit entschieden mehr Körpereinsatz und zuletzt sogar unter den Augen seiner Eltern. Ein schneller Kuss zum Abschied in der geöffneten Wagentür, und doch vielleicht der bedeutendste des Nachmittags, eben weil er öffentlich gewesen war. Die Erinnerung daran brachte ihren Geschmack zurück, ihren Duft, ihre Stimme …

Das fahlblaue Licht eines Blitzes erhellte das Zimmer. Sebastian, der sich gerade die Schuhe zuband, zog die Schultern zusammen und machte sich klein. Unwillkürlich ging sein Blick zur Steckdose. Nach einem weiteren heftigen Donnerschlag, bei dem seine Kopfhaut kribbelte und sich zusammenzog, begann plötzlich Taifun zu bellen. Gleichzeitig ertönten im Erdgeschoss leise Geräusche. Sebastian öffnete die Tür seines Schlafzimmers und spähte hinaus. Der obere Flur war stockdunkel. Er lauschte. Unten quietschte eine Tür, und mattes Licht kroch die Treppe bis zur Hälfte hinauf. Ohne selbst Licht zu machen, schlich Sebastian darauf zu. In der geöffneten Tür zum Schlafzimmer seiner Eltern stand Edgar. Sein weißes Haar war zerzaust, er trug Jeans und das karierte Oberteil seines Pyjamas. Hinter ihm warf sich Anna ihren Bademantel über. Sein Vater sah zu ihm hinauf.

»Das klingt nicht gut«, sagte er mit schlafrauer Stimme.

Seine Antwort wurde Sebastian durch einen Donnerschlag von den Lippen gerissen. Und plötzlich setzte mit unglaublicher Kraft der Regen ein. Schwere Tropfen trommelten auf die Tonpfannen des Daches und an die Fensterscheiben. Ein infernalisches Stakkato, in dem man sein eigenes Wort nicht verstehen konnte. Stumm und staunend standen sie in der Diele, blickten zur Decke hinauf, sorgten sich um das schützende, aber alte Dach über ihren Köpfen. Nach zwanzig Sekunden wurde der Regen erträglicher, erlaubte wieder eine Unterhaltung.

Taifun bellte ohne Unterlass.

»Da stimmt was nicht!«, sagte Edgar. »Wegen eines Gewitters hat er noch nie so ein Theater gemacht.«

Er warf Sebastian einen schnellen Blick zu, der alles sagte. Natürlich hatten beide die Einbruchsspuren an der Stalltür vor Augen, sprachen aber nicht darüber, weil Anna nichts davon wusste. Was auch der Grund war, warum Taifun entgegen Edgars Vorhaben nachts doch nicht frei auf dem Hof herumlief. Anna sollte sich keine Sorgen machen. Edgar achtete immer darauf, das Leben seiner Frau möglichst sorgenfrei zu halten.

»Lass uns nachsehen«, sagte er nun.

Sie zogen ihre Regenjacken und Regenhosen an. Anna holte zwei starke Stablampen aus der Küche.

»Müsst ihr da wirklich raus?«, fragte sie.

Edgar nickte. »Vielleicht sind die Pferde nervös. Wenn sie durchdrehen, verletzen sie sich in den Boxen. Wir müssen auf jeden Fall nachsehen.«

Sie nahmen ihr die Lampen ab, doch bevor Edgar die Haustür öffnen konnte, hielt Anna ihn am Ärmel fest. Das Ölzeug quietschte unter ihrem festen Griff.

»Geht nicht raus … bitte!«, flehte sie.

Ihre Stimme zitterte, ihre Augen waren geweitet. Seine Mutter war ein ängstlicher Mensch, das wusste Sebastian, aber diese Reaktion war selbst für sie übertrieben. Es war ja nicht das erste Mal, dass sie während eines Unwetters nach den Pferden sehen mussten.

Edgar gab ihr einen flüchtigen Kuss, drückte ihre Hand und löste sie von seiner Jacke.

»Du brauchst keine Angst zu haben, uns passiert nichts. Schließ die Tür hinter uns, und schalt die Hofbeleuchtung ein.«

Damit wandte er sich ab und öffnete die Haustür. Was dem Unwetter an Realität noch gefehlt hatte, stürzte jetzt mit Gewalt ins Haus: Regen, Sturm, fahlblaue Irrlichter. Sebastian sah seine Mutter an, und sein aufmunterndes Lächeln wurde im Keim erstickt, als er die Panik in ihren Augen sah. Bevor er weiter darüber nachdenken konnte, folgte er Edgar vor die Tür, ins Inferno. Dort hielten sie die Köpfe gesenkt, kniffen die Lider zusammen, standen Schulter an Schulter auf dem Absatz der Stufen. Die Außenbeleuchtung flammte auf, doch das Licht der kräftigen Scheinwerfer, das sonst den ganzen Hof bis hin zum Schuppen für die Autos erhellte, versickerte zwischen dem starken Regen und der pechschwarzen Nacht. Sie schalteten ihre Taschenlampen ein, nickten sich zu und gingen die vier Stufen hinunter. Der prasselnde Regen auf ihren Kapuzen verhinderte jede Unterhaltung.

Gegen den Sturm gelehnt kämpften sie sich über den Hof zum Zwinger. Binnen Sekunden liefen ihnen Sturzbäche übers Gesicht. Sebastian überkam das Gefühl zu ertrinken. Er schluckte heftig, wischte sich immer wieder mit der Hand durchs Gesicht. Vor ihnen in der Finsternis bellte Taifun. Seine wütende Stimme konnte nur Eindringlingen in seinem Revier gelten. Aber selbst wenn bei diesem Unwetter tatsächlich jemand auf dem Hof war, der hier nichts zu suchen hatte, hätten Sebastian und Edgar ihn nicht bemerkt. Das gebündelte Licht der starken Taschenlampen versickerte wenige Schritte vor ihnen in der Wasserwand. Die schnell aufeinanderfolgenden Blitze reichten gerade so, um sich zu orientieren. In grellen Abfolgen tauchten die Umrisse der Gebäude auf, verschwanden, tauchten auf … Sebastian tröstete sich mit dem Gedanken, dass ein Einbrecher auch nicht mehr sehen konnte als er selbst, und er fragte sich, wie lange die Natur eine solche Kraft aufrechterhalten konnte.

Sie erreichten den Zwinger unter einem heftigen Blitz, die Luft zischte und knisterte, ohne Abstand folgte ein Donnerschlag wie von Thors Hammer, so gewaltig, dass er sie in die Knie zwang. Instinktiv ließen sie sich in den Matsch fallen und zogen die Köpfe ein. Die Luft erzitterte, Schallwellen drangen durch seinen geöffneten Mund in Sebastians Körper, ließen seine Lunge beben.

»Mein Gott!«, brüllte Edgar gegen den Sturm.

Irgendwo vorn an der Straße stürzte ein Baum um. Sie konnten es nicht sehen, aber hören. Ein zerreißendes Krachen, Splittern und Knirschen. Taifun bellte nicht mehr. Er hatte sie bemerkt, drängte sich in ihrer Nähe gegen das

Gitter und winselte. Im Licht der Taschenlampen glühten seine Augen, seine Nackenhaare standen zu Berge. Im Windschutz des Zwingers drängten Sebastian und Edgar sich zusammen. Sebastian steckte seine Finger durch das Gitter und ließ sie von Taifun ablecken.

»Wir lassen ihn raus und sehen dann nach den Pferden«, rief Edgar.

Sebastian nickte, ging zur Tür des Zwingers und öffnete sie. Sofort drängte Taifun hinaus. Sebastian wollte den Hund noch am Halsband festhalten, verfehlte ihn aber. Unter wütendem Gekläffe preschte der Schäferhund los, kümmerte sich nicht um Sturm und Regen. Seine fliegenden Hinterläufe verschwanden in der nassen Dunkelheit.

»Lass ihn«, rief Edgar. »Wenn da jemand ist, wird er ihn schon verjagen. Gehen wir nach den Pferden sehen.«

Als sie aus dem Schutz des Zwingers traten, schlug der Sturm ihnen den Regen ins Gesicht, dass es wehtat. Nur fünfzig Meter waren es bis zum Stall, normalerweise keine Entfernung, doch in dieser Nacht war nichts normal. Der Weg erschien Sebastian endlos. Keiner ihrer Schritte brachte sie wirklich vorwärts, sie kämpften gegen den Matsch, den Sturm, den peitschenden Regen. Und gegen die Angst. Zumindest bei Sebastian, der hinter Edgar ging, war es so. Es war nicht die Angst vor dem Gewitter – die war hier draußen viel besser zu ertragen als drinnen –, sondern die Angst vor dem Unbekannten. Vor dem, was in der Dunkelheit lauerte, was Taifun so in Rage versetzt hatte. Mehr als einmal drehte Sebastian sich abrupt um, leuchtete in die fließende Wand. Da war nichts zu sehen, und doch wurde er das Gefühl, verfolgt zu werden, nicht los.

Erschöpft und nach Atem ringend erreichten sie die Nordwand des Stallgebäudes. Da der Wind von Südwest kam, bot die hohe Giebelwand ihnen Schutz. Sie lehnten sich flach mit dem Rücken dagegen.

»Unglaublich«, keuchte Edgar. »So etwas habe ich noch nie erlebt.«

Sebastian nickte nur. Ihm fehlten die Worte. Er sorgte sich um Taifun, längst war sein Bellen nicht mehr zu hören. Ihn jetzt zu suchen war allerdings zwecklos, rufen ebenso. Der Schäferhundrüde war mutig, furchtlos, das Wetter störte ihn nicht, denn er hatte noch keine schlechten Erfahrungen mit einem Gewitter gemacht. Hoffentlich wurde ihm das in dieser Nacht nicht zum Verhängnis!

Edgar drückte sich an der Wand entlang auf den Eingang zu, Sebastian folgte ihm. Das Wasser floss jetzt knöcheltief vom Haus weg über den Hof in Richtung der Koppel. Am Fundament des Stallgebäudes strömte ein ansehnlicher Bach entlang, der viel Erdreich und Schotter mit sich führte. Edgar schloss die Stalltür auf, sie drängten sich hinein und zogen die Tür gegen den Wind kämpfend zu.

Es war ein Schritt in eine andere Welt. Die Wärme des vergangenen Tages erfüllte den Stall, durchsetzt vom Geruch der Pferde und des Strohs. Nervöses Schnauben und Scharren von Hufen war zu hören, eines der Tiere polterte immer wieder gegen die Holzwand der Box. Der Regen trommelte aufs Dach.

Edgar schaltete das Licht ein. In dem langen Mittelgang zwischen den Boxen waren in Kniehöhe kleine Lampen angebracht, deren schwacher Lichtschein nur auf den Boden fiel. Auf diese Weise wurden die Pferde nicht erschreckt oder geblendet. In der schummrigen Dunkelheit darüber ließen sich die Köpfe der Tiere mehr erahnen als sehen.

In der ersten Box stand Falco. Aus der Dunkelheit schob

er seinen großen Schädel mit der über den Nüstern verlaufenden hellen Blesse über das Gatter. Er schnaubte leise, schien aber nicht nervös zu sein. Das hätte Sebastian bei seinem zuverlässigen Lieblingspferd auch gewundert. Er tätschelte ihm den Hals und sagte ein paar lobende Worte. Warme Luft aus seinen Nüstern streifte Sebastians Wange. Edgar kümmerte sich derweil um Serafina. Die zweijährige schwarze Stute schien von allen am nervösesten zu sein. Sie war es auch, die immer wieder gegen die Boxenwand trat. Ein einziges nervöses Pferd konnte einen ganzen Stall in Panik versetzen.

Edgar tätschelte ihre Flanke und sprach beruhigend auf sie ein.

»Die anderen sind so weit in Ordnung«, sagte er, als Sebastian durch den Mittelgang auf ihn zukam. »Ich glaube …«

Plötzlich klapperte es auf der anderen Seite des Stalls. Ein lautes, metallenes Geräusch, das sie beide zusammenzucken ließ. Serafina begann sofort wieder nervös zu tänzeln, schnaubte, ihre Ohren zitterten. Edgar sprach erneut auf sie ein und warf seinem Sohn einen warnenden Blick zu.

»Ich sehe nach«, flüsterte Sebastian.

Die andere Hälfte des Stalls war nicht in einzelne Boxen unterteilt, sondern eine große, freie Fläche, auf der Stroh, Hafer und einige Gerätschaften für die Pflege der Pferde lagerten. Dahinter türmten sich eckige Strohballen vom Boden bis unter die Decke. Sebastian schaltete die Taschenlampe ein und ließ den scharf umrissenen Lichtkreis über die Strohwand wandern. Früher, als Kind, war dies einer seiner Lieblingsplätze gewesen, sowohl zum Spielen als auch zum Verstecken. An keinem anderen Ort des Hofes hatte er sich sicherer und geborgener gefühlt. Jetzt aber schlug sein Herz dumpf und schnell, während er sich den Strohballen näherte, zwischen denen es viele Löcher und Nischen gab. Auf Höhe des Holzregals, in dem die Futterzusätze lagerten, blieb er stehen, ließ den Lichtkegel umherwandern, konnte aber nichts entdecken, was er für das metallene Geräusch hätte verantwortlich machen können.

Edgar trat hinter ihn.

»Was gesehen?«, fragte er leise.

Sebastian wollte schon den Kopf schütteln, hielt aber plötzlich inne und ließ den Lichtkegel zurückwandern. Da! In einer schwarzen Höhle zwischen den Strohballen glühten grüne Augen. Der Kater! Er gehörte wie Taifun zum Hof, hatte aber weder einen Namen noch eine ihnen bekannte Abstammung. Niemand hatte ihn eingeladen, er war irgendwann einfach eingezogen, und obwohl er nicht gefüttert wurde, blieb er.

Der Kater starrte sie an, sie starrten zurück. Nur langsam löste sich in Sebastian die Anspannung. Wahrscheinlich hatte der Kater das Geräusch verursacht. Wer auch sonst? Warum hatte er sich so geängstigt? Es gab hier nichts, wovor Menschen Angst haben mussten.

»Lass uns ins Haus zurückgehen«, sagte Edgar. »Hier ist so weit alles in Ordnung.«

Sie löschten das Licht und verließen den Stall. Das Unwetter tobte noch, hatte aber an Stärke verloren. Eng an die Außenwand gepresst verharrten sie und spähten in das dunkel unter ihnen liegende Tal. Die zuckenden Blitze wanderten in Richtung des Dorfes ab.

»Hörst du was?«, fragte Sebastian.

Aber das war in diesem Inferno aus Regen, Donner und Sturm natürlich unmöglich. Sie konnten ja kaum ihr eigenes Wort verstehen. Trotzdem lauschten sie angestrengt.

»Er bellt nicht mehr«, sagte Edgar nach ein oder zwei Minuten.

»Ich weiß nicht ... Ich hab kein gutes Gefühl dabei«, sagte Sebastian.

»Wir können aber nichts tun. Bei diesem Wetter und in der Dunkelheit finden wir ihn sowieso nicht. Lass uns zurück ins Haus gehen ... er wird schon wiederkommen.«

Nur widerwillig löste sich Sebastian von der Stallwand und folgte Edgar. Sein Vater erreichte die Stufen zur Haustür als Erster und hastete hinauf. Plötzlich blieb Sebastian stehen, drehte sich ruckartig um und starrte in den von der Hofbeleuchtung illuminierten Regen. Es war kein Geräusch gewesen, das ihn hatte innehalten lassen, sondern das sehr intensive Gefühl, beobachtet zu werden. Genau wie in der anderen Nacht, als Taifun gebellt hatte. Doch da war nichts. Trotzdem: In den wenigen Sekunden, bis sein Vater nach ihm rief, spürte er deutlich die Anwesenheit von ... von irgendetwas, und es jagte ihm eine Höllenangst ein.

»Sebastian, komm endlich rein!«

Als er die Stufen hinaufstieg, kam er sich wie ein Verräter an seinem Hund vor.

Donnerstag

Das Unwetter hatte auf dem Land seine Spuren hinterlassen. Riesige Pfützen braunen Wassers verwandelten den Hof in eine Seenplatte, tief eingegrabene Rinnen zogen sich von den abfallenden Rändern zu den Wiesen. Die Böden waren einige Zentimeter tief aufgeweicht und matschig. Überall lagen abgebrochene Äste herum, kleine wie große, Laub bedeckte den Boden, als sei es über Nacht Herbst geworden. Quer über der Zufahrtsstraße lagen zwei vom Sturm entwurzelte Kiefern.

Am frühen Morgen, die Luft war noch dunstig, aber alles andere als kühl, stand Sebastian vor diesen Stämmen und versuchte abzuschätzen, wie lange es dauern würde, sie zu zersägen. Beide Bäume hatten eine Länge von zehn bis fünfzehn Metern und einen Durchmesser von nicht unter vierzig Zentimetern. Altgediente Kameraden waren das, die schon manchen Sturm überstanden hatten, aber diesen eben nicht mehr. Selbst mit der Kettensäge würden sie zwei Stunden benötigen, mindestens, und dann wussten sie noch nicht, wie es weiter unten aussah. Vom Beginn des Hügels an war die Zufahrt ihr Privatweg, keine Feuerwehr und keine Gemeindearbeiter würden sich vorrangig darum kümmern. Verflucht! Das brachte die Planung für den Tag durcheinander. Er musste ins Büro, dringend, noch einen Fehltag konnte er sich nicht leisten. Aber wie es aussah, würde er dort frühestens gegen Mittag auftauchen können. Derart abseits zu leben hatte mitunter seinen Preis.

Sebastian warf einen langen Blick auf die gewundene Straße, die nach hundert Metern mit einer scharfen Rechtskurve im Wald verschwand. Hoffentlich warteten da unten nicht noch mehr Überraschungen! Was würde in Oltmanns' Kopf vorgehen, wenn er in der Kanzlei anrief, um sich schon wieder einen Tag freizunehmen? *Schau an, der Neue, sein erster Mordfall, und er macht sich in die Hosen. Versteckt sich daheim bei Mama und Papa.* Nein, noch einen Fehltag konnte er sich auf gar keinen Fall erlauben!

Sebastian trat gegen den Stamm der Kiefer, was seinen Frust aber auch nicht linderte, und ging zurück zum Haus. Abermals rief und pfiff er dabei immer wieder nach Taifun – ohne Erfolg. Wären die Böden nicht so aufgeweicht, hätte er Falco gesattelt und sich auf die Suche gemacht. Irgendwas musste während des Unwetters geschehen sein! Taifun war zuverlässig, er würde sich nicht einfach aus dem Staub machen, auch nicht für eine läufige Hündin unten im Ort. Das nämlich war Edgars Vermutung, die Sebastian aber nicht teilte. Er kannte Taifun besser. Zudem war dafür inzwischen zu viel Zeit vergangen.

»Wie sieht es aus?«, fragte Edgar, als Sebastian die Küche betrat. Sein Vater saß am Tisch und frühstückte. Zwei Eier und zwei Scheiben Toast, wie jeden Morgen.

»Zwei Kiefern gleich vorne. Die müssen wir erst wegräumen. Ich rufe gleich im Büro an und sage Bescheid, dass ich später komme. Hoffentlich sind weiter unten nicht noch welche umgestürzt!«

»Wir fangen sofort an, ich esse nur noch zu Ende. Vielleicht schaffst du es ja noch vor dem Mittagessen ins Büro.«

Sebastian nickte. »Taifun ist nirgends zu sehen.«

»Er wird schon zurückkommen«, sagte Anna und strich ihm über den Rücken.

Sie klang nicht sehr überzeugt.

Fünf Minuten später machten sie sich an die Arbeit. Sie luden die Kettensäge, Benzin, Axt, Beil und zwei Flaschen Mineralwasser in die Schubkarre und marschierten los. Über dem Tal lag noch immer eine Dunstglocke, die Dächer des Dorfes waren nicht zu sehen. Fast schien es so, als habe das heftige Unwetter der letzten Nacht sämtliches Leben hinfortgespült, und sie hier oben auf dem Schneiderhof wären die einzigen Überlebenden. Bei diesem Gedanken lief es Sebastian kalt den Rücken hinab.

Während er mit der Axt die Äste entfernte, sägte Edgar den massiven Stamm der ersten Kiefer in meterlange Stücke. Sie arbeiteten konzentriert und wegen des Lärms der Motorsäge schweigend. Nach zehn Minuten spürten beide, wie hoch die Luftfeuchtigkeit trotz des frühen Morgens schon war und wie rasant die Temperatur anstieg. Es würde wieder schwül werden, und vielleicht gab es am Abend erneut ein Gewitter.

Nach einer knappen Stunde war die erste Kiefer von der Straße geräumt. Das Geäst hatte Sebastian in den Wald gezogen, der zersägte Stamm lag aufgeschichtet am Straßenrand. Sie setzten sich auf das stark nach Harz duftende Holz und legten eine Pause ein. Die erste Wasserflasche wechselte zwischen ihnen. Minuten vergingen schweigend.

»Ist ein nettes Mädchen«, unterbrach Edgar nach einer Weile die angenehme Stille.

Sebastian sah seinen Vater von der Seite an. Er war gerade selbst in Gedanken bei Saskia gewesen.

»Ja«, sagte er nur.

»Du bist doch nicht sauer wegen gestern, oder?«

»Weshalb sollte ich sauer sein?«

Edgar trank einen Schluck, sein Kehlkopf hüpfte auf und nieder. Sebastian bemerkte, wie schlaff die Haut am Hals seines Vaters geworden war.

»Na, du weißt schon ... Annas Neugierde.«

»Ach das! Nein, bin ich nicht, und ihr hat es nichts ausgemacht.«

Sebastian spürte, dass er noch irgendwas sagen sollte, etwas Beschwichtigendes, ein paar Worte der Absolution, damit Edgar sich für seine neugierige Frau nicht schämen musste, doch ihm war einfach nicht nach reden. Sein Blick war in die Ferne gerichtet, seine Gedanken pendelten zwischen der Liebe, dem Tod und dem Verlust. Zwischen Saskia, Trotzek und Taifun. Und je länger sie pendelten, desto chaotischer ging es in seinem Kopf zu.

Edgar trank noch einmal von dem Wasser, dann gab er die Flasche Sebastian und stand ruckartig auf.

»Ich wollte nur, dass du weißt, dass wir sie mögen.«

Er stemmte seine Hände in den unteren Rücken, schob das Becken nach vorn und stöhnte.

»Nicht die richtige Arbeit für einen alten Mann.«

»Soll ich die Säge nehmen?«

Sie tauschten die Werkzeuge und rückten dem zweiten Baum zu Leibe. Der war sogar noch ein gutes Stück länger und hatte sich zudem zwischen den Ästen einer gegenüberstehenden kleinen Eiche verfangen. Während die lärmende und vibrierende Kettensäge sich durch das weiße Fleisch des Stammes fraß, dachte Sebastian über das kurze Gespräch mit Edgar nach. Es war typisch für sie beide. Kurze Sätze, die alles sagten. War Anna nicht dabei, brauchten sie nie viele Worte, um das Wesentliche zu klären. Solange sie einer Meinung waren, ging das auch in Ordnung, hatten sie aber unterschiedliche Auffassungen, wie zum Beispiel im Fall Trotzek, war eine vernünftige Diskussion oder auch nur ein ausgiebiger Gedankenaustausch kaum möglich. Edgar beharrte wortkarg auf seiner Meinung. Mit ihm konnte man nicht diskutieren.

Eine weitere Stunde später hatten sie auch das zweite Hindernis von der Zufahrt entfernt. Gegen halb elf machten sie sich auf den Rückweg zum Haus. Sebastian schob die Karre und hatte keine Hand frei, um nach den lästig werdenden Mücken zu schlagen. Er fühlte sich klebrig und müde und auf keinen Fall einem langen Nachmittag im Büro gewachsen – aber wen interessierte das schon?

In der Stadt wartete ein Mörder auf ihn. Über dem Ort schoben sich graublaue Quellwolken zu riesenhaften Türmen auf und kündigten ein neues Gewitter an. Kein gutes Omen … überhaupt kein gutes Omen!

Sie kam barfuß an die Haustür. Zwischen der lockeren schwarzen Hose und dem oliven Shirt blitzte ihr Bauchnabel hervor. Ihr Haar glänzte feucht und war noch eine Schattierung dunkler als sonst. Sie hatte geduscht; ihr Körper strahlte Wärme ab und roch leicht nach Parfum. Nach einem langen Kuss an der geöffneten Tür nahm sie seine Krawatte zwischen die Finger und spielte damit.

»So siehst du also aus, wenn du arbeitest. Ziemlich offiziell.«

»Und ziemlich warm. Im Sommer würde ich auch gern etwas anderes tragen, aber wer würde einem Anwalt in kurzen Hosen und Hawaiihemd vertrauen?«

»Ich vertraue auch Anwälten in teuren Anzügen nicht … Komm rein, und leg ein bisschen was von deinem ab«, sagte Saskia, drehte sich um und ging voran.

Ihre Wohnung war groß und hell. Durch die hohen Fenster der alten Villa floss gelbes Abendlicht ins Wohnzimmer. Die pastellfarbenen Wände schienen mithilfe des Lichts eine eigenartige Energie zu entwickeln, sie strahlten förmlich. Der Raum wirkte wie ein Gemälde, alles harmonierte perfekt miteinander. Die kräftigen Farben der Vorhänge mit den Wänden, die Linie der Möbel mit der vorgegebenen Architektur des Hauses, die breite Couch mit den darauf gestapelten Kissen. Es gab keine Deckenlampe, dafür aber eine große Anzahl von Tisch- und Stehlampen.

»Gefällt es dir?«, fragte Saskia, während sie in die Küche entschwand.

Sebastian sah ihr nach. Ihre nackten Füße hinterließen hauchzarte Abdrücke auf dem Parkett.

»Wunderschön! Wenn ich mal eine Wohnung einrichten muss, engagiere ich dich.«

»Ich bin aber furchtbar teuer«, rief sie aus der angrenzenden Küche.

Eine Flasche wurde entkorkt.

Sebastian schlenderte durch den Raum und betrachtete die Aquarelle an den Wänden. Es handelte sich dabei um verwaschene Landschaften; Bilder ohne harte Linien und mit Farben, die es in der Natur nicht gab. In der rechten unteren Ecke eines jeden Gemäldes befand sich ein Namenskürzel, das Sebastian nicht entziffern konnte.

»Hast du die Bilder gemalt?«, rief er.

Mit einer Flasche Rotwein und zwei Gläsern kam Saskia aus der Küche. »Ja, die sind alle von mir.«

»Du hast Talent.«

»Und du keine Ahnung von Kunst.«

Sie stellte Wein und Gläser auf dem Tisch ab und kam zu ihm herüber.

»Schön, dass du da bist«, sagte sie, stellte sich auf Zehenspitzen und küsste ihn.

Sebastian beugte sich hinunter und schloss seine Arme um ihren warmen Körper. Als sie sich nach einem endlosen Augenblick voneinander lösten, wirkte ihr Blick der Welt entrückt. Sie holte sich selbst mit einem Blinzeln zurück. »Hast du Hunger?«

Ihre Stimme klang brüchig.

»Nicht wie ein Wolf, aber immerhin …«

»Dein Anruf kam zwar kurzfristig, und ich hab nicht viel da, aber ich glaube, ich kann irgendwas herbeizaubern. Setz dich, ich bin gleich wieder da.«

An der Küchentür drehte sie sich noch einmal um. »Und leg endlich die Krawatte ab.«

Sebastian zog sein Jackett aus und band die Krawatte ab, dann ließ er sich auf die Couch fallen und schloss für einen Moment die Augen. In der Küche klirrte Geschirr, die Kühlschranktür wurde aufgezogen und wieder zugeschlagen. Normale Geräusche in einer friedlichen Umgebung. Vor wenig mehr als zwei Stunden war er noch von fremdartigen Geräuschen in der potenziell gewalttätigen Umgebung der JVA umgeben gewesen, als er noch einmal Trotzek aufgesucht hatte. Jetzt, in dieser entspannten Atmosphäre, musste er sich eingestehen, dass es ihn abermals geängstigt hatte, sich mit dem Vatermörder in einem engen Raum zu treffen, obwohl der sich immer weiter öffnete und keinesfalls das Monster war, das man erwarten würde. Ja, er war auch nur ein Mensch, aber eben ein anderer. Eine bestimmte Grenze war überschritten, das ließ sich niemals wieder rückgängig machen, und auf der anderen Seite dieser Grenze galten für das menschliche Dasein andere Bedingungen. Wer gemordet hatte, verstand sie, wer nicht gemordet hatte, konnte nur verständnislos mit dem Kopf schütteln.

Saskia kam aus der Küche, stellte einen Teller Brotchips und Käsehäppchen auf dem Tisch ab, ließ sich neben ihn auf die Couch sinken und sah ihn an. »Du siehst geschafft aus.«

Sebastian zuckte mit den Schultern. »Letzte Nacht habe ich nicht viel Schlaf bekommen, und der Tag war auch nicht der Beste.«

»Willst du darüber reden?«

Wollte er? Darüber, was sich in der stürmischen Nacht auf dem Hof zugetragen hatte und dass Taifun verschwunden war, konnte er sprechen, keine Frage, aber wollte er in dieser friedlichen Wohnung wirklich Trotzeks Geschichte ausbreiten? Nein, auf keinen Fall. Das hatte hier nichts zu suchen.

Saskia bemerkte sein Zögern. Sie beugte sich zum Tisch, nahm die Weinflasche und goss die beiden bauchigen Gläser bis zur Hälfte voll. Eines nahm sie selbst, das andere reichte sie ihm.

»Trink. Wein macht die Seele leichter und die Zunge beschwingter.«

»Ich fürchte, bei mir macht er die Zunge eher schwerfällig. Worauf wollen wir anstoßen?«

Saskia beugte sich vor. Er konnte sehen, dass sie unter dem Shirt keinen BH trug. Der Duft ihres Parfums war plötzlich betörend. Ganz sacht berührten ihre Lippen seinen Mundwinkel.

»Auf mehr davon«, flüsterte sie neben seinem Ohr.

Ein angenehmer Schauer lief seinen Rücken hinab und verteilte sich im Becken.

Mit einem verschmitzten Lächeln zog sie sich zurück.

Sie tranken von dem süßen Wein und beobachteten sich über den Rand der Gläser hinweg.

»Was war denn gestern Nacht?«, fragte Saskia schließlich.

Sebastian atmete tief ein und aus. »So einiges. Erst mal konnte ich kaum einschlafen, woran du nicht ganz unschuldig bist …«

»Ich! Was habe ich getan?«

»Ungefähr das Gleiche wie eben.«

»Und das reicht schon für eine schlaflose Nacht?«

»Bei dir nicht?«

Saskia schüttelte den Kopf. »Eine Frage mit einer Gegenfrage beantworten – macht man das unter Anwälten so?«

»Ständig.«

»Und es funktioniert?«

»Unbedingt.«

Sie seufzte. »Gut, dann will ich dein Ego nicht beschädigen. Ich bin erst um zwei Uhr im Bett gewesen.«

Sie sah ihn an. Was ging vor hinter diesen tiefen, dunklen Augen? Gerade jetzt konnte Sebastian es nicht erkennen. Er zog fragend die Augenbrauen hoch.

»Ich hatte das eine oder andere mit meiner Freundin zu besprechen. Höchst privat!«

»Aha.«

Sie lächelte. »Themenwechsel. Du wolltest erzählen, warum du außerdem nicht schlafen konntest.«

»Wegen des Gewitters. Die Pferde waren unruhig, und dann ist auch noch Taifun abgehauen. Das macht er sonst nie. Als ich gegen Mittag den Hof verließ, war er immer noch nicht wieder da.«

»Und du machst dir Sorgen.«

»Na ja, vielleicht völlig unbegründet … Wer weiß schon, was in einem Hund vorgeht. Kann ja sein, dass er seinen Jagdinstinkt entdeckt hat.«

Während sie von den Brotchips knabberten, erzählte Sebastian ihr, wie heftig das Gewitter bei ihnen oben auf dem Hügel gewesen war, erzählte von den umgestürzten Bäumen und der schweißtreibenden Arbeit mit der Kettensäge am frühen Morgen. Er verschwieg ihr auch nicht Edgars Kompliment und registrierte genau das kleine Leuchten in ihren Augen. Als die Brotchips aufgegessen waren, stellte Saskia den Teller auf den Tisch, nahm ihm sein Weinglas ab und stellte auch ihres weg. Dann rutschte sie ein Stück näher. Ganz nah.

Sebastian nahm sie in die Arme und küsste sie, denn sie wollte eindeutig geküsst werden. Dabei ließ er vorsichtig seine Hände unter ihr Shirt gleiten, fuhr mit den Fingerkuppen an der Wirbelsäule entlang, spürte die harten Muskeln rechts und links davon. Saskia seufzte und bog den Rücken durch wie eine Katze. Sie löste sich von seinen Lippen, legte ihre Hände auf seine Brust und sah ihn durchdringend an. Es lag etwas Abschätzendes, aber auch Forderndes in ihrem Blick.

»Du wirst mich auch morgen noch anrufen, oder?«

Er nickte nur. Seine Hände lagen auf der nackten, warmen Haut ihrer Hüfte.

»Und du wirst mir nicht das Herz brechen, wenn ich mich auf dich einlasse?«

»Wir haben uns schon aufeinander eingelassen, und das weißt du auch. Du hättest mich nach dem Krankenhaus nicht angerufen, wenn es nicht so wäre, und ich wäre heute nicht gekommen, wenn ich es nicht ernst meinte. Und der Teufel soll mich holen, wenn ich dir jemals wehtun sollte.«

Saskia nahm sein Gesicht zwischen ihre Hände und küsste ihn innig.

»Man soll vorsichtig sein mit seinen Wünschen«, flüsterte sie, »aber ich gebe dir recht in allem, was du eben gesagt hast.«

Plötzlich richtete sie sich auf, erfasste den Saum ihres T-Shirts und wollte es eben abstreifen, als sie unvermittelt innehielt. Ihr Blick ging in Richtung Flur.

»O nein, nicht jetzt«, flüsterte sie.

»Was ist?«

Sie legte ihm einen Zeigefinger auf die Lippen. »Stefanie … Sie ist zurück. Die Tür ist nicht abgeschlossen, sie wird bestimmt gleich rüberkommen. Das macht sie immer.«

»Ich habe nichts gehört.«

Hatte er tatsächlich nicht, aber in den letzten Minuten waren seine Sinne auch sehr fokussiert gewesen.

»Sie ist da, glaub mir.«

Saskia beugte sich noch einmal vor und küsste ihn, leider nicht mehr so leidenschaftlich wie noch vor ein paar Sekunden.

»Tut mir leid. Ich werde dich ihr vorstellen müssen, sonst ist sie mir für den Rest des Lebens böse.« Sie erhob sich. »Tut mir wirklich leid.«

Sebastian stand ebenfalls auf. »Muss es nicht.« Er zog sie zu sich heran, legte seine Hände an ihre Wangen.

»Du bist wunderbar«, flüsterte sie.

Ein letzter Kuss. Sie brachten beide ihr Haar wieder in Ordnung, da klopfte es auch schon an der Wohnungstür.

Als Stefanie Feuerstake die Wohnung zwei Stunden später verließ, tat Sebastian vom Lachen der Bauch weh. Sie war Eventmanagerin, eine dieser quirligen Animateurinnen, die bei der Neueröffnung eines Autohauses oder der 100-Jahr-Feier eines Dosenfleischherstellers die Menschen auf Trab brachten. Der Beruf passte zu ihr! Ohne Mühe konnte Sebastian sich vorstellen, wie Stefanie einen Saal voller konservativer Investmentbanker dazu brachte, auf den Tischen zu tanzen.

Wenige Minuten nach ihr verließ auch er die Wohnung. Es war spät geworden. An der Haustür nahm er Saskia in die Arme.

»Wann sehen wir uns wieder?«, fragte sie.

Er warf einen Blick auf seine Armbanduhr. »In einer Stunde?«

Sie lächelte. »Viel länger halte ich es auch nicht aus.«

»Ich weiß noch nicht, wie der Tag morgen aussieht. Ich rufe dich an, ja?«

»Bekomme ich noch mal Reitunterricht von dir?«

»So viel du willst.«

Ein letzter Kuss, dann machte er sich auf den Weg.

Freitag

Hinter dem dunstig-weißen Schleier aufsteigender Feuchtigkeit verborgen schimmerte das dunkle Grün der Tannenwälder. Milchiges Sonnenlicht suchte sich zaghaft seinen Weg durch die hohe, wie ein Vlies über dem Himmel ausgebreitete Wolkendecke. Es war kühler als an den vergangenen Tagen; vorerst schien das Gewitter den Sommer vertrieben zu haben. Nachdem Sebastian Falco gesattelt und ihm das Zaumzeug angelegt hatte, führte er ihn vom Stall zwischen den Gattern hindurch ans Ende der eingezäunten Koppeln. Dort angekommen atmete er tief ein. Die Luft schmeckte nach feuchter Erde und feuchtem Gras. Vom See her ertönte gedämpft der Ruf eines Haubentauchers.

Dieser lang gezogene Ton war das einzige Geräusch in der frühmorgendlichen Stille. Hier oben, weitab des Dorfes und der hektischen Stadt, erwachte der Tag nur sehr langsam, und mitunter kam es Sebastian so vor, als befände sich die Zeit hier in einem ständigen Dornröschenschlaf. Dabei wusste er nur zu gut, dass vier Kilometer bergab eine andere Welt morgens mit Lärm erwachte, der bis spät in den Abend nicht mehr abriss. Mit der Stille verhielt es sich manchmal seltsam. Sie konnte die Seele streicheln und beruhigen, sie konnte aber auch ängstigen, sogar Panik auslösen, aber immer würde er sie dem Lärm vorziehen.

Bevor Sebastian aufsaß, ließ er seinen Blick über das ausladende Haus mit seinen Sprossenfenstern und dem tief heruntergezogenen Dach gleiten. Hinter dem Haus ging ein leichtes Rauschen durch die Blätter der alten Eichen. Die silbrige Unterseite des Laubes schien im fahlen Morgenlicht zu glitzern.

Merkwürdig! Irgendetwas an diesem Anblick störte Sebastian. So, als passte etwas nicht in das Bild, ohne dass er genau sagen konnte, was es war. Eine Ahnung, ein unbestimmtes Gefühl …

Er schüttelte den Kopf und schwang sich in den Sattel. Falcos Nüstern vibrierten, verspielt tänzelte er zur Seite. Die Freude über den Ausritt war dem Wallach deutlich anzumerken. Bei Sebastian war es anders, denn er ritt hinaus, um nach Taifun zu suchen. Mehr als einen Tag und eine Nacht war sein Hund mittlerweile fort, fort von seinem Rudel, von denen, die ihm Futter gaben. Dafür konnte es nur eine schlimme Begründung geben. Sebastian erwartete nicht wirklich, ihn zu finden, aber er musste nach ihm suchen, wenigstens das.

In gemächlichem Trab führte er Falco am Waldrand entlang. Dabei verzichtete er auf Pfeifen und Rufen; wenn Taifun ihn hätte hören können, wäre er längst zurückgekehrt. Weder er noch Edgar konnten sich vorstellen, was einem ausgebildeten Schäferhundrüden in diesen Wäldern gefährlich werden konnte. Hier gab es nur Rotwild, Hasen, Eichhörnchen und Füchse, ganz selten Schwarzwild. Dabei lag es auf der Hand, doch nur Anna hatte es zur Sprache gebracht: ein Mensch! Ein Mensch konnte einem Hund gefährlich werden, konnte ihn davon abhalten, nach Hause zurückzukehren. Und hatte er selbst in der Gewitternacht nicht etwas gespürt? Etwas Unbeschreibliches? Taifun hatte verrücktgespielt und war wütend in die Nacht davongeprescht. Das Gewitter war nicht der Grund gewesen, und das Gewitter war auch nicht die Ursache dafür gewesen, dass er selbst sich vor Angst fast in die Hosen geschissen hätte. Nein, da war noch etwas anderes gewesen.

Aber was?

Sie erreichten den Waldeingang. Sebastian duckte sich im Sattel und führte Falco hinein. Die tiefen Äste schabten über seinen Rücken. Sofort empfing ihn der würzige Geruch feuchter Nadeln und Blätter. Leichter Wind wiegte die Stämme der hohen Kiefern und ließ sie knarzen. Das Unterholz war bis auf einige Meter rechts und links des Weges gut einsehbar. Nur hier und dort versperrten einzelne Gruppen amerikanischer Traubenkirsche die Sicht. Sebastian überließ es Falco, den Weg zu finden, während er den Waldboden absuchte.

Allzu weit musste er nicht reiten, bis er etwas entdeckte, was seine Aufmerksamkeit erregte. Ein einzelner Ast, der kerzengerade aus dem Unterholz emporwuchs. Für jemanden, der sich viel in den Wäldern aufhielt, war er leicht auszumachen, wirkte dieser Ast doch künstlich und völlig fehl am Platze. Sebastian war sich sicher, dass er bei seinem letzten Ausritt noch nicht da gewesen war. Er saß ab und band Falco an den Stamm einer Kiefer.

Den merkwürdig geraden Ast anpeilend stieg Sebastian vorsichtig durchs Unterholz. Dabei musste er ein Gewirr von wilden Brombeerranken überwinden, die etliche tiefe Löcher und vermodernde Stämme verdeckten. Weil er sich auf den Waldboden konzentrierte, verlor er den Ast vorübergehend aus dem Blick, und als er das nächste Mal aufsah, wurde ihm schlagartig klar, worum es sich dabei handelte.

Er erstarrte. Sein Herz schlug dumpf und erschreckend schnell. Plötzlich widerstrebte es ihm, auch nur einen

Schritt weiterzugehen. Erst das laute Aufflattern eines Vogels hoch über ihm riss ihn aus der Starre. Mühsam schleppte er sich die letzten paar Schritte dahin. Dann sah er sich seinen schlimmsten Befürchtungen gegenüber.

Sebastians Magen drehte sich um, gleichzeitig wurde es eng in seinem Hals, und die Speiseröhre begann zu brennen. Er schluckte heftig, versuchte zu unterdrücken, was da aufsteigen wollte.

Der Ast war ein Stiel, dessen ehemals helles, offenporiges Holz bräunlich verfärbt war. Die Zinken der Mistgabel hefteten Taifuns Körper an den Waldboden. Bis zum Anschlag waren sie in seiner Flanke verschwunden. Längst hatte sich das Kleingetier des Waldes über den Kadaver hergemacht. Die Augen waren nur noch Höhlen, in denen eine unidentifizierbare Masse wuselte. Die weichen Teile der Nase waren ebenfalls verschwunden, außerdem schien sich ein größeres Tier, vielleicht ein Fuchs, seinen Teil geholt zu haben. Beide Ohren fehlten, in der hinteren Flanke klaffte ein zerfetztes Loch, an dessen Rändern sich weißliche Würmer wanden.

All das erkannte Sebastian in einer Sekunde. Dann war er nicht mehr in der Lage, gegen seinen Körper anzukämpfen, schaffte es gerade noch, sich von dem Kadaver, der einmal sein Hund gewesen war, abzuwenden, bevor sein Magen sich verkrampfte. Er erbrach sich über die Blätter eines wilden Vogelbeerstrauchs. Da er noch nicht gegessen hatte, kam nur gelbliche Flüssigkeit heraus, und die brannte wie reiner Essig in Mund und Hals. Noch während er vornübergebeugt dastand, überfiel ihn erneut namenlose Angst.

Der Wald! Das Unterholz! Die tiefen Schatten zwischen den Bäumen und Büschen!

Er ruckte hoch, sah sich mit weit aufgerissenen Augen um. Plötzlich kam ihm dieser Ort bedrohlich vor. Bedrohlich und verdammt weit weg vom Hof! Was, wenn der Mörder noch hier lauerte?! Wenn er darauf gehofft hatte, dass jemand kommen und nach dem Hund suchen würde?!

Eine Gänsehaut kroch Sebastians Rücken hinauf, die feinen Haare an seinen Unterarmen richteten sich kerzengerade auf. Sein Kopf zuckte von rechts nach links, er drehte sich im Kreis, konnte aber das Unterholz mit seinen Blicken nicht durchdringen. Alles voller Verstecke, viel zu viele Verstecke! Tief in ihm begann sich seine Lunge zu verkrampfen. Ein Gefühl, als lege sich eine Hand um das Organ und quetsche es zusammen. Er riss den Mund weit auf, rang nach Luft, bekam aber nicht genug davon. Nicht genug, niemals genug!

Während er neben seinem Erbrochenen auf die Knie sank, erinnerte Sebastian sich, dass die Asthmaanfälle ihn immer nur nachts heimsuchten. Nur nachts, wenn der Riese sich in seine Träume schlich. Es konnte also gar nicht sein, dass er hier im Wald neben seinem Hund starb! Ganz unmöglich! Kämpfen! Er musste sich auf die Beine kämpfen, den Oberkörper aufrichten, damit Luft in seine Lungenflügel strömen konnte. Ohne den Inhalator war das seine einzige Chance.

Also kämpfte er sich hoch, stützte sich dabei an dem rauen Stamm einer Kiefer ab, konzentrierte sich auf die Ameisen, die an dem Stamm entlangliefen und die Oberfläche seiner Hand passierten. Die großen roten Tiere, vor denen er sich eigentlich ekelte, lenkten seine Gedanken von dem Kadaver hinter sich und dem Riesen in seinem Kopf ab. Langsam befreite sich seine Lunge aus dem Würgegriff der Panik. Als er wieder halbwegs atmen konnte, stieß Sebastian sich von dem Kiefernstamm ab und lief los. Ohne noch einen Blick auf das zu werfen, was einmal Taifun gewesen war, rannte er durchs Unterholz, stolperte, riss sich die Unterarme an den Dornen der Brombeerranken auf, rappelte sich wieder auf, lief weiter, erreichte sein Pferd, band es los, sprang auf den Rücken des Wallachs und gab ihm die Sporen, wie er es noch nie getan hatte.

Im Galopp hetzte er zurück zum Hof seiner Eltern.

Uwe Hötzner schob seine Dienstmütze in den Nacken und strich sich mit der Hand über die Stirnglatze. Dabei spürte er den feuchten Film seines Schweißes, spürte ihn auch unter seinen Achseln und in den Falten seines dicken Bauches. Der Morgen war längst nicht warm genug für einen solchen Schweißausbruch, auch nicht im Zwangskorsett der Uniform, doch der Anblick des toten Tieres machte die fehlende Temperatur wett. Der Anblick – und der Gestank!

»Das gibt's doch gar nicht!«, stöhnte Hötzner und schüttelte erneut den Kopf.

Edgar Schneider wandte sich ab. Er legte den Kopf in den Nacken, sah zu den leicht schwankenden Wipfeln der Bäume empor und schluckte mehrmals hintereinander. Ihm gelang, was sein Sohn nicht gekonnt hatte. Der Brechreiz verschwand vorerst. Der süßliche Verwesungsgestank allerdings blieb, heftete sich in seiner Nase fest, als wolle er dort für alle Zeiten seinen Geruchssinn belagern. Warum musste Verwesung so stinken, warum konnte sie nicht ebenso geruchlos wie still vonstattengehen?

»Und das ist wirklich deine Mistgabel?«, fragte Uwe Hötzner, der es tatsächlich schaffte, noch immer den Kadaver anzusehen; dabei wedelte er mit der Dienstmütze vor seinem Gesicht herum, um die Fliegen zu verscheuchen.

Sie schienen sich zwischen Kadaver und menschlichem Schweiß nicht entscheiden zu können, pilgerten in schnellem Wechsel vom einen zum anderen, und Uwe Hötzner war nur zu eindringlich bewusst, was an den Beinen der kleinen Widerlinge haftete, die in seinem Gesicht zu landen versuchten.

Von Hötzner ungesehen nickte Edgar Schneider. Sein Adamsapfel hüpfte auf und nieder, bevor er antwortete.

»Ganz sicher. Jemand hat sie bei uns aus der Tonne gestohlen.«

Oberwachtmeister Hötzner schüttelte abermals den Kopf, wiederholte flüsternd: »Das gibt's doch gar nicht«, so als wäre es sein Mantra und Schutzschild, wandte sich schließlich von dem Kadaver ab und trat neben Edgar. Er atmete tief ein. Sein mächtiger Bauch spannte das Diensthemd bis an dessen Leistungsgrenze.

»So etwas habe ich noch nicht gesehen.«

Sie gingen einige Schritte vom Kadaver weg, bis der Verwesungsgestank erträglicher wurde. In Hötzners Fingern kribbelte es; es verlangte ihn nach einer Zigarette. Im Wald rauchen aber war etwas, was er sich als Polizist nicht erlauben konnte.

»Wer tut so etwas?«, fragte Edgar.

Eine Frage, die Uwe sich natürlich auch schon gestellt hatte. Menschen taten so etwas. Menschen waren zu allem fähig, waren zu Taten fähig, die sich niemand vorstellen konnte, bis sie dann geschahen. Ihre Grausamkeit kannte kein Maß, ihre Gefühllosigkeit kein Erbarmen. Die Evolution hatte ein Wesen hervorgebracht, das aus Sicht der Natur perfekt sein musste. Es konnte alles und jeden töten, auf jede erdenkliche und auch nicht vorstellbare Art und Weise. Aber hier, in ihrem kleinen, friedlichen Ort, gab es diese Art Menschen doch gar nicht, oder?

»Ich kann mir niemanden vorstellen«, sagte Uwe Hötzner deshalb. »Nicht einmal den alten Tiermann.«

An den alten Tiermann hatte Edgar zuallererst gedacht, als Sebastian völlig geschockt mit dem Pferd bis fast ins Haus geprescht war und ihnen berichtet hatte. Seit ihrem unsäglichen Grenzstreit vor zwanzig Jahren hatte sich an ihrer Beziehung nichts geändert. Tiermann hatte damals vor dem Landgericht den von ihm angestrebten Prozess verloren und hatte Land, das er für sich beanspruchte, an ihn abgeben müssen. Danach hatte der Alte des Öfteren damit gedroht, Edgars Pferde zu erschießen, wenn die auch nur einen Huf auf sein Land setzen sollten. Das traute Edgar dem alten Grantler auch durchaus zu, nicht aber so etwas hier. Im schwersten Gewittersturm der letzten Jahre nachts im Wald mit einem Schäferhundrüden zu kämpfen und ihn mit einer Mistgabel zu erstechen, dazu war der alte Tiermann nicht in der Lage. Er war mittlerweile weit über siebzig und schon lange nicht mehr bei bester Gesundheit. Edgar hatte sogar gehört, sein alter Rivale sei an Prostatakrebs erkrankt.

Er schüttelte den Kopf. »Ich traue dem alten Tiermann eine Menge zu, aber das nicht.«

»Vielleicht einer seiner Söhne?«, gab Uwe Hötzner zu bedenken.

»Vielleicht! Aber die letzten Jahre war Ruhe. Warum sollten die plötzlich wieder anfangen? Und warum diese unnütze Brutalität? Der Hund war doch gar nicht auf ihrem Land unterwegs, nicht einmal auf dem Stück, das die Tiermanns immer noch als ihres betrachten. Auch Hass verliert nach Jahren an Kraft. Nein. Ich glaube nicht, dass es einer von denen war.«

Uwe Hötzner stand da, blickte in den Wald und sagte lange Zeit nichts. Edgar sah ihm an, wie es in seinem Kopf brodelte. Uwe mochte mit seinen vierzig Kilo Übergewicht und der Stirnglatze unbeweglich und dumm wirken, aber wie so oft im Leben hatte der erste Anschein wenig mit der Wirklichkeit zu tun. Sie waren zusammen zur Schule gegangen, von der ersten bis in die zehnte Klasse, und Edgar wusste besser als jeder andere, dass Uwe nicht dumm war. Dessen Noten waren stets um einiges besser gewesen als seine.

»Weißt du, was mir richtig Sorgen bereitet?«, fragte Uwe schließlich.

»Was?«

Er sah seinen alten Schulkameraden an.

»Dass das einer geplant hat. Jemand versucht, bei dir einzubrechen, es misslingt, er stiehlt eine Mistgabel, wartet ein paar Tage ab, kommt während eines schlimmen Gewitters wieder und benutzt die gestohlene Mistgabel, um euren Hund zu töten. Das geschah nicht im Affekt oder aus der Not heraus. Wer immer das getan hat, verfolgt ein bestimmtes Ziel.«

»Aber welches?«

»Das weiß ich nicht. Ich bin mir aber ziemlich sicher, dass die Tötung des Hundes nicht das eigentliche Ziel war, denn das hätte der Täter ja auch einfacher haben können. Ein Fleischbrocken mit Gift in den Zwinger geworfen hätte das gleiche Ergebnis gebracht, aber ohne das Risiko, vom Hund gebissen oder vom Blitz erschlagen zu werden. Nein, da steckt etwas anderes dahinter. Ist dir denn nichts aufgefallen? Irgendwas Ungewöhnliches in der letzten Zeit?«

Edgar zuckte mit den Schultern. »Ich wüsste nicht, was …«

Er brach ab und starrte Uwe an.

»Was ist los?«

»Ich weiß nicht, vielleicht … Hast du noch ein paar Minuten Zeit?«

»Natürlich.«

»Wir fahren zum Hof. Ich muss dir was zeigen.«

Annas Tränen waren erst vor Kurzem versiegt, und sie hatten deutliche Spuren in ihrem Gesicht hinterlassen. Ihre Augen waren gerötet und verquollen, ständig musste sie sich die triefende Nase putzen. Außerdem hatte sich ein nervöses Zucken in ihrem rechten Mundwinkel eingenistet. Sie spürte es und wusste, dass Uwe es anstarrte, konnte aber trotzdem nichts dagegen tun. Zögerlich, immer wieder stockend, hatte sie zu erzählen begonnen. Sperrig zunächst die Worte und Sätze, mit zunehmender Dauer aber flüssiger. Was für immer verschwiegen bleiben sollte, wurde nun doch offenbart, und Anna wunderte sich, wie frisch Eindrücke sein konnten, die mehr als zwanzig Jahre zurücklagen.

Sie saß neben Edgar auf der Eckbank, ihr gegenüber Uwe Hötzner, dessen große Hände auf dem zerknitterten Brief vor sich auf der Tischplatte ruhten, den Anna erneut aus dem Müll geholt hatte.

»Peter hat mir damals alles erzählt, wir kamen ja sehr gut miteinander aus. Ich weiß noch, wie froh ich war, dass meine Schwester einen so guten Mann gefunden hatte. Als sie dann schwanger wurde, war er aber leider überfordert. Nicht mit der Schwangerschaft an sich, darüber hat er sich gefreut wie ein kleiner Junge, aber mit der Art, wie Ellie sich veränderte, kam er nicht zurecht. Für mich war es leichter, ich kannte ihre merkwürdigen Wesenszüge ja schon aus unserer Kindheit … Ellie war nie einfach gewesen. Aber ich glaube, ich war auch überfordert mit ihr, sonst hätte ich ja etwas gemerkt. Nachher ist man immer klüger, aber damals dachte ich wirklich, das legt sich wieder, Schwangere tun eben merkwürdige Dinge.«

»Was für merkwürdige Dinge?«, fragte Uwe. »Mitten in der Nacht saure Gurken essen?«

Anna sah ihn an und seufzte. »Wenn es doch nur so einfach gewesen wäre …«

Sie machte eine Pause, und an ihren Augen konnte Uwe erkennen, wie sie in den Tiefen ihrer Erinnerung alles erneut durchlebte. Am Rande bemerkte er, dass ein menschliches Gesicht in wenigen Minuten um Jahre altern konnte.

»Essen war tatsächlich ein Teil ihrer Probleme. Sie aß nicht, sie fraß, aber damit hätten wir ja leben können. Was an jenem Tag geschah, war jedoch so furchtbar, dass es zu einer unerträglichen Bürde wurde … vor allem für Peter.

Als er abends nach Haus kam, standen die Nachbarn am Zaun vor seinem Grundstück. Sie waren wütend und kurz davor, die Polizei zu rufen. Ein paar Kinder aus der Straße hatten sie gefunden … leider, die armen Kinder. Die Katze einer Familie aus der Nachbarschaft, mit einer Mistforke erstochen, direkt vor Peters Gartenpforte … alles war voller Blut!«

Uwe gab einen zischenden Laut von sich und warf Edgar einen schnellen Blick zu. Die Sorgenfalten an seiner Stirn wurden zu tiefen Gräben.

»Warte … da komme ich nicht ganz mit. Sie erschlug ihren Mann mit einem Bügeleisen, weil sie meinte, er würde ihr das Kind wegnehmen, richtig? Okay, das mag für einen verrückten Geist ja nachvollziehbar sein, aber warum die Katze?«

»Kennst du nicht diese alte Geschichte, die man sich über Katzen erzählt?«

»Nein. Was für eine alte Geschichte?«

Anna holte tief Luft.

»Katzen schleichen sich nachts in die Zimmer kleiner Kinder, springen aufs Bettchen und rauben den Kleinen im Schlaf den Atem. Das war früher eine Erklärung für den plötzlichen Kindstod.«

Uwe sah Anna aus großen Augen an, schüttelte aber nur den Kopf.

»Peter bat mich damals nach diesem Vorfall, ihm zu helfen. Er fand keinen Zugang zu Ellie und arbeitete immer länger, nur um nicht so oft zu Hause sein zu müssen. Ich bin dann zwei- oder dreimal in der Woche dort gewesen, und obwohl Ellie und ich immer ein recht gutes Verhältnis gehabt hatten, wurde es auch für mich zunehmend schwierig. Sie ließ sich einfach nicht davon abbringen, dass ihr ungeborenes Kind in Gefahr sei. Eines Tages ertappte ich sie dabei, wie sie den gesamten Fußboden des künftigen Kinderzimmers mit Mehl bestäubte.«

»Mit Mehl?«

»Ja. Sie wollte mir beweisen, dass sich nachts jemand in den Raum schlich.«

»Um was zu tun? Das Kind war doch noch nicht geboren, oder?«

»Was genau los war, konnte oder wollte Ellie mir nicht erklären. Wäre ich damals aufmerksamer gewesen, hätte ich sie mehr gedrängt, dann hätte ich vielleicht herausbekommen, dass sie Peter verdächtigte, ihren eigenen Mann.

Vielleicht wäre es dann nicht so weit gekommen. Aber das war so völlig absurd …«

Anna brach ab, stützte schwer ihren Kopf in die Hände und verbarg ihr Gesicht vor den anderen. Edgar rutschte ein wenig näher an sie heran und legte ihr einen Arm um die Schulter.

»Das war eine schwere Zeit damals, und es hat lange gedauert, es zu vergessen«, sagte er, und strich seiner Frau über den Rücken. »Nein, das ist nicht ganz richtig … vergessen haben wir es eigentlich nie, aber so weit weggesperrt wie möglich. Dass es jetzt wieder hervorgeholt werden muss, ist für Anna sehr, sehr schwer.«

Uwe nickte. »Klar, verstehe ich, aber … Na ja, wenn ich mich für euch umhören soll, muss ich schon etwas mehr wissen. Solange es keine offizielle Ermittlung ist, kann ich nämlich nicht viel Zeit dafür aufbringen.«

Anna hob ihren Kopf. Geweint hatte sie nicht, doch erneut schien sie um Jahre gealtert. »Du musst es ernst nehmen, Uwe, hörst du! Wenn es Ellie war, die Taifun getötet hat und diese Briefe schreibt, dann, dann … Großer Gott, ich mag es mir gar nicht vorstellen.«

Uwe streckte seine große Hand aus, legte sie über Annas kleine, zierliche und drückte sie. »Ich nehme das ernst, verlass dich darauf.«

Sie blickte ihm tief in die Augen. »Gut … gut«, sagte sie dann und entspannte sich etwas.

Ihre Schultern sackten nach vorn, sie holte Atem, um weiterzusprechen. »Nach dem Mord an Peter verschwand sie spurlos. Ein Arbeitskollege, mit dem Peter verabredet war, fand ihn zwei Tage später. Edgar und ich waren zu einer Züchterausstellung in Verden, also hatte ich vier Tage nicht nach Ellie sehen können. Drei Jahre lang fand die Polizei nicht die geringste Spur. Dann beschwerte sich eines Tages ein Jagdpächter im Schwarzwald, eine seiner Jagdhütten würde unbefugt bewohnt und die Person trotz Aufforderung nicht öffnen. Eine Streife wollte das kontrollieren und wurde aus der Hütte heraus beschossen. Danach gab es einen Großeinsatz, bei dem Ellie getötet und ein kleiner Junge in Obhut genommen wurde … Sebastian.«

»Und dann habt ihr ihn adoptiert.«

Anna nickte, sah auf ihre Hände hinab. »Trotz allem war sie meine Schwester und der Junge also ein Verwandter … Mittlerweile wussten wir auch, dass ich niemals eigene Kinder bekommen würde. Die Entscheidung war eigentlich nicht schwer, und wir haben sie niemals bereut. Ganz im Gegenteil, ich habe Gott sogar dafür gedankt, in jedem Gebet seit damals, auch dafür, dass er Sebastian die Erinnerung daran genommen hat. So konnte er voll und ganz mein Sohn werden.«

»Ihr habt es ihm nie gesagt?«, fragte Uwe, obwohl er die Antwort bereits kannte.

Annas Kopf ruckte hoch, sie starrte ihn an. »Nein, um Gottes willen, wie hätten wir das tun können!«

Uwe nickte, räusperte sich und nahm den Brief hoch. »Aber was macht dich so sicher, dass er von ihr ist? Eben hast du gesagt, sie wäre bei dem Einsatz getötet worden, und die Person hier wird mit Hans angesprochen, nicht mit Sebastian.«

»Ich weiß, ich weiß … Anfangs war es auch nur so ein dumpfes Gefühl, aber jetzt, nach dieser Sache mit Taifun …« Anna ließ den Satz unvollendet und griff nach der Hand ihres Mannes. »Ich habe wirklich Angst … Ich glaube, sie will mir mein Kind nehmen.«

»Nun mal langsam. Das mit Taifun kann ein Zufall sein.

Ich sage euch, was ich tun werde. Ich nehme den Brief mit und lasse ihn untersuchen, das müsste ich offiziell hinkriegen. Taifun bringen wir zu einem Tierarzt, der mir noch etwas schuldig ist, vielleicht findet der was Interessantes heraus. Von dem Stiel der Forke müsste man Fingerabdrücke nehmen können. Wir werden das Schwein schon finden, und wenn ich von jedem aggressiven Hammel im Ort die Prints nehmen muss.«

»Und was sollen wir solange tun?«, fragte Anna.

»Wachsam sein und abends die Tür gut verschließen. Ich lasse euch meine Handynummer da, auf der könnt ihr mich jederzeit erreichen. Aber ich würde mir nicht zu viel Sorgen machen … Wer einem Hund so etwas antut, ist feige. Der traut sich an Menschen nicht ran.«

Anna seufzte und schloss ihre Hand fest um die ihres Mannes. »Dein Wort in Gottes Ohr.«

»Du musst uns noch etwas versprechen«, sagte Edgar, stand auf und kam um den Tisch herum.

Uwe Hötzner erhob sich ebenfalls. »Ist schon in Ordnung, von mir erfährt er nichts.«

Edgar legte ihm einen Arm um die Schulter. »Du musst das verstehen … Mit einer solchen Vergangenheit wollten wir ihn auf keinen Fall konfrontieren. Damals nicht und heute auch nicht.«

Uwe nickte. »Ist schon in Ordnung … Aber eines interessiert mich noch.«

»Was?«

»Sebastian war also zwei Jahre alt, als er seiner Mutter damals weggenommen wurde, richtig?«

»Richtig.«

»Stammt sein Name von ihr, oder habt ihr ihm den Namen gegeben?«

Anna und Edgar sahen sich an. Uwe konnte deutlich erkennen, wie sehr seine Frage die beiden überraschte. Es war schließlich Anna, die nach ein paar Sekunden Zögern antwortete.

»Also … Wir wissen das nicht so genau. Als wir Sebastian neun Monate nach dem Vorfall aus dem Heim abholen durften, hieß er bereits so. Aber ob der Name von meiner Schwester oder der Heimleitung stammt, kann ich wirklich nicht sagen. Wir … Wir haben uns diese Frage, ehrlich gesagt, nie gestellt. Aber du hast natürlich recht. Sie könnte ihn Hans genannt haben, damals, ohne dass es jemand erfahren hätte. Mein Gott …!« Anna schlug sich die Hand vor den Mund.

»Nun mal langsam, es muss ja gar nicht so sein«, wandte Uwe ein, als er sah, was er mit seiner Frage ausgelöst hatte.

Aber es war bereits geschehen und nicht wieder rückgängig zu machen.

»Ich werde auf jeden Fall sehen, was ich herausfinden kann«, sagte er, faltete den Brief und steckte ihn in die Innentasche seiner Jacke.

»Macht euch solange nicht zu viel Sorgen. Das alles kann sich als großer Irrtum oder übler Scherz herausstellen.«

Schweigend begleiteten Edgar und Anna ihn zur Tür. Die Spannung war körperlich spürbar, und Uwe bereute seine letzte Frage. Er hätte sie nicht vor Anna stellen dürfen.

Als sie vor die Tür traten, rollte eben der gelbe Renault des Postzustellers auf den Hof. Er hielt unmittelbar vor der Treppe. Erwin Zumweit stieg aus und sah sich um.

»Guten Morgen zusammen. Die Polizei auf dem Schneiderhof? Ist etwas passiert? Der Hund bellt ja auch gar nicht!«

Mit einem Brief in der Hand blieb er neben dem Wagen stehen und wartete auf eine Antwort.

»Wir saßen gerade bei einem Kaffee zusammen und haben über einen Postraub nachgedacht«, sagte Uwe, bevor Edgar oder Anna in Verlegenheit kamen zu lügen. Die Wahrheit war selten etwas für Zumweits Ohren, der als lebende Tageszeitung bekannt war.

»Na dann, viel Glück. Bei mir ist aber nichts zu holen. Siehst du ja selbst, ich muss für einen einzigen Brief den ganzen Berg rauf.«

Zumweit reichte Edgar den Brief, verabschiedete sich, stieg in seinen Wagen und fuhr davon. Während das Motorengeräusch langsam verklang und eine trügerische Stille sich über den Schneiderhof legte, hielt Edgar den Brief so, dass die anderen ihn sehen konnten.

»Er ist violett«, sagte er tonlos.

Alle drei starrten den Brief an.

»Mach ihn auf, fass aber den Briefbogen nicht an«, sagte Uwe leise.

Wieso lief ihm ein Kribbeln den Rücken hinunter?

Edgar schlitzte den Umschlag mit der scharfen Kante des Haustürschlüssels auf und gab ihn dann Uwe. Mit den Spitzen von Zeigefinger und Daumen zog Uwe den Briefbogen heraus und faltete ihn vorsichtig auseinander. Edgar und Anna lasen über seine Schultern mit.

Hänschen klein ging allein
in die weite Welt hinein
Stock und Hut stehn ihm gut
ist ganz wohlgemut
Doch die Mutter weinet sehr
hat ja nun kein Hänschen mehr

Wünsch dir glück sagt ihr Blick
kehr nur bald zurück
Sieben Jahr trüb und klar
Hänschen in der Ferne war
Da besinnt sich das Kind
eilet heim geschwind
doch nun ist's kein Hänschen mehr
nein ein Großer Hans
ist er braungebrannt Stirn und Hand wird
er wohl erkannt?

Lieber Hans,
alles was geschehen ist und noch
geschehen wird, wirst du bald
verstehen, sehr bald. Und auch wenn es
im Moment nicht so aussieht, geschieht
doch alles aus Liebe. Dessen kannst du
dir sicher sein.
Unser altes Lied wird die Liebe auch in
dir wieder erwecken.

In der Wohnstraße herrschte Mittagsruhe. Nirgends war ein Kind zu sehen, niemand mähte Rasen oder wusch seinen Wagen in der Auffahrt. Am Ende der Sackgasse, etwas abseits, stand das verwitterte und einsam wirkende Haus. Je länger der Postbote Karl Wohlan es aus der Entfernung betrachtete, desto unheimlicher erschien es ihm, obwohl es ja noch immer das Haus der alten Kreiling war. Nichts hatte sich geändert – außer der neuen Bewohnerin.

Karl seufzte. Er hatte heute nur Werbung für die alte Kreiling, viel Post bekam sie ohnehin nicht. Er musste nicht unbedingt dorthin, könnte den Flyer auch morgen ausliefern, der Kreiling war es egal. Aber etwas nagte in ihm: Neugier – und eine dumpfe Befürchtung. Außerdem war ihm die fette Kuh da oben nicht geheuer! Entfernte Verwandte! Da konnte ja jeder kommen! Heutzutage schlichen sich wildfremde Personen bei alten Menschen ein, um an deren Rente oder Erbe zu kommen, hörte man doch immer wieder. Die Menschen achteten nicht mehr auf ihre Nächsten, nur deshalb hatten solche Verbrecher überhaupt eine Chance. Aber nicht hier! Nicht in seinem Bezirk. Hier sah er nach dem Rechten. Sonst interessierte sich ja niemand für die alte Dame in dem abseits gelegenen Haus.

Früher hatte es hier eine Reihe von Mietgaragen gegeben, in den Siebzigern, wenn er sich richtig erinnerte. Die waren irgendwann überflüssig geworden, als die alten Bewohner der Häuser verstarben und die Erben oder Käufer anrückten. Da hatte sich jeder seine eigene Garage oder einen Carport gebaut. Die Stadt hatte die baufälligen, hässlichen Reihengaragen irgendwann abreißen lassen und das Grundstück zum Verkauf angeboten. Wahrscheinlich konnte man es noch immer erwerben, denn wer wollte schon ein hundert Meter langes, aber nur sechs Meter tiefes Grundstück? Der beste Architekt bekam da kein familientaugliches Haus drauf!

Jetzt diente das verwilderte Gelände den Kindern als Spielplatz. Die Birken waren mittlerweile so hoch und zahlreich, dass es wie ein Wäldchen anmutete. Und eben dieses Wäldchen machte das Haus der Kreiling zu einem einsamen, abgelegenen Ort am Rande einer belebten Wohnstraße und die Kreiling selbst zu einer verschrobenen Person. Er als Postbote kannte die ganzen Vorurteile. *Die Alte dahinten ist doch verrückt! Wie das Haus schon aussieht!*

Und wie es erst drinnen aussehen muss! Eine Schande ist das! Die gehört ins Pflegeheim! Dabei war die alte Kreiling gar nicht senil, das wusste Karl Wohlan aus Gesprächen mit ihr. Sie war einfach nur eine alte Frau, die weder die Kraft noch die finanziellen Mittel besaß, um ihr Haus zu pflegen. Aber den Garten, den hielt sie in Schuss. In den letzten zehn Jahren war der Garten der Kreiling immer tipptopp gewesen.

Bis jetzt!

Seit sie sich angeblich den Fuß gebrochen hatte und ihre wie bestellt aufgetauchte Verwandte sie pflegte, hatte im Garten keiner mehr einen Handschlag getan. Das Unkraut stand wie gesät in den Beeten. Die Ziege hatte Wohlan auch lange nicht mehr gesehen oder gehört. Wie lange laborierte eine alte Frau an einem gebrochenen Fuß? Und warum waren die Rollläden im Untergeschoss ständig heruntergelassen?

Nun, er, Karl Wohlan, würde es herausfinden, hier und heute!

Er schnappte sich den Flyer eines Pizza-Lieferdienstes, den er der alten Kreiling sonst überhaupt nicht zugestellt hätte, und stiefelte die Straße hinauf. Zu seiner Linken rauschten die Birken im leichten Wind, ansonsten war es still. Allerdings klang ihm noch der Vorwurf seiner Frau in den Ohren: *Was geht es dich an? Warum musst du dich um diese alte Frau kümmern? Du bist nur der Postbote!* Er war nur der Postbote, richtig, aber damit vielleicht auch der einzige Mensch, der Mechthild Kreiling regelmäßig zu Gesicht bekam. Der Einzige, der Verdacht schöpfte. Vielleicht war die Kreiling längst tot, und diese Verwandte kassierte ihre Rente!

Je näher er dem Haus kam, desto langsamer wurde er.

Das Haus wirkte duster, abweisend, so als würde es jeden verschlingen, der sich ihm näherte. Noch immer waren die Rollläden heruntergelassen, und schon von Weitem konnte Karl Wohlan die Werbung erkennen, die er am Montag in den Postkasten gesteckt hatte. Absichtlich hatte er eine Ecke der Postwurfsendung so zwischen Klappe und Briefkasten eingeklemmt, dass man sie sehen konnte.

Wenige Meter vor der Gartenpforte blieb Karl stehen. Sollte er oder lieber doch nicht? Den Flyer in den Briefkasten stecken und abhauen oder klingeln? Noch vor ein paar Minuten war sein Vorhaben klar definiert gewesen: Er wollte sich nicht abweisen lassen, bevor er nicht mit der alten Kreiling gesprochen hatte. Plötzlich aber erschien ihm der Vorwurf seiner Frau berechtigt. Er war doch nur der Postbote, was ging es ihn an? Nichts! Nicht seine Sache! Er hatte seine eigenen Probleme, brauchte die anderer Leute nicht noch dazu.

Aber diese angebliche Verwandte hatte ihn sicher längst gesehen, und es wäre viel zu peinlich, jetzt einen Rückzieher zu machen. Also gab Karl sich einen Ruck und ging weiter. Die Gartenpforte des Jägerzauns quietschte ein wenig in den Angeln. Vor der Haustür angekommen zögerte er nur kurz und drückte dann den Klingelknopf. Drinnen schellte die altmodische Klingel. Karl holte tief Luft, reckte das Kinn nach vorn und straffte die Schultern. Mit dieser fetten Kuh würde er schon fertig werden!

Doch sie kam nicht. Auch das zweite Klingeln blieb ohne Reaktion. Karl Wohlan wartete ein paar Minuten, dabei kam ihm der Gedanke, dass dies eine Fügung des Schicksals sei. Wenn die Verwandte nicht da war, konnte er sich ja mal ein wenig umsehen. Nicht aus Neugier, Gott bewahre, sondern aus Pflichtgefühl und Zivilcourage!

Nach dem dritten Klingeln und ausreichender Wartezeit ging er zum linken Fenster hinüber. Die Rollläden waren zwar unten, zwischen den Lamellen aber gab es winzige Schlitze, durch die er vielleicht etwas erkennen konnte. Leise und vorsichtig presste Karl sein rechtes Auge gegen den Metallrollladen, kniff das linke zusammen und spähte hinein. Eine vergilbte Gardine war vorgezogen, außerdem war es dunkel da drinnen. Er konnte überhaupt nichts erkennen. Die fette Kuh hätte ihn von drinnen anstarren können, und er hätte es nicht bemerkt. Dieser Gedanke ließ ihn schnell zurücktreten.

Was nun?

Ein Blick in den Garten konnte nicht schaden. Vielleicht war an der Rückfront des Hauses ein Fenster geöffnet oder ein Rollladen nicht heruntergelassen.

Den Pizza-Flyer noch immer in der Hand, ging Karl Wohlan um das Haus herum. Sein Herz schlug schnell. Der große Garten hinter dem Haus war ebenfalls ungepflegt. Überall wucherte Unkraut. Das hätte die alte Kreiling niemals zugelassen! Und die Ziege? Wo war die Ziege, ihr Ein und Alles?

Karls Blick ging zu dem niedrigen Bretterschuppen, von dem er wusste, dass dort die Ziege untergebracht war. Nichts rührte sich, kein Geräusch außer dem Singen der Vögel und dem Rauschen der Blätter in den Obstbäumen. Der große Ast eines alten Kirschbaums lag abgebrochen quer über dem Plattenweg. Karl stieg darüber hinweg. Die Bruchstelle war frisch. Wahrscheinlich hatte der letzte Gewittersturm den Ast abgebrochen. Am Schuppen angekommen blieb er stehen und sah sich um. Die Rückfront des Hauses war kaum zehn Meter entfernt. Auch hier waren die Fenster mittels der Rollläden verbarrikadiert. Hier stimmte etwas nicht! Hier stimmte etwas ganz gewaltig nicht! Außerdem lag ein merkwürdiger Geruch in der Luft.

Karl trat vor und löste den Riegel an der Schuppentür. Als er sie aufzog und das hässliche Knarzen ihm eine Gänsehaut auf den Rücken trieb, steigerte der Geruch sich plötzlich zu einem entsetzlichen Gestank. Karl stöhnte auf, drehte den Kopf weg und hielt sich eine Hand vor Mund und Nase. Er musste gar nicht weitergehen, er wusste auch so, was das für ein Geruch war. Verwesung! Trotzdem trat er einen Schritt in den Schuppen. Er musste sich bücken, die Holzdecke war niedrig. Durch eine alte milchige Scheibe fiel Zwielicht. Es reichte nicht aus, um die Schatten aus dem Stall zu vertreiben. Vor ihm befand sich eine Fläche von nicht mehr als vier mal vier Meter, dick mit Stroh ausgelegt, eine Tränke zu seiner Rechten, mehrere Gartengeräte an der Wand darüber. Der Gestank wurde unerträglich. Außerdem nahm er jetzt ein anhaltendes, aggressives Summen wahr. Einen Schritt weiter offenbarte sich ihm der Grund dafür.

Dort lag Mechthild Kreilings Ziege! Oder das, was von ihr übrig geblieben war. Ein Kadaver, von dicken schwarzen Fliegen befallen, die wie ein lebendiger Teppich wogten und waberten. Karl wurde übel; heiß und schnell stieg etwas in seinem Hals empor. Die Hand vor den Mund geschlagen, würgend und keuchend, wandte er sich ab, taumelte zur Stalltür, wollte raus, nur raus hier. Im letzten Moment bemerkte er aber die Bewegung am hinteren Ende des Grundstücks, dort, wo es in den Wald überging. Hastig zog er sich in den Schatten des Schuppens zurück und drückte die Tür zu. Dann wandte er sich der Ziege zu und erbrach sich ins Stroh. Die Fliegen brauchten nur Sekunden, um sich ihrem neuen Opfer zuzuwenden. Eklige, dicke, blau schimmernde Ungeheuer, die plötzlich überall waren.

Karl Wohlan konnte sich nicht darum kümmern. Panik hatte sich in seinen Nacken gekrallt. Das dahinten im Garten war nicht nur eine Bewegung gewesen, nein, er hatte die massige Gestalt genau erkannt. Wohin, wohin nur? Wenn sie ihn hier entdeckte, großer Gott, was sollte er nur tun? In wenigen Sekunden würde sie den Schuppen erreicht haben. Karl saß in der Falle und fühlte sich auch so. In seinem ganzen Leben hatte er noch niemals solche Angst gehabt. Sein Blick fiel auf die Gartengeräte an der Wand. Eine Forke befand sich darunter. Karl huschte hinüber, nahm sie aus dem Haken und kauerte sich damit neben das milchige Fenster, sodass er noch hinausspähen konnte. Sein Atem raste, seine Hände umklammerten fest den Stiel der Forke.

Er hörte die schlurfenden Schritte auf den Betonplatten. Dann noch etwas anderes. Ein Lied! Sie pfiff, ja, tatsächlich, die fette Kuh pfiff fröhlich vor sich hin. Jedes Kind im Lande kannte die Melodie. *Hänschen klein*. Sie pfiff laut und melodisch, und jeder einzelne Ton brannte sich für immer und ewig in Karl Wohlans Gehörgang. Dann erschien die massige Gestalt vor dem Fenster des Schuppens. Durch das schmutzige, milchige Glas konnte Karl nur ihre Umrisse erkennen; den ausufernden Körper, den großen Kopf direkt auf den Schultern.

Mitten in der Bewegung verharrte sie. Auch die Melodie verstummte. Schlagartig wurde es wieder still, und das Summen der Fliegen kehrte zurück. Die Gestalt vor dem Fenster wandte sich dem Schuppen zu, kam etwas näher, schien durch das Fenster zu schauen. Karl zog sich in den Schatten der Ecke zurück. Unkontrolliert entleerte sich seine Blase, warm lief es ihm am Bein hinab. Die Forke vor seinen Körper haltend, stand er zitternd in der Ecke, konnte ein Wimmern gerade noch unterdrücken.

Er hörte sie schnüffeln.

Sie stand vor dem Fenster und schnüffelte. Was hatte ihre Aufmerksamkeit erregt? Der Geruch seiner Kotze oder der viel stärkere Gestank des Kadavers, den er beim Öffnen der Tür hinausgelassen hatte? Und was, wenn sie hereinkam? Sollte er die Zinken der Forke in ihren fetten Körper stechen? Karl wusste genau, dass er das nicht über sich bringen würde.

Plötzlich hörte das Schnüffeln auf.

Dann setzte das Pfeifen wieder ein, und die schlurfenden Schritte entfernten sich vom Schuppen. Mit ihnen wurde auch die Melodie von *Hänschen klein* leiser und verklang bald völlig. Die Fliegen summten unbeeindruckt, und Karl Wohlan ertrug es, ertrug den Gestank des Kadavers und seinen eigenen weitere fünzehn Minuten, bevor er die Kraft und den Mut fand, den Stall zu verlassen und aus dem hinteren Teil des Gartens in den Wald zu flüchten.

Sebastian stand auf der obersten Sprosse der Leiter, die an der vom Haus abgewandten Seite an die Wand des Stallgebäudes gelehnt war. Edgar suchte mit gebeugtem Rücken in einer blauen Werkzeugkiste, kam dann hoch und sagte: »Hier ist sie!« Er stieg zwei Stufen die Leiter hinauf und reichte seinem Sohn die Zange.

Sebastian nahm die Zange entgegen. Aus einem kleinen Bohrloch in der Stallwand ragte ein Kabelende. Von jedem der drei verschiedenfarbigen Kabel entfernte Sebastian am Ende die Isolierung, sodass der blanke Draht herausschaute.

»Okay, gib mir die Lampe«, sagte er zu seinem Vater.

Edgar reichte ihm den 100-Watt-Halogenstrahler, der ausreichen würde, die Rückseite des Stalls in gleißendes Licht zu tauchen. Auf dem Rückweg aus der Stadt hatte Sebastian aus einem Baumarkt vier dieser Scheinwerfer mitgebracht. Sie waren mit Bewegungssensoren ausgestattet und würden nachts automatisch aufleuchten, sollte sich jemand dem Hof von den Koppeln her nähern. Sebastian schloss den letzten Scheinwerfer an und schraubte ihn an die Stallwand. Die anderen drei befanden sich am Anbau, am Schuppen und am Hundezwinger. Damit war die gesamte rückwärtige Seite des Hofes abgedeckt. Mit dem schon vorhandenen Scheinwerfer auf dem Hof selbst würde die Lichtmenge reichen, den Schneiderhof bis weit ins Tal sichtbar zu machen, sollten die Lampen nachts ausgelöst werden. Und es sollte ausreichen, jeden Eindringling zu verschrecken.

Nachdem er die Lampe fertig montiert hatte, stieg Sebastian von der Leiter und warf das Werkzeug in die Kiste. Wie man Stromleitungen verlegte und Steckdosen und Lampen korrekt anschloss, hatte er von Edgar gelernt, aber sein Vater stieg nicht auf die obersten Sprossen einer Leiter, wenn es nicht sein musste. Sebastian war als Kind oft mit ihm auf dem Adlerrücken gewesen – dort, auf festem Grund und Boden, hatte Edgar keine Höhenangst, auf Leitern aber schon.

»Durch Taifuns Tod hat sich etwas verändert … ich habe das Gefühl, die Friedfertigkeit dieses Ortes ist zerstört«, sagte Edgar und blickte den Hang hinunter ins Tal.

Sebastian sah seinen Vater von der Seite an; das weiße Haar, der leichte Stoppelbart, der längst nicht mehr dunkel war, die tiefen Falten um Mund und Augen … Er war alt, sicher, schien aber zusätzlich an diesem entsetzlichen Tag um Jahre gealtert zu sein. Taifuns grausamer Tod machte sie alle fertig, bei Edgar schien aber noch etwas anderes hinzuzukommen. Etwas zerfraß ihn von innen her, das konnte Sebastian erkennen, doch Edgar wollte oder konnte nicht darüber sprechen. Oder war einfach noch nicht der richtige Zeitpunkt gekommen?

»Ja, das habe ich auch schon gedacht. Es scheint, als gäbe es auf dieser Welt keinen wirklich sicheren und friedlichen Ort mehr.«

»Bislang war dies einer«, sagte Edgar. »Darum leben wir ja hier.«

»Habt ihr nie etwas vermisst hier oben?«, fragte Sebastian.

»Nein!«, sagte Edgar ohne Zögern. »Deine Mutter und ich ... wir haben nie viele Menschen um uns herum gebraucht. Und wenn, dann sind wir eben ins Dorf hinuntergefahren.«

»Und wieder hinauf, wenn es euch zu viel wurde.«

»Genau. Das bedeutete schon immer Freiheit für mich. Die Gesellschaft auszuschließen, wenn ich sie nicht brauche.«

»Ich weiß nicht, ob das die richtige Art zu leben ist.«

Edgar sah ihn an. Da lag Verbitterung in seinem Blick. »Und was ist nach deiner Meinung die richtige Art? Sich so nah auf der Pelle hocken, dass man seinen eigenen Vater mit dem Hammer erschlägt?«

»Bei Trotzek hatte das nichts mit Nähe zu tun.«

»Womit dann? Mit Liebe?«

Sebastian zögerte. In der letzten Frage seines Vaters schwang purer Zynismus mit, vielleicht war es unklug, jetzt ein Gespräch über Trotzek und dessen Beweggründe zuzulassen. Auf der anderen Seite sollte Edgar aber ruhig wissen, wie es zu dieser monströsen Tat gekommen war und dass tatsächlich Liebe ein Faktor gewesen war.

»Ja, vielleicht hat es wirklich etwas mit Liebe zu tun«, sagte Sebastian schließlich. »Trotzek macht seinen Vater für den Tod seiner Mutter verantwortlich.«

»Und, hat er sie getötet?«

»Indirekt, ja. Sie besaßen einen Hof, eine einträgliche Landwirtschaft, die die ganze Familie über Generationen hinweg ernährt hat. Irgendwann fing der Vater zu spielen und zu trinken an und hat es innerhalb von drei Jahren geschafft, alles zu verlieren. Haus, Hof und Geld. Sie mussten in eine Mietskaserne in die Stadt ziehen, fanden keine Arbeit, verloren ihren Stolz. Dann verließ der Vater die Familie auch noch für eine andere.«

»Und die Mutter?«

»Erhängte sich im Trockenkeller des Mietshauses an der Abwasserleitung. Trotzek fand sie. Er hatte bis dahin alles ertragen, aber das war zu viel. Er suchte seinen Vater, fand und erschlug ihn.«

Sie schwiegen. Edgar nahm den Werkzeugkasten, Sebastian die Leiter. Schulter an Schulter machten sie sich auf den Rückweg zum Haus.

»Was hättest du getan?«, fragte Edgar dabei.

»An Trotzeks Stelle?«

»Bei uns ist es doch ähnlich. Der Hof hält uns am Leben. Was hättest du getan, wenn ich alles versoffen und deine Mutter in den Tod getrieben hätte?«

»Nun … auf jeden Fall hätte ich dich nicht mit dem Hammer erschlagen. Es gibt andere Wege.«

»Welche?«

»Rechtliche natürlich.«

»Können die den verlorenen Stolz wiederherstellen? Oder den Durst nach Rache befriedigen?«

»Wahrscheinlich nicht, aber es ist immer noch besser, als zum Mörder zu werden.«

»Trotzdem verteidigst du diesen Mann.«

»Ich bin Anwalt … und ich mache mir nichts vor. Trotzek wird so oder so verurteilt. Ob ich meine Arbeit gut oder schlecht mache, wird am Ende nur ein paar Jahre ausmachen. Er aber wird zeit seines Lebens ein Mörder bleiben … ein Vatermörder. Nein, ich würde nicht so handeln. Es gibt keinen Grund, der so ein Verhalten rechtfertigt. Und Selbstjustiz gehört in eine andere, archaische Zeit, die die Menschheit zum Glück hinter sich gelassen hat.«

Edgar blieb stehen, wechselte den Werkzeugkoffer von einer Hand in die andere.

»Das ist nicht dein Ernst, oder?«, fragte er und sah seinen Sohn an. »Glaubst du wirklich, unsere Gesellschaft funktioniert nach den rechtsstaatlichen Prinzipien? Sieh dich doch um! Lug, Betrug und Mord, wohin man nur schaut, sogar vor unserer eigenen Haustür. Wir sind doch stets nur einen Hauch davon entfernt, uns gegenseitig an die Kehle zu gehen. Die Menschen lernen nichts dazu. Sie arrangieren sich vielleicht eine Zeit lang mit bestimmten Gegebenheiten, bestimmten Zwängen, aber wehe, die Leine wird locker gelassen! Daran können Gesetze überhaupt nichts ändern, haben sie bis heute nicht und werden sie auch in Zukunft nicht. Ich finde deinen Idealismus bewundernswert, in deinem Alter war ich genauso, aber eines Tages wirst du ihn verlieren, glaube mir.«

Sebastian wollte etwas erwidern, wollte seinen Beruf und seine Einstellung verteidigen, auch wenn er wusste, dass Edgar nicht umzustimmen war, aber plötzlich schob sich wieder das Bild seines erstochenen Hundes vor sein geistiges Auge, und zumindest in dieser Sache musste er Edgar recht geben. Mord gab es sogar vor ihrer Haustür, hier oben auf dem Hügel, fernab der Gesellschaft. Während er noch nach Argumenten suchte, erreichten sie den Hof und sahen das Haus vor sich liegen. Das Licht der untergehenden Sonne wärmte die Pfannen auf dem Dach und die roten Klinker, ließ sie von innen heraus glühen, zudem hatte Anna wie jeden Abend die orangefarbenen Kugellämpchen in den Fenstern eingeschaltet, sodass ihr Haus in rotem Licht zu schwimmen schien – eine steinerne Trutzburg inmitten einer verlorenen Welt. *Ein Zuhause, aber trotzdem kein sicherer Ort*, schoss es Sebastian durch den Kopf.

Später, nach einem Abendessen in bedrückend schweigsamer Atmosphäre, zog er sich in sein Schlafzimmer zurück, legte sich aufs Bett und rief Saskia an. Bereits zum zweiten Mal an diesem Tag. Am Vormittag hatte er sie vom Büro aus angerufen, weil er einfach mit jemandem sprechen musste, seine Kollegen aber nicht mit dem Tod seines Hundes behelligen wollte. Allein mit seinem aufgewühlten Inneren in der professionellen Atmosphäre seines Büros hatte er sich gewünscht, einfach abhauen zu können, zu Saskia zu fahren. Leider fand aber gerade freitags immer die Konferenz zum Wochenabschluss statt. Der Alte hätte ihn sicher wieder zu sich zitiert, wenn er gefehlt hätte.

»Wie geht es deinen Eltern?«, fragte Saskia.

Sie hatte ihm gerade gestanden, dass sie nach einem anstrengenden Tag ebenfalls auf dem Bett lag und im Moment seines Anrufs nach dem Telefon gegriffen hatte, um seine Nummer zu wählen.

»Sie sind ziemlich angespannt, fragen sich ständig, wer

das getan hat und warum. Ihr ganzes Denken dreht sich nur noch darum. Vor allem meine Mutter ist wie gelähmt vor Angst. Besonders schlimm ist, dass wir uns keinen Reim darauf machen können. Es wäre sicher einfacher, wenn wir wenigstens eine Ahnung hätten, worum es hier geht. Vorhin haben wir zusätzliche Scheinwerfer an den Gebäuden angebracht, und mein Vater will eines seiner Gewehre neben sein Bett stellen. Das ist alles sehr beängstigend.«

»Und was ist mit dir?«

»Mit mir? Mir geht es eigentlich genauso, aber ich denke auch an dich. Das lenkt mich ab. Auf eine sehr schöne Art. Ich vermisse dich.«

»Ich dich auch. Ich muss dauernd an dich denken, und das lenkt mich von meiner Arbeit ab. Wenn wir uns nicht bald sehen, wirst du auf diese Weise doch noch zu Ende bringen, was du mit dem Unfall begonnen, aber nicht geschafft hast.«

»Und das wäre?«

»Dass ich meinen Auftrag verliere.«

»Also müssen wir uns schon allein deshalb sehen.«

»Deshalb … und weil ich mich in dich verliebt habe.«

Sebastian schloss die Augen und ließ die Worte in seinem Kopf nachhallen. Dabei sah er Saskia vor sich, ihre dunklen Augen mit dem verträumten Blick darin.

»Hast du morgen Zeit?«, fragte er.

»Willst du mir wieder Reitunterricht erteilen?«

»Im Moment lieber nicht. Ich dachte eigentlich, ich komme am Abend zu dir … Und wenn du willst, bleibe ich die ganze Nacht.«

»Unbedingt.«

Ihre Stimme war nur noch ein Flüstern, heiser und verheißungsvoll.

»Wir könnten da weitermachen, wo deine Freundin uns unterbrochen hat«, sagte Sebastian.

»Ich kann es kaum erwarten. Morgen Abend um acht, okay?«

»Morgen um acht, und keine Sekunde später.«

Samstag

»Sitzt du gut, Uwe?«

»Muss ich denn?« Uwe Hötzner schob den Drehstuhl ein Stück vom Schreibtisch weg und streckte die Beine aus.

»Ist vielleicht besser. Wie versprochen habe ich den Hund gestern noch dazwischengeschoben, kostenlos versteht sich.«

»Herzlichen Dank.«

»Ist schon in Ordnung, ich bezahle ja nur meine Schulden ... und letztlich bin ich als bekennender Hundefreund sogar froh, es gemacht zu haben. Ich glaube, du hast ein richtiges Problem da draußen.«

»Mach es nicht so spannend, schieß einfach los.«

Am anderen Ende der Leitung war ein lautes knarrendes Geräusch zu hören, etwas raschelte, dann räusperte sich der Tierarzt und sprach mit vollem Mund weiter.

»Die Mistgabel war die Todesursache, so weit keine Überraschung. Zehn- bis zwölfmal hat der Täter zugestoßen, nach meiner Meinung echte Raserei.«

Wieder das knarrende Geräusch und eine kleine Pause. Uwe Hötzner sah seinen Freund vor sich, wie der seine hundertfünfzig Kilo in dem alten Holzstuhl verlagerte, um wahrscheinlich an eine Packung Kekse vor sich auf dem Schreibtisch zu gelangen. Neben Reinhardt kam Uwe sich schlank vor, was dafür sprach, dass der alte Einstein mit der Relativitätstheorie wohl doch recht gehabt hatte.

»Aber es kommt noch besser, pass auf. Anhand der Bissspuren kann ich fast mit Sicherheit sagen, dass dem Hund das rechte Ohr von einem Menschen abgerissen wurde … mit den Zähnen.«

Uwe atmete scharf ein.

»Und da gibt es keinen Zweifel?«

»Kaum. Alles Weitere müsste natürlich im Labor gemacht werden.«

»Vergiss es! Dafür haben unsere Techniker weder Geld noch Zeit. Es war nur ein Hund.«

»Schon, aber wer einem ausgebildeten, kräftigen Schäferhundrüden im Kampf ein Ohr abbeißt, könnte auch für Menschen gefährlich werden, oder siehst du das anders?«

»Schwer zu sagen. Wir wissen ja nicht einmal, wie es dazu gekommen ist. Vielleicht hat der Hund unseren Beißer angegriffen und der hat nur um sein Leben gekämpft. Ich würde einem Hund noch ganz andere Sache abbeißen, wenn ich dadurch mein Leben retten könnte.«

»Da könntest du recht haben. Übrigens, ich habe von den Zähnen des Tieres Blut isoliert. Du kannst die Proben jederzeit bei mit abholen.«

»Darauf komme ich bestimmt zurück. Vielen Dank, Reinhardt.«

Nachdem das Gespräch beendet war, verharrte Uwe in seiner Stellung und klopfte mit der kurzen Antenne des schnurlosen Telefons gegen seine Vorderzähne. Das leise Tuten der freien Leitung half ihm beim Denken. Offiziell war er nicht mit Ermittlungen wegen Tierquälerei beschäftigt, und hätten die Schneiders ihm nicht von den Briefen und ihrem Verdacht erzählt, hätte er den Kadaver nicht einmal untersuchen lassen. Was Reinhardt Grott ihm soeben erzählt hatte, rechtfertigte seine Entscheidung im Nachhinein nun doch, denn der Tierarzt hatte natürlich recht:

Wer sich in einer stürmischen Gewitternacht im Wald herumtrieb und einem Hund ein Ohr abbiss, der war potenziell gefährlich!

Uwe seufzte, zog sich an den Schreibtisch heran und griff nach dem Notizzettel, der am Fuß der Lampe haftete. Der Name und die Adresse darauf waren das Ergebnis von zwei Stunden Telefonarbeit am gestrigen Tag. Über das zuständige Amt für Jugend und Soziales, das die Adoption damals betreut hatte, hatte er einen Polizeibeamten im Ruhestand ausfindig machen können, der noch etwas über die Geschichte der Ellie Brock wusste. Dessen Aussage hatte ein ganz anderes Licht auf die Angelegenheit geworfen. Ellie Brock war bei dem Einsatz damals nicht ums Leben gekommen! Warum auch immer man die Schneiders belogen hatte, ließ sich heute nicht mehr herausfinden, aber Ellie Brock war damals in eine psychiatrische Anstalt verbracht worden. Ob sie dort gestorben war oder noch lebte und vielleicht längst entlassen war, wusste Uwe noch nicht. Die Klinik gab es seit einigen Jahren nicht mehr, im Zuge vieler Reformen und Sparmaßnahmen war sie geschlossen worden, aber es war nicht weiter schwer gewesen, den ehemaligen medizinischen Leiter der Klinik ausfindig zu machen.

Dr. Wolfgang Schröder. Eben dieser Name stand auf dem Notizzettel. Uwe hatte bereits mit ihm gesprochen, nur kurz, und im eigentlichen Sinne war es auch kein Gespräch gewesen. Der hörbar alte Mann hatte ihn auf seine Schweigepflicht hingewiesen und sich geweigert, am Telefon irgendwelche Auskünfte zu geben. Er hatte sich auch geweigert, nach Bentlage zu kommen, solange er nicht offiziell vorgeladen wurde. Seine Zeit als Staatsdiener sei vorbei, waren seine Worte gewesen, und wenn der Staat heute etwas von ihm wolle, müsse er sich eben zu ihm bemühen. Ein Besuch bei diesem Herrn hätte Uwe sich gern erspart, aber so wie die Dinge lagen, führte wohl kein Weg daran vorbei. Er hatte den Schneiders versprochen, sich darum zu kümmern, hatte es leichtfertig versprochen, weil er nicht daran geglaubt hatte, dass an dieser Rachegeschichte etwas dran war. Immerhin lag es dreiundzwanzig Jahre zurück, dass man Ellie Brock ihr Kind weggenommen hatte.

Und trotzdem! Dem Hund war das Ohr abgebissen worden. Die Briefe waren mehr als merkwürdig. Und jetzt sah es so aus, als würde diese entzückende Frau wirklich noch leben. Hier keinen Zusammenhang zu vermuten wäre leichtsinnig und dumm. Also würde er zunächst mit dem sympathischen Herrn Doktor reden und dann entscheiden, ob er die Ermittlungen nicht besser an eine übergeordnete Dienststelle abgeben sollte.

Das Ohr mit den Zähnen abgerissen! Allein sich diese Situation vorzustellen jagte Uwe Hötzner einen Schauer über den Rücken.

Saskia Eschenbach schlug die Tür ihres Kleiderschranks zu und stürmte in Shorts und Unterhemd aus ihrer Wohnung über den Flur in Stefanies Wohnung. Es war zwar schon Viertel nach zehn, doch Stefanie lag noch im Bett. Sie war von einer Veranstaltung erst spät in der Nacht heimgekehrt.

»Du musst mir helfen!«, rief Saskia und zog ihrer Freundin die Bettdecke weg.

Stefanie blinzelte den Wecker an und ließ sich wieder ins Kissen sinken. »Komm um zwölf wieder, ich schlafe noch.«

»So lange kann ich nicht warten, wir müssen sofort los!«

Saskia schnappte sich einen Cremetiegel vom Schminktisch und drückte ihrer Freundin das kalte Glasgefäß auf den nackten Rücken. Stefanie schrie und richtete sich schlagartig auf.

»Hey, was soll das! Bist du verrückt geworden?«

Saskia stemmte die Fäuste in die Hüften. »Ich habe nichts zum Anziehen. Wir müssen sofort los! Und dich brauche ich als Beraterin.«

Einen Moment lang starrte Stefanie sie nur an, dann begann sie prustend zu lachen. Als sie nicht wieder aufhörte, schnappte Saskia sich ein Kissen, sprang aufs Bett und schlug auf ihre Freundin ein.

»Du sollst mich nicht auslachen, du sollst mir helfen!«

Stefanie wehrte sich mit dem zweiten Kissen. Nach ein paar Minuten wilden Kampfes sanken beide außer Atem auf die Matratze.

»In meinem Schrank sind nur alte Sachen«, sagte Saskia zwischen hechelnden Atemzügen. »Ich kann ihn doch nicht in alten Sachen empfangen!«

»Nein, natürlich nicht!«, empörte sich Stefanie. »Da braucht die Königin schon neue Kleider. Aber warte … Du könntest ihn doch gleich nackt empfangen, dann spart ihr euch das Herunterreißen der teuren Klamotten.«

»Mach dich nicht lustig über mich, es ist mir ernst.«

»Okay.« Stefanie setzte sich in den Schneidersitz und sah Saskia an. »Dann machen wir uns jetzt ein bisschen hübsch, setzen uns ins Auto und fahren in die Stadt. Essen können wir auch dort.«

In Rekordzeit waren sie angezogen, geschminkt und frisiert. Mit Stefanies Audi fuhren sie in die Stadt, parkten in der Hochgarage eines Einkaufszentrums und machten sich auf die Jagd. Zwei Stunden später kehrten sie völlig entkräftet in eine Cafeteria ein und ließen sich mit Kaffee und Brötchen in der Nichtraucherecke nieder. Während sie aßen, hielten sie Lagebesprechung.

»Und das kleine Schwarze mit dem tiefen Rückenausschnitt?«, fragte Stefanie mit vollem Mund.

»Das ist toll, aber vielleicht doch zu gewagt.«

»Na hör mal, was heißt zu gewagt? Du willst nicht mit ihm ins Kino, sondern vögeln.«

In dem vollen Restaurant drehten sich einige Köpfe in ihre Richtung.

Während Saskia rot wurde, schien es Stefanie nicht zu stören. Sie glotzte sogar zurück.

»Nicht so laut!«, sagte Saskia leise.

»Ach, hab dich nicht so. Also, was ist nun? Entweder das kleine Schwarze oder dieser äußerst raffinierte Hosenanzug? Ich tendiere zu dem Schwarzen. Darin siehst du rattenscharf aus.«

»Hab ich nicht zu dicke Beine für ein so kurzes Kleid?«

Während Stefanie von ihrem Kaffee schlürfte, verdrehte sie die Augen. »Jetzt fang bloß nicht so an! Wir können nicht auch noch ins Fitnessstudio gehen und dich für den Abend trainieren. Du siehst toll aus. Und ich denke, er wird das auch schon bemerkt haben. Wenn nicht, ist er es ohnehin nicht wert.«

Schweigend kauten sie auf ihren Brötchen herum. Saskias Blick glitt zum Fenster hinaus. Sie befanden sich im achten Stock und hatten einen phänomenalen Ausblick über die Dächer der Stadt, welchen Saskia aber nicht wirklich wahrnahm. Sie kaute immer langsamer, hielt schließlich ganz inne, schluckte und sagte: »Er ist es wert.«

Stefanie lächelte. »Du bist wirklich verliebt, nicht wahr?«

»Ja, ich glaube schon.«

»Du weißt hoffentlich, was für ein Glück du hast. Dieser Typ scheint ja ein richtiger Traumprinz zu sein. Anwalt, gut aussehend, Erbe eines Hannoveraner-Gestüts … klingt wie aus einem Kitschroman.«

»Ich weiß … und ich habe Angst, dass auf so viel Glück irgendwann doppelt so viel Pech folgt.«

Stefanie ließ das Messer, mit dem sie eben die zweite Brötchenhälfte hatte bestreichen wollen, laut scheppernd auf den Teller fallen. Wieder hatten sie alle Blicke für sich.

»Noch so ein Satz, und ich kündige dir die Freundschaft. So reden Pessimisten, und das bist du nicht. Du hast Glück verdient. Deine Portion Pech hattest du schon mit dem Theo-Arsch. Und deshalb kaufen wir das kleine Schwarze, basta.«

Es versetzte Saskia immer noch einen Stich, an Theo erinnert zu werden. Theo Reinfeld, *der Arsch*, wie Stefanie ihn nur nannte. Sie hatte ihn nie kennengelernt und sich ihre Meinung nur aus Saskias Erzählungen bilden können. Mit Theo hatte es natürlich auch schöne Zeiten gegeben, aber alles in allem hatte Stefanie recht: Er war ein Arsch. Und sie hatte Glück verdient! Und das Kleid auch!

Nach dem Frühstück kehrten sie in den kleinen Laden zurück, in dem Saskia das schwarze Abendkleid bereits anprobiert hatte, und kauften es. Ein paar Schuhe im Laden gegenüber gleich dazu. Danach ging es in den exklusiven Laden für Dessous, in dem Saskia noch einmal so viel Geld ausgab wie für Kleid und Schuhe zusammen. Gegen vier waren sie zurück. Saskias Herz begann schneller zu schlagen. Nur noch vier Stunden, und die Wohnung sah aus wie ein Schlachtfeld.

Sein nächster Wagen würde eine Klimaanlage haben; entweder das oder er würde endlich ein paar Kilo abnehmen. Als Uwe Hötzner seinen Ford Focus vor einem gepflegten Einfamilienhaus zum Stehen brachte, spürte er sein kurzärmeliges Sommerhemd nass unter den Achseln und am Rücken kleben. Der Samstag war heiß und stickig, die Luft ein Versprechen auf ein abendliches Gewitter. Gern hätte er seinen freien Tag mit einem gekühlten Bier auf der Terrasse seines Hauses verbracht, statt zwei Stunden über die Autobahn zu fahren und sich in dem überhitzten Wagen wie ein Grillhähnchen vorzukommen. Aber sein Lieblingsspruch *Was muss, das muss* trieb ihn auch heute wieder an, zumal er mit den beängstigenden Gedanken im Hinterkopf ohnehin keine Ruhe gefunden hätte.

Ein gekrümmter Mann in kurzen Hosen und fadenscheinigem Baumwollhemd hockte in einem Beet im Vorgarten des Hauses, vor dem Uwe gehalten hatte. Langsam richtete er sich auf und sah zu ihm herüber. Uwe stieg aus, schlug die Tür zu und ging auf den weiß lackierten Bretterzaun zu. Der alte Mann blieb im Beet stehen, als sei er dort verwurzelt. Er war groß, seine dünnen weißen Beine staken wie Holzstangen aus der viel zu weiten Hose. Mit erdverkrusteten Fingern schob er eine randlose Brille auf den Höcker seiner Nase.

»Herr Schröder?«, fragte Uwe und bereute im selben Moment, seine Uniform nicht angezogen zu haben.

Er hatte mit dem Gedanken gespielt, ihn aber verworfen, weil er streng genommen privat unterwegs war und es außerdem zu heiß war. Vielleicht wäre es aber doch besser gewesen, vielleicht wäre der stechende Blick des alten Mannes an der Autorität der Uniform abgeprallt, statt ihn zu durchdringen wie eine Kugel ein Blatt Löschpapier.

»So ist es«, sagte Schröder. »Und Sie sind sicher dieser neugierige Polizist aus ... wie heißt das Kaff noch gleich?«

»Bentlage, ich komme aus Bentlage. Es geht um ...«

»Jaja, ich weiß schon«, schnitt Schröder ihm das Wort ab, stakste auf seinen dürren weißen Beinen aus dem Beet und öffnete die Pforte. »Kommen Sie rein, wir gehen nach hinten, die Nachbarn haben jetzt genug gesehen.«

Uwe folgte dem Klappergestell die leicht ansteigende Hofeinfahrt hinauf. Schröder ging wackelig, aber zügig, mit kurzen schnellen Schritten, wie man sie bei alten Leuten mit verkürzten Muskeln häufig sah. Das weiße Hemd schlotterte an seinem Oberkörper, ebenso die Hose an seinen Beinen. Uwe spähte kurz auf seinen eigenen dicken Bauch und fragte sich, wie wenig ein Mensch essen musste, um so beschissen auszusehen.

Dr. Schröder führte ihn ins kühle Haus und durch einen dunklen Flur ins Wohnzimmer. Eine große, zweiflügelige Terrassentür ließ Sonnenlicht herein und gab den Blick frei auf einen gepflegten Garten mit einem großen Teich in der Mitte. Wasser plätscherte über einen Bachlauf am rechten Ufer.

»Möchten Sie etwas trinken?«, fragte Schröder.

»Gern.«

»Kaffee?«

»Wenn es keine Umstände macht.«

»Wenn es Umstände machen würde, hätte ich es nicht angeboten. Milch und Zucker?«

»Beides, bitte.«

Schröder verschwand in der Dunkelheit des Flures. Uwe trat kopfschüttelnd an die geöffnete Terrassentür. Der Alte hatte ihm weder die Hand noch einen Platz angeboten, fragte aber nach Kaffee. Uwe hatte nach dem Telefonat damit gerechnet, seine Frage zwischen Tür und Angel stellen zu müssen, doch scheinbar hatte der alte Griesgram sich einen kleinen Rest Anstand bewahrt. Merkwürdiger Typ. Aber wer war das nicht?

»Wir können auch auf der Terrasse sitzen«, kam es plötzlich von hinten.

Uwe schreckte auf und drehte sich um. Schröder stand in der Tür. Hatte er ihn beobachtet?

»Gern, sie liegt ja im Schatten.«

Die rot gepflasterte Terrasse wurde von einer orangen Markise überspannt, ein paar Stufen führten in den Garten hinab, rechts und links davon wuchsen üppig blühende Blumen, die Uwe nicht kannte. Hinter dem Teich drehte der leichte Wind die Flügel einer hölzernen Windmühle. Uwe ließ sich in einen weich gepolsterten Korbstuhl fallen. Nach ein paar Minuten erschien Schröder mit einem Tablett; die Sehnen seiner Unterarme sprangen unter der Haut empor wie Gebirgszüge.

»Schön haben Sie es hier«, sagte Uwe. Etwas anderes fiel ihm nicht ein.

Schröder drapierte die Gedecke auf dem Tisch. »Tja, viel Arbeit.«

»Wie bekommen Sie den Rasen so hin? In meinem sind immer braune Flecken, egal was ich mache.«

Dr. Schröder setzte sich und warf ihm einen Blick zu, den Uwe nicht zu deuten vermochte. »Seien Sie froh über Ihre Flecken. So einen Rasen bekommen Sie nur, wenn Sie viel Zeit haben … sehr viel Zeit.«

Die Worte des alten Mannes klangen, als sei er meilenweit entfernt. Weil ihm einfach keine passende Antwort einfiel, süßte Uwe seinen Kaffee mit Milch und Zucker und rührte übertrieben konzentriert und lange darin herum.

»Aber Sie sind ja nicht wegen meines Rasens gekommen«, sagte Schröder unvermittelt und wirkte dabei, als sei er aus tiefer Trance erwacht. »Worum geht es, Herr Hötzner? Es muss ja außerordentlich dringlich sein, wenn Sie sich an einem Samstag auf den weiten Weg hierher machen.«

»Am Telefon wollten Sie mir ja keine Auskunft geben«, sagte Uwe.

Schröder lachte kehlig. »Was glauben Sie denn? Dass ich am Telefon plappere wie ein Waschweib? Wir leben in einer gefährlichen Zeit.«

»So war das nicht gemeint, ich habe ja durchaus Verständnis für Ihr Verhalten.«

»So?«

Schröder zog die Augenbrauen hoch. »Dann haben Sie sicher auch Verständnis dafür, wenn ich Sie nach Ihrem Dienstausweis frage.«

»Natürlich, ich hatte mich schon gefragt, wann Sie das tun würden.«

Uwe zog die flache Brieftasche aus seiner hinteren Hosentasche, klappte sie auf und zeigte dem Alten seinen Ausweis. Die Frage danach war durchaus berechtigt, jedoch nicht die lange Zeit, die Schröder ihn studierte.

»Gut«, sagte der schließlich und lehnte sich zurück. »Darf ich annehmen, dass Sie nicht im Dienst sind und dieses keine offizielle Ermittlung ist?«

Uwe steckte die Brieftasche weg. »Noch nicht, aber es kann sehr schnell eine daraus werden.«

Den letzten Satz hatte er als eine Art vorsichtige Drohung gedacht, doch der alte Mann zeigte keine Reaktion. Mit der Kaffeetasse in der Hand starrte er in den Garten hinaus. »Und worum geht es, Herr Hötzner?«

»Um eine Patientin der Nervenheilanstalt, die Sie geleitet haben. Ihre Einlieferung liegt dreiundzwanzig Jahre zurück, und …«

Schröder lachte wieder sein ungesundes Lachen. Tief in seinem mageren Brustkorb schien es ewig nachzuhallen. »Dreiundzwanzig Jahre … und Sie glauben, ich kann mich an eine bestimmte Patientin von Hunderten erinnern?«

»Nun, ich hoffe es zumindest.«

»Wie ist der Name?«

»Ellie Brock.«

Wieder starrte der alte Mann in seinen Garten und schwieg. Er starrte so lange, dass es Uwe unangenehm wurde, doch kurz bevor er sich bemerkbar machen wollte, floss plötzlich wieder Leben durch den dürren Körper. Schröder machte eine ausholende Handbewegung, die seinen gesamten Garten, vielleicht sogar die ganze Welt einschloss.

»In diesen neunhundert Quadratmetern verbringe ich mein Leben … was davon übrig ist. Vom Frühjahr bis zum Herbst ist das viel Arbeit, man kommt kaum zur Ruhe. Aber im Winter … im Winter sieht das ganz anders aus. Im Winter fehlt das Licht, wir sind dann visuell eingeschränkt und beschäftigen uns mehr mit unseren Gedanken. Deshalb ist Schnee eine solche Offenbarung. Er bringt das Licht zurück. Ich liebe Schnee.«

Uwe wusste nicht, ob er die Pause für eine Erwiderung nutzen sollte. Der alte Mann faselte, vielleicht war er gar nicht mehr in der Lage, während eines Gesprächs beim Thema zu bleiben. Schon bereute Uwe es, überhaupt hergekommen zu sein. Mehr und mehr fühlte er sich unwohl auf der Terrasse in der abgeschirmten Welt dieses merkwürdigen Mannes.

»Im Winter denke ich häufiger an sie.«

Beinahe hätte Uwe den Inhalt des Satzes nicht begriffen. Beinahe!

»An wen?«, fragte er, obwohl er die Antwort bereits kannte.

»Ellie. Wenn ich ins Grübeln gerate, denke ich häufiger an Ellie Brock.«

»Warum?«

Schröder drehte seinen dürren Hals und fixierte Uwe, als wolle er herausfinden, ob der einfache Polizist vom Lande für eine Antwort auf das Warum geeignet war, ob er es verstehen würde. Es war ein abschätzender, unangenehmer Blick, dem Uwe nicht lange standhalten konnte. Dann starrte der Alte wieder in seinen Garten, und die damit einkehrende Stille legte sich wie eine Eisenklammer um Uwes Herz. Es brannte ihm auf der Zunge, seine Frage zu wiederholen, gleichzeitig spürte er aber auch, dass der alte Mann Zeit brauchte, um den Weg allein zu finden. Druck und Hetze waren hier fehl am Platz.

Nach einer gefühlten Ewigkeit sprach er weiter.

»Ich war Arzt, der Schulmedizin und der Wissenschaft verschrieben, noch während meines Studiums trat ich aus der Kirche aus. Sie können nicht an eine perfekte Schöpfung eines allwissenden Schöpfers glauben und dann daran herumschnippeln oder versuchen, Seele und Geist zu beeinflussen. Und wenn Sie erst erkennen, wie wenig perfekt der Mensch ist, glauben Sie noch viel weniger an den Schöpfer. Ich habe Lungenkrebs, nicht operabel, lässt sich nur mit Chemo und Bestrahlung einigermaßen im Zaum halten. Meinen Sie, dass Tumore eine besondere Ausprägung der Perfektion sind? Warten Sie, bis Sie auch einen haben, dann denken Sie anders darüber.

Schöpfung, Engel, Geister, übersinnliche Kräfte … für

diesen Hokuspokus war in meinem Leben kein Platz. Wenn ein Mensch erkrankt, wird er behandelt, spricht der Körper nicht auf die Behandlung an, stirbt der Mensch. Ende, aus, basta! Im übertragenen Sinne gilt das auch für den menschlichen Verstand, mit dem ich es in meiner beruflichen Laufbahn ja zu tun hatte. Ist der Verstand unheilbar erkrankt, kann der Körper zwar trotzdem sehr alt werden, was den eigentlichen Menschen ausmacht, die Persönlichkeit, geht aber verloren. Mir ist in meiner aktiven Zeit nie etwas untergekommen, was mich von dieser Meinung abgebracht hätte … bis ich Ellie Brock kennenlernte.«

Schröder legte eine Pause ein und trank einen Schluck Kaffee. Uwe sagte nichts. Geduldig wartete er ab, konnte aber eine gewisse Anspannung nicht verleugnen. Was war es, das Ellie Brock für diesen Mann so besonders gemacht hatte?

»Sie wissen, was Empathie bedeutet?«, fragte Schröder plötzlich.

»Ja, natürlich. Die Fähigkeit, sich mit den Gedanken und Gefühlen anderer zu beschäftigen.«

»Nein, eben nicht. Das Wort leitet sich von dem griechischen *empátheia* ab, was *Leidenschaft* bedeutet. Es geht darum, sich in die Gedanken, Gefühle, ja in das Weltbild eines anderen Menschen hineinzufühlen, es von innen heraus zu betrachten, als wäre es das eigene. Sich damit zu beschäftigen reicht nicht, das ist zu oberflächlich. Können Sie sich vorstellen, was Empathie in Perfektion bedeuten würde?«

»Äh … nein.«

»Es würde bedeuten, sich zumindest zeitweise so sehr in dem Weltbild eines anderen aufzulösen, dass es nur noch diese eine Sichtweise gibt, keine zweite mehr.«

»Ich verstehe nicht so ganz, worauf Sie hinauswollen.«

»Das glaube ich Ihnen. Ich verstehe es ja selbst nicht richtig. Es ist aber die einzige Möglichkeit, mir selbst zu erklären, was Ellie Brock ausgemacht hat. Ohne diesen Ansatz einer Erklärung müsste ich ja davon ausgehen, sie hätte …« Schröder stockte und runzelte die Stirn.

»Wovon müssten Sie ausgehen?«

Der alte Mann rang noch einen Moment mit sich, schien nach Worten zu suchen, die schlüssig erklären konnten, was eigentlich nicht zu erklären war.

»Sie wissen sicherlich, was wir Mediziner machen, nicht wahr? Wir dringen mit Worten oder Medikamenten in die Köpfe unserer Patienten vor und versuchen sie dann zu manipulieren. Das klappt mal schlechter, mal besser. Eigentlich ist es eine ziemlich uneffektive Methode, aber eine andere kenne ich nicht. Ellie Brock aber schon. Sie war eine hoch manipulative Person, ohne dass ich je erkannt hätte, wie sie das angestellt hat.«

Schröder beugte sich ein wenig vor und sah Uwe fest in die Augen.

»Und jetzt werde ich zum ersten, einzigen und auch letzten Mal aussprechen, was auszusprechen ich mich nie getraut habe. Sie dürfen sich also geehrt fühlen.«

Schröder stockte kurz, schien noch einmal abzuwägen, ob er es wagen konnte.

»Eine Zeit lang glaubte ich wirklich, Ellie Brock sei in der Lage, in die Köpfe anderer Menschen einzudringen und sozusagen die Befehlsgewalt zu übernehmen. Das klingt dumm, ich weiß, aber … Aber ich habe keine andere Erklärung.«

»Erklärung wofür? Können Sie mir ein konkretes Beispiel nennen? Was hat Ellie Brock damals getan?«

Schröder stellte endlich die leere Kaffeetasse weg und fixierte Uwe erneut. »Warum interessiert sich die Polizei überhaupt für Ellie Brock?«

»Darüber darf ich nicht sprechen. Wahrscheinlich ist es ohnehin unbegründet und die Mühe der langen Fahrt hierher nicht wert.«

»Hat man Ellie Brock entlassen?«

»Ich hatte eigentlich gehofft, dass Sie mir das sagen könnten.«

»Zu meiner Zeit wurde sie nicht entlassen, ich hätte dem auch niemals zugestimmt. Aber ich bin seit sechs Jahren in Pension, ich kann es Ihnen also nicht sagen. Aber eines kann ich Ihnen sagen …«

Plötzlich wies ein langer dürrer Finger mit dunkler Erde unter dem Nagel in Uwes Richtung.

»Wenn Ellie Brock entlassen wurde, ist Ihre Fahrt die Mühe wert, verlassen Sie sich darauf. Wenn Ellie auf der Suche nach ihrem Kind ist und Sie ihr im Weg stehen, werden Sie die Leute noch verfluchen, die Ellie Brock die Freiheit geschenkt haben!«

Die gelben Feuerkegel der Kerzen bildeten helle Nester warmen Lichts auf den Regalen, Tischen und der Anrichte. Schattenecken veränderten ihre Umrisse, sobald die Flammen in Bewegung gerieten. Außer den Kerzen gab es keine weitere Lichtquelle in der Wohnung. Der Geruch erwärmten Wachses und abgebrannter Streichhölzer lag in der Luft, dazwischen der Duft feiner Kräuter. Im Hintergrund lief eine langsame Ballade zu den Klängen von Cello und Geige.

Noch immer stand Sebastian bewegungslos auf der Schwelle, befürchtete er doch, die Atmosphäre des Raumes zu zerstören, sobald er ihn betrat. Saskia Eschenbach stand ihm gegenüber. Im sanften Licht der Kerzen wirkte sie wie eine perfekt modellierte Statue und doch zu lebendig, um aus kaltem Marmor zu sein. Sie trug ein kurzes schwarzes Kleid – ein atemberaubendes kurzes schwarzes Kleid.

»Kommst du irgendwann noch herein?«

Ihre Stimme war kaum mehr als ein Flüstern.

»Doch … natürlich.«

Er trat ein und umarmte sie, ohne den Blumenstrauß abzulegen. Sie küssten sich, langsam und ohne Hast, dabei spürte er ihren Körper unter dem dünnen Stoff des Kleides, der über ihre Haut glitt, als würde er auf einer dünnen Luftschicht fließen. Sie trug den gleichen Duft, den sie an jenem Abend beim Italiener getragen hatte. Irgendwann, als Sebastians Sinne wie betäubt waren, lösten sich ihre Lippen voneinander.

»Du siehst wunderschön aus«, flüsterte er ihr ins Ohr.

»Danke.«

Sie sah ihn an, heute fast auf Augenhöhe, da sie Pumps mit sehr hohen Absätzen trug. Der Schimmer ihrer dunklen Augen, der Ausdruck darin, war Verführung und Verlangen zugleich.

»Und die Blumen sind für mich?«

Sebastian überreichte ihr den Strauß, den er beinahe vergessen hatte. »Hässlich im Vergleich zu dir.«

»Ich nehm ihn trotzdem, vielen Dank.«

Sie löste sich von ihm und trug die Blumen in die Küche. Er folgte ihr, betrachtete die Leichtigkeit ihrer Bewegungen, die Konturen ihres schlanken Körpers unter dem dünnen Stoff des Kleides, das Spiel der Muskeln ihrer nackten Beine. Noch immer fühlte er sich wie betäubt.

»Hast du all die Kerzen allein angezündet?«

Saskia ließ Wasser in eine Vase und steckte den Strauß hinein. »Nein, ich hatte Hilfe.«

»Das müssen an die hundert sein.«

»Genau fünfundachtzig. Schau dich mal um, sogar im Bad stehen welche.«

Sebastian durchquerte das Wohnzimmer, passierte den Mauerbogen, sah ins Schlafzimmer, in dem ebenfalls Kerzen brannten, und betrat schließlich das Bad. Auf jeder freien Fläche stand eine Kerze, von dem großen Spiegel wurden die Flammenkegel verdoppelt. Noch während er den Raum betrachtete, trat Saskia hinter ihn und schlang ihre Arme um seine Taille.

»Vielleicht wollen wir ja später ein Bad nehmen.«

Ein Kribbeln lief seine Wirbelsäule hinab. Er drehte sich um, küsste sie auf die Nasenspitze, Stirn und Ohrläppchen. Sie seufzte leise, drängte sich näher an ihn heran.

»Das Essen ist fertig.«

Ihre Worte waren nicht mehr als ein zittriges Raunen.

»Du hast gekocht?«

»Ja … und du musst aufhören, mich so zu küssen, sonst …«

Sie verstummte, als er ihren Hals abwärts bis zum Schlüsselbein küsste und seine Hand sich an ihrem Bein unter den Saum des Kleides schob. Sie legte den Kopf in den Nacken, bot ihm die gespannte Haut ihres Halses dar.

»Sonst was?«, fragte er und küsste sie dort.

»Sonst wird das Essen kalt.« Sie schob sich ein wenig von ihm fort. »Und wir müssen doch was im Bauch haben. Das wird eine anstrengende Nacht.«

»Kein Schlaf?«, fragte er zwischen zwei schnellen Küssen.

»Nicht eine Minute.«

Edgar Schneider legte den Telefonhörer auf die Gabel und sackte kraftlos in den Drehstuhl zurück. Er hob beide Hände vor die Augen und rieb sie mit den Ballen, bis sie wehtaten und er Sterne sah. Dann ließ er die Arme fallen und seufzte. Um ihn herum lag der Raum im Halbdunkel, nur spärlich erhellt von der Lampe mit dem grünen Schirm, die den Schreibtisch in ihren scharf umrissenen Lichtkreis einschloss. Er fühlte sich wie ein Verlorener auf einer winzigen Insel; dass letzte bisschen Sicherheit in einer finsteren Welt. Warum musste das Leben so kompliziert sein? Warum hatte nicht einfach alles so weitergehen können wie bisher?

Uwe Hötzner hatte ihm keine guten Nachrichten überbracht. Seine und Annas große Lebenslüge stand kurz davor, offenbart zu werden. Für Sebastian würde das schlimm werden, doch im Moment empfand Edgar es als viel schwerer, Anna gegenüber zuzugeben, dass er sie damals bezüglich Ellies Tod belogen hatte. Aber was hätte er sonst tun sollen? Ein klarer, scharfer Schnitt war die einzige Möglichkeit gewesen, um ein normales Leben führen zu können.

Großer Gott, wie hatte sie nur freikommen können? *Man hat mir doch das Gegenteil versprochen!*

Die nur angelehnte Tür schwang sacht ins Büro. Anna kam herein. Ihr Haar war feucht, über ihrem Schlafanzug trug sie einen Bademantel. Sie brachte den Duft des Badeöls mit herein.

»Wer war am Telefon?«

»Am Telefon?«

Edgar starrte seine Frau aus seinen brennenden Augen an.

»Es hat doch geklingelt, oder?«

»Ach so, ja, das war nur Uwe. Er kommt morgen auf einen Sprung vorbei.«

»Gibt es etwas Neues wegen Taifun?«

Edgar erhob sich aus dem Drehstuhl, legte seiner Frau einen Arm um die Taille und führte sie aus dem Raum. »Hat er nicht gesagt. Er wollte wohl nur hören, ob bei uns alles in Ordnung ist.«

Wie leicht es ihm doch fiel, seine Frau zu belügen, sie wieder einmal zu belügen. Er war ein Feigling! Traute sich selbst jetzt nicht, ihr die Wahrheit zu sagen. Aber es bestand ja immer noch die Möglichkeit, dass das alles ein großer Irrtum war. Noch war Ellies Verbleib nicht geklärt, gut möglich, dass sie längst verstorben war. Warum sollte er jetzt schon die Pferde scheu machen? War es nicht besser, noch abzuwarten? Anna regte sich zu leicht auf, sie würde keinen Schlaf mehr finden. Und manchmal, das hatte ihn das Leben gelehrt, erledigten sich die Dinge von allein, wenn man warten konnte.

»Sonst war nichts?«

»Nein, Schatz, alles in Ordnung. Mach dir keine Sorgen.«

Er küsste sie auf die Stirn. »Ich gehe jetzt duschen.«

Anna blieb allein auf der Diele zurück und sah ihrem Mann lange nach. Dann raffte sie den Gürtel des Bademantels enger und machte sich an ihre allabendliche Routine. Draußen löste die Dunkelheit die Dämmerung ab, es war Zeit für die Lampen. Sie ging durch die Räume im Untergeschoss des Hauses und schaltete sie ein. Anna liebte dieses Ritual, und sie wusste, wie einladend das Haus in der Dunkelheit wirkte, wenn die Lampen leuchteten.

Zuletzt betrat sie das Wohnzimmer, ging im Dunkeln ans Fenster und sah hinaus. Ein paar Sterne glänzten zwischen Wolkenfetzen. In der Schwüle des Nachmittags hatten sich zunächst schwere Quellwolken aufgetürmt, die gegen Abend jedoch verschwunden waren. Jetzt bekam sogar der Mond seine Chance. Die schmale Sichel warf aber kaum Licht auf den Hof. Die Finsternis da draußen machte ihr Angst. Genau wie Edgar hatte sie die Abgeschiedenheit hier oben immer gemocht, nie war sie für Anna ein Grund zum Fürchten gewesen. Die unheimlichen Briefe und Taifuns Tod hatten jedoch alles verändert. Wieder übermannte sie die Erinnerung an jene Unwetternacht, als ihre Männer draußen gewesen waren. Allein mit der Angst im Haus hatte sie etwas gespürt. Etwas Unerklärliches, das aus dem Dunkel aufs Haus zugeschlichen war. Kalter Schweiß war ihr ausgebrochen, so stark und fürchterlich war dieser Eindruck gewesen. Es griff nach ihm, nach ihrem Sohn, jetzt, nach all den Jahren und der schönen Zeit, wollte es ihr ihren Sohn wegnehmen. Niemals würde Anna das zulassen!

Ein Schauer lief ihren Rücken hinab. Sie schaltete die Lampe ein und wandte sich vom Fenster ab. Und weil sie die Stille nicht ertragen konnte, schaltete sie den Fernseher ein.

Ein langsames Gitarrenstück aus der Musikanlage begleitete den letzten Bissen. Sebastian nahm sein Weinglas; ein kleiner Rest war darin noch verblieben. Im Kerzenlicht verwandelte es sich zu einem flüssig gewordenen Rubin. Er führte das Glas an seine Lippen und trank, legte den Kopf weit in den Nacken, um auch den letzten Tropfen nicht zu verschwenden. Über seinen Hals lief eine Schweißperle und versickerte im Kragen des Hemdes. Saskia folgte mit den Augen ihrem Weg, ließ ihre Zunge über die Lippen gleiten, nahm fast schmerzhaft wahr, wie sehr sie ihn begehrte.

»Für das Essen hast du vier Sterne verdient«, sagte er, nachdem er das Glas abgestellt hatte.

»Wie viele gibt es denn?«

»Nun … ich glaube, sechs.«

»Und warum bekomme ich dann keine sechs?«

Er lächelte. »Ich lasse mir gern etwas Spielraum nach oben. Wer weiß, was mich in Zukunft noch alles erwartet.«

Saskia beugte sich vor, stützte ihr Kinn in die Handfläche und sah ihn an. »Du meinst also, wir haben eine Zukunft?«

Sein Blick war fest, als er antwortete: »Ich war mir nie zuvor in meinem Leben so sicher.«

Sie standen auf, trafen sich an der Seite des Tisches, berührten sich aber noch nicht.

»Du enttäuscht mich doch nicht irgendwann, oder?«

»Niemals.«

»Stefanie meint, ich hätte mich bis über beide Ohren verliebt.«

»Meine Mutter meint das auch.«

»Zwei so kluge Frauen müssen wohl einfach recht haben, nicht wahr?«, fragte Saskia flüsternd, presste ihr Becken an seines und näherte sich seinen Lippen.

»Sie können sich gar nicht irren.«

Ihre Lippen, warm vom Essen und der Hitze der Kerzen, der Geschmack des Weines daran haftend, fanden einander. Aus sanften Bewegungen wurde schnell Verlangen. Seine Hände schoben sich ihren Rücken hinunter, fanden den Weg unter den Saum des Kleides, schoben es hoch, streichelten und ertasteten die Spitze des neuen Höschens.

Saskia knöpfte ungeduldig sein Hemd auf, streifte es von seinem Oberkörper, streichelte seine warme Haut, presste sich ganz dicht an ihn. Er hob sie hoch, sie umklammerte ihn mit den Beinen. Küssend trug er sie ins Schlafzimmer und stellte sie vor dem Bett ab. Sie entwand sich seinem Griff, trat einen Schritt zurück. Im schmeichelnden Licht der Kerzen begann sie, sich auszuziehen, streifte zuerst die Schuhe ab, führte dann die Hände in den Nacken und öffnete das Kleid. Dabei sah sie ihn an. Ihr Blick sollte ihm sagen, dass sie angesehen werden wollte, es genoss, von seinen Augen verzehrt zu werden. Schließlich glitt das Kleid zu Boden, sie trat heraus, öffnete den BH und warf ihn zur Seite. Einen Augenblick noch verharrte sie in seinem Blick, trat dann schnell auf ihn zu, schmiegte sich an ihn, küsste ihn, ließ ihre Hände wandern und öffnete Gürtel und Knopf seiner Hose. Ein Schauer durchlief ihren gesamten Körper, als er ihr Ohrläppchen küsste und seine Finger die Muskeln ihrer Wirbelsäule nachzeichneten. Schließlich sanken sie nackt aufs Bett und es gab kein Halten mehr. Was sich seit den ersten Küssen draußen auf dem Schneiderhof zwischen ihnen aufgestaut hatte, fand nun seine Befreiung. Ihre Hände waren überall, tasteten, streichelten, Lippen und Zunge schmeckten jeden Zentimeter Haut, genossen, erregten, spielten. Sanfte, homogene Bewegungen, dann schneller, heftiger, Haut an Haut, heiße Feuchtigkeit dazwischen, wohlige Schauer, brennende Hitze – und endlich die Erlösung.

Edgar erwachte schlagartig und schnellte nach vorn. Anna, die mit dem Kopf auf seinem Schoß eingeschlafen war, fiel beinahe vom Sofa. Der Fernseher sandte fahlblaue Lichtblitze in den Raum. Im raschen Wechsel flimmerten gewalttätige Bilder eines Mordes über die Mattscheibe, eine Frau schrie, dazwischen übertrieben laut die Geräusche eines ins Fleisch dringenden Messers. Wenige Sekunden lang wusste Edgar nicht, wo er war. Jemand war aus dem Dunkel auf ihn zugesprungen, eine gewaltige, massige Gestalt, mit weit aufgerissenem Maul und zu Klauen geformten Händen.

Er fand die Fernbedienung neben sich zwischen den Kissen und beendete mit einem Knopfdruck die Schlachterei. Anna richtete sich auf, blickte ihn aus verschlafenen, verständnislosen Augen an. »Was ist?«

Ihre Stimme klang wie aus weiter Entfernung.

Edgar rieb sich die Augen. Die verdammte Gestalt wollte einfach nicht verschwinden.

»Ich … ich habe nur geträumt.«

Ein Blick auf seine Armbanduhr. Mitternacht vorbei! Seit drei Stunden schliefen sie vor dem Fernseher. Jeder Knochen und Muskel in seinem Körper ließ es ihn spüren.

»Lass uns ins Bett gehen«, sagte er und half seiner Frau beim Aufstehen.

Sie küsste ihn auf die Stirn und wankte aus dem Wohnzimmer. Edgar blieb noch einen Moment sitzen. Er stützte den Kopf in die Hände, fuhr sich durchs Haar und versuchte, den Eindruck des Albtraums zu vertreiben. Noch immer pochte sein Herz unnatürlich schnell. Es war so erschreckend real gewesen, wie diese Gestalt aus dem Dunkel auf ihn zugesprungen war!

Schließlich stand er auf und machte sich auf den Rundgang, die Lampen in den Fenstern zu löschen. Als er die in der Küche ausgeschaltet hatte, verharrte er vor dem Fenster und spähte hinaus. Der Himmel war jetzt von Wolken überzogen, dunkel lag der Hof da, die Scheune nicht mehr als ein großer Schatten auf der anderen Seite. Alles wirkte friedlich, so wie es immer gewesen war. Edgar wollte sich eben vom Fenster abwenden, als er zusammenzuckte und nochmals hinaussah. War da nicht eine Bewegung gewesen? Am Schuppen für die Autos? Mit zusammengekniffenen Augen starrte er hinaus, doch es tat sich nichts. Nein, er hatte sich getäuscht. Er konnte den Schuppen in der Finsternis ja nicht einmal sehen. Trotzdem ging er in die Diele, schaltete die Außenbeleuchtung ein und kehrte ans Küchenfenster zurück. Zwischen Haus und Scheune bis hin zur Hofeinfahrt konnte er jetzt alles erkennen.

»Etwas nicht in Ordnung?«

Zum zweiten Mal an diesem Abend wurde sein Herz aufgepeitscht. Hastig fuhr Edgar herum und sah Anna in der Küchentür stehen.

»Nein … nein, alles bestens.« Er versuchte sich in Gleichgültigkeit.

»Warum hast du dann das Licht eingeschaltet?«

»Nur so, ohne besonderen Grund.«

Edgar nahm seine Frau bei den Schultern und führte sie aus der Küche in die Diele, löschte die Außenbeleuchtung und folgte ihr dann ins Bett. Eng an ihn gedrückt schlief sie schnell ein, Edgar jedoch nicht. Noch immer schlug sein Herz zu schnell. Noch immer sah er die Gestalt, die ihn aus dem Dunkel heraus ansprang. Seine Hand fand tastend das kühle Metall des Schrotgewehrs, das in der Lücke zwischen Bett und Nachtschrank eingeklemmt stand.

Aber selbst das schien seinen Herzschlag nicht beruhigen zu können.

Nach Atem ringend lagen sie nebeneinander, sprachen nicht, lagen nur da, lauschten ihrem sich nur langsam beruhigenden Herzschlag und starrten zur Decke. Aus dem Wohnzimmer drang leise Musik herüber.

Schließlich drehte Sebastian sich auf die Seite und betrachtete Saskia. Sie lächelte matt. Schweiß glänzte auf ihrer Stirn, ihre Haut schimmerte im Kerzenlicht wie Bronze. Ein feines Rinnsal lief von ihrer Brust zum Bauchnabel, ein kleiner Bach auf gebräunter, samtener Haut.

»Geht es dir gut?«, fragte er leise.

Sie nickte. »Aber ich habe schrecklichen Durst.«

»Ich auch. Warte hier, ich hole Wasser.«

Er küsste sie, stand auf und verließ nackt das Schlafzimmer. Saskia sah ihm lächelnd nach, schob dann die Arme über den Kopf und rekelte sich. Für den Moment war sie zwar erschöpft, fühlte sich gleichzeitig aber auch gelöst und … ja, geliebt war wohl das richtige Wort. Viel benutzt, abgegriffen, klischeebehaftet, aber in manchen Situationen gab es eben kein anderes, kein besseres.

Sebastian kam zurück, blieb im Türrahmen stehen und betrachtete sie. Obwohl sie auf dem Rücken lag, die Arme über den Kopf ausstreckte und nicht der kleinste Zipfel Bettdecke sie verhüllte, machte es ihr nichts aus, so von ihm angesehen zu werden. Sie fühlte sich sicher, nicht nackt, fühlte sich schön, nicht behaftet mit den üblichen weiblichen Sorgen über Problemzonen.

»Du bist ein Spanner, was?«, fragte sie ihn lächelnd.

»Nein, nur ein Genießer. Du bist einfach wunderschön.«

»Und gleich vertrocknet wie eine alte Jungfer, wenn du mir nicht etwas von dem Wasser gibst.«

Er kam ins Bett zurück und gab ihr die Wasserflasche, die schon zur Hälfte geleert war. Sie trank in gierigen Zügen. Als ihr Durst gestillt war, war die Flasche leer. Saskia kuschelte sich an seine Seite, legte ein Bein auf seinen Oberschenkel und den Kopf an seine Schulter. Mit ihrer linken Hand fühlte sie seinen gleichmäßigen Herzschlag.

»Wie fühlst du dich?«, fragte sie ihn.

Er strich sanft über ihre Hand, ließ sich Zeit mit einer Antwort. »Als ob mich unser Unfall aus dem Zeitfluss gerückt hätte.«

»Oje, ich hab mit einem einfachen *Wunderbar* gerechnet. Wie muss ich das jetzt verstehen?«

»Auf keinen Fall falsch! Ich fühle mich wirklich gut, dank dir.« Er stupste sie auf die Nase. »Aber irgendwie auch ein Stück weit aus der Realität geschubst. Verstehst du, mein Leben verlief in relativ geregelten, vielleicht schon langweiligen Bahnen … Bis du bei Rot über die Ampel gefahren bist und unsere Wege sich kreuzten.«

Saskia sah ihn von unten herauf an. »Aber du bereust es doch nicht, oder?«

»Nein! Auf keinen Fall!«

»Gut.« Sie küsste ihn auf die Wange. Sein Gesicht war noch immer warm und gerötet. »Bist du noch sehr traurig wegen Taifun?«

»Nein, traurig bin ich nicht mehr, ich bin wütend. Wenn ich daran denke, was er für ein treuer, mutiger Hund war, dass er sein Leben gegeben hat, um uns zu beschützen, kocht mir die Galle über. Wenn ich den Kerl in die Finger bekäme … Ich weiß wirklich nicht, was ich dann tun würde.«

Saskia drückte seine Hand. »Du hättest jedes moralische Recht, ihm zumindest ordentlich die Fresse zu polieren.«

Erstaunt sah Sebastian sie an.

»Was für Worte aus dem Mund einer so zarten Person! Du wirst doch am Ende nicht eine dunkle Seite haben?«

Saskia rollte sich auf ihn.

»Da kannst du Gift drauf nehmen. Und die sollst du heute Nacht noch kennenlernen.«

Dann zeigte sie ihm, was sie damit meinte.

Er schlug die Augen auf und horchte. Dumpf und hart schlug sein Herz in seiner Brust. Neben ihm atmete seine Frau gleichmäßig in tiefem Schlaf. Edgar bewegte sich nicht, starrte nur in die Dunkelheit, versuchte herauszufinden, was ihn geweckt hatte. Diesmal war es kein Traum gewesen, keine Gestalt, die ihn aus dem Dunkel heraus angriff. Aber irgendwas hatte ihn geweckt.

Plötzlich ein Geräusch.

Die Pferde!

Nicht sehr laut, aber dennoch laut genug, ihn zu alarmieren. Das Fenster des Schlafzimmers ging nach hinten hinaus, der Giebel des Stalls war keine fünf Meter entfernt. Aber dieser Nähe hätte es nicht bedurft; Edgar hatte über die Jahre hinweg nicht nur ein Gehör, sondern vielmehr ein Gespür für seine Tiere entwickelt. Er witterte es förmlich, wenn etwas nicht in Ordnung war. So wie jetzt!

Er schlug die Decke zurück und schwang seine Beine aus dem Bett. Auf der Kante blieb er einen Moment sitzen und lauschte abermals. Kein Rauschen von Wind in den Eichen, kein entfernter Donner – ein aufziehendes Gewitter beunruhigte die Pferde also nicht. Aber was dann?

Für die Dauer eines Lidschlags gab Edgar sich der Vorstellung hin, sich wieder ins Bett zu legen und die Decke über die Ohren zu ziehen. Nicht hinausgehen zu müssen, den Morgen, das Tageslicht und die Rückkehr seines Sohnes abzuwarten. Doch der Lidschlag war schnell vorüber, der Gedanke auch. Seine Pferde brauchten ihn! Er würde nicht einfach im Bett liegen bleiben und sie sich selbst überlassen. Außerdem hatte er eine Rechnung zu begleichen. Für Taifun!

Weil er einen eventuellen Eindringling nicht warnen wollte, zog Edgar seine Hose und sein Unterhemd im Dunkeln an, nahm das Schrotgewehr, steckte die beiden Ersatzpatronen ein und weckte schließlich seine Frau. Anna erwachte ruckartig, und noch bevor sie etwas sagen konnte, presste er ihr einen Finger auf die Lippen.

»Psst!«, machte er.

Im selben Moment wieherten die Pferde so laut, dass auch Anna es hörte.

»Irgendwas stimmt da nicht«, sagte Edgar flüsternd, »ich gehe nachsehen. Mach bitte kein Licht.«

Er nahm den Finger von ihren Lippen. Sie klammerte sich an sein Handgelenk. Panik weitete ihre Augen.

»Nein!«, flüsterte sie heiser, »du darfst nicht rausgehen! Sebastian ist nicht da. Geh bitte nicht da raus! Ruf Uwe an.«

Edgar schüttelte den Kopf. »Bevor der hier oben ist …«

Er wollte aufstehen, doch Anna hielt ihn an der Schulter zurück. »Edgar, nicht, ich habe solche Angst. Verlass bitte das Haus nicht!«

Er sah sie an. Trotz der Dunkelheit konnte er das Weiß in ihren weit aufgerissenen Augen sehen. Sie war einer Panik nahe. Edgar schwankte. Sollte er auf sie hören? Einmal im Leben auf ihre Vorahnungen hören? Uwe anzurufen war natürlich ein vernünftiger Vorschlag, aber der würde für den Weg eine halbe Stunde brauchen. Sollte er hier solange sitzen und sich das Geschrei seiner Pferde anhören? Sollte er auf seine alten Tage noch zum Feigling werden?

»Wir machen Folgendes«, sagte Edgar. »Ich stelle mich

mit dem Gewehr an die Haustür, und wenn du die Außenbeleuchtung einschaltest, reiße ich die Tür auf. Sehe ich jemanden auf dem Hof, vertreibe ich ihn mit einer Ladung Schrot.«

»Nein! Edgar … bitte, das ist zu gefährlich! Lass uns doch lieber …«

Entschlossen stand er vom Bett auf, schüttelte die Hand seiner Frau ab. »Anna, ich muss da raus. Ich setze die Pferde keiner Gefahr aus, wenn ich es verhindern kann. Wahrscheinlich ist es nur eine Kolik, nichts anderes, aber ich muss nachsehen.«

Er wandte sich ab, packte das Gewehr mit beiden Händen und verließ das Schlafzimmer. Im Dunkeln schlich er die Treppe hinunter, hörte Anna hinter sich. Im unteren Flur angekommen klappte er die Schrotflinte auf und überprüfte tastend, ob sie auch wirklich geladen war. Er wusste natürlich, dass er sie geladen hatte, wusste es ganz genau, aber sicher war sicher. Zwei Patronen lagen in ihren Kammern. Weit streuende Spezialmunition, die nicht zwangsläufig tötete, aber verheerende Verletzungen anrichtete. Er klappte das Gewehr zu. Das metallische Klacken klang auf der stillen, großen Diele unnatürlich laut und hallte wider. Ein Geräusch, das Vertrauen und Mut herbeizaubern konnte, es in diesem Moment aber nicht tat. Trotzdem trat Edgar energisch zur Haustür. Er würde sich auf seinem Grund und Boden nicht zum Narren halten lassen, von niemandem! Wer auch immer Taifun getötet hatte, würde sich noch wünschen, es nicht getan zu haben. Sollte sich diese Person auf dem Hof herumtreiben, sollte es tatsächlich diese eine bestimmte Person sein, würde er die verfluchte Geschichte hier und heute zu Ende bringen. Jedes Recht der Welt war auf seiner Seite, wenn er vor seiner eigenen Haustür einen Eindringling erschoss.

Anna wich zurück, versuchte nicht mehr, ihn aufzuhalten. Die einzige Lichtquelle auf der Diele war die rote Leuchtdiode im Schalter für die Außenbeleuchtung. In deren erstaunlich hellem Licht sahen sich die beiden kurz an. Edgar ignorierte das Flehen im Blick seiner Frau, nickte ihr zu und erfasste den Schlüssel im Schloss der Haustür. Geräuschlos öffneten sich die Verriegelungen. Edgar packte die Klinke, sah Anna noch einmal an.

»Bitte …«, versuchte sie es noch einmal, doch Edgar schüttelte nur den Kopf.

»Jetzt!«, rief er und riss die Haustür auf.

Mit der Flinte im Anschlag sprang er auf die Außentreppe hinaus. Die Helligkeit blendete ihn, da die Scheinwerfer aber vom Haus wegstrahlten, konnte er trotzdem ausreichend sehen. Da war nichts! Er spürte Anna in seinem Rücken.

»Nichts zu sehen«, raunte er ihr zu.

»Dann gehen wir besser wieder rein.«

»Ich gehe nur kurz in den Stall und …«

»Nein!«, stieß Anna hervor. »Nur vor die Tür hast du gesagt. Bitte Edgar, ich bitte dich, tu es nicht!« Ihre Stimme klang tränenerstickt und überschlug sich beinahe.

»Ich habe doch das Gewehr. Bleib du hier stehen, dann kannst du mich die ganze Zeit sehen. Es passiert doch nichts.«

Noch bevor Anna etwas erwidern konnte, stieg er die vier Stufen zum Hof hinunter, ließ seine Frau weinend und zitternd zurück. Auf halbem Weg zum Stall drehte Edgar sich noch einmal um, sah Anna mit vor der Brust verkrampften Händen dort oben stehen, lächelte ihr zu, versuchte eine Zuversicht zu demonstrieren, die er selbst nicht verspürte. Stattdessen hatte er Angst. So tiefe und bohrende Angst, wie er sie noch nie im Leben empfunden hatte. Trotzdem ging er weiter, das Gewehr von links nach rechts schwenkend. Als er die Stalltür erreichte, klemmte er es sich unter den linken Arm, da er beide Hände zum Öffnen der Tür brauchte.

Aus dem Dunkel hinter der Stallmauer löste sich plötzlich ein Schatten, groß und massig. Anna sah es, bevor die Gestalt in den Lichtkegel trat, schrie laut und gellend. Edgar reagierte sofort. Doch noch ehe er sich umdrehen konnte, drang ihm etwas in den Rücken. Tief in seinen Eingeweiden spürte er Kälte, beinahe zeitgleich erlosch jede Kraft in ihm. Das Gewehr entglitt ihm, er taumelte gegen die Stalltür, die Klinge wurde aus seinem Rücken gezogen. Er drehte sich halb herum, das Messer wischte in hohem Bogen durch die Luft, schnitt ihm mit einer einzigen, schnellen Bewegung den Hals auf. Blut spritzte gegen die weiße Wand des Stalls. Gurgelnd, die Hände an den Hals gepresst, sackte Edgar auf die Knie. Sein Blut ergoss sich in grausamer Geschwindigkeit in den Staub des Hofes, er selbst kippte wenige Sekunden später mit dem Gesicht voran in die große, dunkle Pfütze. Ein kurzes Zucken des Körpers, der Beine, dann war es vorbei.

Als die massige Gestalt von Edgar abließ und sich umdrehte, erstarb Annas gellender Schrei abrupt. Ihr Überlebensinstinkt übernahm die Führung. Sie wirbelte herum, taumelte ins Haus, schlug die Tür zu und verriegelte sie. Die Hand noch am Schlüssel spürte sie das starke Beben, als sich die Gestalt von außen gegen die Tür warf. Noch einmal und noch einmal, begleitet von einem wütenden, unmenschlichen Heulen.

Die Polizei! Uwe, ich muss Uwe anrufen … wohin nur, wohin, o Gott, Edgar, ich muss ihm helfen …

Anna lief in die Küche, machte Licht, riss das Mobilteil aus der Halterung an der Wand und versuchte mit zitternden Fingern, Uwes Nummer zu wählen. Plötzlich ohrenbetäubender Lärm! Holz splitterte und flog in die Diele. Anna schrie auf, ließ das Telefon fallen, es zersprang auf dem gefliesten Boden in viele Teile. Stechender Pulverdampf drang in die Diele. Ein gezacktes Loch klaffte neben der Klinke in der Haustür. Anna lief zur Treppe. Als sie zur Hälfte hinauf war, krachte unten der zweite Schuss. Dadurch angestachelt hastete sie noch schneller hoch, lief über den Flur bis zur letzten Tür, betrat Sebastians Schlafzimmer und drückte die Tür leise hinter sich zu.

Ein Versteck! Sie musste sich verstecken!

Das Bett!

Anna ging auf die Knie hinunter, legte sich auf den Rücken und schob sich unter das Bett ihres Sohnes. Es war eng darunter, sie schürfte sich die Stirn am Lattenrost auf. Staub wirbelte hoch, kitzelte sie in der Nase. Anna rutschte bis in die Mitte, verharrte dort und presste beide Hände auf ihren Mund. Keinen Ton! Sie durfte nicht den kleinsten Ton von sich geben!

Minutenlang hörte sie nichts außer ihrem eigenen Atem und dem Rauschen des Blutes in ihren Ohren. Das laute Wummern ihres Herzens, so schien es ihr, musste bis in die Diele zu hören sein. Sie starrte auf die Unterseite der Matratze, die nur wenige Zentimeter von ihrem Gesicht entfernt war, riss die Augen weit auf, denn wenn sie sie schloss, war da sofort jenes Bild roten Blutes, wie es in hohem, sprudelndem Bogen gegen die weiße Wand des Stalls spritzte. Edgars Blut. Er lag draußen auf dem Hof und starb, und sie konnte nichts dagegen tun. Warum nur hatte er nicht auf sie gehört? Wäre er doch nur im Haus geblieben! Jetzt war es zu spät, alles zu spät. Sie konnte nichts tun, nur noch hoffen und beten, dass sie selbst mit dem Leben davonkommen würde. Sie musste überleben! Wer sonst sollte sich um Sebastian kümmern, ihn beschützen vor dem Grauen der Vergangenheit?

Ein leises Geräusch schlich sich unter der geschlossenen Tür hindurch in den Raum. So leise, dass sie es zunächst nicht einordnen konnte. Dann aber wurde es langsam lauter, schwoll an, wurde intensiver, bohrte sich in die Windungen ihres Gehirns. Draußen auf dem Flur pfiff jemand vor sich hin. Pfiff melodisch und gelassen die Melodie einer alten Volksweise. Zwischendrin wurden Türen geöffnet und wieder zugeschlagen. Schwere Schritte brachten die Dielenbretter des Flures zum Knarren. Immer wieder die Melodie, ein ums andere Mal.

Wie ein Blitz zuckte Anna der Gedanke durch den Kopf, ihr Versteck zu verlassen, um aus dem Fenster zu springen. Doch es war zu spät. Das Knarren hörte vor der Tür zu Sebastians Schlafzimmer auf, abrupt endete auch die Melodie von Hänschen klein.

Dann wurde die Klinke heruntergedrückt, und die Tür flog gegen die Wand.

Brian Adams sang *Let's make a night to remember*, als Saskia und Sebastian gemeinsam unter die Dusche gingen. Es war spät geworden, aber keiner von beiden wollte dem Schlaf eine Chance geben. Brian hatte schon recht, an diese Nacht würden sie sich lange, vielleicht für immer erinnern, also kam es gar nicht in Frage, die wenigen Stunden bis zum Anbruch des Tages schlafend zu verbringen.

Sie zwängten sich gemeinsam in die enge Eckkabine und seiften sich gegenseitig ein. Schnell war die leichte Müdigkeit verflogen. Erst als das Wasser kühler wurde, hörten sie auf und verließen die Kabine. Eingehüllt in dichten Nebel trockneten sie sich ab. Als Sebastian das Handtuch über seinen Kopf legte, um sich die Haare abzutrocknen, spürte er, dass etwas nicht stimmte. Er fragte sich noch, ob der viele Rotwein oder die ungewohnte Anstrengung daran Schuld trug, da wurde es plötzlich eng in seinem Hals. Er ließ das Handtuch fallen, lehnte sich mit dem nackten Hintern gegen das kühle Porzellan des Waschbeckens und starrte ins Nichts. Saskia stand leicht vorgebeugt mit dem Rücken zu ihm, selbst damit beschäftigt, ihr Haar zu trocknen, sie bemerkte nichts.

Was war das für ein Geruch?

Von einer Sekunde auf die andere brannte er in seiner Nase, intensiv und von einem üblen Geschmack begleitet, der sich als pelziger Belag in seinem Mund ausbreitete. Gleichzeitig wurde das Gefühl der Enge in seinem Hals stärker. Röchelnd griff Sebastian sich an den Hals, wollte die eiserne Klammer wegreißen, doch da war nichts. Er wollte etwas sagen, wollte Saskia auf sich aufmerksam machen, bekam aber keinen Ton heraus. Seine Augen füllten sich mit heißen Tränen, alles verschwamm, Saskia wurde zu einem Schemen. Er taumelte, versuchte irgendwo Halt zu finden. Seine Finger glitten in blinder Hilflosigkeit über ihren nackten Rücken.

»Seba… was … dir … sag …«

Ihre Worte drangen nur bruchstückhaft zu ihm durch. Sein Magen zog sich zusammen, seine Knie gaben nach, und er spürte deutlich, wie etwas in seinen Kopf fuhr. Es war wie ein Schlag, der ihn nach hinten gegen die Badezimmertür taumeln ließ. Von Saskia mühsam gestützt rutschte er mit dem Rücken daran herab und landete auf dem Hintern.

Saskia sprach zu ihm, rüttelte an seinen Schultern, legte eine Hand an sein Gesicht, doch all das drang nicht wirklich zu ihm durch. Wie ein Nebelschemen tanzte ihr Gesicht vor seinem, weit, weit entfernt. Sebastian versuchte, sich zu wehren. Wollte sich abschotten, seinen Verstand schützen vor dem, was sich da Zutritt zu verschaffen suchte. Doch zwecklos, es war zu stark, tauchte gleich einer kräftigen Hand in seinen Kopf ein, wühlte darin herum, brachte alles durcheinander.

Plötzlich ein Blitzlichtgewitter. Helles Licht, Flackern, Dunkelheit, nach und nach mischten sich bildhafte Eindrücke in dieses stroboskopische Spektakel. Während sein Kopf auf die Seite sackte, ihm Speichel aus dem Mund lief und Saskia zu weinen begann, sah er die Bilder. Wald, ein Haus, rote Sterne über dem Boden, eine fliegende Tür, vom Mondlicht beschienen, Schneetreiben aus merkwürdig dicken, leichten Flocken, dunkelroter Regen, der von unten nach oben schnellte und die Schneeflocken einfärbte. Und noch während er diese verstörenden Bilder sah, spürte Sebastian, wie das Etwas in seinem Kopf versuchte, mit seinen Augen zu sehen. Fremdgesteuert zuckten sie hin und her, konnten durch den Vorhang seiner brennenden Tränen und den Nebeldunst im Bad aber nicht mehr sehen als Saskias schemenhaften Umriss.

Das wollte Sebastian nicht! Plötzlich erschien es ihm eminent wichtig, Saskia nicht sehen zu können. Er wehrte sich mit aller Kraft, schrie ein stilles *Genug!* in seinen Kopf und spürte, wie sich darauf die Klammer von seinem Hals löste. Der Geruch verschwand, das Fremde gab seinen Kopf frei. Im Bruchteil einer Sekunde war er wieder Herr über sich selbst. Er blinzelte, versuchte die Hand zu heben, um sich die Tränen aus den Augen zu wischen. Wie abgestorben blieb sie jedoch auf dem gefliesten Boden liegen. Nur langsam, sehr langsam kehrte die Kraft in seinen Körper zurück.

»Saskia«, sagte er mit heiserer, brüchiger Stimme.

Sie nahm seine Hand, drückte sie, und er konnte es spüren, war so froh, sie wieder spüren zu können.

»Sebastian, was ist mit dir? Was ist nur mit dir?« Sie schluchzte. Tränen rannen auch über ihre Wangen.

»Ich … ich weiß nicht, aber … es geht gleich wieder.«

»Soll ich den Notarzt rufen?«

»Nein … nein, ist schon vorbei. Es geht mir bestimmt gleich besser.«

»Kannst du aufstehen?«

»Ich denke schon.«

Saskia half ihm auf die Beine. Seine Knie zitterten, die Muskeln waren wie Pudding, aber mit ihrer Hilfe schaffte er es bis ins Wohnzimmer und auf die Couch.

»Nicht bewegen, bin gleich wieder da.«

Sie lief ins Schlafzimmer, zog sich rasch Slip und T-Shirt an und kehrte ins Wohnzimmer zurück. Sie deckte ihn zu, kniete sich neben die Couch und strich ihm die nassen Haare aus der Stirn. Ihre Hand war eiskalt, seine Stirn glühend heiß.

»Soll ich nicht doch einen Arzt anrufen?«

Er schüttelte den Kopf. »Nein … ist nicht nötig, aber ich habe Durst.«

Saskia holte eine Flasche Mineralwasser aus der Küche, goss ihm ein Glas voll und reichte es ihm. So wie damals im Lokal leerte er es in einem Zug, verlangte noch ein zweites und trank auch das aus. »Danke … ich hatte wirklich das Gefühl, zu verdursten.«

Saskia kroch zu ihm unter die Decke, schlang ihre Arme um seinen Oberkörper und drückte sich eng an ihn. Im Gegensatz zu seinem Körper fühlte sich der ihre an, als sei sie stundenlang durch einen Schneesturm geirrt.

»Mein Gott, was war das nur? Ich dachte, du … du … dass du stirbst.« Ihre Stimme zitterte, noch immer war sie nicht weit vom Weinen entfernt.

»Ich weiß es nicht. Es war wie damals im Restaurant.«

»Aber diesmal kannst du dich nicht verschluckt haben. Das war ein richtiger Anfall. Du wärst fast erstickt, und die Tränen sind dir nur so aus den Augen geschossen. Da stimmt doch was nicht!«

Erst jetzt, während Saskia ihm beschrieb, wie er ausgesehen hatte, erinnerte sich Sebastian an das Fremde in seinem Kopf. Er hatte es deutlich gespürt, das war keine Einbildung gewesen. War da etwas in seinem Kopf, was nicht hineingehörte? Ein Tumor vielleicht, der nach und nach sein Gehirn zerfraß?

»Du musst mit einem Arzt sprechen! Solche Anfälle darf man nicht auf die leichte Schulter nehmen.«

Sebastian antwortete ihr nicht sofort, denn jetzt tauchten auch die Bilder wieder auf, die vor ein paar Minuten durch seinen Kopf gespukt waren. Schneetreiben, rote Sterne, roter Regen von unten nach oben, Wald, ein Haus – Bilder ohne jeden Sinn, und trotzdem hatte er das Gefühl, dass sie wichtig waren, ihm etwas sagen sollten. Waren sie Bestandteil einer Warnung, einer Vorahnung? Aber wie sollte er sie deuten?

Saskia drehte seinen Kopf zu sich und sah ihm fest in die Augen. »Versprich mir, dass du zum Arzt gehst.«

»Mache ich, versprochen. Obwohl es sich eigentlich nicht angefühlt hat, als ob ich krank wäre.«

»Wie denn dann?«

»Ich weiß, es klingt blöd, aber es war, als würde sich etwas Fremdes in meinem Kopf ausbreiten. Ich kann es nicht besser erklären. Ich war nicht mehr Herr meiner selbst.«

»Aber vielleicht sind genau das die Symptome irgendeiner Krankheit. Vielleicht hast du bei unserem Unfall doch etwas abbekommen!«

Sebastian sah sie an. Ihr von Sorge gezeichnetes Gesicht, in das sich jetzt Hoffnung schlich. Hatte sie vielleicht recht? Konnte er bei dem Unfall eine Art Trauma davongetragen haben, das nicht bemerkt worden war? Auf jeden Fall hörte sich diese Vermutung verdammt viel besser an als die von einem Tumor!

»Vielleicht hast du recht.«

»Ganz bestimmt habe ich recht! Gleich am Montag gehst du hin, verstanden?!«

»Jawohl, Herr General … aber eines sollten wir dabei nicht außer Acht lassen.«

»Was?«

»Sollte ich von dem Unfall doch einen dauerhaften Schaden davontragen, muss ich dich nachträglich noch verklagen. Schmerzensgeld, Verdienstausfall, Behindertenrente … die ganze Palette.«

Mit diesem Scherz hatte Sebastian die angespannte Atmosphäre auflockern wollen, aber in Saskias Gesicht erkannte er sofort, dass sie nicht zum Scherzen aufgelegt war. Sein Anfall musste sie wirklich geschockt haben. Es rührte ihn, wie sehr sie sich um ihn sorgte.

»Mach dich nicht lustig darüber. Vorhin im Bad hatte ich wirklich Angst um dich.«

»Tut mir leid.«

»Ich verliebe mich doch nicht bis über beide Ohren, um dich dann gleich wieder zu verlieren.«

Wieder rannen Tränen aus ihren Augen.

»Hey …« Er strich ihr das feuchte Haar aus der Stirn. »So schlimm ist es doch nicht. Du wirst mich nicht verlieren. Das verspreche ich dir.«

Sonntag

Die Sonne verkroch sich hinter einem dunstigen Schleier, der sich wie ein zerschlissenes Betttuch über den gesamten Himmel ausbreitete. Er filterte das Sonnenlicht und ließ es trübe und schmutzig wirken. Uwe Hötzner wusste, dass solche Schleierwolken häufig einen Wetterwechsel ankündigten. Schaden konnte es nicht; für Anfang Juni war es viel zu warm, außerdem nervte die hohe Luftfeuchtigkeit. Drei Diensthemden hatte er in der letzten Woche durchgeschwitzt, ohne sich dabei viel bewegt zu haben.

Er lenkte seinen Wagen bedächtig durch die letzte Kurve, sah den weißen Zaun und die Tordurchfahrt des Schneiderhofes vor sich auftauchen und spürte wieder dieses bedrückende Gefühl im Bauch. Seit er aufgestanden war, war es da, mal mehr, mal weniger intensiv. Eigentlich war sein Magen ein Wunderwerk an Robustheit, doch heute hatte ihm dieses Gefühl sogar das Frühstück verdorben. Hoffentlich hatte er sich bei dem alten Schröder nichts eingefangen! Die Tassen hatten nicht besonders sauber ausgesehen. Allerdings konnte er sich auch etwas ganz anderes dort eingefangen haben! Befürchtungen, Vorahnungen, Angst. Das würde auch die verwirrenden Träume letzte Nacht erklären.

Uwe parkte seinen Wagen vor dem Schuppen und bemerkte, dass Sebastians Wagen fehlte. Nicht sein eigener, der noch immer in der Werkstatt repariert wurde, sondern der Leihwagen, mit dem der Junge jetzt fuhr. Das passte gut! Was er Edgar und Anna zu sagen hatte, war vorerst nicht für die Ohren des Jungen bestimmt.

Kaum hatte Uwe die Tür seines Wagens zugeschlagen, spürte er es – etwas stimmte nicht! Über dem Schneiderhof lag eine bedrückende Stille, ein merkwürdiger Mangel an Licht und Luft, als befände sich das Anwesen unter einer Kuppel. Dieser Eindruck war so überwältigend, dass Uwe automatisch die Schultern zusammenzog und sich Gänsehaut auf seinen Unterarmen ausbreitete. Er verharrte neben seinem Wagen und betrachtete das Haus. Alle Fenster waren dunkel, niemand kam heraus, ihn zu begrüßen, was sonst eigentlich immer der Fall war. Außerdem brannte die Hofbeleuchtung!

Uwes Magen zog sich noch heftiger zusammen. Sein Frühstück stieg ein gutes Stück in der Speiseröhre empor. Er öffnete die Wagentür, beugte sich hinein und holte seine Dienstwaffe aus dem Handschuhfach. Mit Blick auf den eingeschalteten Außenstrahler ließ er das Magazin einrasten. Edgar würde niemals am helllichten Tage die Außenbeleuchtung brennen lassen!

Die Waffe am langen Arm ging Uwe mit kurzen Schritten auf das Haus zu. Aus den hohen Eichen dahinter stieg lärmend ein Schwarm Krähen auf. Ihr hässliches Gekrächze ließ ihn zusammenzucken. Gleichzeitig bemerkte er eine Gruppe der großen schwarzen Vögel vor der Tür des Stalls. Sie waren emsig mit irgendwas auf dem Boden beschäftigt. Uwe näherte sich, bemerkte dabei einen roten Bogen an der weißen Wand des Stalls, so als habe jemand dort mit Farbe herumgespritzt. Zwei Sekunden glaubte er noch daran, dass alles gut werden würde, zwei Sekunden verrannen, bevor sein Weltbild aus den Fugen geriet. Mit einem lauten *Tsch! Tsch!* verscheuchte er die hüpfenden und meckernden Aasfresser, die ihre Beute nicht kampflos aufgeben wollten. Schließlich flogen sie doch davon und gaben den Blick frei auf den Leichnam.

Keine zwei Meter stand Uwe entfernt von dem, was einmal sein Freund Edgar Schneider gewesen war. Lange hielt er dem Anblick nicht stand. Hastig drehte er sich weg und übergab sich in das Blumenbeet neben dem Haus. Noch während er gebückt und mit brennendem Hals dastand, fiel ihm ein, wie leicht angreifbar er jetzt war. Ein letztes Würgen, dann richtete er sich auf, wischte sich den Mund ab und entsicherte die Waffe.

Noch einen Blick auf den zerfledderten Leichnam wagte er nicht, wandte sich stattdessen der Haustür zu, die schief in den Scharnieren hing, zu Sägespänen verwandelt dort, wo sich einst das Schloss befunden hatte. Uwes Beine zitterten immer stärker, und auch der Arm, welcher die Waffe hielt, war alles andere als ruhig. Sein Herz trommelte, sein Atem flog. Er würde niemanden mit der kleinen Automatik treffen, wenn er sich nicht beruhigte.

Plötzlich ein Geräusch in seinem Rücken! Er zuckte herum. Die Krähen kamen schreiend zurück, gruben bereits wieder ihre Krallen ins Fleisch, begannen dort zu picken, wo sie bereits große Löcher gerissen hatten. Unersättlich waren sie, gierig, kalt und erbarmungslos. Uwe streckte die Waffe zum Himmel und gab einen Schuss ab. Lärmend stiegen die Krähen auf. Sollte der Täter sich noch im Haus befinden, so war er jetzt gewarnt, doch das war Uwe egal. Er konnte seinen Freund nicht diesen hässlichen Aasfressern überlassen.

Schweiß lief ihm brennend in die Augen, als er sich erneut auf das Haus konzentrierte. Er betrat die Diele.

»Anna!«, rief er laut.

Das Haus antwortete mit einem gedämpften Echo. Ein lebloser, grausamer Laut.

»Anna!«

Nichts. In der Küchentür lag ein zerstörtes Telefon auf dem Boden. Auf dem Weg dorthin überprüfte Uwe sämtliche Räume im Untergeschoss. Sie waren alle verwaist. Als er die Küche betrat, fiel ihm sofort der Esstisch auf, an dem er noch vor zwei Tagen gesessen hatte. Er begriff nicht, was er dort sah.

Heruntergebrannte Kerzenstummel standen zu einem Kreis formiert. In dem Kreis war etwas mit dunkler Farbe auf die Tischplatte gemalt. Dreiecke, Kreise, Wellenlinien. Uwe ging näher heran. Ohne die Linien auf der Tischplatte berühren zu müssen, wusste er, dass sie mit Blut gezeichnet waren. Mit einem Schaudern wandte er sich ab.

Was war hier nur geschehen?

Das Obergeschoss!

Vielleicht hatte Anna sich dort versteckt oder lag verletzt in einem der Zimmer. Vorsichtig, immer wieder nach unten sichernd, stieg er die Treppe hinauf. Seine Hoffnung schwand, als er sah, dass auf dem oberen Flur sämtliche Türen offen standen. Hier hatte bereits jemand gesucht.

Uwe kontrollierte jeden Raum. Noch bevor er den letzten erreichte, stieg ihm der metallene, unverkennbare Geruch von Blut in die Nase. In der geöffneten Tür blieb er stehen. Aus dem kleinen Raum war das Vorzimmer zur Hölle geworden. Der Boden war bedeckt mit Daunenfedern, viele davon rot eingefärbt. Sie lagen überall, klebten sogar an den Wänden und an der Decke. Als Klebstoff diente geronnenes Blut. Die aufgerissene Matratze war vom Bett gestoßen worden, der Lattenrost darunter zum Teil zerfetzt. Uwe hielt den Atem an und ging zum Fußende des Bettes.

Durch den Lattenrost sah er die Gestalt darunter. Ob es sich dabei um Anna handelte, konnte er nicht erkennen.

Sein Verstand setzte aus, sein Magen zog sich abermals schmerzhaft zusammen. Er schaffte es gerade noch bis vor die Haustür, ehe er sich ein zweites Mal erbrach.

Das unsagbar Böse war über Nacht über den Schneiderhof hereingebrochen. Es hatte eine ehedem friedliche Welt in etwas völlig anderes verwandelt, und eine Rückkehr in den Urzustand war nicht mehr möglich – niemals! Eine Stunde nach seiner Entdeckung war sich Uwe Hötzner sicher, diese Bilder für den Rest seines Lebens nicht mehr aus dem Kopf zu bekommen. Vielleicht würden sie irgendwann blasser werden, vielleicht würden sie ihren Schrecken einbüßen, aber verschwinden würden sie nicht. Nichts davon, das hatte er sich geschworen, sollte Sebastian Schneider zu sehen bekommen. So grausam das Schicksal in dieser Nacht auch gewütet hatte, so war es doch mitfühlend genug gewesen, nicht den Jungen seine Eltern finden zu lassen.

Uwe wusste nicht, wo sich der Junge aufhielt. Wahrscheinlich war er bei seiner neuen Freundin, von der Edgar berichtet hatte, die junge Dame, die ihm ins Auto gefahren war. Da er Sebastians Handynummer nicht kannte und im Haus auch keine gefunden hatte, setzte Uwe sich, nachdem er drinnen nicht mehr gebraucht wurde, auf die verwitterte Holzbank an der Einfahrt zum Hof. Dort steckte er sich eine Zigarette nach der anderen an, und während er hektisch rauchte, versuchte er, sich in Gedanken die richtigen Worte zurechtzulegen. Die Minuten verrannen, zwischen seinen Füßen lagen bald einige Zigarettenstummel, aber sein Kopf brachte nichts Brauchbares zustande. Immer wieder diese Bilder … das blutgetränkte Zimmer … Daunenfedern, die mittels geronnenem Blut an der Decke klebten … das Auge im Schnabel einer Krähe …

Uwe schüttelte sich. Er durfte sich davon nicht übermannen lassen, durfte nicht hier sitzen und ins Grübeln verfallen. Es konnte noch Stunden dauern, bevor der Junge auftauchte, diese Zeit musste er sinnvoller einsetzen. Aber womit? Die Ermittlungen lagen nicht in seiner Hand, er war sozusagen raus. Die Profis aus der Stadt waren angerückt, mit Mann und Maus und allem, was man sich nur vorstellen konnte. Vieles davon hatte Uwe noch nie zu Gesicht bekommen, dabei war er bereits seit fast fünfundzwanzig Jahren Polizist. Aber eben in Bentlage, wo es in dieser Zeit keinen einzigen Mord gegeben hatte.

Er stand auf, ging ein paar Schritte, starrte zum Haus hinüber. Etwas erregte seine Aufmerksamkeit. Die Techniker der Spurensicherung, die Ermittler der Kripo, die Sanitäter, alle waren in einer sachlichen, ruhigen Art und Weise ihrer Arbeit nachgegangen, doch jetzt gab es Aufregung. Ein Sanitäter lief vom Haus zum Rettungswagen, holte etwas und stürmte zurück, die Eingangsstufen mit einem gewaltigen Satz überwindend. Zwei Beamte in Zivil, deren Namen Uwe sich nicht gemerkt hatte, folgten ihm. Die uniformierten Beamten, bis eben unterbeschäftigt und gelangweilt, interessierten sich plötzlich für das Haus.

Uwe wollte zurückgehen, hörte aber im selben Moment ein Motorengeräusch. Ein Wagen kam den Berg hoch. Uwe verharrte, wusste nicht, wohin er sich wenden sollte. Die Entscheidung wurde ihm abgenommen, als er Sebastians Leihwagen in der letzten Kurve vor dem Schneiderhof auftauchen sah. So wie er es sich vorgenommen hatte, postierte Uwe seinen massigen Körper unter dem Holzbogen der Einfahrt, sodass der Junge gar nicht erst auf den Hof fahren konnte.

Der Wagen stoppte. Sebastian verharrte hinter dem Steuer. Deutlich konnte Uwe die weit aufgerissenen Augen erkennen. Dann stieg er aus. Seine Bewegungen wirkten eckig, wie die eines Toten, ganz so, als wüsste er schon Bescheid.

»Was ist hier los?«, fragte er. Sein Blick blieb nur kurz an Uwe haften, ging dann an ihm vorbei.

»Sebastian …«, begann Uwe, kam jedoch nicht weiter, da der Junge plötzlich schneller wurde, ihn einfach über den Haufen rennen wollte.

Uwe hob die Arme und trat einen Schritt vor. Unter dem Torbogen mit den beiden eingebrannten Hufeisen rangen sie miteinander, und Uwe bekam Sebastian nur wegen seines größeren Gewichts unter Kontrolle. Er umklammerte seine Arme und drängte ihn in Richtung der Koppeln ab. Dabei bemerkte er aus den Augenwinkeln, wie Kriminalhauptkommissar Derwitz vor dem Hauseingang hektisch winkte. Sollte er doch. Was immer die im Haus gefunden hatten, konnte warten. Musste warten.

Uwe zog Sebastian, der sich nun widerstandslos führen ließ, noch ein Stück weit zu den Wiesen hinunter. Gut zweihundert Meter vom Haus entfernt herrschte Stille, und ließ man den Blick übers Tal gleiten, statt zum Hof zu sehen, bekam man den Eindruck allumfassenden Friedens. Frieden! Genau das hatte Uwe immer mit dem Schneiderhof assoziiert: Ruhe und Frieden. Aber die Welt war ein Ort ständiger Veränderung.

Ohne Sebastian auch nur einmal anzusehen, ohne seine Augen von dem berauschend schönen Anblick der hügeligen Tannenwälder und des daraus hervorragenden Adlerrückens zu nehmen, erzählte Uwe dem einzigen Kind seines Freundes, was er hier vorgefunden hatte. Dabei konnte er nicht verhindern, dass seine Stimme stockte und zitterte und ihm Tränen über die Wangen liefen – die ersten, seitdem er eingetroffen war. Er konnte auch das Versprechen nicht mehr einhalten, welches er vor wenigen Tagen Edgar und Anna gegeben hatte. Sebastians Adoption ließ sich nun ohnehin nicht mehr geheim halten.

Während er sprach, hörte er hinter sich Schritte näher kommen. Aber erst als alles gesagt war, sah Uwe über seine Schulter zurück. Da stand Derwitz und wackelte bedeutungsvoll mit dem Kopf.

»Bleib bitte einen Moment hier«, sagte Uwe und ließ Sebastian allein.

Der Junge sagte kein Wort, starrte reglos über die Wiesen ins Tal hinab. Kein Mensch konnte sich vorstellen, was jetzt in diesem Kopf vorging, dachte Uwe. Die Hölle musste toben darin.

Derwitz wartete ein paar Schritte entfernt. »Wie nimmt er es auf?«, fragte er.

Uwe starrte ihn aus feuchten Augen an. »Blöde Frage.«

Dafür fing er sich einen feindseligen Blick ein.

»Seine Mutter lebt«, sagte Derwitz.

»Was? Welche?«

»Die Frau oben im Schlafzimmer, sie lebt. Noch, muss man wohl sagen. Ihre Verletzungen sind schlimm, sie hat viel Blut verloren, aber sie hat schwache Vitalzeichen. Kann aber trotzdem sein, dass sie auf dem Weg ins Krankenhaus verstirbt, deshalb weiß ich nicht, ob Sie ihm das schon sagen sollten.«

Diese Entscheidung brauchte Uwe nicht zu treffen. Sebastian kam auf sie zu. Sein Gesicht war wie versteinert, wirkte entschlossen, und Uwe wusste sofort, er würde ihn diesmal nicht daran hindern, ins Haus zu gelangen.

»Sebastian … warte!«, versuchte er es trotzdem und trat vor ihn. »Warte, geh noch nicht …«

»Ich gehe da jetzt rein, versuch nicht, mich aufzuhalten.«

In den Augen des Jungen blitzte Wut auf. Eine verständliche Reaktion, auch wenn sie sich gegen den Falschen richtete.

»Sebastian, Anna … deine Mutter, sie lebt!«

»Was!? Du … du …«

»Ich weiß … wir alle hielten sie für tot, aber sie lebt! Hauptkommissar Derwitz hat es mir eben gesagt, sie haben schwache Vitalzeichen gefunden. Sie bringen sie sofort …«

»Ich will zu ihr!«

Bevor Uwe noch etwas sagen konnte, stampfte Sebastian los. Derwitz trat zur Seite, ließ ihn vorbei und warf Uwe einen fragenden Blick zu. Er musste es nicht aussprechen, Uwe wusste auch so, worum es ging. Sebastian durfte nicht einfach ins Haus gehen und dort eventuelle Spuren zerstören. Wie er ihn aufhalten sollte, wusste Uwe allerdings auch nicht.

Er begann zu laufen, wollte zu dem Jungen aufschließen. Als der jedoch sah, wie zwei Sanitäter mit einer Trage aus dem Haus kamen und sie ins offene Heck des Rettungswagens schoben, wurde er so schnell, dass Uwe keine Chance hatte. Einer der Sanitäter wollte die Türen schließen, da erreichte Sebastian ihn, versetzte dem jungen Mann einen Stoß vor die Brust und riss die Tür wieder auf. Uwe kam gerade rechtzeitig, um ihn daran zu hindern, sich auf die Trage zu stürzen. Er packte Sebastian von hinten am Handgelenk, drehte ihm den Arm auf den Rücken und schob ihn nach rechts weg. Sebastian schrie auf, Schmerz und Wut verliehen ihm ungeahnte Kräfte, mit denen er nun gegen den Griff ankämpfte.

»Lass mich los!«

Uwe drückte ihn an die Seitenwand des Rettungswagens. »Jetzt beruhige dich erst mal, so geht das nicht. Die Leute müssen ihre Arbeit machen. So hilfst du Anna nicht.«

»Aber ich will zu ihr!«

Uwe spürte, wie sich sämtliche Muskeln in Sebastians Körper erneut anspannten, wie er weiter dagegen kämpfen wollte, festgehalten zu werden, doch dieses Aufbäumen war nur kurz. Plötzlich verschwand die Spannung, und er fiel buchstäblich in sich zusammen. Uwe ließ ihn los. Statt den Jungen festzuhalten, musste er ihn jetzt stützen.

»Ich will doch nur zu ihr …«

Ein beängstigendes Zittern durchlief seinen Körper.

»Du kannst ja zu ihr, aber du darfst die Leute nicht bei ihrer Arbeit behindern. Du musst dich beruhigen. Hast du mich verstanden, Sebastian?«

»Kann … kann ich mitfahren?« Seine Stimme klang jetzt tränenerstickt.

»Ich weiß nicht, wir müssen fragen.« Uwe sah zum Heck des Fahrzeugs. Dort stand der Fahrer, den Sebastian weggestoßen hatte. Er hatte sie beobachtet und mitgehört und nickte nun.

»Okay, fahr mit.« Uwe ließ Sebastian los. »Ich habe hier noch zu tun, aber sobald ich fertig bin, komme ich nach. Bleibe bitte solange im Krankenhaus und warte auf mich. Hast du verstanden? Warte dort auf mich.«

Der Junge sah ihn an, nur kurz, und verschwand dann im Heck des Rettungswagens.

Nachdem der losgefahren war, starrte Uwe ihm noch eine ganze Weile hinterher, länger als er ihn sehen konnte. O Gott! Dieser letzte Blick des Jungen, dieser kurze letzte Blick! Vorhin, nachdem er Edgar und Anna gefunden hatte, hatte Uwe noch gedacht, für dieses Grauen gäbe es keine Steigerung, doch nun war er eines Besseren belehrt. Dieser letzte Blick war mehr gewesen, als ein Mensch ertragen konnte.

Verdammte Scheiße!

Eine Hand legte sich von hinten auf Uwes Schulter. Es war Derwitz.

»Kommen Sie, wir gehen rein«, sagte er.

Sie gingen ins Wohnzimmer, dem einzigen Raum, der von der Spurensicherung nicht mit Beschlag belegt war, und ließen sich in zwei Ohrensessel nieder. Uwe zündete sich eine Zigarette an, ohne Glimmstängel kamen in diesem stillen Raum, in dem es leicht nach Edgars Pfeifentabak roch, sofort die Bilder wieder. Er bot auch dem Kommissar eine an, und eine Weile rauchten sie schweigend.

»Das kann doch keine Frau getan haben, oder?!«, sagte Uwe schließlich.

»Sie meinen diese Ellie Brock? Nein, das glaube ich nicht, aber wir werden es herausfinden.«

Uwe nickte und zog an seiner Zigarette. »Hat sie eine Chance?«

Derwitz sah zu ihm auf, zuckte mit den Schultern. »Keine Ahnung, aber es kann lange dauern, bevor wir mit ihr sprechen können, wenn es das ist, worauf Sie hinauswollen.«

»Aber so viel Zeit haben wir nicht«, sagte Uwe, ohne von seiner Zigarette aufzublicken.

»Warum?«

»Weil hier vielleicht jemand ganz anderes sterben sollte ... oder *auch* sterben sollte. Sind Sie darauf noch nicht gekommen?«

Derwitz legte die Stirn in Falten. »Der Sohn?«

»Natürlich! Das war kein Raubmord. Hier sollte eine Familie ausgelöscht werden, aber der Junge war zufällig nicht zu Hause.«

»Was ihn in den Kreis der Verdächtigen rutschen lässt«, sagte Derwitz.

Ruckartig hob Uwe seinen Kopf. »Das ist doch nicht Ihr Ernst?«

Derwitz straffte sich. »Oberwachtmeister Hötzner, Sie sind hier persönlich betroffen, und ich verstehe Ihre emotionale Anteilnahme. Nichtsdestotrotz ist dies ein Fall von vielen, und er wird auch so behandelt. Ich weiß nichts über diese Familie, nichts über den Sohn, das Umfeld. Wer erbt den Besitz? Wie sieht es finanziell aus, wer hat Schulden und so weiter. Bevor ich es nicht ausschließen kann, ist selbstredend auch Sebastian Schneider verdächtig.«

»Ach, hören Sie doch auf! Ich kenne die Familie, also können Sie mir ruhig glauben. Sparen Sie sich die Zeit, und suchen Sie nach dieser Ellie Brock.«

»Aber Sie sagten doch eben noch, dass es keine Frau gewesen sein kann.«

Uwe zögerte. Derwitz hatte recht, aber was ihm gerade durch den Kopf ging, konnte er dem logisch denkenden KHK wohl kaum erzählen. Eine *normale* Frau hätte so etwas Scheußliches sicher nicht getan. Aber war Ellie Brock normal? Oder war sie vielleicht doch die furchterregende Person, die der alte Schröder in ihr sah?

»Wir sollten trotzdem nach ihr suchen«, sagte er leise, »wer weiß, was wir finden!«

Schwarze, zerstörerische Wut, die alles verdunkelte, den Kopf ausfüllte, keinen Raum für anderes ließ. Dabei musste sie sich konzentrieren, unbedingt konzentrieren, um die Dinge auf die Reihe zu bringen. Aber diese alte Wut ließ sie nicht. Wenn sie nur daran dachte, wie sich erneut jemand zwischen ihren Sohn und sie drängte, konnte sie platzen vor Wut. Dabei war doch alles so perfekt geplant gewesen. Eine so große Gefahr war sie eingegangen, hatte Opfer gebracht für ihr Kind, nur um festzustellen, dass es wieder vergebens war. Wieder, wieder, wieder!

Warum war er nicht in diesem Haus gewesen? Warum hatte er nicht friedlich schlafend in seinem Bett gelegen? Dann wäre alles so einfach gewesen. O ja! Sie hätte ihn liebevoll in die Arme geschlossen, er hätte sie erkannt, und die vielen Jahre der Trennung wären vergessen gewesen. Stattdessen nur eine neue Situation, neue Gefahren, und wieder war er ihr ein Stück weit entglitten. Er konnte ja nichts dafür, ihr kleiner Junge war doch sein ganzes Leben belogen worden, wie sollte er da wissen, wo sein wirkliches Zuhause war. Ganz gewiss verzehrte sich sein Herz nach ihr, ganz gewiss litt er Höllenqualen in der Nacht, nur wusste er nicht, warum. Aber sie war hier, in seiner Nähe, war nicht so weit entfernt von ihrem Ziel und würde sich um keinen Preis davon abbringen lassen. Sie würde ihr Baby zurückbekommen!

Doch dazu galt es jetzt die Wut zu unterdrücken, einen Plan zu schmieden und diesen einen letzten Brief zu schreiben. Doch ihre Finger wollten nicht, trafen die kleinen Tasten der Schreibmaschine nicht. Immer wieder wurde ihr Blick angezogen von der kleinen weißen Karte auf dem Tisch. Sie hatte sie gesehen letzte Nacht, durch einen dichten Nebel gesehen und gespürt, was ihr Kind gespürt hatte. Aber das durfte nicht sein! Nur die Liebe zu seiner Mutter sollte fortan noch eine Rolle spielen! Doch dank der kleinen Karte wusste sie nun, was zu tun war. Und sie würde es tun! Wenn sie endlich die Wut besänftigt und diesen letzten Brief geschrieben hatte, würde sie es tun.

Wer sollte sie aufhalten?

Die Krankenschwester setzte sich neben ihn auf die Couch, dabei rutschte ihr Kittel ein wenig nach oben, und es war eben dieses sanfte Rascheln, das Sebastian Schneider aus seiner Trance riss. Vielleicht hatte sie mit ihm gesprochen, er wusste es nicht, aber sie hielt ihm in ihrer geöffneten Handfläche zwei kleine weiße Pillen entgegen.

»Dr. Stühring meint, Sie sollten die nehmen, dann ginge es Ihnen besser.«

Eine angenehme Stimme, nicht drängelnd und befehlend, sondern warm und voller Mitgefühl. Sebastian starrte sie an, nahm aber die Pillen nicht aus ihrer Hand.

»Es ist ein leichtes Beruhigungsmittel. Sie werden sich damit wirklich besser fühlen.«

Besser fühlen? War das möglich? Was vermochte so ein Medikament in ihm zu verändern? War es in der Lage, ihn diesen Anblick vergessen zu lassen? Der blutige Oberkörper seiner Mutter, den er trotz aller Vorsicht der Sanitäter doch kurz gesehen hatte, ihr blutverkrustetes Haar, die hässlichen Wunden im Gesicht. Konnten diese kleinen Pillen ein Wunder vollbringen?

Die Schwester brachte ein aufmunterndes Lächeln zustande. Ein warmes Lächeln, und doch erreichte es ihre Augen nicht wirklich, zu viel Mitleid und Trauer waren darin. Sebastian griff nach den beiden Pillen und warf sie sich in den Mund. Die Schwester reichte ihm ein Glas Wasser, und er spülte die Pillen mit dem gesamten Inhalt hinunter.

»Es dauert nur ein paar Minuten … Sie werden sehen.«

Sebastian schloss die Augen, weil er das Gefühl hatte, die Tabletten seien trotz des Wassers in seinem Hals stecken geblieben.

»Wann …«, krächzte er und räusperte sich, »wann kann ich zu meiner Mutter?«

Die Schwester legte ihre warme Hand auf seinen Unterarm.

»Ich kann es Ihnen wirklich nicht sagen. Dr. Stühring wird Sie informieren, sobald er kann. Versprochen.«

Sebastian nickte schwerfällig. »Gut … gut.«

»Kann ich sonst noch etwas für Sie tun?«

»Nein … danke.«

»Okay. Wenn Sie müde werden, legen Sie sich ruhig hin. Ich kann Ihnen auch eine Decke bringen. Falls etwas sein sollte, ich bin gleich da vorn in dem Glaskasten.«

Sie zeigte mit der Hand auf eine gläserne Ausbuchtung in der Wand ein paar Meter den Gang hinunter. Dann nahm sie ihm das Glas ab, stand auf und ging. Er spürte noch ihre warme Hand auf seinem Unterarm, als sie längst wieder im Schwesternzimmer war. Nach und nach verschwand der Abdruck von Menschlichkeit auf seiner Haut, und gleichsam machte sich ein anderes Gefühl machtvoll in ihm breit.

Einsamkeit! Verlorensein! Er fühlte sich aus der Welt gerissen. Wenn der Unfall mit Saskia ihn in eine andere Spur gerückt hatte, so hatte diese Sache ihn von der Erde geschubst. Der Boden unter seinen Füßen war verschwunden, sein bisheriges Leben ein Gebilde aus Sand und Nebel, das Leben vor ihm ein Konstrukt aus Wahnsinn, Angst und Schmerz. Führte ein Weg dort hindurch? Wenn ja, würde er beschwerlich, für ihn vielleicht zu schwer sein. Er wünschte sich Saskia an seine Seite, jetzt, in dieser Sekunde, doch sie war noch nicht hier. Wer hatte sie angerufen? Er selbst? Die Schwester? Hatte sie überhaupt jemand angerufen?

Sebastian dachte angestrengt nach, doch es fiel ihm nichts Konkretes dazu ein. Zunehmend wurde es ihm aber auch egal. Er fühlte sich besser, leichter. So wie die Schwester es vorausgesagt hatte. Eigentlich war doch alles okay! Also konnte er auch getrost ein wenig die Beine hochlegen, es sich auf der weichen Couch bequem machen. Es war doch nett hier!

Die leisen Geräusche der vorbeieilenden Menschen, das Quietschen von Plastiksohlen auf Linoleum, stetiges, kaum wahrnehmbares Summen von Neonröhren … leise Musik … weit entferntes Knacken … Brechen von Holz …

… von überall gleichzeitig scheinen die Geräusche zu kommen, der Wald ist plötzlich voll davon. Es knackt, als wäre Frost tief in die Bäume eingedrungen, massiver Frost, der die Feuchtigkeit des Holzes binnen Sekunden gefrieren und sie von innen heraus explodieren lässt. Ein grässliches, reißendes Geräusch, organisch und leblos zugleich. Der Riese! Es muss der Riese sein, der durch den Wald auf ihr Haus zukommt, was sonst! Tiefe Angst ergreift Besitz von ihm. Er schlingt die Arme um den Körper und zieht die Beine an, macht sich so klein, wie er es damals im Bauch seiner Mutter gewesen ist …

… Mutter …

… sie ruft nach ihm, will ihn vor dem Riesen retten …

»Sebastian, ich bin es, beruhige dich doch!«

Er schlug die Augen auf, glaubte zu träumen. Nichts anderes als ein Traum konnte es sein, denn nicht die hässliche Fratze des Riesen starrte ihn an, sondern ein wunderschönes Gesicht, eingerahmt von dunklem Haar, eine zarte Hand an seiner Wange …

»Sebastian, hörst du mich? Ich bin es, Saskia!«

Er blinzelte, hob den Kopf, sah sich um. Da war nirgendwo Wald! Er lag auf der weichen Couch in der Warteecke vor der Notaufnahme, bedeckt mit einer grauen Decke mit Krankenhausemblem. Ruckartig richtete Sebastian sich auf. »Mist! … ich … Wie lange habe ich geschlafen?«

»Ich bin eben erst angekommen, ich weiß es nicht.«

Er strampelte die Decke beiseite und stand mit Saskias Hilfe auf. Ein paar Schritte entfernt stand Uwe Hötzner und beobachtete sie mit seinem traurigen Dackelblick.

»Was ist mit Anna?«, fragte Sebastian.

Bevor Saskia ihm antworten konnte, wurde die Tür zum abgeschotteten Bereich der Notaufnahme von innen geöffnet. Ein Mann in grünem OP-Kittel und grüner OP-Haube trat heraus. Er war sehr groß und dünn, machte aber trotzdem nur kleine, kurze Schritte, da der Kittel ihn beim Gehen zu stören schien. Sebastian starrte ihn an. Es dauerte einen Moment, bevor ihm bewusst wurde, dass er diesen Arzt kannte. Es war Dr. Stühring. Sebastian versuchte, in dessen Gesicht, das müde und abgespannt wirkte, zu lesen, doch es gelang ihm nicht.

»Wie geht es ihr?«, fragte er.

Dr. Stühring schob sich mit der Rechten die Haube vom Kopf und fuhr mit den Fingern der Linken durch sein volles Haar.

»Sie lebt … sie ist aus dem Gröbsten noch nicht heraus, und die nächsten vierundzwanzig Stunden sind entscheidend, aber sie lebt!«

Der erste Weinkrampf überfiel ihn am Abend unter der Dusche. Er hatte gehofft, der warme Wasserstrahl würde den tranceartigen Zustand, in dem er sich seit der Rückkehr aus dem Krankenhaus befand, wegspülen, doch stattdessen schien das Wasser ihm die Tränen aus dem Leib zu pressen. Während es hart auf seinen Kopf prasselte und ihn in eine abgeschottete Welt hüllte, wurde es eng in seinem Hals, und sein Magen zog sich zusammen. Von Krämpfen geschüttelt, mit heißen Tränen in den Augen, sank Sebastian in der Duschkabine nieder. Minutenlang kauerte er in der engen Wanne und weinte. Und das nicht um seinen Vater und seine Mutter, sondern um sich, um seine verlorene Welt und den Betrug, dem er all die Jahre gutgläubig aufgesessen war. Irgendwann – Sebastian konnte nicht sagen, wie viel Zeit vergangen war – klopfte Saskia an die Tür des Badezimmers und fragte, ob alles in Ordnung sei. Er rief ihr durch das Rauschen hindurch etwas zu, mehr Laute als Worte, und rappelte sich mühsam wieder auf. Die letzten Sekunden ließ er kaltes Wasser über seinen Kopf rinnen, so kalt, dass sein Herz ein paar Schläge übersprang.

Eine halbe Stunde später fand er Saskia und Uwe in der Küche. Sie saßen auf der Eckbank um einen Gartentisch. Den Küchentisch hatten die Techniker der Spurensicherung kurzerhand mitgenommen. Die merkwürdigen Blutzeichnungen darauf wurden im Labor untersucht.

Saskia stand auf und schloss ihn in die Arme.

»Wie geht es dir?«, fragte sie flüsternd an seinem Ohr.

»Geht schon.«

Sie setzten sich an den Tisch, einen Tisch, der so fehl am Platz war, wie man es sich nur vorstellen konnte. Saskia goss ihm warmen Tee in eine große Tasse. Sebastian beobachtete sie dabei und bemerkte ihre vom Weinen rot geränderten Augen. Allein dieser Anblick ließ die Tränen in ihm selbst wieder aufsteigen. Mit trockenem Schlucken kämpfte er sie nieder.

Uwe schob einen Ordner über den Tisch.

»Was ist das?«, fragte Sebastian.

Uwe seufzte schwer. »Ich weiß, dies ist sicher der unpassendste aller Augenblicke dafür … aber es muss jetzt sein. In diesem Ordner sind alle Unterlagen deiner Adoption enthalten.«

Adoption!

Das Wort hallte in Sebastians Kopf nach. Adoption. Ein Wort, das in seinem Sprachschatz bisher keinen Platz gehabt hatte. Über Nacht war es zu *seinem* Wort geworden, mit all seiner Verlogenheit und Hässlichkeit. Er berührte den verbogenen, vom Staub verfärbten Pappdeckel, strich mit den Fingerkuppen darüber, versuchte sich vorzustellen, wo der Ordner all die Jahre verborgen gewesen war. Schließlich schlug er den Deckel auf. Er wollte die alten, gelben Formulare gar nicht lesen, dazu fehlte ihm jetzt die Kraft und Konzentration, also überflog er sie nur, las hier und dort ein paar Worte. Dabei stieß er auf den Namen Ellie Brock und eine Adresse in Ralsdorf. Er tippte mit dem Finger darauf.

»Feldweg 9 in Ralsdorf … das ist nicht weit entfernt, eine Stunde, wenn man durch den Wald geht. Ist sie das?«

Uwe nickte.

»Ja. Und Ellie Brock war Annas Schwester.«

»Was?«

»Ellie Brock, die Frau, die dich zur Welt gebracht hat, war Annas Schwester«, wiederholte Uwe.

Sebastian sah ihn an. »Dann ist Anna also meine Tante?«

Uwe nickte nur.

Saskia berührte ihn am Arm. »Nein, das stimmt nicht. Anna ist deine Mutter, und Edgar war dein Vater. Ich habe doch gesehen, wie sie mit dir umgegangen sind, sie haben dich geliebt. Und das ist doch alles, was zählt. Du darfst das jetzt nicht anders sehen.«

Sebastian schob ihr mit einer heftigen Bewegung den Ordner zu. »Hier drin steht etwas anderes! Hier steht, ich bin das leibliche Kind von Peter und Ellie Brock.«

Er schüttelte den Kopf, presste sich die Handflächen auf die Augen, weil er das Gefühl hatte, sie würden ihm aus dem Kopf springen, und sah Uwe dann wieder an.

»Warum wurde ich zur Adoption freigegeben? Was war der Grund?«

»Der Tod deiner leiblichen Eltern.«

»Aber ...«

»Ich weiß«, unterbrach Uwe Sebastian. »Es steht so in den Unterlagen, und deine Eltern, also Edgar und Anna, lebten in dem Glauben, deine leiblichen Eltern seien tot. Jetzt besteht aber doch die Möglichkeit, dass Ellie Brock noch lebt. Ich weiß nicht, was damals verkehrt gelaufen ist, woher diese falsche Information stammte. Nach so vielen Jahren lässt sich das auch nicht mehr feststellen.«

Sebastian schüttelte den Kopf. »Also lebt sie und ist auf der Suche nach mir? Willst du mir das sagen?«

»Ich wünschte, ich könnte dir darauf eine Antwort geben, aber ich weiß es ganz einfach nicht. Aufgeschreckt durch die Briefe und Taifuns Tod bat Edgar mich, Nachforschungen anzustellen, was ich auch getan habe. Doch alles, was ich in der kurzen Zeit herausfinden konnte, ist, dass Ellie Brock damals nicht umkam, sondern in eine Nervenheilanstalt eingewiesen wurde. Diese Einrichtung wurde vor Jahren geschlossen, und sicherlich gibt es Unterlagen darüber, was mit der Frau geschah, ich konnte mich aber noch nicht darum kümmern. Und jetzt darf ich es nicht mehr, weil KHK Derwitz die Sache übernommen hat.«

Sebastian fixierte Uwe Hötzner. Bei seiner nächsten Frage wollte er sehen, was in den Augen des Polizisten vorging. »Aber du hast eine Meinung, nicht wahr? Glaubst du, diese Ellie Brock hat das getan?«

Uwe wich seinem Blick nicht aus. Sebastian konnte sehen, wie er mit der Antwort rang, wie er Worte gegeneinander abwog und wie schwer es ihm fiel, die Wahrheit nicht von der Rücksicht auf seine Gefühle beeinflussen zu lassen.

»Ich weiß es nicht, ich kann mir noch immer nur schwer vorstellen, dass eine Frau zu so etwas fähig sein soll … Aber es spricht leider vieles dafür … Hinweise, Indizien.«

»Was für Hinweise?«

»Diese Briefe natürlich. Und nachdem du Taifun gefunden hattest, erzählten Anna und Edgar mir eine Geschichte, die auch ziemlich eindeutige Parallelen aufweist.«

»Muss das denn jetzt sein?«, fragte Saskia. »Du solltest dich vielleicht besser hinlegen.«

»Ich will es hören«, sagte Sebastian tonlos.

Uwe nickte und trank von seinem Tee, bevor er antwortete.

»Damals gab es einen ähnlichen Vorfall, dem zunächst niemand viel Bedeutung beimaß. Als Ellie Brock schwanger war, erstach sie in ihrem Vorgarten die Katze eines Nachbarn mit einer Mistgabel. Sie erzählte Anna später, dass sie es tat, weil Katzen kleinen Kindern nachts den Atem stehlen würden.«

Sebastian spürte, wie sich Saskias Finger um seinen Unterarm verkrampften.

»Den Atem stehlen?«, wiederholte sie leise.

»Ja, ein altes Schauermärchen. Katzen schleichen sich nachts auf die Betten der Kinder und stehlen ihnen den Atem. Das war einmal eine bösartige Erklärung für den plötzlichen Kindstod. Ellie Brock hat wohl daran geglaubt und wollte ihr ungeborenes Kind schützen.«

»Wie entsetzlich«, hauchte Saskia.

Uwe nickte. »Aber das ist leider noch nicht alles.«

»Was kommt jetzt noch?«, fragte Sebastian.

»Ellie Brock erschlug ihren eigenen Ehemann … deinen Vater … ein paar Monate, bevor du geboren wurdest.«

Eine Zeit lang herrschte Stille in der Küche. Sebastian versuchte, das Unbegreifbare in seinen Schädel zu bekommen. Seine Mutter tötete seinen Vater vor seiner eigenen Geburt, und wahrscheinlich tötete sie auch seinen Ersatzvater und seine Ersatzmutter nach seiner Geburt. Nein, das würde niemals in seinen Kopf passen! Solche Geschichten mochten ja passieren, aber nicht hier, nicht in seinem Leben.

Nicht ihm!

Dann fiel sein Blick auf den billigen Plastiktisch, um den sie alle saßen, und er registrierte, dass es längst geschehen war. Sein Leben wurde in den Grundfesten erschüttert, und es schien nichts zu geben, was er dagegen tun konnte. Der Wahnsinn lauerte, wollte sich seiner bemächtigen, und es war nur die warme, weiche Hand auf seinem Unterarm, die ihn davor bewahrte. Gleich einem Rettungsanker hielt sie ihn im Leben, und Sebastian wusste, dass er es ohne Saskia nicht schaffen würde.

Wenigstens sie war ihm geblieben.

Montag

Der nächste Morgen bot strahlend schönes Wetter, und das wirkte absolut falsch und unangebracht. Sebastian kniff die Augen zusammen, als er vor die zerstörte Tür trat, ärgerte sich über die Sonne, die mit einem orangen Lichtspektakel über dem Wald auftauchte. Ein verregneter, wolkenverhangener Tag wäre ihm lieber gewesen; Wetter, das vor Blicken schützen und Spuren hinfortwaschen konnte. Stattdessen trübte keine noch so kleine Wolke den Himmel, und die Vögel übertrafen sich gegenseitig in fröhlichem Gesang.

Unwillkürlich fiel Sebastians Blick auf den langen Blutfleck an der weißen Stallwand. Schnell wandte er sich ab, spürte aber schon die Wirkung des Anblicks in seinem gesamten Körper.

»Und du willst wirklich hierbleiben?«, fragte Uwe Hötzner, der nach ihm die Stufen hinuntertrat.

Uwe hatte die Nacht im Gästezimmer verbracht, während Sebastian und Saskia im Schlafzimmer seiner Eltern geschlafen hatten. Nein, geschlafen hatten sie fast gar nicht. Es war eine unruhige, quälende Nacht gewesen, voller Fragen, auf die es keine Antworten gab, voller Zweifel und Schmerz.

Sebastian nickte. »Jemand muss sich um die Pferde kümmern, das hätte ich gestern schon tun müssen. Ich kann hier nicht einfach weg, unmöglich … Und ich will auch nicht fliehen müssen.«

Er bemerkte, wie Uwe ebenfalls zum Stall hinübersah. Er hielt dem Anblick des roten Flecks länger stand, nicht viel, nur Sekunden, bevor auch er wegsah, das Gesicht schmerzverzerrt.

»Aber versprich mir, vorsichtig zu sein. Du hast mehrere Waffen im Haus, die alle funktionstüchtig sind. Ich habe sie überprüft und geladen. Benutze sie, wenn es sein muss! Ich komme zurück, sobald es möglich ist, okay?«

Sebastian nickte nur. Er hatte gerade daran denken müssen, wie wenig es Edgar und Anna genutzt hatte, Waffen im Haus zu haben.

»Wann fährst du ins Krankenhaus?«, fragte Uwe, während sie über den Hof gingen.

»Sobald ich mich um die Pferde gekümmert habe, aber das wird wohl bis zum Nachmittag dauern. Am Telefon sagten sie mir eben, Anna liege noch im künstlichen Koma, und daran werde sich so schnell auch nichts ändern. Ihr Zustand ist aber stabil.«

»Das ist gut … das ist wirklich gut«, sagte Uwe.

Seine Worte klangen genauso falsch, wie es das Wetter war, außerdem hatte Sebastian den Eindruck, Uwe wollte noch etwas anfügen, etwas loswerden, das ihm schwer auf der Seele lag. Uwe war schon viele Jahre ein Freund der Familie, doch in diesem Moment, da der dicke Polizist auf dem Hof stand, zum Himmel hinaufsah und mit seinen Tränen kämpfte, wurde Sebastian diese Freundschaft erst richtig bewusst. Er sah Uwe an, wartete.

»Ich melde mich«, sagte der plötzlich und knapp, tätschelte Sebastian die Schulter und ging zum Wagen.

Er wollte seine Tränen nicht zeigen, warum auch immer.

Sebastian sah dem abfahrenden Dienstwagen nach. Als der hinter der Kurve verschwand, wurde es still auf dem

Hof. Nach und nach mischten sich gedämpfte Geräusche aus dem Stall in die Stille. Die Pferde warteten, hatten Hunger und Durst, wollten raus. Er musste unbedingt Lars anrufen, das schaffte er nicht allein. Würde der überhaupt kommen, nach dem, was hier passiert war? Sebastian fühlte sich angesichts dieser Aufgaben plötzlich so kraftlos, dass er es gerade noch bis zur Bank vor dem Haus schaffte, bevor er sich schwer darauf fallen ließ. Dann saß er einfach dort, starrte vor sich hin, und immer wieder wurde sein Blick geradezu zwanghaft angezogen von dem Blutfleck an der weißen Stallwand. Mit jedem weiteren Blick stieg ein heißes Gefühl in seinem Bauch auf, das nicht aus Schmerz und Trauer, sondern aus Wut geboren war.

Schließlich erlöste Saskia ihn aus seiner Starre. Sie setzte sich neben ihn auf die Bank und drückte ihm einen Becher heißen Kaffee in die Hand.

»Wie geht es dir?«, fragte sie leise.

Sebastian zuckte mit den Schultern. Ein paar Minuten vergingen schweigend; sie tranken Kaffee, Saskia half ihm beim Starren.

»Es ist nur eine Täuschung, oder?«, fragte Sebastian dann.

»Was meinst du?«

»Die Idylle hier, die Friedfertigkeit. Sie ist wie eine dünne Lackschicht, unter der sich der Rost trotzdem weiterfrisst. Unbemerkt zunächst, bevor er dann irgendwo durchbricht. Edgar und Anna wollten das nie wahrhaben. Sie waren fest davon überzeugt, ihre Welt hier oben würde anders ticken. Auf ihre Art waren sie wirklich naiv.«

»Es ist trotzdem eine schöne Welt … vielleicht genauso gefährlich wie überall, aber viel schöner. Ich kann die beiden verstehen.«

Sebastian sah Saskia an. Ihre Augen glänzten feucht. Ihr Kehlkopf hüpfte auf und ab. Mit vielen kleinen Schlucken aus der Kaffeetasse bekämpfte sie mühsam die Tränen.

»Ich mag dich nicht allein lassen, nicht mal für ein paar Stunden«, sagte Saskia schließlich.

»Mach dir keine Gedanken, ich komme schon zurecht. Die Arbeit mit den Pferden dauert sowieso eine ganze Weile. Fahr ruhig, wir treffen uns später im Krankenhaus.«

»Es fällt mir schwer, wirklich, aber ich kann den Termin für heute nicht mehr absagen. Aber die nächsten Tage mache ich frei! Ich lasse dich nicht allein hier.«

Sebastian legte seinen Kopf an ihre Schulter. Sie zog ihn zu sich heran und fuhr mit den Fingern durch sein Haar.

»Ich habe Angst um dich«, flüsterte sie.

»Das musst du nicht, ich passe schon auf mich auf. Fahr ruhig in die Stadt. Hauptsache, du kommst zurück. Ich brauche dich nämlich.«

Sie küssten sich, dann begleitete Sebastian sie zu ihrem Wagen. Wenig später sah er zum zweiten Mal an diesem Morgen Rücklichter am Hang verschwinden, wieder wurde es still, doch diesmal überkam ihn das Gefühl der Einsamkeit mit der Wucht eines Hammerschlags. Mitten auf dem Hof stehend drehte Sebastian sich im Kreis, starrte hier und dort hin, meinte plötzlich die Anwesenheit von etwas Bösem zu spüren. Er war längst nicht so zuversichtlich, wie er sich Saskia gegenüber gegeben hatte.

Schnell ging er ins Haus und zog sich um. Dabei musste er auf Edgars Kleidung zurückgreifen, weil sein Schlafzimmer oben abgesperrt war. Der Raum war noch nicht freigegeben. Überhaupt fiel ihm erst jetzt das Chaos auf, das die Spurensicherung hinterlassen hatte. Überall Reste des grauen Staubs vom Sichern der Fingerabdrücke; in der Diele, auf der Treppe, auf dem oberen Flur …

Beinahe fluchtartig verließ er das verunstaltete Haus, schnappte sich Forke und Schubkarre und begann mit der Arbeit im Stall. Sie befreite seine Gedanken, sperrte die Angst in eine sichere Zelle, bis er irgendwann einen Wagen auf den Hof rollen hörte. Ein Blick auf die Uhr; eine Stunde war vergangen. Er war mittlerweile verschwitzt und schmutzig, fühlte sich aber etwas besser. Gewohnheiten halfen scheinbar mehr als Medizin.

Sebastian trat aus dem schattigen Stall in die Sonne, blinzelte ins helle Licht. Es war Hauptkommissar Derwitz, der eben aus seinem Wagen stieg. Seine hoch aufgeschossene Gestalt warf einen langen Schatten auf den Hof. Er sah unausgeschlafen und grimmig aus. Nach einer knappen Begrüßung bat der Kommissar um den Ordner mit den Adoptionsunterlagen. Hötzner hatte ihm davon berichtet. Sebastian holte den Ordner aus der Küche und übergab ihn.

»Sie arbeiten im Stall?«, fragte Derwitz, und Sebastian entging der beißende Unterton nicht.

»Soll ich die Pferde sterben lassen?«, schnappte er zurück.

Derwitz sah ihn nur an. »Wir brauchen Sie im Dezernat. Können Sie es heute noch einrichten?«

»Ich fahre später ins Krankenhaus. Wie lange wird es denn dauern?«

Derwitz zuckte mit den Schultern. »Solange es eben dauert. Sagen wir um siebzehn Uhr. Und bringen Sie bitte Frau Eschenbach mit. Sie wird sicher bestätigen wollen, dass Sie die Nacht bei ihr verbracht haben.«

Er hob zum Gruß den Ordner an, warf sich in seinen Wagen und verschwand.

»Arschloch!«, rief Sebastian ihm nach.

Uwe hatte ihn davor gewarnt, dass er zunächst noch als Verdächtiger galt. Es hatte Sebastian nicht wirklich überrascht, aber Derwitz' Verhalten rechtfertigte das trotzdem nicht. Der Typ war wohl von Natur aus ein Mistkerl.

Bis zum Mittag blieb es dann still auf dem Schneiderhof. Sebastian füllte die Zeit mit Arbeit aus, dachte nicht, fühlte nicht, sah nicht auf. Er schuftete, bis ihm das Hemd nass am Rücken klebte. Dann ging er ins Haus, um eine Kleinigkeit zu essen, doch schon der erste Bissen blieb ihm trotz des Hungers im Halse stecken. Er schob das Brot beiseite, trank Wasser und spürte, wie schwere, bleierne Müdigkeit seinen Kopf auszufüllen begann. Die schlaflose Nacht verlangte ihren Tribut. Er schaffte es gerade noch auf die Couch im Wohnzimmer. Sekunden, bevor er einschlief, klingelte sein Handy.

Es war Saskia. Er beruhigte sie, sagte ihr, dass es ihm einigermaßen gut ginge, erzählte ihr von Derwitz' Besuch, und verabredete mit ihr, sie gegen halb fünf von zu Hause abzuholen, um mit ihr gemeinsam ins Dezernat und danach ins Krankenhaus zu fahren.

Kaum war das Gespräch beendet, fiel Sebastian in tiefen Schlaf.

Sie trug einen langen, grauen Trenchcoat und ein ebenfalls graues Kopftuch. Die schwarze Damenhandtasche baumelte ungewöhnlich schwer an ihrer Seite. Sie stützte sich auf einen Gehstock, den sie nicht brauchte. Zuvor hatte er Mechthild Kreiling gehört. Niemand schenkte der massigen Frau Beachtung. Es war Montag, und an einem Montag waren die Menschen noch weniger aufmerksam als an den anderen Wochentagen, zu sehr mit sich selbst und ihrem Leid beschäftigt. Die Temperatur war zu hoch für einen langen Mantel und ein Kopftuch, aber wenn sie sich umsah, entdeckte sie überall ältere Frauen, die zu warm angezogen waren. Niemand nahm sie wahr, also würde sich auch niemand an sie erinnern. Letztendlich spielte es auch überhaupt keine Rolle, denn nach diesem Tag würde sie mit ihrem Sohn vereint sein, und die ganze Welt stand ihnen offen. Was für eine Freude!

Sie überprüfte noch einmal die Adresse auf der Karte. Vom Bahnhof dorthin war es ein gutes Stück Weg, doch sie genoss den Fußmarsch. Die Sonne streichelte ihr Gesicht, malte mit unsichtbarem Pinsel wunderschöne Gemälde in ihre Gedanken. Gemälde voller Poesie, in denen Mutter und Sohn durch sonnendurchflutete Landschaften wandelten. Ihre einsame Zeit würde bald vorbei sein, das Warten ein Ende haben. Geduld, so hatte sie einmal gelesen, ist die Brücke zum Glück. Nun war sie fast über diese lange, lange Brücke gewandert, und das jenseitige Ufer geriet in greifbare Nähe.

Und doch; je näher sie der angegebenen Adresse kam, desto mehr schmerzten ihre Beine und die rechte Hüfte. Ihr Gewicht machte ihr auf langen Wegen immer zu schaffen. Ein kleiner Preis für das, was sie bekommen würde. Sie bog um die letzte Ecke und schritt eine ruhige Wohnstraße hinunter. Das graue Pflaster war ein wenig uneben, sie musste aufpassen. Immer wieder blieb sie stehen und überprüfte die Hausnummern. Da, die alte Villa. Endlich! In Sichtweite des Hauses lehnte sie sich in den Schatten einer ausladenden Esche an eine backsteinerne Mauer und beobachtete.

Das Haus war eine große Stadtvilla mit gepflegtem Garten, umgeben von einem gemauerten Zaun mit Metallgittern. Dahinter standen Rhododendren in voller Blüte, hohe Laubbäume spendeten Schatten für vermoosten Rasen. Ein stiller, verzauberter Ort wie aus einem anderen Jahrhundert. Niemand war zu sehen. In der Zeit, die sie an die Mauer gelehnt verbrachte, liefen weder Passanten vorbei noch fuhr ein Auto.

Sie überquerte die Straße und betrat den Garten. Als sie die Pforte hinter sich geschlossen und sich dem Haus zugewandt hatte, bemerkte sie eine Bewegung hinter einem der Fenster im Untergeschoss. Bevor sie den nächsten Schritt tat, taumelte sie deutlich, fasste mit der Hand nach einem der Torpfeiler und stützte sich daran ab. Nach zwei tiefen, schweren Atemzügen ging sie weiter.

Es gab drei Briefschlitze und drei Klingelknöpfe. Der Name von der Karte, den sie sich unauslöschlich eingeprägt hatte, stand unter dem obersten Knopf. Sie klingelte. Niemand öffnete. Sie klingelte noch einmal, aber länger, wartete. Schlurfende Schritte im Flur. Durch das bunte Glas der Eingangstür konnte sie Bewegungen erkennen.

Eine alte Frau öffnete. Ihr schlohweißes Haar stand wirr um ihren Kopf, auf der Nase rutschte eine Brille nach unten. »Frau Eschenbach ist nicht daheim«, sagte die alte Frau in abweisendem Tonfall.

Für einen Augenblick fehlten ihr die Worte. Sie hatte mit vielem gerechnet, aber nicht damit, dass jemand anderes ihr die Tür öffnen würde. Aber vielleicht war dieser Umstand eine Fügung des Schicksals! Mit alten Menschen konnte sie umgehen, und wenn sie erst einmal im Haus war, hatte sie gewonnen. Dann würde sie drinnen in aller Ruhe warten.

»Oh, wie schade! Dann habe ich den ganzen Weg umsonst gemacht«, sagte sie, stützte sich schwer auf den Gehstock und wankte bedenklich.

»Kommen Sie von weit her?«

»Na ja, ich bin mit dem Zug gekommen. Vom Bahnhof hierher bin ich eine Stunde gelaufen … und das in dieser Wärme heute. Aber da kann man wohl nichts machen. Ich hätte eben vorher anrufen sollen.«

Sie tat, als wolle sie gehen.

Die alte Frau trat einen Schritt vor. »Eine ganze Stunde, bei dem Wetter! Sie hätten sich ein Taxi nehmen sollen.«

Sie ließ ein Lächeln sehen, in dem deutlich zu lesen stand, dass sie sich ein Taxi nicht leisten konnte.

»Sind Sie eine Verwandte von Frau Eschenbach?«

»Ja, die Tante. Wir haben uns lange nicht mehr gesehen, und nun ist mein Mann verstorben, und ich dachte … Na ja, ich hätte eben vorher anrufen sollen.«

Sie ging einen weiteren Schritt zurück, doch die alte Frau streckte ihre knochige Hand aus und berührte sie an der Schulter.

»Nein, nein, Sie gehen mir nicht wieder in die Sonne. Sie können ebenso gut bei uns auf Frau Eschenbach warten. Ich mach uns einen schönen Tee.«

Sie lächelte scheu. »Ich weiß nicht …«

»Doch, doch, kommen Sie nur herein.«

Die alte Frau trat in den Hausflur zurück und winkte. Winkte wie die Hexe aus Hänsel und Gretel, die sich den eigenen Tod ins Haus holte. »Kommen Sie nur! Hier ist es angenehm kühl.«

Sie lächelte und betrat das Haus. Schwer baumelte die Handtasche an ihrer Seite.

Saskia schloss die Toilettentür hinter sich und sank leise seufzend auf dem WC-Sitz zusammen. Sie presste die Hände gegen die Schläfen, rieb daran, wurde aber den scheußlichen Druck in ihrem Kopf nicht los. Noch waren es keine Kopfschmerzen, aber sie kannte das Gefühl, wusste daher, dass die kleinen Messer nicht mehr weit entfernt waren, die so hervorragend zu quälen verstanden. Unter großer Anspannung kam es häufiger vor und natürlich immer dann, wenn sie es am allerwenigsten gebrauchen konnte.

Seit sie den Schneiderhof verlassen hatte, hatte sie sich kaum auf den Job konzentrieren können. Immer wieder war sie in Gedanken zu Sebastian zurückgekehrt, immer wieder hatten sich schlimme Vorahnungen eingestellt, gepaart mit der Angst, ihm könnte etwas passiert sein. Sie hätte den Termin absagen sollen, das wäre klüger gewesen. Das Meeting mit Karl Block, ihrem neuen Kunden, der sie für die Einrichtung seines neuen Firmensitzes engagiert hatte, war unter diesen Umständen eine Qual, und er hatte sicher längst bemerkt, dass sie nicht bei der Sache war. Ohnehin konnte sie sich glücklich schätzen, ihn nicht bereits wieder verloren zu haben. Diese Unternehmertypen hatten nicht viel Geduld, und durch den Unfall lag sie bereits eine Woche hinter der Zeit zurück. Blocks eindeutige Blicke auf ihren Hintern und ihre Brust hatten ihr aber längst verraten, warum er sie ausgewählt hatte, und weshalb seine Geduld noch nicht überstrapaziert war. Sei's drum, der Auftrag war es wert.

Jetzt hockte sie hier auf der Toilette und wäre viel lieber bei Sebastian gewesen. Sie hätte ihn nicht allein lassen dürfen, trotz seiner Beteuerungen. Er war traumatisiert, er konnte seine Lage gar nicht realistisch einschätzen. Sollte ihm da oben etwas zustoßen, würde sie sich auf ewig Vorwürfe machen.

Saskia drückte die Spülung, zog sich an, verließ die kleine Kabine und blieb vor dem Waschbecken stehen. In dem matt beleuchteten Spiegel sah sie sich an. Müde Augen, natürlich, aber Kajal, Tusche und Eyeliner taten das ihrige, Make-up den Rest. Darunter sah es allerdings anders aus, weit weniger perfekt. Nein, es hatte keinen Sinn! Viel länger würde sie nicht mehr durchhalten. Ein Blick auf die Uhr. Zehn nach drei. Bis vier hatte sie eigentlich bleiben wollen, doch jetzt erschien ihr die Zeit bis dahin viel zu lang. Karl Block hatte sich bereits vor einer halben Stunde verabschiedet, der würde heute sicher nicht mehr nach den Fortschritten seines Prestigeobjekts, des Konferenzsaals, sehen, und die Handwerker wussten, was noch zu tun war. Sie könnte sich loseisen, auch wenn das eigentlich ihrer Arbeitsauffassung widersprach. Scheiß drauf! Jetzt war anderes wichtiger.

Sie wusch sich die Hände, trocknete sie notdürftig unter dem Gebläse und kehrte in den Konferenzraum zurück. Dort sprach sie noch kurz mit dem Vorarbeiter der Elektrofachfirma über die letztendliche Platzierung der Halogenstrahler an der Wand, an der später Gemälde präsentiert werden sollten, und verabschiedete sich dann. Der einzige gangbare Weg in dem riesigen Neubau führte durch die weitläufige Produktionshalle; ein schier endloser Weg, vorbei an all den glotzenden Maurern, die ihr die üblichen Pfiffe jedoch glücklicherweise ersparten. Auf dem großen, noch leeren Parkplatz des zukünftigen Firmengeländes angelangt, rannte sie die zweihundert Meter zu ihrem Wagen. Es war ihr egal, ob sie dabei beobachtet wurde. Plötzlich hatte sie das übermächtige Gefühl, zu spät zu kommen.

Die alten Leute waren freundlich und ohne Argwohn, bewirteten sie mit Tee und Keksen, und die anfänglichen Fragen nach ihrer Familiengeschichte hatte sie schnell durch Gegenfragen abblocken können. Der alte Herr war schwerhörig, trotz des deutlich sichtbaren Geräts in seinem Ohr schien er nicht viel mitzubekommen. Er sagte kaum etwas und machte einen abwesenden Eindruck. Wahrscheinlich Alzheimer in fortgeschrittenem Stadium. Dafür quasselte seine Frau ohne Unterbrechung. Es war nicht schwer gewesen, sie zu animieren, Geschichten aus ihrem Leben zu erzählen. Das war bei alten Menschen immer leicht, denn letztendlich war ihnen nichts weiter als die Erinnerung geblieben. Im Falle der Ostrowskis füllte sie Bände, und Ellie erfuhr alles, angefangen von der Flucht aus Ostpreußen, den kurzen Aufenthalten in Berlin und Dresden, dem späteren beruflichen Aufstieg des Mannes zum Leiter eines Laufwasserkraftwerks und der schmerzhaften Kinderlosigkeit.

Eine Dreiviertelstunde hielt sie es in dem tiefen grünen Sessel aus, trank sechs Tassen Tee und stopfte sich mit leckeren Schokoladenkeksen voll. Je länger sie jedoch dem Gequassel der alten Frau lauschte, desto stärker wurde das Drängen in ihr. Sie war nicht hierhergekommen, um Zeit mit alten Leuten zu vertrödeln. Sie hatte etwas zu tun, den letzten Schritt auf dem Weg zur Vereinigung, und es wurde nun Zeit, diese netten Menschen, die ein Hindernis darstellten, aus dem Weg zu räumen. Also unterbrach sie den Redeschwall und fragte nach der Toilette. So konnte sie zwei Fliegen mit einer Klappe schlagen, denn ihre Blase war zum Zerbersten gefüllt.

Frau Ostrowski führte sie durch das weitläufige Erdgeschoss, quasselte dabei munter weiter, wies auf dieses Bild und jenes Exponat hin und wandte ihr dabei die ganze Zeit den Rücken zu. Ellies Hand verschwand in der Damenhandtasche, ihre Finger umklammerten den Stiel des Metallhammers. Sie zog ihn in dem Moment heraus, da sie die Tür zur Gästetoilette erreichten.

»So, hier können Sie sich erleichtern, ich koche uns ...«

Frau Ostrowski drehte sich um, sah den erhobenen Hammer, und endlich brach der Redeschwall ab. Ihr Gesichtsausdruck wurde dämlich. Weit davon entfernt, irgendwas zu verstehen, stand sie einfach nur da und wartete. Die flache Seite des Hammers klatschte gegen ihre Stirn. Schwungvoll geführt traf er sie ein wenig über der Schläfe. Haut platzte auf, Blut spritzte. Die alte Frau torkelte gegen die Toilettentür, verdrehte die Augen und rutschte zu Boden. Auf dem Hintern sitzend kippte sie gegen den Rahmen der Tür.

Ellie beugte sich über sie. Auf den kräftigen Blutstrom achtend, nahm sie das Handgelenk und fühlte. Ja, der Puls schlug noch, wenn auch schwach. Trotzdem verzichtete sie darauf, den Hammer noch einmal zu schwingen. Der Blutverlust würde die alte Dame ohnehin töten. Stattdessen zog Ellie sie von der Tür weg und lehnte sie gegen die Wand des Flurs. Während sie dann ihre Blase entleerte, betrachtete sie Frau Ostrowski. Der Blutstrom aus der hässlichen Wunde wollte nicht versiegen, tränkte schon die weiße, gut gestärkte Bluse. Das Leben verließ nach und nach den alten Körper. Spürte sie Mitleid? Reue? Nein, nichts dergleichen. Bei Mechthild Kreiling war es noch anders gewesen, sie zu töten hatte ihr wirklich leidgetan. Jetzt aber war ihr Ziel zum Greifen nah, die Sehnsucht würde endlich gestillt werden, und schließlich gab es nichts auf der Welt umsonst. Man zahlte immer einen Preis! Edgar und Anna hatten gezahlt, sie selbst zahlte immer noch, auch durch das, was sie hier tat. Die Notwendigkeit war vorhanden, ihr Tun somit gerechtfertigt, Reue also fehl am Platze.

Und letztendlich hatte sie das moralische Recht einer betrogenen Mutter auf ihrer Seite. Niemand konnte ihr das absprechen, niemand!

Als sie sich erleichtert und wieder angezogen hatte, machte sie sich auf den Weg ins Wohnzimmer. Bevor sie den Raum betrat, verbarg sie den mit Blut und Haut behafteten Hammer hinter dem Rücken. Kurt Ostrowski lächelte ihr von seinem Platz im Sessel entgegen. Sie lächelte zurück, es gab keinen Grund, unhöflich zu sein. Erst als sie ihn fast erreicht hatte, schien er zu begreifen, dass irgendetwas nicht stimmte. Aus seinem senilen Lächeln wurde ein Gesicht, welches dem seiner Frau in ihren letzten Sekunden stark ähnelte. Dann sah er den Hammer und verstand, hob abwehrend die Arme. Der Hammer klatschte seitlich über dem Ohr gegen seinen Schädel, doch so gut wie bei seiner Frau funktionierte es hier nicht. Der Alte begann zu schreien und zu zappeln. Ellie holte aus, schlug noch einmal zu, kräftiger, aber nicht so gezielt. Der Hammer zerschmetterte seine Nase, und Kurt schrie noch schriller. Zu laut, viel zu laut! Wenn das jemand auf der Straße hörte! Ellie schlug wieder und wieder, der Arm mit dem Hammer arbeitete immer schneller, wollte sich kaum mehr stoppen lassen. Als es ihr endlich gelang, lange nach dem letzten Schrei des alten Mannes, war sein Kopf ein deformiertes Gebilde, aus dem Knochenfragmente herausragten.

Ellie wischte den Hammer an seiner Cordhose ab und steckte ihn wieder in die Handtasche. Dann nahm sie noch die letzten beiden leckeren Schokoladenkekse und stieg in den ersten Stock hinauf. Dort fand sie eine Tür mit einem goldenen Schildchen. Der Name darauf war identisch mit dem auf der kleinen Karte. Hier war sie richtig! Hier wohnte das Flittchen. Die Tür war zu, aber nicht verschlossen. Sie trat ein.

Der Schlaf, obwohl tief und traumlos, war nicht erholsam gewesen. Sebastian wusste es, sobald er die Augen aufschlug. Sein ganzer Körper fühlte sich alt und abgenutzt an, keine Kraft war mehr darin. In den wenigen Sekunden des Erwachens wünschte er sich, tot zu sein. Denn dann könnte er einfach so liegen bleiben, bräuchte sich um nichts mehr zu kümmern, nicht um die Pferde, den Hof, die Beerdigung ... das wäre so wunderbar einfach. Aber es war ihm nicht vergönnt, sich auf diese Art aus dem Leben zu stehlen. Der Tod wollte immer seinen Spaß, hielt wenig von Mitgefühl. Warum sollte er ihn ausgerechnet dann sterben lassen, wenn er es sich wünschte?

Die Gedanken an den eigenen Tod verschwanden schnell, als Sebastian ganz wach war, sich aufsetzte und einen Blick auf die Uhr an der Wand warf. Sechzehn Uhr.

Sechzehn Uhr!!

Er sprang auf. Schwindel ließ ihn taumeln.

»So eine verdammte Scheiße!«, stieß er laut hervor.

Auf keinen Fall würde er es schaffen, pünktlich bei diesem arroganten Kommissar aufzutauchen und vorher noch Saskia abzuholen, so wie sie es abgesprochen hatten. Die Fahrt in die Stadt dauerte ja schon vierzig Minuten. Er hatte vorher noch duschen wollen, war verschwitzt von der Arbeit im Stall und roch auch so. Das konnte er jetzt vergessen.

Sebastian eilte ins Bad, wusch sich notdürftig, suchte dann sein Handy, fand es auf dem Couchtisch im Wohnzimmer, wählte aus dem Speicher Saskias Nummer und ließ es klingeln. Als die Mailbox dranging, legte er auf. Warum nahm sie nicht ab? Vielleicht war sie gerade im Gespräch mit einem Kunden und konnte nicht ans Handy gehen.

Sebastian lief hinüber ins Schlafzimmer seiner Eltern, zog die Kleidung von gestern noch mal an und versuchte es erneut bei Saskia. Wieder meldete sich nur die Mailbox. Er hinterließ eine Nachricht, entschuldigte sich für seine Verspätung und bat Saskia, allein zum Präsidium zu fahren, dort aber auf ihn zu warten. Dann legte er auf, starrte das Handy aber noch an. Merkwürdig war es schon, dass sie sich nicht meldete. Vielleicht war sie ja längst zu Hause und hatte das Handy im Wagen liegen lassen. Sebastian suchte im Telefonbuch nach ihrer Festnetznummer. Sie war nicht drin. Er konnte sich auch nicht erinnern, sie abgespeichert zu haben. Also musste er doch noch ins Schlafzimmer. Dort im Rahmen des Spiegels steckte Saskias Visitenkarte mit der Festnetznummer darauf.

Er lief die Treppe hinauf, verwischte auf dem Handlauf den Staub der Spurensicherung, zögerte oben kurz, zerstörte dann aber das polizeiliche Siegel beim Öffnen der Tür. Nichts hatte sich seit der grauenhaften Nacht geändert. Blut und Daunen an den Wänden, an der Decke, das zerstörte Bett, in dem er so viele Jahre geschlafen hatte. Sebastian zwang sich, den Blick von dem Chaos abzuwenden. Der Spiegel befand sich gleich neben der Tür, er streckte seine Hand aus, wollte einfach nur die Karte aus dem Rahmen ziehen und den Raum verlassen. Doch da war keine Karte. Erstaunt betrachtete er den Spiegel, das Abbild seines gealterten Gesichts darin. Wo war die Karte? Sie lag nicht auf der Anrichte darunter, nicht auf dem Boden davor. Sebastian zog das leichte Möbel ein Stück von der Wand, aber auch dahinter war die Karte nicht.

Seltsam!

Natürlich war es auch möglich, dass einer der Ermittler oder Spurentechniker die Karte eingesteckt hatte. Ja, so musste es gewesen sein!

Sebastian verließ sein Zimmer und das Haus, lief zum Schuppen hinüber, verharrte aber, bevor er ins Auto stieg. Sein Blick glitt über den Hof, den Stall, die Koppeln mit den Pferden darauf. Es gefiel ihm nicht, den Hof und die Tiere allein zu lassen. Aber er hatte keine Wahl. Außerdem war das Schlimmste ohnehin schon geschehen.

Eine hübsche Wohnung hätte es sein können, wäre sie nicht angefüllt vom Geruch des Beischlafs, der wie zäher, dicker Nebel in den Räumen hing. Darunter waberte noch der Geruch des Flittchens, etwas weniger deutlich, aber immer noch intensiv genug. So nah war dieses Miststück ihrem Hans schon gekommen, so weit hatte es sich bereits zwischen sie geschoben. Das durfte sie nicht zulassen, es war wirklich allerhöchste Zeit, etwas dagegen zu unternehmen.

Sie durchsuchte die Räume. Die Küche, das Wohnzimmer, das Bad. Überall heruntergebrannte Kerzen. Und schließlich das Schlafzimmer. Das große Bett war zerwühlt, Kleidungsstücke des Flittchens lagen auf dem Boden verstreut. Slip und BH. Widerlich! Ellie Brock ging zum Bett hinüber, nahm eines der beiden Kopfkissen und roch daran. Ja, ihr Hans, ohne Zweifel! Er war hier in der Wohnung gewesen, hatte sich in seiner Sehnsucht nach Liebe von diesem Flittchen verführen lassen, hatte auf diesem Kopfkissen geschlafen. Der arme Junge! Er war ein leichtes Opfer für die eigennützigen, jungen Dinger, leichtes Spiel hatten sie mit ihm, denn tief in seinem Inneren verzehrte er sich nach der Mutterliebe, die er nur wenige Jahre hatte kosten dürfen.

Ellie warf das Kopfkissen zurück aufs Bett. Ihr Hans brauchte das alles hier nicht. Wenn sie erst einmal wieder zusammen waren, würde er es ohne Zweifel erkennen. Die Wahrheit obsiegte immer.

Im Schlafzimmer war der Geruch des Beischlafs äußerst intensiv, und das konnte sie nicht länger ertragen. Ellie kehrte ins Wohnzimmer zurück, nahm den Hammer aus der Handtasche und setzte sich auf die Couch. Wartete. Fest entschlossen, nicht eher zu gehen, bis diese Sache aus der Welt geschafft war. Lange musste sie nicht warten. Nicht einmal zehn Minuten waren vergangen, da hörte sie, wie im Erdgeschoss die Haustür aufgeschlossen wurde. Ellie versteckte sich in der Küche und lauschte.

Ein Schlüsselbund klimperte. Schritte auf der Treppe, leicht, eilig, die Schritte einer Frau. Als sie das Obergeschoss, dessen Flur mit Teppich ausgelegt war, erreicht hatten, verstummten sie für einen Moment. Dann wurde die Wohnungstür geöffnet und jemand trat ein. Ellies Hand schloss sich fester um den Griff des Hammers. Dabei bemerkte sie, dass ihre Hand besudelt war vom Blut der alten Leute. Egal jetzt, sie konnte sich später waschen.

Da! Der Geruch des Flittchens drang ihr bereits in die Nase. Sie hob den Hammer über ihren Kopf und postierte sich ganz nah an der Tür. Eine Gestalt huschte vorbei in Richtung Schlafzimmer, zu schnell, um reagieren zu können. Mit erhobenem Hammer blieb Ellie stehen, atmete flach durch den Mund ein und aus und versuchte, ruhig zu bleiben. Die federleichten Schritte kamen zurück, näherten sich wieder der Küche.

Jetzt!

Ellie ließ den Hammer niederfahren in dem Moment, als ein Fuß in der Küchentür erschien. Er durchschnitt die Luft und traf das Flittchen an der Schulter, streifte es aber nur. Kein guter Schlag! Das Mädchen schrie auf und taumelte ins Wohnzimmer zurück. Dort knickten seine Beine ein, und es fiel auf den Hintern. Ellie trat aus der Küche, warf einen Blick auf dieses Weib, das sich zwischen sie und Hans schieben wollte. Vor der Couch saß ein schlankes Mädchen auf dem Boden, hielt sich die verletzte Schulter und starrte sie aus weit aufgerissenen Augen an. Es trug eine schwarze Hose, aber kein Oberteil. Nur ein BH, der kaum verdeckte, was verdeckt werden musste. Wie diese Dinger heutzutage herumliefen! Kein Wunder, dass ihr Hans in Versuchung geraten war. Aber da saß es nun, von Angst erfüllt, seine fast nackte Brust hob und senkte sich in schnellem Rhythmus, und es ahnte wohl, dass seine letzte Stunde geschlagen hatte.

Langsam trat Ellie auf das Flittchen zu. Nach so vielen Jahren war sie nur noch wenige Schritte, wenige Schläge von ihrem Ziel entfernt. Nur dies hier musste noch getan werden, und sie tat es gern. Mitleid war hier fehl am Platze.

»Niemand stellt sich zwischen meinen Jungen und mich!«, rief sie und schwang den Hammer.

Sie hatte erwartet, dass das Mädchen die Arme über den Kopf reißen würde und sie diese Deckung mit einem kräftigen Schlag durchbrechen müsste. Doch nein! Unglaublich flink kam es auf die Beine, wich nach hinten aus und drückte sich an der sperrigen Couch vorbei. Als Fluchtversuch war das armselig, manövrierte das Flittchen sich doch nur noch weiter in die Falle, tiefer in die Wohnung, aus der es nur einen Ausgang gab. Um dorthin zu gelangen, musste es an ihr vorbei, und das würde Ellie verhindern.

Ohne das Mädchen aus den Augen zu lassen, schob sie mit ihren Oberschenkeln die Couch Stück für Stück beiseite.

»Was wollen Sie?«, schrie das Flittchen.

Deutlich waren Angst und Panik in seiner Stimme zu hören. Seine Augen flogen hin und her, suchten nach einem Ausweg. Es war nicht vor Angst gelähmt, leider, also musste Ellie aufpassen. Diesem jungen Ding war vielleicht nicht so leicht beizukommen wie den Ostrowskis.

Ellie schwang den Hammer. Sie konnte das Mädchen nicht erreichen, wollte es aber in eine bestimmte Richtung drängen. Vor dem nächsten Schlag, der schon dichter herankam, versuchte es, sich mit einem Sprung nach links in Sicherheit zu bringen. Da schob Ellie mit einem kräftigen Stoß ihrer Hüften die Couch nach vorn, brachte das Flittchen ins Straucheln, sodass es mit der Hüfte gegen den Tisch knallte und aufschrie. Ellie setzte rasch nach. Der nächste Schlag mit dem Hammer traf es oben am Rücken. Ein dumpfer Laut, es ging zu Boden. Jetzt war es angeschlagen! Nicht nachlassen, nachsetzen, die Sache zu Ende bringen.

Doch plötzlich begann das Mädchen auszutreten wie ein wild gewordener Gaul. Es hatte lange Beine, und die Tritte trafen Ellie am Schienbein. Heißer Schmerz schoss hinauf bis in ihren Kopf. Ellie kassierte noch einen Tritt, ehe sie sich nach hinten taumelnd in Sicherheit brachte. Wie konnte das Miststück nach einem Treffer am Rücken noch so agil sein?

Jetzt bekam es ein bisschen Raum, nutzte seine Chance und flüchtete ins Schlafzimmer. Knallte die Tür hinter sich zu und drehte den Schüssel herum. Sollte es ruhig. Der Raum war eine Falle. Ellie folgte ihm und warf sich wuchtig gegen die Tür. Das dünne Holz erzitterte unter ihrem Gewicht. Drinnen begann das Mädchen zu schreien; laut und gellend. Wieder war das nicht gut, gar nicht gut! Diese Schreie würden Nachbarn oder Passanten aufmerksam werden lassen. Sie musste das Flittchen zum Schweigen bringen, bevor alles verloren war. Sie durfte hier nicht versagen! Es ging um Hans, um ihren Jungen! Großer Gott, sie konnte doch nicht zulassen, dass sich abermals …

In Ellies Kopf schien etwas zu platzen, und ihre Gedanken wurden in rote Flüssigkeit getaucht. Sie wollte nur noch in dieses Zimmer, um jeden Preis. Sie ging zurück, nahm Anlauf, warf sich gegen die Tür. Die Erschütterung spürte sie bis in die Zahnwurzeln, pochenden Schmerz in der Schulter obendrein. Aber es war egal. Sie musste hinein. Nahm wieder Anlauf, noch einmal mit Wucht und Gewicht, alles in diesen Angriff legend.

Da! Das Schloss barst aus dem Holz, die Tür schwang nach innen.

Das Mädchen stand in der linken Ecke und hielt einen langen, metallenen Kleiderständer in beiden Händen, die oberen Haken wiesen in Ellies Richtung. Eine armselige Waffe!

»Lass mich in Ruhe, hau ab!«, schrie es. »Hilfe, Hilfe, Polizei!«

Wie Messer in ihren Ohren schmerzten die schrillen Schreie. Ellie wurde klar, dass sie keine Zeit mehr hatte. In wenigen Minuten würde irgendjemand die Polizei alarmieren. Sie holte aus, legte alle Wut in den Schlag gegen den Kleiderständer. Durch die Wucht taumelte das Mädchen nach links, ließ aber seine provisorische Waffe nicht fallen, klammerte sich daran, als könnte sie sein Leben retten. Ellie griff mit der freien linken Hand danach, erwischte einen Haken und packte fest zu. Ein kräftiger Ruck genügte, um das Mädchen aus dem Gleichgewicht zu bringen. Es wurde nach vorn gerissen und ließ nun doch den Kleiderständer los. Schreiend und kreischend sprang es zum Bett hinüber und warf sich auf die Matratze, wollte darüberkrabbeln, um zur Tür zu kommen. Aber es bewegte sich langsam, so als hätte der Schlag in den Rücken es doch verletzt.

Ellie setzte nach.

Der erste Hieb traf den Oberschenkel. Es heulte auf, versuchte aber weiter, auf dem Bett nach vorn zu krabbeln. Der zweite Hieb traf es in der Lendenwirbelsäule. Durch den Stiel des Hammers konnte Ellie fühlen, wie im Rücken des Flittchens etwas zerbrach. Augenblicklich versteifte sich sein Körper, und es hörte auf zu schreien. Bäuchlings lag es auf dem Bett, die Augen weit aufgerissen, die Hände zur Tür gestreckt, zur letzten Rettung, die es nun nicht mehr erreichen konnte.

Nun ohne Hast ging Ellie um das Bett herum, baute sich vor dem Kopf des Mädchens auf und holte weit aus. Ihre Wut entlud sich in wilden Schlägen, und jeder einzelne war begleitet von Gedanken an ihren Sohn.

Niemand stellte sich zwischen Mutter und Sohn!

Er war schweißgebadet, seine Finger schmerzten vom krampfhaften Umklammern des Lenkrads, sein Kopf pochte dumpf bis in den Nacken hinein. Die Fahrt durch die Stadt im Feierabendverkehr mit diesem Tempo war ein Selbstmordkommando, und es stand wohl mehr als ein Schutzengel in seinen Diensten, denn bisher war nichts passiert. Mehrfach war es eng gewesen; er hatte Bremsen quietschen hören, hatte Fäuste gesehen, drohend in seine Richtung schwingend, hatte sich verhaftet und eingesperrt gesehen und doch Glück gehabt. Die Zeit saß ihm wie ein bissiger Terrier im Nacken. Nicht, weil er unbedingt den Termin bei Derwitz einhalten wollte – dazu war es ohnehin zu spät –, sondern wegen dieses Gedankens, der ihm anfangs lächerlich erschienen war, sich mit jeder Sekunde aber zu einer entsetzlichen Bedrohung entwickelt hatte.

Was, wenn keiner der Beamten Saskias Visitenkarte mitgenommen hatte? Was, wenn es die Person gewesen war, die seinen Vater getötet und seine Mutter so grausam zugerichtet hatte? Und sollte es sich dabei um Ellie Brock handeln, würde sie dann nicht alles daransetzen, auch noch den letzten Menschen zu töten, der ihren Sohn liebte?

Andererseits konnte sie von der Liebe zwischen ihm und Saskia ja nichts wissen. So eine Karte gab darüber schließlich keine Auskunft. Diese Erklärung hatte Sebastian beruhigt, solange er die gewundene Bergstraße ins Dorf hinuntergefahren war. Dann aber war ihm der Vorfall in Saskias Badezimmer in jener Nacht eingefallen. Als er zusammengebrochen war und das Gefühl gehabt hatte, jemand wolle mit seinen Augen sehen. Warum war es ihm so wichtig gewesen, Saskia dabei nicht anzuschauen? Er hatte nicht weiter darüber nachgedacht, warum auch, aber jetzt bekam das alles eine andere Dimension. Er erinnerte sich an Schneeflocken, an roten Regen, der die Flocken einfärbte, und dann hatte er das Bild des zerstörten Bettes vor Augen und die mittels Blut an Decke und Wänden klebenden Daunen. Hatte er während des Anfalls in Saskias Bad vorausgesehen, was geschehen würde? Oder hatte er vielleicht sogar dabei zugesehen? War diese Ellie Brock in seinem Kopf gewesen, seine leibliche Mutter, um herauszufinden, mit wem er zusammen war?

In der ersten Panik nach diesen Gedanken hatte Sebastian Uwe anrufen wollen, hatte die Nummer schon ins Handy getippt, es dann aber doch sein lassen. Niemand würde ihm solch wirre Gedanken abnehmen. Er konnte es ja selbst nicht glauben. So etwas gab es schließlich nicht, niemand konnte in anderer Menschen Köpfe kriechen, mit deren Augen sehen. Was für ein Quatsch!

Und trotzdem war er gerast. Trotzdem war die Angst um Saskia mit jeder Sekunde gewachsen. Trotzdem war er fast einer Panik nahe, als er sie während des ganzen Weges nicht übers Handy erreichen konnte. Trotzdem, trotzdem, trotzdem ...

Endlich bog er jetzt in die Straße ein, in der sie wohnte. Kaum war er sie ein paar Meter hinuntergefahren, da sah er das Chaos, und sein Herz schien zerreißen zu wollen.

»Nein ... bitte!«, flüsterte er in der Einsamkeit seines Wagens.

An die alte Stadtvilla kam er nicht heran. Ein quergestellter Streifenwagen mit eingeschaltetem Blaulicht zwang ihn hundert Meter entfernt zum Halten. Hinter dieser Sperre standen noch mehr Streifenwagen, ein Notarzt, zwei Rettungswagen und jede Menge Gaffer um einen Ring aus Flatterband und uniformierten Polizisten.

Sebastian wurde heiß und kalt gleichzeitig. Er sprang aus dem Wagen und starrte auf die Szenerie. Konnte, wollte es nicht glauben. Hatte er doch recht gehabt? Kam er bereits zu spät? Etwas in ihm schaltete die Emotionen ab, er registrierte es, konnte aber nichts dagegen tun, hielt es sogar für besser, weil er sonst wohl zusammengebrochen wäre. Sein Körper funktionierte nun automatisch, seine Beine trugen ihn mit eckigen Bewegungen um den Streifenwagen herum auf das Flatterband zu. Dort drängte er sich durch einen Pulk von Menschen und blieb schließlich vor einem Hünen von Polizisten stehen, der ihn grimmig anstarrte.

»Hier gibt es nichts zu sehen!«, sagte er.

»Ich ... was ist hier ... was ist mit Saskia, Frau Eschenbach?«

Der Polizist wurde aufmerksam. Er nahm die Hände vom Rücken, kam näher heran, fixierte Sebastian genau. »Wer sind Sie? Können Sie sich ausweisen?«

»Ich bin mit Frau Eschenbach befreundet. Was ist passiert? Können Sie mir ...«

»Moment«, sagte der Polizist, drehte sich um, winkte einen Kollegen heran und raunte dem etwas ins Ohr, das Sebastian nicht verstehen konnte. Das Gemurmel der Menge in seinem Rücken war einfach zu laut. Erst jetzt nahm er den griechischen Chor wirklich wahr. Vierzig, vielleicht fünfzig Leute standen hinter ihm, glotzten ihn an, warteten auf eine Sensation, geifernd, sabbernd, tuschelnd. Sebastian musste an den Unfall mit Saskia denken; damals waren es die gleichen Gesichter gewesen, die gleichen aufgeregten Stimmen. Sie widerten ihn plötzlich an, machten ihn sogar wütend. Vielleicht wäre er auf sie losgegangen, hätte sie angebrüllt, sie sollten endlich die verdammte Schnauze halten, hätte der Polizist nicht das Flatterband angehoben und ihn an der Schulter herangezogen.

»Folgen Sie mir«, sagte er und ging voraus.

Sebastian trottete hinterher. Hinter ihm sang der Chor ein wenig lauter. Aus dem Haus kam ein junger Mann in Zivilkleidung. Er trug schwarze Hosen, ein schwarzes T-Shirt und schwarze Turnschuhe. *Er trägt Trauer*, schoss es Sebastian durch den Kopf.

»Sie kennen Frau Eschenbach?«, fragte der Mann.

»Ja, ich …«

»Wer sind Sie?«

»Sebastian Schneider. Ich bin mit Saskia …«

»Moment!«, unterbrach ihn der Mann erneut. »Ihr Name ist Sebastian Schneider? Vom Schneiderhof in Bentlage?«

»Ja, aber …«

Mit einer schnellen Handbewegung wurde auch dieser Satz im Keim erstickt. »Kommen Sie mit.«

Sebastian wurde am Oberarm gepackt und ins Haus geführt. Das Raunen der Menge wurde erneut lauter.

Im Haus herrschte eine andere Atmosphäre – als ob der Luftdruck niedriger wäre. Alle bewegten sich irgendwie stockend, mechanisch, flüsterten oder sprachen zumindest leise. Im Haus herrschte die Atmosphäre des Todes. Sebastian spürte es sofort. Es war genauso wie gestern, als er von Uwe daran gehindert worden war, sein Elternhaus zu betreten.

Der Mann in Schwarz führte ihn in die Küche im Erdgeschoss, schloss die Tür und wies ihn an, sich an den Tisch zu setzen.

Sebastian schüttelte den Kopf. »Ich will mich nicht hinsetzen. Ich will endlich wissen, was hier passiert ist!«

Der Mann in Schwarz starrte ihn aus engen Augen an. Sie waren ebenfalls schwarz.

»Herr Schneider, setzen Sie sich. Ich sage Ihnen ja, was sich hier zugetragen hat, aber vorher setzen Sie sich … an den beschissenen Tisch!«

Die letzten Worte spuckte der Mann förmlich aus. Er wurde nicht laut dabei, eher noch etwas leiser, sein Blick stechender, und doch hätte der Befehl geschrien nicht effektiver sein können. Sebastians aufflackernde Gegenwehr brach zusammen, er setzte sich.

Der junge Mann nickte zufrieden.

»Ich bin Kommissar Wiegand. Hauptkommissar Derwitz ist mein Vorgesetzter, ich bin also über Ihren Fall informiert. Und jetzt wundere ich mich doch sehr, dass Sie hier auftauchen. Was verbindet Sie mit Frau Eschenbach?«

Sebastian klärte Wiegand mit wenigen Sätzen auf. Noch während er sprach, holte der Beamte sein Handy hervor, klappte es auf, wählte und presste es ans Ohr. Dann deutete er Sebastian mit erhobenem Finger an, ruhig zu sein.

»Bernd hier, hör mal zu, vor mir sitzt Sebastian Schneider ... Ja, genau der ... Bei einem der Opfer handelt es sich wahrscheinlich um Saskia Eschen... Ja ... Ja, bis gleich.«

Er klappte das Handy mit einer bedächtigen Bewegung zu und steckte es weg. Dann sah er Sebastian an. Mit diesem bestimmten Blick, mit dem Menschen immer angesehen wurden, für die man Mitleid empfand oder empfinden sollte.

»Ist sie tot?«, fragte Sebastian.

Wiegand zögerte kurz, bevor er antwortete. »Wir haben in diesem Haus drei übel zugerichtete Opfer gefunden. Zwei sind bereits als Herr und Frau Ostrowski identifiziert, die Besitzer des Hauses. Das dritte Opfer befindet sich im Obergeschoss in Frau Eschenbachs Wohnung auf dem Bett. Das Gesicht ...«

Wiegand blickte zur Decke. Sein Kehlkopf hüpfte auf und ab. »Ihr Gesicht ist zerstört, wir konnten sie bisher noch nicht identifizieren. Würden Sie Frau Eschenbach erkennen, ohne ihr Gesicht ansehen zu müssen?«

Sebastian nickte. Spürte dabei, wie aus seinem Magen,

in dem sich nichts befand, etwas aufstieg. Seine Hände begannen zu zittern.

»Ich würde Ihnen das gern ersparen, aber es wäre uns eine große Hilfe. Fühlen Sie sich dazu imstande, Herr Schneider?«

Wieder nickte Sebastian, obwohl er lieber *Nein!* geschrien hätte. Er fühlte sich nicht dazu imstande, er wusste, dass er es nicht überstehen würde, sollte dort oben wirklich Saskia liegen, grausam zugerichtet auf dem Bett, in dem sie sich vor Kurzem noch geliebt hatten. Nein, kein Mensch auf der Welt konnte so etwas ertragen. Keiner! Trotzdem stand Sebastian auf und folgte dem jungen Kommissar. Als sie die Küche verließen, spürte er genauso wie vorhin, wie sein Körper sich ohne seine aktive Hilfe fortbewegte.

Auf der Treppe hielt Wiegand einen Mann zurück, der das Haus verlassen wollte. Mit einem Nicken wies er auf Sebastian und sagte etwas, worauf ihnen der Mann nach oben folgte. Sebastian bekam zwar alles mit, doch es interessierte ihn nicht. Er war völlig fokussiert auf das, was ihn dort oben erwartete. Jede einzelne Stufe war schwerer zu überwinden als die vorherige, sein Atem pfiff und rasselte tief in seiner Lunge, in seinem Kopf schien sich von der Mitte her eine schwarze Wolke auszubreiten.

Dann waren sie in Saskias Wohnung, durchquerten das Wohnzimmer. Überall verteilt standen noch die heruntergebrannten Stummel der Kerzen, doch nichts war mehr übrig von der zarten, von Liebe und Verlangen angefüllten Atmosphäre. Hier herrschte nur noch der Tod. Sebastian spürte Schwindel.

Das Schlafzimmer!

Unwillkürlich blieb Sebastian vor der Tür stehen. Der

Mann von der Treppe, der sich hinter ihm befand, schob ihn weiter vor. Eine schwere Hand lag auf seiner Schulter.

Das Bett!

Kein Ort der Liebe mehr, ein Ort des Grauens. Ein unvorstellbarer Anblick, derart falsch, dass sein Gehirn sich weigerte, es aufzunehmen. Die Augen sahen den hingestreckten Körper, die flehenden Hände, den abgedeckten Kopf, die Blutlache vor dem Bett, sahen das alles, schickten die Information zum Gehirn, doch das schottete sich ab. Der Schwindel wurde stärker, ebenso die Übelkeit.

»Ist das Frau Eschenbach?«

Sebastian hörte die Frage. Sie kam aus unendlicher Entfernung und entfernte sich immer weiter. Als die letzten Silben verklangen, hatte das Schwarz in seinem Kopf alles verdeckt. Plötzlich wollte auch sein Körper nicht mehr, und er brach auf der Türschwelle zusammen.

Auch Postboten hatten ein Anrecht auf Probleme. Ginge es nach Uwe Hötzner, könnten sie Säcke voller Probleme haben. Hauptsache, sie gingen ihm nicht auf die Nerven damit. Und schon gar nicht an Tagen wie diesem. Aber wenn es ein ungeschriebenes Gesetz gab, das sich immer wieder selbst bestätigte, dann dieses: Ein beschissener Tag kann nur noch beschissener werden!

Karl Wohlan war schon in der Schule eine Nervensäge erster Güte gewesen, und nun als Erwachsener einer der neugierigsten Männer, die Uwe kannte. Seit ein paar Jahren trug er in Ralsdorf die Post aus, vorher war er in Bentlage gewesen. Was damals zu seiner Versetzung geführt hatte, wusste Uwe nicht, und er wollte es auch nicht wissen. Viel Kontakt hatte er nie zu seinem ehemaligen Klassenkameraden gehabt, und auf den heutigen hätte Uwe nur zu gern verzichtet. Aber er war wohl der einzige Polizist, den Wohlan persönlich kannte, folglich war er auch der einzige Ansprechpartner.

Uwe hatte eben die Tür zu seinem Dienstzimmer hinter sich zugezogen und abgeschlossen, als Wohlan ihn erwischte. Zwei Minuten später wäre er weg gewesen! Verdammter Mist! Er wollte wieder raus zum Schneiderhof; solange die Kripo keine Bewachung abstellte, wollte er das übernehmen. Zumindest nachts. Außerdem brauchte der Junge da oben jemanden, mit dem er reden konnte.

Uwe ärgerte sich über die Störung, und das ließ er Wohlan auch spüren.

»Komm doch morgen wieder. Oder fahr besser gleich in die Stadt, ich hab keine Zeit.« Demonstrativ ging Uwe ein paar Schritte in Richtung der Ausgangstür, doch Karl Wohlan rührte sich nicht von der Stelle.

»In die Stadt! Die lachen mich doch aus da! Zwei Minuten wirst du doch wohl für mich übrig haben.«

»Warum sollten sie dich auslachen? Wenn du etwas Wichtiges hast, werden sie dir schon zuhören.«

»Was heißt wichtig? Keine Ahnung, ob es wichtig ist. Nachher meckert ihr dann wieder, dass die Leute sich nicht umeinander kümmern. Kennt man doch! Aber wenn mal jemand was gesehen hat …«

Uwe seufzte. »Und was hast du gesehen?«

Wohlan zog die Augenbrauen zusammen und sah sich um. »Soll ich dir das hier auf dem Gang erzählen?«

»Wie lange dauert es denn?«

»Zwei Minuten.«

Uwes Blick pendelte zwischen der Uhr an der Wand und der Ausgangstür hin und her. Ein nachdrückliches Gefühl sagte ihm, dass er nicht einmal diese zwei Minuten hatte, aber derart vor den Kopf stoßen wollte er Wohlan auch nicht.

»Also gut, komm rein. Aber mehr als zwei Minuten habe ich wirklich nicht.«

Uwe schloss die Tür wieder auf und ging voran. Es gab zwei abgestoßene Schreibtische in dem quadratischen Raum. An dem grünen arbeitete er den Schreibkram auf, an dem blauen unterhielt er sich und nahm Anzeigen auf. Deshalb war der blaue immer aufgeräumt, und der grüne eine Herberge fürs Chaos. Sie setzten sich an den blauen. Wohlan ließ sich in den Besucherstuhl sinken, sagte aber nichts.

»Und!«, forderte Uwe ihn auf.

»Du schreibst kein Dingsda ... kein Protokoll mit?«

»Ich hör mir erst mal an, was du zu sagen hast. Wenn es nötig sein sollte, kann ich ja immer noch mitschreiben.«

»Ach so!« Wohlan kratzte sich an der kahlen Stelle an seinem Hinterkopf. »Also ... wie erkläre ich es dir am besten. In Ralsdorf gibt's ...«

Uwe hörte mit einem Ohr zu und gab sich redlich Mühe, interessiert auszusehen. Während Wohlan von der alten Kreiling, der merkwürdigen Verwandtschaft, dem nicht regelmäßig geleerten Briefkasten, den ständig heruntergelassenen Rollläden und einer toten Ziege im Stall berichtete, stahl sich Uwes Blick immer wieder zur Uhr. Gleichsam wanderten seine Gedanken zum Schneiderhof ab. Er bekam kaum die Hälfte mit von dem, was Wohlan erzählte. Als schließlich reichlich fünf Minuten verstrichen waren, griff Uwe nach Notizzettel und Kuli und unterbrach den Postzusteller.

»Was hast du gesagt? Wie lautet die Adresse?«

»Na ja, in Ralsdorf. Feldweg 9. Das ist beim Aldi rechts rein und ein gutes Stück …«

»Ja, ja, ich finde es dann schon.« Uwe schrieb die Adresse auf, ohne sie wirklich zu registrieren.

»Heißt das, du kümmerst dich drum?«

»Sobald ich den Kopf frei hab, ja.«

Wohlan beugte sich ein Stück vor. »Aber du sagst doch nicht, von wem du die Information hast, oder?«

»Nur, wenn du auf einer Anzeige bestehst.«

Wohlan lehnte sich schnell zurück und fuchtelte abwehrend mit den Händen. »Um Gottes willen! Ich will doch keine Anzeige erstatten. Ich wollte es nur erzählt haben, damit es nachher nicht wieder heißt …«

»Ja, ja, ich weiß ja, dass du dich um deine Mitmenschen kümmerst. Finde ich auch ganz prima, aber jetzt muss ich wirklich los. Ist zurzeit eine Menge los hier, und …«

Das Telefon klingelte. Uwe nahm sofort ab. Schweigend hörte er sich an, was sein Gesprächspartner zu sagen hatte. Dann schmiss er Wohlan aus dem Dienstzimmer und fuhr mit Einsatzsirene in die Stadt.

Und wieder hatte der Riese ihn gefunden. Trotzdem war es anders als sonst. Auf leisen Sohlen schlich er in seine Träume, nicht mit der sonst üblichen Gewalt, suchte sich klammheimlich einen Weg zwischen den Bäumen hindurch, statt sie einfach niederzuwalzen. Auch verbrannte er ihm diesmal nicht die Lunge mit seinem Feueratem, eigentlich war er nur als geisterhafter Schemen, als Ahnung wahrnehmbar, und doch wusste Sebastian mit absoluter Sicherheit, dass es sich um den Riesen handelte. Warum wollte er ihn nicht töten? Warum hatte Sebastian sogar den Eindruck, der Riese wolle ihn retten?

Seine Träume reichten nicht für eine Antwort. Plötzlich zerriss der dunkle Nachthimmel, und es wurde gleißend hell. Erschrocken riss Sebastian die Augen auf. Er lag auf dem Rücken, über sich eine mattweiße Zimmerdecke, unter sich eine weiche Couch, neben sich zwei Gesichter, die ihn anstarrten. Das von Uwe Hötzner erkannte er sofort, für Derwitz benötigte sein Verstand ein bisschen länger.

Uwe tätschelte ihm die Schulter.

»Sebastian … geht's wieder?«

Sebastian sagte nichts. Er wusste nicht, ob es wieder ging. Er wusste zunächst nicht einmal, warum er dort lag und die anderen ihn anstarrten. War der Traum wirklich vorbei? Oder hatten nur die Protagonisten gewechselt? Er richtete sich auf, mühsam, mit Uwes Hilfe, wie ein kleines Kind, das mit einer Grippe zu kämpfen hatte. Erst als er saß, erkannte Sebastian den Raum. Saskias Wohnzimmer. Hier hatten sie gegessen, sich geküsst, hier hatten Saskias nackte Füße hauchzarte Abdrücke auf dem Parkett hinterlassen. Aber was machten all diese Polizisten hier?

»Was … was ist?«

Uwe Hötzner verstärkte den Druck seiner Finger an Sebastians Schulter.

»Junge, es tut mir so leid. Wir hätten … wir hätten vorsichtiger sein müssen.«

Sebastian starrte ihn an. Was wollte Uwe von ihm? Wieso hätten sie vorsichtiger sein müssen? Sie hatten doch nur …

Plötzlich war die Erinnerung da. Der Anblick des ausgestreckten Frauenkörpers auf dem Bett, der abgedeckte Schädel, das blutige Tuch. Sebastian spürte, wie sein Verstand sich erneut zur Wehr setzte, nach einem Ausweg, einer Hintertür suchte. Leider fand er keine, und ein Karussell begann sich zu drehen. Er schloss die Augen, presste die Handballen darauf. Es half. Das Karussell stoppte abrupt.

»Brauchst du etwas? Der Arzt ist noch hier. Er kann dir etwas zur Beruhigung geben.«

Sebastian schüttelte den Kopf. Als er die Hände herunternahm und die Augen öffnete, war Derwitz verschwunden. Uwe saß auf der Tischkante neben der Couch. Sie waren allein im Wohnzimmer, aber von unten drangen Gesprächsfetzen herauf.

»Sie war es!«, sagte Sebastian.

»Was?«

»Ellie Brock. Meine leibliche Mutter. Sie war hier.«

»Und das weißt du woher?«

»Saskias Visitenkarte ist verschwunden! Verstehst du? Die Karte mit ihrer Adresse darauf steckte im Rahmen meines Spiegels, und jetzt ist sie verschwunden.«

»Moment! Du meinst, diese Ellie Brock hat Saskias Adresse bei dir gefunden und ist dann hierhergekommen, um sie …«

Sebastian nickte heftig und ärgerte sich über Uwes Begriffsstutzigkeit. Es lag doch klar auf der Hand! Wie sonst sollte es abgelaufen sein?

»Es ist mir zu spät aufgefallen. Ich konnte es nicht mehr verhindern. Ich habe versucht anzurufen, aber es ging niemand ran. An Stefanie habe ich gar nicht gedacht, verstehst du? Ich kenne ihre Nummer auch nicht. Und jetzt ist sie tot … Weil ich nicht schnell genug war.«

Uwe runzelte die Stirn, blickte noch verständnisloser drein als vorher. »Was redest du da? Wer ist Stefanie?«

»Saskias Freundin. Sie muss sie verwechselt haben. Sie hatte ja nur die Hausadresse.«

Uwe stand ruckartig von der Tischkante auf. »Moment, ich komme nicht ganz mit. Du warst vorhin im Schlafzimmer, bevor du das Bewusstsein verloren hast. Jetzt sag mir bitte noch mal: Wer ist das tote Mädchen auf dem Bett?«

Sebastian sah zu ihm auf. »Stefanie … das Mädchen von nebenan. Ihren Nachnamen habe ich mir nicht gemerkt.«

»Die Tote ist nicht Saskia Eschenbach?«

»Nein, das … ihr dachtet, es sei Saskia?«

»Natürlich. Sie liegt in ihrer Wohnung auf ihrem Bett. Du bist zusammengebrochen, ehe du etwas sagen konntest. Für Wiegand und Derwitz war damit alles klar.«

Sebastian stand ebenfalls auf. Schneller, als es sein Kopf vertrug. Der Schwindel kehrte augenblicklich zurück. Er hielt sich an Uwe fest, krampfte seine Finger in dessen Oberarm.

»Wo ist Saskia?«, fragte er.

Uwe sah ihn an. In seinem Blick lag ein schrecklicher Verdacht. »Ich weiß es nicht.«

Zunächst war die Dunkelheit vollkommen und angefüllt mit Schmerz. Ein dumpfer Druck im Kopf, der die Schädeldecke zu sprengen drohte, Stechen im Brustkorb bei jedem flachen Atemzug, außerdem eine sich langsam aufbauende Welle der Übelkeit. Saskia Eschenbach blieb still liegen, versuchte gar nicht erst, sich zu bewegen. Denn allein das Öffnen der Augen quittierte ihr Kopf sofort mit einer kleinen Explosion und einem Sternenregen. Flach atmend, die Hände verkrampft, ließ sie es vorübergehen. Wie ein Echo in einer weiten Höhle ebbte der Schmerz ab, blieb aber auf der Lauer, jederzeit bereit, erneut zuzuschlagen. Vorsichtig benutzte Saskia ihre Augen, und je länger sie in die zunächst undurchdringliche Dunkelheit starrte, desto mehr winzige Lichtquellen wurden sichtbar. Sie tauchten darin auf wie Sterne am Nachthimmel, kurz nachdem die Sonne untergegangen war. Wie an einer Perlenkette aufgezogen schwebten sie irgendwo dort vorn, scheinbar schwerelos. Ihr Licht reichte jedoch nicht aus, die Umgebung zu erhellen, zu diffus war das Glimmen, zu schwach.

Also verlagerte Saskia sich auf die übrigen Sinneswahrnehmungen. Unter sich spürte sie etwas Weiches, ein Bett oder eine Matratze. Ein unangenehmer Geruch ging davon aus, so als hätte sich vor Kurzem etwas darin verkrochen, um zu sterben. Saskia blieb einige Minuten liegen und nahm all das in sich auf. Während dieser Zeit veränderte sich nichts. Weder das wenige Licht noch der Geruch, und schon gar nicht die Grabesstille. Nicht ein einziges noch so leises Geräusch vermochten ihre Ohren aufzunehmen. Schließlich wagte sie es, hob die rechte Hand langsam zum Kopf, um vorsichtig die Stelle zu ertasten, von der ein gemeiner, stechender Schmerz ausging. Die Stelle an ihrer Stirn war feucht und sehr empfindlich. Sie befand sich an der gleichen Stelle wie die Narbe vom Unfall mit Sebastian.

Sebastian!

Kaum hatte sie seinen Namen gedacht, tauchte für den Bruchteil einer Sekunde sein Gesicht in der Dunkelheit vor ihr auf. Derart realistisch war diese kurze Vision, dass Saskia nicht anders konnte, als sich aufzurichten. Sie wollte seinen Namen rufen, wollte nach ihm greifen, ihn in die Arme schließen. Doch die schnelle Bewegung führte zu nichts anderem als einem Schwall heißen Schmerzes, der wie eine Welle durch ihren Brustkorb schwappte. Mühsam unterdrückte sie einen Schrei und ließ sich wieder zurücksinken, blieb zitternd liegen. Erst nachdem der Schmerz langsam abgeebbt war, tastete sie vorsichtig an ihrem linken Rippenbogen entlang. Dort befand sich eine große geschwollene Fläche, die empfindlich und heiß war.

Sebastian!

Sie war doch nach Hause gefahren, um sich dort mit ihm zu treffen! Wie kam sie an diesen unbekannten Ort? Was war passiert?

Saskia ging in ihrer Erinnerung rückwärts, so weit es ihr möglich war. Die Besprechung bei Block, überlagert von der Sorge um Sebastian. Ihre Flucht auf die Toilette, der lange Weg aus dem Gebäude und über den großen Parkplatz zu ihrem Wagen, die nervend langsame Fahrt nach Haus. Die Haustür, der Schlüssel in ihrer Hand und …

Und nichts. Von dort bis jetzt zog sich eine schwarze Ebene ohne Erinnerung. Irgendetwas musste passiert sein, nachdem sie die Haustür aufgeschlossen hatte. Irgendetwas hatte sie aus ihrer Welt gerissen. Aber was? Und wohin? Wo befand sie sich hier?

Erneut versuchte Saskia, sich aufzurichten. Die gesamte linke Seite ihres Brustkorbs schmerzte sofort, doch diesmal war sie darauf vorbereitet. Sie biss die Zähne zusammen und kämpfte gegen den Schmerz an. Zentimeterweise drückte sie ihren Oberkörper mit der Kraft ihrer Arme hoch, und jeder Zentimeter war eine Tortur. Als sie es jedoch geschafft hatte, als sie aufrecht saß und einatmen wollte, wurde der Schmerz unerträglich. Saskia drückte den Rücken durch und japste nach Luft. Schweiß lief ihr von der Stirn in die Augen. Erst jetzt bemerkte sie, wie warm, abgestanden und stickig die Luft in diesem Raum war.

Ihre Hand wanderte an die pochenden Rippen. Zu jener Stelle, die seit dem Unfall mit Sebastian noch nicht wirklich verheilt war. Damals waren die Rippen angebrochen, allein das hatte schon weh genug getan, doch jetzt schienen sie richtig gebrochen zu sein. Hatte sie wieder einen Unfall gehabt? Täuschte sie ihre Erinnerung? War sie gar nicht bis nach Hause gekommen, sondern in ihrer Sorge und Nervosität erneut in einen anderen Wagen gerast? Aber nein, das konnte nicht sein. Dann wäre sie in einem Krankenhauszimmer aufgewacht, nicht in einem dunklen, miefigen, überhitzten Raum.

Saskia zog die Beine ein wenig an, bohrte die Fersen in die weiche Unterlage und drückte sich nach hinten. Auch das ging nicht ohne Schmerzen, doch es war erträglich. Vielleicht gewöhnte sie sich aber auch nur daran. Als sie eine Wand in ihrem Rücken spürte, lehnte sie sich dagegen und atmete so flach wie möglich. Ihr Rhythmus glich dem Hecheln eines Hundes. Nach einer Weile ging es dann wieder. Sie konnte sich auf die Umgebung konzentrieren, statt nur auf ihr Inneres.

Die Perlenkette aus Licht entpuppte sich in sitzender Position als ein schmaler Spalt in einem heruntergelassenen Rollladen. Das einfallende Tageslicht versickerte jedoch in der Dunkelheit. Mehr als Schatten und dunkle Umrisse konnte Saskia nicht erkennen. Die mochten von Möbelstücken stammen, konnten aber ebenso gut auch grauenhafte Gestalten sein, welche sie aus den Ecken dieses fremden Raumes heraus beobachteten. Mit ihren schwarzen Augen und scharfen Krallen nur auf einen Fluchtversuch von ihr wartend. Die Dämonen jeder Kindheit, schwarze Kreaturen in Schränken und unter Betten. Erst jetzt verspürte Saskia Angst. Tiefe, namenlose Angst, wie es sie in ihrem Leben bisher nicht gegeben hatte. Sie war entführt worden! Etwas anderes kam nicht in Frage, konnte gar nicht möglich sein. Aber wer sollte …

Die Erkenntnis ging einher mit einem dumpfen Poltern. Saskia zuckte zusammen. Sie konnte es nicht nur hören, sondern auch spüren. Das Poltern floss durch das Fundament des Hauses, kroch durch den Fußboden und ließ das Bett, auf dem sie saß, leicht erzittern. Es glich den Erschütterungen schwerer Lastwagen, wie sie während ihrer Kindheit unablässig an dem Haus vorbeigefahren waren, in dem sie gelebt hatten. Genau vor ihrem Haus hatte es zwei tief liegende Gullydeckel in der Fahrbahn gegeben. Leere Lkws hatten nur gescheppert, aber voll beladene hatten das Fundament des Hauses in etwas Lebendiges verwandelt, welches die Last seiner Bewohner immer wieder abzuschütteln versuchte.

Assoziation und Angst vermischten sich, boten Nährboden für das Aufkeimen von Panik. Saskia lauschte angestrengt. Das Poltern wiederholte sich nicht, aber waren das nicht Schritte, was sie jetzt hörte? Schritte, die stetig lauter wurden, als stiege jemand schwerfällig eine alte Treppe hinauf? Für eine Sekunde schwankte Saskia zwischen dem kaum bezähmbaren Wunsch, durch lautes Rufen auf sich aufmerksam zu machen, und der Angst vor dem, was die Treppe hinaufgeschlichen kam. Eine innere Stimme riet ihr, sich still zu verhalten, besser abzuwarten und so zu tun, als wäre sie noch bewusstlos. Schließlich hatte irgendjemand ihr die Verletzungen zugefügt und sie in diesen finstren, stinkenden Raum verschleppt. Dieser Jemand bewegte sich dort draußen auf der Treppe, alles andere war reines Wunschdenken. Und Saskia ahnte, um wen es sich dabei handelte.

Die Schritte verharrten. Saskia bewegte den Kopf hin und her, versuchte sie neu zu orten. Es gelang ihr nicht. Dafür drangen aber andere Geräusche an ihre Ohren. Sie konnte es kaum glauben! Eine leise, gepfiffene Melodie, zuerst sanft, kaum hörbar, dann immer eindringlicher. Schließlich erkannte sie, um welche Melodie es sich dabei handelte. Schlagartig wurde ihr Verdacht bestätigt; ihr Magen krampfte sich zusammen, und die Angst erreichte eine neue, ungeahnte Qualität. Da draußen pfiff jemand *Hänschen klein*.

Saskia hielt den Atem an. Niemals hätte sie gedacht, dass diese alte Kinderweise geeignet sein könnte, einem Menschen Angst einzujagen. Und doch tat sie es. Derart überwältigend, dass die Schmerzen plötzlich verschwanden. Die Person stand vor der Tür und pfiff, und wenn sie damit aufhörte, würde sie die Tür öffnen und dann …

Das Pfeifen verstummte, die Tür wurde geöffnet.

Saskia drängte sich in die Ecke, schlang die Arme um den Oberkörper, starrte auf den Spalt aus Licht, der schnell breiter wurde, zu einer Türöffnung heranwuchs und schließlich ausgefüllt wurde von einem mächtigen Schattenriss. Nein, das konnte kein Mensch sein! Niemals!

Plötzlich flutete grelles Licht den Raum. Saskia schrie auf, kniff die Lider zusammen, war aber trotzdem geblendet.

»Sieh an! Das Flittchen ist wach.«

Die Stimme einer Frau. Weder sanft noch melodisch, aber doch die Stimme einer Frau.

»Was … was wollen Sie von mir?«, fragte Saskia mit krächzender Stimme.

Schwere Schritte näherten sich dem Bett. Saskia blinzelte gegen das Licht, erkannte einen gewaltigen Körper direkt vor sich.

»Hast du geglaubt, es ist so einfach? Hast du wirklich geglaubt, du könntest ihn mir wegnehmen? Ein bisschen die Beine breitmachen, und schon ist er deiner? Aber nicht mit meinem Hans! Mein Hans fällt auf so etwas nicht herein!«

»Bitte … ich …«

»Halt dein Maul!«

Die Frau trat einen weiteren Schritt auf das Bett zu, schob sich damit vollends in den Lichtkreis der Lampe, sodass Saskia jetzt auch ihr Gesicht sehen konnte. Fett und aufgedunsen, eine fleischige, von geplatzten Äderchen durchzogene Nase. Haare, die kurz und klebrig am Schädel anlagen. Kleine Augen, flink und hektisch, mit einem entschlossenen Ausdruck darin. In der Hand hielt sie ein Küchenmesser.

»Hast meinem Hans den Kopf verdreht, was? Hast gedacht, er könnte dir gehören. Irrtum, du kleines Flittchen. Er wird niemals jemand anderem gehören als mir. Und jetzt brauche ich ein kleines Teil von dir, damit er es auch versteht.«

»Hören Sie, bitte, Sebastian ist …«

»Halt dein Maul! Halt bloß dein beschissenes Maul!«, schrie Ellie Brock.

Speichel besudelte Saskias Gesicht.

Mit einem schnellen Schritt war die Frau am Bett, schnappte sich Saskias rechte Hand, umklammerte ihr Handgelenk und riss es nach vorn. Dabei drängte sie ihr ganzes Gewicht, ihre gewaltige Masse auf das Bett und quetschte Saskia zwischen sich und der Wand ein. Der Schmerz an den Rippen war infernalisch. Saskia schrie, stemmte ihre Knie gegen den fetten Rücken, versuchte, die Frau wegzudrücken, schaffte es aber nicht. Sie war wie ein Fels. Saskias Arm wurde zwischen den Oberarm und den Körper der Frau gepresst und mit einem Ruck noch weiter nach vorn gerissen. Es knackte im Schultergelenk. Saskia meinte, der Arm würde ihr ausgerissen. Die Frau drückte ihre Hand auf die Matratze nieder und quetschte die Finger auseinander.

Saskia schrie, zappelte, kämpfte, doch eingeklemmt in diesen menschlichen Schraubstock hatte sie keine Chance. Sie krallte ihre freie linke Hand ins Haar der Frau, doch es war zu kurz und zu fettig, um daran reißen.

Sie spürte die Klinge an ihrem kleinen Finger, spürte den Druck …

Und endlich Dunkelheit.

Die Uhr an der Wand über der Anrichte in Saskias Wohnung war in den letzten zwei Stunden zu Sebastians persönlichem Feind geworden. Mit quarzgenauer Gleichgültigkeit schob sich der Minutenzeiger vor, jedes mechanische Ticken hallte laut in seinen Ohren nach, und doch musste er immer wieder hinsehen. Jede verstrichene Minute verstärkte seine Qual und steigerte seine Ungeduld. Längst konnte er nicht mehr sitzen bleiben, lief im Wohnzimmer auf und ab, sah immer wieder durch das große Fenster auf die Straße hinab. Natürlich hoffte er jedes Mal, Saskias Wagen vorfahren zu sehen, war sich des Öfteren sogar sicher gewesen, das Motorgeräusch, welches er ja gar nicht kannte, gehört zu haben. Seine Hoffnung spielte ihm Streiche, ergötzte sich an seinem Leid. Lange, das spürte Sebastian, würde er das Warten nicht mehr aushalten. Schon jetzt kostete es ihn Mühe, nicht die Uhr von der Wand zu reißen und mit Füßen darauf herumzutreten. Das würde ihm Saskia nicht wiederbringen, es würde auch die Zeit nicht anhalten, aber zumindest müsste er dann nicht jede Minute ertragen. Er wollte raus, wollte nach ihr suchen. Derwitz und Hötzner hatten ihm schon vor einer Stunde klargemacht, wie wenig Sinn eine ungeplante, unkoordinierte Suche machte. Längst war da draußen der Polizeiapparat in Gang gesetzt, fahndeten Profis nach Saskia und ihrem Wagen, drehten Uniformierte jeden Stein in der Umgebung um, schauten hinter jedes Gebüsch, sprachen mit den Anwohnern. Gute Leute, die wussten, was zu tun war, und die sicher auch nichts unversucht ließen. Aber keiner von ihnen liebte Saskia, keiner von ihnen war darauf angewiesen, dass sie wieder auftauchte. Keiner von ihnen brauchte sie zum Leben! Er musste etwas tun! Er musste sie suchen!

»Verdammt!«, schrie Sebastian und schlug mit den flachen Händen gegen den Rahmen des Fensters, vor dem er gerade stand. In der Spiegelung des Glases sah er, dass Uwe ihn beobachtete. Er drehte sich um.

»Wir müssen doch mehr tun können! Ich ertrag es nicht, hier noch länger herumzustehen!«

Uwe schüttelte den Kopf. »Ich verstehe dich, wirklich, aber es wird schon alles Erdenkliche getan. Über fünfzig Beamte sind da draußen unterwegs und suchen nach ihr. Aber du hast es ja selbst gehört, es gibt keine Spuren. Die Nachbarin hat ihren Wagen davonfahren sehen, kurz nachdem er gekommen war, ist sich aber nicht sicher, wer am Steuer saß. Das ist auch schon alles. Ihr Handy lässt sich nicht orten, also ist es abgestellt. Auf eurem Hof steht ein Streifenwagen, da ist sie definitiv nicht. Sie ist auch nicht wieder zu ihrem Kunden gefahren. Es bleibt uns jetzt nichts anderes übrig, als …«

»Hör doch auf!«, schrie Sebastian. »Du weißt genauso gut wie ich, dass sie dieser wahnsinnigen Ellie Brock in die Arme gelaufen ist, und das weiß auch Derwitz, selbst wenn er es nicht zugibt. Wir können hier nicht herumstehen und warten, bis diese völlig irre Person auch noch Saskia umbringt und uns ihre … ihre Leiche präsentiert.«

Während der letzten drei Worte war Sebastian leiser geworden. Es verursachte ihm körperliche Schmerzen, diese Möglichkeit überhaupt in Betracht zu ziehen. Saskia lebte! Das spürte er, es konnte gar nicht anders sein, weil er sie sich nicht anders vorstellen konnte, weil er in ihrer Wohnung war, ihre Bilder mit ihren Initialen betrachtete, ihre Nähe spürte, ihren Duft roch. Sie lebte! Einen anderen Gedanken würde er sich nicht gestatten, bis er sie wieder in die Arme schließen konnte.

Uwe kam ein paar Schritte auf ihn zu. »Sie hätte Saskia gleich hier töten können, so wie Stefanie. Vielleicht fehlte ihr dazu schlicht und einfach die Zeit, das wissen wir nicht. Vielleicht verfolgt sie jetzt, nachdem so viel schiefgegangen ist, aber auch ein ganz anderes Ziel. Hast du darüber schon nachgedacht?«

Sebastian sah Uwe an. »Was für ein anderes Ziel? Sie tötet alle Menschen, die mit mir in Verbindung stehen, das ist ihr Ziel.«

»Nein. Sie will ihren verlorenen Sohn wieder, und um das zu erreichen, ist ihr jedes Mittel recht. Sie ist große Risiken eingegangen, trotzdem ist sie ihrem Ziel keinen Schritt näher gekommen. Vielleicht erscheint es ihr jetzt ja sinnvoller, Saskia als Druckmittel einzusetzen, um dich zu bekommen.«

»Und wie soll das funktionieren? So verrückt kann sie doch gar nicht sein.«

»Denk doch nur an diese Blutzeichnungen auf eurem Küchentisch, an die Kerzen, das ist irgendein Hokuspokus, an den sie glaubt. Wahrscheinlich hält sie sich für eine

Hexe oder so. Und dann diese Briefe mit dem Kinderlied! Viel verrückter geht es doch gar nicht mehr, oder?«

Sebastian dachte einen Moment nach, dann sackten seine Schultern, die bis eben noch kampfbereit nach vorn gestreckt gewesen waren, nach unten.

»Nein, verrückter geht es wohl nicht mehr«, stimmte er zu.

Uwe kam noch näher und legte ihm eine Hand auf die Schulter. Doch statt Trost darin zu finden, empfand Sebastian die Geste nur als schwer und erdrückend.

»Wir finden sie!«, sagte Uwe.

»Wenn sie denn in der Gewalt dieser Ellie Brock ist«, tönte es plötzlich von der Tür her.

Dort stand Derwitz. Er lehnte im Türrahmen, die Hände in den Taschen seines Mantels vergraben, und schien ihnen schon länger zugehört zu haben. Sein Gesicht war vom Schlafmangel gezeichnet. Bis auf die schmalen Augen, die wirkten hellwach.

»Daran zweifeln Sie noch?«, fragte Sebastian.

»Ich zweifle an allem, solange die Beweise mich nicht überzeugen. Zweifeln ist sozusagen mein Beruf.«

»Wie viele Beweise brauchen Sie denn noch?«

Da war mehr Schärfe in seiner Stimme, als Sebastian beabsichtigt hatte. Oder doch zu wenig?

Derwitz löste sich vom Türrahmen und betrat den Raum. »Wie viele Beweise habe ich denn?«

Sebastian wollte ansetzen, ihm die Beweise aufzuzählen: Taifun getötet, Edgar ermordet, Anna schwer verletzt im Krankenhaus, die Ostrowskis tot, Stefanie tot, Saskia verschwunden. Er sagte aber nichts, denn all das wusste Derwitz auch. Genauso wie er auch von den Briefen, der Adoption und Ellie Brocks Vergangenheit wusste. Trotzdem schien es ihn nicht zu überzeugen. Waren seine Zweifel berechtigt? Sebastian wurde nachdenklich. Niemand hatte Ellie Brock bisher gesehen, keine einzige Spur führte zu ihr, außer Edgars und Annas Verdacht, der dann zu Uwes und seinem Verdacht geworden war. Nur Verdachtsmomente, keine Beweise. In seinem Job als Anwalt hätte er es genauso gesehen, wenn er nicht persönlich involviert gewesen wäre.

»Einen anderen Verdacht haben Sie aber auch nicht, oder?«, sagte Uwe, und seine Stimme klang nicht so, als würde er viel von Derwitz' Äußerungen halten.

»Zugegeben, aus dem Bauch heraus würde ich zustimmen, aber ich darf mich nicht nur auf meinen Bauch verlassen. Sie beide müssten doch wissen, wie gefährlich und nachlässig es sein kann, nur in eine Richtung zu rennen und alle anderen außer Acht zu lassen. So funktionieren Ermittlungen nicht.«

»Glauben Sie immer noch, dass ich es getan habe?«, fragte Sebastian.

Dabei baute er sich vor Derwitz auf, hob die Schultern erneut ein wenig, machte sich bereit. Wofür, wusste er selbst nicht so genau. Würde er den Kommissar angreifen, wenn dieser mit Ja antwortete? Ihm eins in die Fresse hauen für sein fehlendes Mitgefühl? Weit davon entfernt war Sebastian nicht mehr, das spürte er.

Derwitz wich nicht zurück, er nahm auch die Hände nicht aus den Taschen. Stattdessen fixierte er Sebastian mit einem Blick, der schärfer als eine Rasierklinge war. Dieser Blick glitt mühelos durch Fleisch und Knochen, um zu schauen, was sich dahinter verbarg.

»Wenn ich das täte, Herr Schneider, wären Sie seit zwei Stunden in Untersuchungshaft. Ihnen als Anwalt ist doch sicher auch aufgefallen, dass Sie für die Tatzeit auf dem Hof Ihrer Eltern als Alibi nur Frau Eschenbach angeben können, und die ist jetzt verschwunden. Für die Tatzeit in diesem Haus haben Sie wiederum kein Alibi, nicht wahr? Finden Sie nicht auch, ich habe jedes Recht, mir dazu meine Gedanken zu machen?«

Innerlich stimmte Sebastian ihm zu. Mochte Derwitz auch noch so ein Arschloch sein, er hatte recht. Leider.

»Trotzdem verhaften Sie mich nicht?«

Derwitz zuckte mit den Schultern. »Kann ja noch passieren.«

»Das ist Scheiße, und das wissen Sie auch!«, mischte Uwe sich ein. »Wir sollten unsere Zeit nicht mit so einem Kinderkram verschwenden.«

»Und stattdessen was tun?«, fragte Derwitz.

»Suchen natürlich!«

»Natürlich. Und Sie können mir auch sagen, wo?«

»Sie muss ja irgendwo in der Nähe sein. Irgendwo zwischen hier, Bentlage und dem Schneiderhof. So schnell, wie sie auftaucht und wieder verschwindet, muss sie in der Nähe einen Unterschlupf haben«, sagte Uwe.

»Richtig, aber das grenzt das Suchgebiet nicht sonderlich gut ein. Wenn wir keinen anderen Hinweis bekommen, finden wir sie nicht. Aber ich bin sicher, früher oder später wird jemand Frau Eschenbachs Wagen entdecken, und dann kommen wir weiter.«

»Hoffentlich ist es dann nicht zu spät«, sagte Sebastian.

Darauf erwiderte niemand etwas. Aber Blicke sagten manchmal eben doch mehr als tausend Worte, und das taten sie auch jetzt. Sebastian wusste nicht, was er noch sagen sollte. Irgendwie war auch die Wut verraucht, war der strengen Logik des Kommissars gewichen.

Uwe fragte, was sie jetzt tun sollten, und Derwitz schlug vor, dass sie beide zum Schneiderhof fahren und dort bleiben sollten. Dann könnte Derwitz die Streife dort oben abziehen und bei der Suche einsetzen. Wieder logisch.

Auch wenn Sebastian lieber hiergeblieben wäre, fügte er sich Derwitz' und Uwes Willen und verließ das Haus. Er hatte auch nichts dagegen, von Uwe im Streifenwagen mitgenommen zu werden, denn er fühlte sich wirklich nicht mehr in der Lage, seinen eigenen Wagen durch die Nacht zu steuern.

Sobald sie die künstliche Helligkeit der Stadt hinter sich gelassen hatten, hüllte Dunkelheit den Wagen ein, und Sebastian sackte noch tiefer in den Sitz. Alle Kraft, die er noch in Saskias Wohnung in sich gespürt hatte, schien verpufft zu sein.

Er kam sich klein und armselig vor; er war nicht einmal in der Lage, seine Freundin zu beschützen. Er hatte auch Edgar und Anna nicht beschützen und ihnen helfen können.

Tatsächlich war er so weit entfernt davon, ein Held zu sein, mutig zu sein, dass er sich in diesem Moment vor sich selbst ekelte. Was für ein jämmerlicher Versager! Jemand zerstörte systematisch sein Leben, und er tat nichts dagegen. Nichts!

Trotzek fiel ihm ein. Er hatte seiner Familie auch nicht helfen können. Aber er war wenigstens losgezogen und hatte den Schuldigen gerichtet.

Würde er das auch tun können?

Der Streifenwagen war längst fort, als sie den Schneiderhof erreichten. Dunkel lagen Haupthaus und Stallungen auf der Kuppe des Hügels. Sebastian konnte sich nicht erinnern, den Hof jemals als so dunkel und abweisend empfunden zu haben. Irgendein Licht hatte immer gebrannt, wenn er spät abends oder in der Nacht heimgekehrt war. Das war nun vorbei. Alles würde sich ändern. Die ersten Anzeichen waren klein, trotzdem nicht bedeutungslos. Kein Licht auf dem Hof bedeutete, kein Leben auf dem Hof. Es zog ihm den Magen zusammen.

Uwe steuerte den Wagen bis direkt vor die Haustür, stellte ihn aber so ab, dass die Scheinwerfer nicht auf die besudelte Stallwand zeigten. Dafür beleuchteten sie die notdürftig geflickte Haustür, und beide sahen, dass auf der obersten Treppenstufe etwas lag. Ein kleiner, eckiger Gegenstand.

»Was ist das?«, fragte Sebastian.

Uwe ließ die Scheinwerfer an. Sie stiegen aus und näherten sich dem Gegenstand. Es war ein Paket. Ein kleines, vielleicht zwanzig mal zwanzig Zentimeter messendes, in braunes Packpapier eingeschlagenes Paket.

»Was ist das?«, fragte Sebastian noch mal, und ehe Uwe ihn davon abhalten konnte, nahm er es hoch.

Es war leicht, ein einzelner Gegenstand kullerte darin herum.

»Mach es auf«, sagte Uwe.

Sebastian entfernte die Klebestreifen und das feste Packpapier. Zum Vorschein kam ein uraltes Kästchen aus Holz, wie auch Edgar sie früher zur Aufbewahrung von Schrauben und Nägeln besessen hatte.

»Stell es auf die Treppe, bevor du den Deckel öffnest«, befahl Uwe.

Sebastian verstand zwar nicht, warum, tat es aber. Damit sie im Licht der Autoscheinwerfer keine Schatten warfen, hockten sie sich rechts und links neben das Kästchen. Uwe hatte einen Kugelschreiber aus seiner Hemdtasche gezogen. Mit dessen Spitze hob er jetzt vorsichtig den Deckel an und ließ ihn nach hinten überkippen.

In dem Kästchen befand sich eine Spieluhr. Sie war nicht größer als eine Hand, bestand aus Blech und sah ziemlich alt aus. Auf dem runden Fuß stand ein kleiner Junge, der mit Stock und Hut und zum Pfeifen gespitzten Lippen in die Welt hinauszog.

Sebastian nahm die Spieluhr heraus, hielt sie ins Licht, betrachtete sie. Irgendeine eingerostete, längst vergessene Saite in ihm wurde sanft angeschlagen. Es war ein schönes, ein wohliges Gefühl, so als käme er nach langer Abwesenheit wieder nach Haus. Während er die Spieluhr betrachtete, nahm Uwe einen mehrfach gefalteten, violetten Zettel aus dem Kästchen. Nach einem wortlosen Blickwechsel faltete er ihn auseinander. Im selben Augenblick entdeckte Sebastian den Auslösemechanismus an der Spieluhr. Er betätigte ihn. Der kleine Junge begann sich im Kreis zu drehen, dazu spielte mit hellen, blechernen Tönen die Melodie von *Hänschen klein*. Nicht ganz zeitgleich begann Uwe zu lesen, was auf dem Zettel stand.

Hänschen klein ging allein
in die weite Welt hinein.
Stock und Hut stehn ihm gut,
ist ganz wohlgemut.
Aber Mutter weinet sehr,
hat ja nun kein Hänschen mehr.
Wünsch dir Glück, sagt ihr Blick,
kehr nur bald zurück.
Sieben Jahr, trüb und klar,
Hänschen in der Ferne war.

Da besinnt sich das Kind,
eilet heim geschwind.
Doch nun ist's kein Hänschen mehr,
nein ein großer Hans ist er.
Braun gebrannt Stirn und Hand,
wird er wohl erkannt?
Eins, zwei, drei gehen vorbei,
wissen nicht, wer das wohl sei.
Schwester spricht: Welch Gesicht!, kennt
den Bruder nicht.
Kommt daher die Mutter sein,
schaut ihm kaum ins Aug hinein,
spricht sie schon: Hans, mein Sohn, grüß
dich Gott, mein Sohn!

Eins, zwei, drei gehen vorbei ...
dann bist du wieder mein!

Uwe hatte schnell gelesen, schneller als es die Melodie vorschrieb, und als er endete, spielte die Uhr noch ein paar Sekunden weiter. Die feinen Töne verhallten in der Nacht, hinterließen aber einen Nachhall in Sebastians Kopf, der dem einer Domglocke gleichkam.

Er starrte Uwe an. Im harten Licht der Autoscheinwerfer wirkte dessen sonst weiches, aufgedunsenes Gesicht wie das einer marmornen Statue. Die einzig darin sichtbare Empfindung war Entsetzen.

»Eins, zwei, drei, gehen vorbei, dann bist du wieder mein«, sagte Uwe leise. »Ich bin nicht ganz textsicher, aber dieser letzte Satz gehört nicht zu dem Lied, den hat sie selbst dazugedichtet. Eins, zwei, drei … Edgar, Anna – und Saskia. Sie hat sie entführt, zweifellos.«

Ein Schauer lief Sebastian über den Rücken. »Und sie war hier, wahrscheinlich während der Streifenwagen in der Einfahrt parkte.«

Sebastian ließ seinen Blick über den Hof gleiten. Natürlich konnte er nichts sehen, sie hockten ja im Scheinwerferlicht, aber ihm ging auf, dass er und Uwe sich auf dem Präsentierteller befanden. Gut sichtbar für jeden, der sich in der Dunkelheit verbarg. »Sie hat es tatsächlich gewagt, hier wieder herzukommen.«

»Und weißt du, was das bedeutet?«

Sebastian nickte. »Sie muss ihr Versteck in unmittelbarer Nähe haben, denn sie war zu Fuß hier. Wäre sie mit einem Wagen gekommen, hätte die Streife sie bemerkt. Und allzu weit weg kann das Versteck nicht sein … sie hatte ja nicht viel Zeit.«

»Ein Radius von fünf, höchstens sieben Kilometern. Denk mal nach, was kommt da in Frage. Bentlage und Ralsdorf. Und wenn ich es mir recht überlege …«

Plötzlich stockte Uwe. Sein ganzer Körper erstarrte, wurde nun vollständig zur Statue, und in seinem Gesicht wurde das Entsetzen noch eine Spur intensiver.

»Was ist?«, fragte Sebastian.

»Hast du den Ordner mit den Adoptionsunterlagen noch?«

»Nein. Den hat Derwitz mitgenommen. Warum?«

»Kannst du dich noch an die Adresse erinnern? Wo hat Ellie Brock damals gelebt?«

Uwe sprach mit völlig veränderter Stimme, in der große Erregung mitschwang.

»Irgendwas in Ralsdorf … Ich weiß nicht genau, Feldstraße oder …«

»Feldweg Nummer 9«, schoss es aus Uwe hervor. Gleichzeitig sprang er auf. »Verflucht! So eine verdammte Scheiße! Warum ist mir das nicht früher eingefallen.«

»Was ist denn los?« Sebastian war ebenfalls aufgestanden.

»Ich weiß, wo Ellie Brock sich versteckt hält!«

Von ihrem kleinen Finger, der nicht mehr da war, strömte das widerliche Pochen bis in den letzten Winkel ihres geschundenen Körpers und brachte sie fast um den Verstand. Zusammengekrümmt und zitternd lag Saskia auf dem Bett in dem nun völlig dunklen Raum. Als sie aus ihrer Ohnmacht erwacht war, war die Perlenkette aus Licht verschwunden, was nur bedeuten konnte, dass es mittlerweile Nacht geworden war. Zudem war es wieder still geworden. Ganz still diesmal. Keine Schritte, kein Pfeifen, nichts. Beinahe schien es so, als wäre die gesamte Welt oder, was wahrscheinlicher war, sie selbst daraus verschwunden. Dass sie nicht bereits tot war, hatte Saskia begriffen, als sie sich kurz nach dem Erwachen in die Hose gemacht hatte. So etwas passierte Toten nicht! Also lebte sie, wenngleich sie sich wie in einem Grab gefangen fühlte, und dies der Wahrheit wohl auch sehr nahe kam.

Ihre Angst ließ sie schwitzen und frieren zugleich, ihr Magen war nur noch ein weiterer schmerzender Ort in ihrem Körper. Die verstümmelte Hand hielt Saskia dicht an den Oberkörper gepresst. Um die Wunde war notdürftig irgendein Tuch gewickelt. Hatte sie das selbst getan oder ihre Peinigerin? Sie hatte daran getastet, hatte trotz der Schmerzen nicht glauben wollen, dass etwas von ihr abgeschnitten worden war. Doch der Finger war weg, und diese Erkenntnis hatte ihr jede Hoffnung, jede Kraft geraubt.

Tränen rannen über ihre Wangen auf das Kopfkissen. Es

war bereits nass. Um sich vom Schmerz und der Angst abzulenken, dachte Saskia immer wieder an Sebastian, stellte sich sein Gesicht vor. Das weizenblonde Haar, die blauen Augen, sein herzliches, warmes Lächeln. Sie würde ihn nicht wiedersehen, denn vor dieser Frau, die seine Mutter war, gab es keine Rettung.

Plötzlich ein Poltern. Eine Tür schlug zu. Das Grauen kehrte zurück. Panisch vor Angst lauschte Saskia nach der Melodie von *Hänschen klein*.

Die Straße vom Schneiderhof ins Tal war abschüssig und eng, und in den Kurven waren die Ränder nur mit Schotter befestigt. Uwe Hötzner umfasste das Lenkrad des Streifenwagens noch fester, als die rechten Räder vom Asphalt abkamen und sich durch den losen Schotter wühlten. Der Wagen schlingerte, drohte auszubrechen, doch er bekam ihn wieder unter Kontrolle.

Sebastian stützte sich am Armaturenbrett ab, stemmte die Hacken in den Wagenboden und starrte auf das Handy in der Freisprecheinrichtung. Gerade hatte er Derwitz' Nummer eingegeben und wartete nun auf eine Verbindung. Doch es nahm niemand ab.

»Der kann doch nicht ins Bett gegangen sein«, sagte Uwe, konzentrierte sich dabei auf die nächste Kurve und manövrierte den Wagen sicher hindurch.

Schweiß glitzerte auf seiner Stirn, die Knöchel seiner Hände traten unnatürlich weit unter der Haut hervor, so fest umklammerte er das Lenkrad.

Dann endlich nahm Derwitz ab. Ohne langsamer zu fahren, setzte Uwe den Hauptkommissar ins Bild, erzählte ihm wie wenige Minuten zuvor Sebastian von dem Postboten Karl Wohlan und dessen Beobachtungen und stellte die Verbindung zu der Adresse in den Adoptionsunterlagen her. Derwitz sagte nicht viel. Er wies sie an, vor dem Haus zu warten, bis er mit dem SEK eintreffen würde. Dann war das Gespräch beendet.

Uwe fluchte und schlug aufs Lenkrad. Sie fuhren jetzt durch Bentlage, zu schnell zwar für eine Ortschaft, aber lange nicht mehr so rasant wie eben den Berg hinab.

»Ich hätte die Verbindung sofort herstellen müssen, so eine Scheiße! Wir hätten schon vor Stunden da sein können.«

Sebastian sagte nichts. Uwe hatte ja recht, auch wenn er es ihm nicht zum Vorwurf machte. Sie hatten Zeit verschwendet, wertvolle Zeit, vielleicht mehr, als Saskia noch zur Verfügung stand. Aber darüber wollte er jetzt nicht nachdenken. Sie würden sie lebend finden. Etwas anderes kam nicht in Frage.

»Und diese blöde Kuh fühlt sich auch noch so sicher, dass sie auf den Hof kommt, während der bewacht wird, um dir einen Brief und diese blöde Spieluhr zu bringen. Eine alte irre Frau führt uns an der Nase herum. Ich könnte kotzen!«

Wieder schlug Uwe auf das Lenkrad. Sie verließen die Ortschaft, und er trat das Gaspedal wieder durch.

Über ebene Straßen ohne Verkehr legten sie die zwölf Kilometer bis Ralsdorf in knapp zehn Minuten zurück. Keine fünf Minuten später hatten sie auch den Feldweg erreicht und rollten langsam die Straße hinab. Die adretten Häuser rechts und links lagen im Dunkeln, deren Bewohner waren längst schlafen gegangen, auch die Straßenlaternen waren erloschen. Während sie an einem kleinen Wäldchen vorbeiglitten, welches das letzte Haus in der Straße von den anderen trennte, schaltete Uwe die Scheinwerfer aus. Schließlich kamen sie hinter dem gemieteten Golf zum Stehen, mit dem Saskia zuletzt unterwegs gewesen war.

»Es stimmt also«, flüsterte Sebastian. »Das ist ihr Wagen.«

Uwe sah auf die Uhr. »Derwitz braucht sicher noch eine halbe Stunde«, sagte er.

Sebastian sah ihn an. »So lange können wir nicht warten.«

Uwe erwiderte seinen Blick, beugte sich vor und öffnete das Handschuhfach. In dem matten Licht darin schimmerte seine Dienstwaffe. Uwe nahm sie heraus, führte mit einem metallischen Klacken das Magazin ein, schlug die Klappe des Handschuhfachs zu und richtete sich auf. Dann gab er Sebastian eine Taschenlampe, die er aus der Seitenablage gefischt hatte.

»Komm, wir holen sie da raus!«, sagte er.

Zeitgleich stiegen sie aus. Sebastian war als Erster am Golf und leuchtete hinein. Natürlich war er leer. Im Fußbereich des Beifahrers lag ein Handy. Es war Saskias, da war er sich sicher. So lange war es schließlich noch nicht her, als er ihr dabei zugesehen hatte, wie sie seine Nummer darin abgespeichert hatte. Nun lag es da, nutzlos, tot, wie ein nicht eingelöstes Versprechen. Uwe musste ihn fortzerren, er konnte seinen Blick kaum davon lösen.

Vor ihnen in der Dunkelheit stand das Haus. Sein Elternhaus. Das Haus, in dem sein leiblicher Vater von seiner leiblichen Mutter erschlagen worden war. Sebastian empfand nichts bei seinem Anblick und den Gedanken an seine Geschichte, einzig Angst wurde in ihm wachgerufen. Im schwachen Licht des Mondes konnte er sehen, dass sämtliche Rollläden heruntergelassen waren. Nirgendwo brannte Licht. Dieses Gebäude wirkte tot. Und es wirkte tatsächlich wie die Zufluchtsstätte einer Irren. Das perfekte Filmset.

»Wie sollen wir da reinkommen?«, fragte Sebastian flüsternd.

»Vielleicht gibt es an der Rückseite eine Terrassentür ohne Rollladen«, antwortete Uwe.

Sie schlichen auf das Haus zu. An der Gartenpforte hockten sie sich im Schutz der backsteinernen Pfeiler hin. Uwe entsicherte seine Waffe.

»Eins noch«, sagte Uwe. »Du musst später bezeugen, dass wir Schreie gehört haben, sonst reißt Derwitz mir den Arsch auf.«

»Okay.«

»Gut, dann los. Bleib hinter mir und benutz die Lampe nur, wenn ich es dir sage.«

Sie schlichen in den Garten und links um das Haus herum. An der Rückseite fanden sie tatsächlich eine Terrassentür, doch war diese ebenfalls mit einem heruntergelassenen Rollladen gesichert. Genauso wie sämtliche Fenster. Neben der Terrassentür blieben sie an die Hauswand gelehnt hocken. Sebastian beobachtete den Garten. Im leichten Wind bewegten sich Büsche, schwarze Schatten, die auch Menschen hätten sein können.

»Vielleicht gibt es eine Kellertür«, flüsterte Uwe.

Sie stemmten sich von der Wand ab und schlichen gebückt zur anderen Seite des Hauses. An der Ecke stolperte Uwe und schlug lang hin. Die Pistole flog scheppernd über die Waschbetonplatten. Uwe fluchte leise, rappelte sich auf und suchte seine Waffe. Sie hockten im tiefschwarzen Schatten einer hohen Tanne, deshalb fand er sie nicht sofort.

»Leuchte mal«, befahl er.

Im Licht der Taschenlampe fanden sie die Waffe schnell. Sie sahen auch, worüber Uwe gestolpert war. Ein Plastikrohr, das über das Ende des Fallrohrs der Regenrinne gesteckt war, um das Wasser vom Haus weg in den Garten zu leiten. Außerdem sahen sie das obere Stück einer Treppe, die in die Tiefe führte.

»Lass die Lampe an, jetzt ist es auch egal«, sagte Uwe und ging voran. Sebastian folgte ihm dichtauf und leuchtete in den Abgang.

Die Stufen aus gegossenem Beton waren von Moos und Algen überzogen, das metallene Geländer vom Rost zerfressen. In der Mitte der Treppe war in der grünen, schmierigen Schicht eine deutliche Spur zu erkennen. Diese Außentreppe war offensichtlich viele Jahre nicht mehr benutzt worden, erst in den letzten Tagen wieder.

Unten angekommen betrachteten sie die Tür. Sie war so alt wie das Haus, bestand aus verwittertem Holz und hatte in der oberen Hälfte eine milchige Glasscheibe ohne Drahtgitter. Ideal für einen Einbruch!

»Pass auf«, sagte Uwe mit zittriger Stimme, »ich schlage das Glas ein und öffne die Tür ... Danach müssen wir schnell sein. Du leuchtest, ich sichere. Alles klar?«

»Ja.«

Uwe sicherte seine Dienstwaffe, packte sie am Lauf und holte aus. Er wollte gerade mit dem Griff das Glas einschlagen, als im letzten Moment Sebastian seinen Arm festhielt.

»Warte ... probier erst die Klinke.«

Uwe runzelte die Stirn, drückte dann aber mit seiner freien linken Hand vorsichtig die Klinke herunter. Die Tür ging auf! Sie war nicht verschlossen. Uwe warf Sebastian einen vielsagenden Blick zu, legte einen Finger auf die Lippen, drehte die Waffe in seiner Hand und drückte die Tür nach innen. Sie knarrte ein wenig, aber nicht besonders laut. An Uwes breiten Schultern vorbei leuchtete Sebastian in den Kellergang. Er war leer. Unter der niedrigen Decke hingen unzählige Spinnweben. Uwe machte eine ruckartige Bewegung mit dem Kopf, entsicherte die Waffe wieder und ging voran. Sebastian wollte ihm folgen, warf vorher aber noch einen Blick die Betontreppe hinauf. Zwischen Haus und Tanne hindurch konnte er den Nachthimmel sehen; einige wenige Sterne glitzerten da oben, Wolkenfetzen zogen vorbei. Für den Bruchteil einer Sekunde hatte er die Befürchtung, dies wäre sein letzter Blick zum Himmel. Einerseits sträubte sich alles in ihm dagegen, das Haus zu betreten, andererseits war er entschlossen, alles zu tun, um Saskia heil hier rauszuholen. Sein Zögern dauerte nur kurz, nicht länger als einen Lidschlag, und als er Uwe folgte, seinen Fuß in den Kellergang setzte, tat Sebastian es in der Gewissheit, eine Grenze zu überschreiten.

Sie waren kaum einen Meter weit in den Keller gegangen, als beiden der entsetzliche Gestank entgegenschlug. Der Geruch der Verwesung! Irgendetwas ehemals Lebendiges verrottete in diesem Keller. Rechts von ihnen tauchte eine Tür auf. Sie stand offen. Uwe deutete darauf. Sebastian schob sich an ihm vorbei und leuchtete in den Raum. Doch sie sahen nichts weiter als hölzerne Regale mit Einmachgläsern, ein verrostetes Fahrrad und einen uralten Schlitten.

Sie schlichen weiter. Kamen erneut an einen Mauerdurchbruch. Eine Tür gab es hier nicht. Wieder leuchtete Sebastian in den Raum. Dieser war größer als der vorherige, enthielt eine Menge Kisten und Kartons und einen aufgeklappten Tapetentisch, auf dem unzählige Äpfel verschiedener Größe lagen. In der rechten Wandseite gab es einen weiteren Mauerdurchbruch. Sie spähten hinein, fanden auch dort nichts Verdächtiges und schlichen weiter vor zur hölzernen Kellertreppe, die nach oben in den Wohnbereich führte. Am Fuß der Treppe blieb Uwe stehen. Sebastian leuchtete nach oben. Die Tür war aus Holz, ob sie verschlossen war, konnten sie von unten nicht sehen.

»Ich gehe rauf«, sagte Uwe.

Sebastian nickte. Er hielt die Lampe und beobachtete Uwe dabei, wie er leise, jeden Schritt abwiegend, testend, ob nicht eine der Stufen knarrte, nach oben schlich. In der Mitte knarrte dann wirklich eine Stufe, als Uwe sie mit seinem ganzen Gewicht belastete. Das Geräusch hallte im Keller wider und fraß sich in Sebastians Gedärm. Er zuckte zusammen, hielt den Atem an. Auch Uwe verharrte einen Moment. Als sich nichts tat, ging er die letzten drei Stufen hinauf. Die Waffe in der rechten Hand zielte er auf die Tür, mit der linken drückte er versuchsweise gegen das alte Holz.

Was dann geschah, bekam Sebastian nicht richtig mit. Er stand noch am Fuß der Treppe, die Sicht durch Uwes massigen Körper behindert, und leuchtete hinauf. Plötzlich gab es einen Schlag, Uwe schrie laut auf, ruderte mit den Armen, versuchte verzweifelt, sich irgendwo festzuhalten. Das gelang ihm nicht. Rückwärts stürzte er die Treppe hinab. Sebastian schaffte es gerade noch, zur Seite zu springen, bevor Uwe ihn gegen die Wand gequetscht hätte. Polternd und schreiend stürzte Uwe in den Keller, knallte gegen die Wand, blieb dort stöhnend und seltsam verrenkt liegen.

Sebastian sah aus dem Augenwinkel eine Bewegung am oberen Ende der Treppe. Er riss die Taschenlampe herum. Da oben, in der geöffneten Tür, stand ein gewaltiger schwarzer Körper, der verschwand, bevor der Lichtkegel der Lampe ihn erreichte. Die Tür blieb offen.

»Die Waffe … nimm die Waffe!«, schrie Uwe.

Sebastian beugte sich zu ihm hinunter, leuchtete ihm ins Gesicht. Aus einer Platzwunde an der Stirn lief helles, rotes Blut in Uwes Gesicht. Dessen Augen waren weit aufgerissen, der Mund schmerzverzerrt.

»Uwe … was ist los?«

»Mein Bein … verdammt, mein Bein ist gebrochen. Scheißegal jetzt! Nimm die Waffe, und geh hinauf. Knall sie ab, wenn es nicht anders geht. Los jetzt!«

Die letzten beiden Worte hatte Uwe geschrien und Sebastian dabei die Waffe an die Brust gedrückt. Dieser nahm sie ihm ab, drehte sich um, leuchtete nach oben und stieg die Treppe hinauf. Oben angekommen hörte er ein eigentümliches Geräusch. Ein Rollladen! Sie zog den Rollladen der Terrassentür hoch. Sie wollte fliehen!

Sebastian sprang aus der Kelleröffnung in den Flur und wandte sich nach rechts, von wo das Geräusch gekommen war. Der Lichtstrahl seiner Taschenlampe fiel auf eine angelehnte Tür. Mit dumpf und schnell pochendem Herzen und rasendem Atem ging er die wenigen Schritte bis zur Tür. Er hob die Waffe, zielte und stieß die Tür mit dem Fuß auf.

Ihm gegenüber befand sich die Terrassentür, fast gänzlich verdeckt von einem gewaltigen Rücken. Sebastian hob die Waffe ein Stück an, zielte auf den Lichtkreis, den seine Taschenlampe auf den breiten Rücken zeichnete und rief: »Nein!«

Langsam, ganz langsam, drehte sie sich um.

Ellie Brock.

Seine Mutter.

Ein Schuss hätte genügt, er konnte sie gar nicht verfehlen, doch sein Zeigefinger wollte sich nicht krümmen. Sebastian schwitzte, seine Hände zitterten, seine Beine schienen unter ihm nachgeben zu wollen. Jetzt hatte sie sich ihm gänzlich zugewandt. Ihre Arme hingen bewegungslos an den Seiten, keine Waffe oder Ähnliches in ihren Händen. Obwohl er es nicht bewusst wollte, ließ Sebastian den Lichtkegel der Taschenlampe hinauf zu ihrem Gesicht wandern. Zentimeter für Zentimeter über den gewaltigen Busen, den kurzen, dicken Hals, dann weiter …

Sie lächelte!

Großer Gott, sie lächelte ihn tatsächlich an! Sebastian starrte ihr in die Augen. Da war keine Bosheit, da war kein Irrsinn. Nur die reine Liebe einer Mutter, die nach unendlich langer Zeit ihren Sohn wiedersah und es nicht fassen konnte. In diesem Augenblick war nichts an diesem Gesicht böse. Ihr Lächeln war warm und herzlich, erreichte auch ihre Augen und verlieh ihnen einen feuchten Glanz. Täuschte er sich, oder kullerte wirklich eine Träne ihre feiste Wange hinab? Sebastian starrte sie weiterhin an und spürte, wie sein Arm, der immer noch die Waffe auf sie richtete, schwerer und schwerer wurde. Zitternd kämpfte er dagegen an, die Waffe sinken zu lassen. Diese Frau hatte Edgar getötet und Anna schwer verletzt, sie hatte die beiden alten Leute aus ihrem Weg geräumt, irrtümlich Stefanie ermordet und Saskia entführt. Sie hatte Taifun erstochen! All diese abscheulichen Taten hatte sie vollbracht, und trotzdem war plötzlich kein Zorn und keine Wut mehr in Sebastian. Sie war seine Mutter! Diese Frau hatte ihn zur Welt gebracht, von ihrer Brust war er gestillt worden. Und alles, was sie getan hatte, hatte sie nur aus Liebe zu ihm getan.

Durfte er sie erschießen?

In seinem Inneren tobte ein Kampf, unerbittlicher und schmerzhafter, als er es sich je hätte vorstellen können. Sein ganzer Körper zitterte, und wenn er jetzt geschossen hätte, hätte er sie selbst auf diese kurze Distanz verfehlt. Ein Teil von ihm wollte seine Familie rächen, ein anderer schien etwas für diese Frau zu empfinden. Warum schrie sie nicht? Warum war ihr Gesicht nicht eine vor Wut und Irrsinn verzerrte Fratze? Ein Monster hatte er erwartet, und nun stand dort eine liebende Frau, seine Mutter, und lächelte ihn an. Er konnte doch keine Kugel in dieses Gesicht schießen.

Unendlich langsam sackte sein Arm nach unten. Der kurze Lauf der Waffe wanderte an ihrem Körper hinab. In seinem Kopf dröhnte und rauschte es, seine Sicht wurde immer schlechter. Ellie Brock sagte nichts, aber als sie sah, dass er die Waffe senkte, drehte sie sich um, legte ihre große Hand auf den Griff der Terrassentür und drückte ihn hinunter. Bevor sie die Tür öffnete, drehte sie noch einmal den Kopf und sah ihn an. Sie weinte tatsächlich, ihre Wangen waren feucht. Ganz leicht, kaum wahrnehmbar schüttelte sie den Kopf.

»Später«, sagte sie leise.

Dann öffnete sie die Tür, trat hinaus und verschwand in der Dunkelheit des Gartens.

Wie lange Sebastian noch dastand und in den Garten starrte, konnte er später nicht mehr sagen. Sein Kopf schien abgeschaltet zu sein. Er fühlte sich wie unter Schock. Ein dünnes Rufen riss ihn schließlich aus seiner Starre. Tausendfach gefiltert drang es nach und nach an seine Ohren, zog ihn in die reale Welt zurück.

Als er sich blinzelnd umsah, fiel sein Blick auf einen Tisch. Eine Schale stand dort, umringt von heruntergebrannten Kerzen und merkwürdigen Zeichnungen auf der weißen Tischplatte. Er leuchtete dorthin. Die flache Holzschale war mit einer dunklen Flüssigkeit angefüllt, darin schwamm etwas. Sebastian trat näher heran … und prallte entsetzt zurück! Blut war in dieser Schale, und darin schwamm ein Finger. Sein Magen zog sich zusammen, er taumelte rückwärts, stieß gegen die Tür.

Plötzlich wieder das Rufen.

Eine dünne Stimme. Eine Frauenstimme!

»Saskia!«, brüllte Sebastian. »Saskia, ich bin es. Wo bist du?«

Sie rief erneut, und er konnte die Quelle der Stimme lokalisieren. Sie kam aus dem Obergeschoss. Sebastian betätigte einen Lichtschalter und stürmte die Treppe hinauf. Oben blieb er kurz stehen, orientierte sich. Drei Räume gab es, alle drei Türen waren geschlossen. Wo war sie?

»Saskia?«, schrie er. »Saskia, wo bist du?«

»Sebastian … hier.«

Die Tür gerade voraus. Der Schlüssel steckte. Sebastian schloss mit zitternden Fingern auf, öffnete die Tür, tastete nach dem Lichtschalter, fand ihn.

Dicht an die Wand gepresst lag Saskia auf einem Bett und starrte ihn an. Blutverschmiert und verzerrt ihr Gesicht, die Augen weit aufgerissen, die Arme um den Körper geschlungen. Ihr Anblick zerriss ihm das Herz, und in dieser Sekunde bereute er, den Abzug nicht betätigt zu haben. Jetzt konnte er es nicht mehr ändern, aber Sebastian legte einen Schwur vor seinem Gewissen ab. Sollte er diese Chance noch einmal bekommen, würde er sie nutzen. Dann würde er seine Mutter töten, egal, wie warm und herzlich ihr Lächeln war oder ob sie Tränen der Liebe weinte. Er würde sie töten!

Mit diesen Gedanken lief Sebastian zum Bett hinüber, ließ sich auf die Knie fallen und schloss Saskia in seine Arme. Ihr schmaler Körper zitterte wie unter Krämpfen.

Teil II

Dienstag

Obwohl er unendlich erschöpft war, kein Quäntchen Kraft mehr in sich spürte, seine Augen vor Müdigkeit brannten und es weit nach Mitternacht war, war an Schlaf nicht zu denken. Obwohl das Zimmer dunkel war bis auf den schmalen Lichtschein unter der Tür und kaum noch Geräusche vom Flur hereindrangen, wollte sein Kopf nicht aufhören zu arbeiten. Doch eine ineffiziente, nutzlose Arbeit war das. Er kam sich vor wie der sagenhafte Sisyphos, der immer wieder denselben Stein den Berg hinaufrollte. Nur dass es bei ihm Gedanken waren, die er wieder und wieder umschichtete, ohne damit etwas zu erreichen. Ein Beruhigungsmittel hatte er abgelehnt, denn diese Gedanken mussten gewälzt werden, vor ihnen konnte er nicht fliehen.

Nach weiteren Minuten des Grübelns streckte Sebastian den Arm aus, tastete nach dem Schalter neben dem Bett und betätigte ihn. In der Leiste über seinem Kopf flammte eine kleine Leselampe auf. Er schlug die Decke beiseite, schwang die Beine aus dem Bett und stand auf. Er war barfuß, trug seine Unterhose und das T-Shirt, welches er schon den ganzen Tag getragen hatte. Seine restliche Kleidung lag auf dem Besucherstuhl. Er zog sich an, schlüpfte in seine Schuhe, löschte das Licht und pirschte zur Tür. Behutsam öffnete er sie einen Spalt. Auf dem Gang brannte die Nachtbeleuchtung. Den Kopf durch den Spalt gesteckt, spähte Sebastian nach rechts und links. Niemand zu sehen.

Er verließ sein Zimmer und zog die Tür sanft hinter sich zu. Uwes Zimmernummer hatte er sich nicht gemerkt, wusste aber noch, dass sich die Tür gegenüber einer kleinen Leseecke befand. Acht Türen musste er passieren, bevor er die richtige fand. Leise pochte er daran. Sollte Uwe schlafen, würde er es nicht hören. Vielleicht hatten sie ihm ja ein Beruhigungsmittel gespritzt, dann wäre ein Gespräch ohnehin nicht möglich. Auf das Pochen hin rührte sich nichts. Sebastian drückte die Klinke nieder, öffnete die Tür einen Spalt und spähte hinein.

Die Leselampe über dem Bett leuchtete auf ein hochgestelltes Kopfteil, von dem aus Uwe ihn anstarrte.

»Darf ich?«, fragte Sebastian flüsternd.

»Komm rein.«

Nachdem er die Tür geräuschlos geschlossen hatte, schlich Sebastian zum Bett und blieb unschlüssig davor stehen.

»Ich kann nicht schlafen«, sagte er und zuckte mit den Schultern.

»Dann sind wir ja schon zu zweit. Nimm dir den Stuhl und setz dich.«

»Wie sieht es denn aus?«, fragte Sebastian, nachdem er sich gesetzt hatte.

»Tja … hätte schlimmer kommen können. Und eigentlich bin ich ja selber schuld. Mit ein bisschen weniger Gewicht auf den Rippen wäre das Bein vielleicht nur einmal gebrochen und nicht dreimal.« Uwe versuchte sich aufzurichten und verzog sofort das Gesicht. »Wie geht es Anna? Hast du was gehört?«

»Bisher hat sich nichts geändert.«

Uwe nickte. »Und Saskia?«

»Als wir hergekommen sind, haben sie mich an der Tür

zum OP-Bereich weggeschickt, und später durfte ich auch nicht mehr zu ihr. Ich weiß nicht mal, wo sie liegt. Den Finger konnten sie nicht wieder annähen, so viel hat der Arzt mir aber gesagt.«

Uwe atmete scharf ein. »Diese verfluchte Hexe! Wie kann man so etwas nur tun? Die muss doch wohl völlig übergeschnappt sein.«

Sebastian schwieg einen Moment, sah nach unten und knetete seine Finger, bevor er antwortete. »Vielleicht ist sie ja wirklich eine.«

»Eine was?«

»Eine Hexe!«

»Ganz bestimmt ist sie eine. Und wenn ich sie zu fassen bekomme, verbrenne ich sie eigenhändig auf dem Scheiterhaufen.«

Sebastian schüttelte den Kopf. »Ich meine es ernst. Du hast es ja nicht sehen können ... aber diese Zeichnungen auf dem Tisch, wie bei uns nach jener Nacht. Und die Schale mit Blut, in der Saskias Finger lag ... Was hat das zu bedeuten?«

»Vielleicht hält sie sich ja für eine Hexe«, sagte Uwe. »Aber es fällt mir schwer zu glauben, dass diese Rituale irgendeine Auswirkung haben – außer auf ihren kranken Verstand natürlich.«

Sebastian sah Uwe an. Wenn sein Blick seinen Gemütszustand spiegelte, dann sah Uwe jetzt Verzweiflung und Selbstzerfleischung, genau das spielte sich nämlich in seinem Inneren ab, seitdem er Ellie Brock hatte entkommen lassen. Alles, was jetzt noch passieren würde, ging auf seine Kappe, lag in seiner Verantwortung, denn er hätte die Sache dort in dem Haus beenden können. Er hatte es nicht getan, und damit musste er jetzt leben. Natürlich hatte er es Derwitz gegenüber verschwiegen, hatte behauptet, sie sei längst weg gewesen, als er aus dem Keller in die Wohnung gestürmt war. Wer wollte ihm das Gegenteil beweisen? Dass aber das Wissen um diese Lüge, um seine Schwäche und Unzulänglichkeit ihn derart quälen würde, hatte Sebastian nicht erwartet. Er musste mit jemandem darüber sprechen, und Uwe war der Einzige, der zur Verfügung stand. Außerdem vertraute er ihm.

»Was ist los?«, fragte Uwe und riss ihn aus seinen Gedanken.

»Vielleicht auch auf meinen«, sagte Sebastian.

Uwes Augenbrauen zogen sich zusammen. Er drückte sich noch ein Stück hoch. »Was sagst du da?«

»Diese Rituale ... Vielleicht hat Ellie Brock damit ja auch Einfluss auf meinen Verstand.«

»Das musst du mir erklären. Wie kommst du darauf?«

Erneut sah Sebastian zu Boden, knetete seine Finger und sah auch nicht auf, als er wieder zu sprechen begann. »Sie ... sie war nicht weg, vorhin, in dem Haus. Sie stand oben in der Küche ... Ich hatte deine Waffe, und es waren nur zwei Meter. Verstehst du, zwei Meter! Ich hätte sie nicht verfehlen können.«

»Du hattest Ellie Brock vor dem Lauf?«

Sebastian nickte. »Sie hat sich umgedreht und ... es ist schwer zu beschreiben, sie ... sie war nicht das Monster, das ich erwartet hatte. Sie hat gelächelt, sie war wirklich gerührt, mich zu sehen. Dort in der Küche standen sich Mutter und Sohn gegenüber, da war plötzlich keine Rache und kein Hass mehr. Nur ich und sie. Und ich konnte den Finger einfach nicht krümmen, ich wollte es auch gar nicht. Sie hat gelächelt ... die Schale mit dem Blut und Saskias Finger darin stand auf dem Tisch ... aber sie hat gelächelt, hat gewusst, dass ich niemals auf sie schießen würde.«

Uwe atmete hörbar aus. Sein dicker Bauch hob und senkte sich unter der weißen Klinikdecke. Sebastian nahm es aus den Augenwinkeln wahr, sah ihn aber nicht an. Das Ganze war schon unangenehm genug, er musste nicht auch noch seine Tränen offenbaren.

»Sie hat Edgar getötet, diese alten Leute, Anna liegt im Koma … Stefanie … Saskia … Taifun, sie hat Leid und Tod in mein Leben gebracht, aber in diesen paar Sekunden spielte das alles keine Rolle mehr. Ich lebe nur, weil es sie gibt. Sie ist meine Mutter.«

Uwe legte ihm eine schwere Hand auf die Schulter, tätschelte sie. »Niemand macht dir einen Vorwurf.«

»Doch! *Ich* mache mir Vorwürfe! Sie läuft noch immer da draußen herum, und ich hätte es verhindern können! Und solange sie lebt, wird sie nicht aufgeben, das weiß ich. Sie wird es wieder und wieder versuchen. Wenn ich sie getötet hätte, wäre es vorbei gewesen …«

»Hör auf, dich zu quälen! Du konntest doch gar nicht anders handeln. Du hast noch nie eine Waffe in der Hand gehalten, du bist kein Mörder, du kannst überhaupt nicht auf einen Menschen schießen.«

»Vielleicht nicht. Vielleicht hat sie mich aber auch längst unter Kontrolle.«

Das war der schlimmste, furchterregendste Gedanke von allen. Sebastian wollte sich lieber überhaupt nicht damit beschäftigen, doch dieser Gedanke war wie ein Parasit, der sich in seinem Fleisch eingenistet hatte. Und er war auch nicht von der Hand zu weisen. Was war schließlich mit den merkwürdigen Anfällen in der letzten Zeit? Damals in dem italienischen Restaurant, während des ersten Treffens mit Saskia. Und in jener Nacht in ihrem Badezimmer?

»Wieso sollte sie dich unter Kontrolle haben? Ich verstehe nicht ganz, was du meinst«, sagte Uwe, aber da war etwas in seiner Stimme, was Sebastian signalisierte, dass er es doch verstand, dass er ganz genau wusste, wovon er sprach.

Also erzählte er ihm von den Anfällen.

Danach schwieg Uwe, starrte die weiße Bettdecke an, bevor er schließlich sagte: »Ich habe das schon einmal gehört.«

»Was?«

»Man hat Ellie Brock schon früher verdächtigt, andere Menschen auf eine unbekannte und unbegreifliche Art und Weise manipulieren zu können. Dieser ehemalige Klinikarzt, Wolfgang Schröder, hat mir gegenüber diesen Verdacht geäußert, aber ich hielt es natürlich für das Gefasel eines alten, kranken Mannes.«

»Dann ist es also wahr!«

Uwe zuckte mit den Schultern. »Ich glaube nicht an solche Sachen … *eigentlich* glaube ich nicht daran, aber ich erlebe gerade, wie schnell sich eine Sichtweise ändern kann.«

»Mein Gott! Hätte ich doch nur abgedrückt!«

»Hör auf damit! Wie würdest du denn mit der Schuld, einen Menschen getötet zu haben, de facto ein Mörder zu sein, weiterleben können?«

»Mit dem, was jetzt vielleicht noch passiert, kann ich kaum besser leben.«

»Es wird aber nichts mehr passieren. Die kann sich nicht mehr ans Tageslicht trauen. Sobald sie irgendwo auftaucht, ist sie weg vom Fenster. Euer Hof wird ab sofort Tag und

Nacht bewacht, das hat Derwitz mir zugesagt. Jeder Polizist hat ihre Beschreibung, in dieser Gegend ist jedermann auf der Suche nach Ellie Brock. Mach dir also keine Sorgen.«

Sebastian lachte hölzern. »Du hast nicht in ihre Augen geblickt. Ich habe es getan, und ich weiß, sie ist zu allem fähig. Sie wird nicht aufgeben, bis es zu Ende gebracht ist. Kein Polizist der Welt kann mich oder Saskia vor ihr schützen.«

Uwe sah ihn durchdringend an. »Wenn du das wirklich glaubst, was willst du dann tun? Fliehen? Dich für alle Zeiten verstecken?«

Sebastian schüttelte den Kopf. »Nein, ich werde nicht fliehen. Ich werde auf unseren Hof zurückkehren und dort auf sie warten. Irgendwann wird sie es wieder versuchen, und dann werde ich vorbereitet sein. Ich werde sie erwarten.«

»Um was zu tun?«

Jetzt war es an ihm, Uwe fest anzusehen.

»Das, was ich heute nicht tun konnte.«

Saskia schlief, als Sebastian früh am nächsten Morgen ihr Zimmer betrat. Der behandelnde Stationsarzt, mit dem er auf dem Gang kurz gesprochen hatte, hatte ihn beruhigen können; Saskias körperlicher Zustand sei so weit in Ordnung. Die Rippen seien nicht gebrochen, sondern nur geprellt, die Wunde am Finger weise bisher keine Entzündung auf und werde wohl gut abheilen. Wie es in ihr aussah, konnte der Arzt natürlich nicht sagen, aber sie hatten ihr in der Nacht ein Schlafmittel gegeben, da sie ohne nicht hatte einschlafen können. Das war auch der Grund, warum sie immer noch schlief und wahrscheinlich nicht ansprechbar war. So wie an jenem Tag, als er sie zum ersten Mal in diesem Krankenhaus besucht hatte, verdeckte ein großes Pflaster einen Teil ihrer Stirn. Sie wirkte völlig entspannt, ihr schwarzes Haar floss über das weiße Kissen, sanft hob und senkte sich ihr Brustkorb unter dem Laken. Sebastian starrte auf ihre Hand. Auf den dicken weißen Verband. Die Brock hatte den kleinen Finger hinter dem mittleren Gelenk abgetrennt, doch der Schnitt mit dem Messer war nicht sauber genug gewesen, der Knochen nicht glatt durchtrennt, sondern zerquetscht. Deshalb hatte der Arzt in der Nacht den kümmerlichen Rest des Fingers auch noch amputiert, sodass es hinter dem Knöchel keinen Stumpf gab.

Sebastian presste die Zähne zusammen und kämpfte gegen die Tränen an. Es brach ihm schier das Herz, Saskia so daliegen zu sehen und zu wissen, welche Qualen sie durchgestanden hatte. Wie groß musste ihre Angst gewesen sein? Wie furchtbar die Schmerzen? Und alles seinetwegen. Wäre sie an jenem Morgen nicht bei Rot auf die Kreuzung gefahren, hätten sie sich nicht kennengelernt und Saskia wäre diese Tortour erspart geblieben. Ihre Liebe zueinander aber auch.

Er trat ganz nah an das Bett und nahm ihre gesunde Hand in seine. Unter dem gestärkten weißen Laken wirkte Saskia schmal und verletzlich. Und verloren. Sebastian beugte sich vor, küsste ihre Hand und flüsterte: »Ich liebe dich.«

Danach wollte er gehen, bemerkte aber das zunächst nur leichte Flattern ihrer Lider. Die Augäpfel darunter rollten hin und her, sie gab ein leises Stöhnen von sich, ihre Beine zuckten. Dann schlossen sich ihre Finger um seine Hand, mit einer Festigkeit, die Sebastian überraschte. Sie öffnete die Augen und sah ihn an. Sebastian lächelte, konnte aber nicht verhindern, dass jetzt doch eine einzelne Träne über seine Wange rollte.

»Hey, meine Traumfrau, da bist du ja.«

Sie blinzelte, war noch nicht wirklich in seiner Welt. Ihr Griff wurde noch etwas fester, sie öffnete die verklebten Lippen, schluckte mühsam.

»Durst«, krächzte sie.

»Warte, hier ist Wasser.«

Auf dem Beistellwagen stand eine Flasche stilles Mineralwasser. Sebastian öffnete sie und füllte einen Plastikbecher zur Hälfte. Dann hielt er ihn ihr an die Lippen, schob seinen anderen Arm unter ihren Nacken, stützte sie und half ihr beim Trinken. Sie trank alles aus und sackte dann ins Kissen zurück. Sebastian stellte den Becher ab, nahm erneut ihre Hand und strich eine Haarsträhne aus ihrer Stirn.

»Hast du Schmerzen?«

Mühsam bewegte sie den Kopf von einer Seite zur anderen. »Nein … im Moment nicht … ich fühle mich nur … wie betrunken.«

»Du hast ein starkes Schlafmittel bekommen, daran wird es liegen. Eigentlich hättest du gar nicht aufwachen dürfen.«

Ein kraftloses Lächeln huschte über ihr Gesicht. »Ich habe dich gehört … was du gesagt hast.«

Sebastian beugte sich zu ihr hinunter, brachte seine Lippen dicht an ihr rechtes Ohr. »Ich liebe dich wirklich, und ich könnte es nicht ertragen, dich zu verlieren.« Dann küsste er sie sanft auf den Mund. »Und es tut mir alles so furchtbar leid … so leid.«

Seine Stimme ertrank in den Tränen, die er nicht hinauslassen wollte.

Saskia ließ seine Hand los, legte ihren Arm um seinen

Hals und zog ihn ganz nah zu sich heran. Er konnte sie riechen, konnte die Wärme ihrer Haut spüren. Ihre Hand strich über seinen Rücken. »Ich liebe dich auch, mehr als ich dir sagen kann.«

Eine Weile verharrten sie in dieser Position, einer schöpfte Kraft vom anderen, einer tröstete wortlos den anderen. Sebastian hatte sogar den Eindruck, dass sie sich noch niemals so nahe gewesen waren, dass ihre Seelen erst jetzt wirklich zueinanderfanden. Er war berauscht von diesem Gefühl, und es kostete ihn Mühe, sich aufzurichten. Noch mehr Kraft aber kostete es ihn, die nächste Frage zu stellen. »Weißt du, was alles passiert ist?«

Saskia nickte. »Nicht jetzt … ich kann jetzt nicht darüber sprechen.«

Sebastian fiel ein Stein vom Herzen. Er hatte sich die ganze Zeit gefragt, ob Saskia über Stefanie und die Ostrowskis Bescheid wusste, ob es ihr jemand erzählt hatte. Er konnte sich auch nicht erinnern, was er ihr gesagt hatte, als er sie auf dem Bett im Arm gehalten hatte, bis Derwitz mit seiner Meute eingetroffen war. Er wusste nicht einmal, wie viel Zeit dabei vergangen war, wie lange er Uwe in Ungewissheit im Keller liegen gelassen hatte.

Als sie sich jetzt voneinander lösten, waren auch Saskias Augen tränenfeucht. Die Finger ineinander verschränkt sahen sie sich an.

»Sie ist nicht gefasst worden, oder?«, fragte Saskia.

Sebastian schüttelte den Kopf.

»Gehst du trotzdem auf den Hof zurück?«

»Ja. Ich muss. Allein schon wegen der Pferde. Außerdem … ich kann ja nicht den Rest meines Lebens vor ihr weglaufen. Wenn die Polizei sie nicht findet, wird sie mich eines Tages finden … Und dann bringe ich es zu Ende.«

Saskia nickte. »Ich kann deinen Hass verstehen, aber ich habe Angst um dich. Ich will nicht, dass dir etwas passiert. Du darfst mich nicht verlassen, das … das würde ich nicht ertragen.«

»Du wirst mich nicht verlieren, ich verspreche es dir. Mach dir nicht zu große Sorgen. Eine Polizeistreife wird Tag und Nacht den Hof bewachen, hier vor deinem Zimmer sitzt auch ein Beamter. Außerdem werden sie sie bald finden, ganz bestimmt.«

Ob Saskia ihm die vorgetäuschte Zuversicht abnahm, konnte Sebastian nicht sagen, aber sie hörte wenigstens auf zu weinen. Scheinbar machte sich das Schlafmittel wieder bemerkbar. Er konnte sehen, wie schwer es ihr fiel, die Augen aufzuhalten. Auch der Druck ihrer Hand ließ nach.

»Sobald ich hier rausdarf, komme ich zu dir auf den Hof, okay?«

»Ich hole dich ab.«

»Warte dort auf mich, bitte.«

»So lange es dauert.«

»Gut … gut … und sei bitte vorsichtig, bitte.«

»Ich verspreche es dir. Und jetzt schlaf ein. Du musst schlafen, damit ich dich bald hier rausholen kann.«

Saskia nickte mit geschlossenen Augen. Zwei Sekunden später war sie eingeschlafen. Ihr Gesicht wirkte plötzlich zart, wächsern und völlig entspannt. Ruhig und gleichmäßig ging ihr Atem. Das war genau die Art von Schlaf, die er jetzt auch brauchen könnte, dachte Sebastian, küsste noch einmal ihre Hand und legte sie auf das Bettlaken zurück.

Auf dem Gang vor der Zimmertür blieb er stehen. Seine Beine begannen zu zittern, ihm wurde heiß, Schweiß trat ihm aus sämtlichen Poren. Er stützte sich mit beiden Händen gegen die Wand, ließ den Kopf zwischen die Schultern sinken, atmete tief ein und aus. Dabei spürte er die Blicke des Beamten, der Saskia bewachte, in seinem Rücken, aber es war ihm egal. Drinnen bei Saskia hatte er sich noch stark gefühlt, doch sobald die Tür ins Schloss gefallen war, war es damit vorbei.

Eine Hand legte sich auf seine Schulter.

»Geht es Ihnen nicht gut?«

Sebastian drehte sich um. Es war der Beamte. Ein Mann an die fünfzig mit etwas zu viel Gewicht, der nicht so aussah, als könne er wirklich jemanden beschützen. Aber der erste Eindruck konnte ja täuschen.

»Es geht schon, danke.«

»Hauptkommissar Derwitz wartet in der Halle auf Sie«, sagte der Beamte.

»Ja … gut, danke.«

Sebastian drehte sich um und ging den Gang hinunter zu den Fahrstühlen. Als er im Erdgeschoss aus der Kabine trat, sah er Derwitz in der großen Halle in der Wartezone sitzen. Er mochte den Mann noch immer nicht, wahrscheinlich würde sich das auch nie ändern, er strahlte einfach zu viel Arroganz und Negativität aus. Trotzdem, er hatte sich angeboten, ihn nach Hause zu fahren, und da Sebastians eigener Wagen längst von einem Beamten zum Hof gebracht worden war, musste er Derwitz' Angebot wohl annehmen. Vielleicht würde eine gehörige Standpauke damit verbunden sein. Der Kommissar hatte schon in der Nacht lautstark zum Besten gegeben, wie blöd es gewesen sei, allein in das Haus zu stürmen, und dass die Brock vielleicht längst hinter Schloss und Riegel sitzen würde, wenn Uwe und er sich an Derwitz' Anweisung gehalten hätten.

Vielleicht. Vielleicht aber auch nicht.

Derwitz stand auf und kam ihm entgegen. Seine Hände steckten wie immer tief in den Taschen seines zerknitterten Mantels. Wie jeden Tag, seitdem Sebastian ihn kannte, sah er müde und abgekämpft aus. Der Mann bekam einfach nicht genug Schlaf.

»Wie geht es Frau Eschenbach?«, fragte er.

»Sie schläft.«

Mehr wollte Sebastian nicht dazu sagen. Schweigend verließen sie das Krankenhaus, schweigend saßen sie auch eine ganze Weile nebeneinander im Wagen. Erst als der Verkehr außerhalb der Stadt ruhiger wurde, nahm Derwitz ihm die Bürde des ersten Wortes ab.

»Tut mir leid ... das alles«, sagte er.

Was für eine Überraschung! Keine Vorhaltungen, keine Standpauke, keine Androhung von Sanktionen. Da klang sogar Mitgefühl in Derwitz' Stimme. Hatte er vielleicht endlich eingesehen, dass auch er Bockmist gebaut hatte, indem er zu lange nicht an die böse Mutter im Hintergrund geglaubt hatte?

»Danke«, antwortete Sebastian.

Die Reifen sangen auf dem Asphalt. Bäume flogen an den Seitenscheiben vorbei.

»Interessieren Sie die Neuigkeiten?«, fragte Derwitz nach einer Weile.

»Natürlich.«

»Dieses Haus, Ihr früheres Elternhaus, gehörte einer Mechthild Kreiling. Eine alte Dame ohne Verwandtschaft, kaum Kontakt zum Umfeld. Wir fanden ihre Leiche im Garten vergraben.«

»Wie lange war sie schon dort?«

»Das wissen wir nicht genau, aber sicher länger als zwei Wochen. Wie es aussieht, hat sie die alte Dame eine Zeit lang gepflegt.«

»Wie bitte? Gepflegt?«

»Ja. Davon versteht sie etwas. Ellie Brock wurde vor vier Jahren als geheilt aus einer Klinik bei Nürnberg entlassen. Sie begann damals eine Ausbildung zur Altenpflegerin und lebte während dieser Zeit in einer betreuten Wohngemeinschaft. Wie wir erfahren haben, war sie auch dort nicht auffällig, hat sich gut eingefügt, hat auch die Ausbildung mit Bravour gemeistert und abgeschlossen. Kurz darauf ist sie aus der Wohngemeinschaft ausgezogen. Sie war von da an niemandem mehr Rechenschaft schuldig und wurde auch nicht mehr beobachtet. Eine der Betreuerinnen half ihr bei ihrem Umzug in eine kleine Wohnung am Stadtrand von Nürnberg, das war der letzte Kontakt. Hier verliert sich die Spur.«

»Und führt direkt zu mir.«

»Sieht so aus, ja. Sie hat jedenfalls nicht viel Zeit verloren. Es scheint so, als wäre das immer ihr Ziel gewesen.«

»Aber wie konnte sie mich überhaupt finden?«

»So schwer war das nicht. Ellie Brock hat außer Ihren Eltern … ich meine außer ihrer Schwester Anna … keine anderen Verwandten. Sie wird sich auf den Weg hierher gemacht haben, weil sie keinen anderen Anhaltspunkt hatte oder weil sie vermutete, dass ihre Schwester Sie damals adoptiert hat. Zumindest war der Schneiderhof für sie ein Ziel, und dort hat sie Sie dann entdeckt.«

Derwitz hatte recht. So konnte es gewesen sein – rein logisch betrachtet! Aber diese Blutzeichnungen, Saskias Finger in der Schale, seine Anfälle; das alles war jenseits jeder Logik, und Sebastian konnte sich gegen den Verdacht nicht wehren, dass Ellie Brock ihn auf einem anderen Weg gefunden hatte. Darüber wollte er mit Derwitz aber nicht sprechen.

»Ja«, sagte er deshalb, »so wird es wohl gewesen sein.« Und nach einer Weile, als sie durch Bentlage kamen und den Weg den Hügel hinauf nahmen: »Und wie soll es jetzt weitergehen?«

»Nun ... wir werden sie fassen, früher oder später. Bis dahin bleiben zwei Beamte auf Ihrem Hof in Wechselschicht, Tag und Nacht. Hören Sie auf die Kollegen, und unternehmen Sie keine Alleingänge. Allzu lange wird es sicher nicht dauern.«

»Sie könnte aber auch untertauchen. Jahre könnten vergehen, bevor sie den nächsten Versuch unternimmt, ihren Sohn zurückzubekommen. Soll ich so lange mit der Angst leben?«

Derwitz zuckte mit den Schultern. »Es wird nicht lange dauern, da bin ich sicher. Niemand kann in diesem Land spurlos verschwinden. Eine Person wie Ellie Brock schon gar nicht. Außerdem ist sie nicht zurechnungsfähig. Ich glaube nicht, dass sie so viel Zeit verstreichen lassen wird. Ihre Handlungen sind zwanghaft, so etwas kann man nicht mal eben abschalten. Nein, nein, in ein oder zwei Wochen sitzt sie hinter Gittern, glauben Sie mir. Letztlich wird ein ganz profaner Zwang sie aus der Deckung scheuchen.«

»Aha. Und welcher?«

»Hunger«, sagte Derwitz und grinste verschlagen. »Auch Ellie Brock muss essen.«

Der Hunger brachte sie um den Verstand. Seit Stunden und Stunden hatte sie nichts mehr gegessen, bei jeder Bewegung, jedem Atemzug fuhren scharfe Krallen in ihren Magen und rissen tiefe Löcher hinein. Sie hatte nicht gewusst, dass Hunger solche Auswirkungen auf den Körper haben kann. Seit einiger Zeit war ihr Blick getrübt, sie sah in größerer Entfernung nur noch Schemen, zudem zitterten ihre Hände stark, und ihre Beine wollten ihren Körper nur noch kurze Strecken am Stück tragen. Anfangs war sie ohne Unterlass gelaufen, tief in den Wald hinein, trotz vieler Stürze, trotz der Äste, die ihr Wunden ins Gesicht rissen. Sie hatte all das kaum wahrgenommen, war viel zu berauscht gewesen von seinem Anblick.

Hans! Ihr Hans!

Und wie gut er ausgesehen hatte. Ein wirklich hübscher junger Mann, sie konnte stolz auf ihn sein! Zwar war es dunkel gewesen in dem Zimmer, aber das Licht seiner Taschenlampe hatte ausgereicht, sein Gesicht deutlich sehen zu können. Seit damals, als man ihn ihr aus den Händen gerissen hatte, als sie über ihr behagliches Nest im Wald hergefallen waren, hatte sie ihren Hans nicht mehr aus der Nähe gesehen. Trotzdem gab es nicht den Hauch eines Zweifels, zu deutlich war die Ähnlichkeit. Das hübsche blonde Haar, die kleinen Ohren, die schlanke Nase und die ehrlichen blauen Augen. Seine Augen, o ja, es war ihr als Mutter ein Leichtes gewesen, darin zu lesen. Er hatte sich erinnert, hatte sie erkannt. Hatte die Liebe gespürt, die zwischen ihnen war und niemals enden würde. In dieser Sekunde, da er die Waffe auf sie gerichtet hatte, waren sie sich ein unschätzbares Stück nähergekommen. Und wenn nicht die Situation sie zur Flucht gezwungen hätte, wäre ihre Zusammenkunft dort vollendet worden. So aber musste sie noch ein wenig warten. Es fiel ihr nicht leichter, jetzt, wo sie in seine Augen gesehen hatte. Liebe und Sehnsucht brannten nun so stark wie nie in ihrem Inneren.

Doch im Moment war der Hunger stärker!

Sie konnte ihrem Hans nicht helfen, wenn sie nichts zu essen bekam. Deshalb hockte sie auf Knien an einen

Baum gelehnt im Unterholz und beobachtete das Treiben dort vorn. Es war noch früh, die Sonne war noch nicht aufgegangen, die Menschen dort in der Bäckerei arbeiteten aber schon eine ganze Weile. Der Duft nach frisch Gebackenem, der aus den Abzugsanlagen in den Wald gezogen war, hatte sie hierhergelockt. Anfangs hatte sie überlegt, wie sie in die Bäckerei hineingelangen konnte, ohne gesehen zu werden, hatte sogar die beiden Metalltüren ausprobiert, doch die waren verschlossen. Vor einer halben Stunde waren dann zwei Männer aus diesen Türen gekommen und hatten damit begonnen, die vier Lieferwagen mit frischen Backwaren zu beladen. Wieder war der Duft bis zu ihr gedrungen, hatte den Hunger noch wilder in ihr wüten lassen, hatte aber auch das Zittern verstärkt. Lange, das spürte Ellie, würde sie es nicht mehr aushalten. Dort vorn, keine zwanzig Meter entfernt, luden die Männer im Licht der Außenscheinwerfer Brot, Brötchen, Baguette und Kuchen in die Lieferwagen. Sie arbeiteten schnell und wortlos. Verschwand der eine im Inneren des Gebäudes, kam der andere wieder heraus. Bisher war keine Minute vergangen, in der nicht mindestens einer bei den Wagen gewesen war. Nicht mehr lange, dann würde Ellie einfach über den Parkplatz laufen und ihnen das Brot aus den Händen reißen, sie konnte gar nicht anders. Schweiß lief ihr den gesamten Körper hinab, ihre Kleidung war schon ganz feucht, Speichel füllte ihren Mund, aber nicht den Magen. Ihre zittrigen Hände verkrampften sich um einen Ast, brachen ihn entzwei.

Das Geräusch war laut. Zu laut in der Stille des frühen Tages. Der Mann, der gerade in der geöffneten Heckklappe des Transporters stand, drehte sich ruckartig um, starrte zu ihr hinüber. Konnte er sie sehen? Er stand im Hellen, sie hockte im Dunkeln. Trotzdem kam der Mann ein paar Schritte auf sie zu. Verflucht, was sollte das! Im Wald knackte es doch immer mal wieder. Warum interessierte er sich so dafür? Zwei weitere Schritte. Jetzt war er kaum noch zehn Meter entfernt. Ellie konnte schon seine Gesichtszüge erkennen. Sie machte sich bereit. Sollte er seine Neugierde nicht zähmen können, würde er sie mit seinem Leben bezahlen.

Plötzlich blieb der Mann stehen, griff in die Tasche seines Kittels, holte eine Packung Zigaretten hervor und steckte sich eine an. Während er genüsslich daran zog, beobachtete er weiterhin den Waldrand. Immer wenn er an seiner Zigarette zog, glühte die Spitze orange auf. Beobachtete er einen bestimmten Bereich, oder starrte er einfach nur so, um die Zeit zu überbrücken, die er für die Zigarette brauchte? Ellie wusste es nicht. Sie verhielt sich still, atmete kaum noch, hielt das Gesicht gesenkt, weil sie befürchtete, das Licht der Bäckerei könnte darauffallen und es im Dunkeln sichtbar machen.

Die Tür ging auf. Ein Mann erschien und rief laut über den Parkplatz. Der andere ließ die Zigarette fallen und trat sie hastig aus. Dann drehte er sich um, überquerte mit langen Schritten den Parkplatz und verschwand im Inneren des Gebäudes. Jetzt war niemand mehr draußen. Die vier Lieferwagen standen mit geöffneten Ladeklappen unbeobachtet da.

Ellie Brock überlegte nicht lange. Sie stand auf, musste sich dafür mühsam am Baum hochziehen, und schlich durch das Unterholz zum Waldrand. Dort angekommen blieb sie stehen, wartete kurz und rannte dann, so schnell es ihr möglich war, über den Platz. Sie nahm den ihr am nächsten stehenden Lieferwagen ins Visier, erreichte ihn, ohne dass die Tür der Bäckerei wieder jemanden ausgespuckt hätte. Hastig zog sie zwei Laibe Brot, die noch warm waren und unglaublich gut rochen, hervor, packte sie in ihre Armbeuge, legte noch ein Rosinenbrötchen oben drauf, schnappte sich zwei Lagen Butterkuchen und lief vollbeladen in den Wald zurück.

Dort fiel sie zu Boden und begann zu fressen.

In den nächsten Tagen erwies sich die Zeit als tückische Angelegenheit, und Sebastian bekam einen schmerzhaften Eindruck davon, was Relativität in diesem Zusammenhang bedeutete. Frühmorgens, sobald die Sonne aufging, machte er sich im Stall an die Arbeit – sehr zum Leid seiner Bewacher, die sich wohl auf einen ruhigen Job gefreut hatten. Er mistete die Boxen aus, verteilte neues Stroh, führte die Pferde auf die Koppeln, fütterte und tränkte sie, kümmerte sich um die Hufe, verabreichte, wenn nötig, Medikamente, bürstete die Tiere, flickte das Zaumzeug. Daneben kümmerte er sich noch um Edgars Beerdigung und bestellte einen Tischler, der die Haustür reparierte. Das war mehr Arbeit, als eine Person allein schaffen konnte, aber er hatte Lars nicht angerufen, weil er sie allein schaffen wollte! Er schuftete von früh bis spät, machte kaum Pausen, aß wenig. Denn solange sein Körper aktiv war und sein Kopf sich auf die gewohnte Arbeit konzentrieren durfte, konnte er es halbwegs ertragen. Aber wehe, er setzte sich hin, um etwas zu trinken, wehe, er nahm sein Mittagessen allein in der Küche ein, wehe, er versuchte abends vor dem Fernseher abzuschalten. Dann schlugen Erinnerung und Befürchtung gemeinsam mit starker Hand zu, dann flammten Bilder in seinem Kopf auf, vor denen er Angst hatte.

In die Kanzlei fuhr er nicht, führte nur ein einziges, nicht sehr langes Telefonat mit Oltmanns. Darin erklärte er seine Situation, die der Alte natürlich schon kannte, und ließ sich auf unbestimmte Zeit beurlauben. Sebastian bat nicht darum, er verlangte es. Oltmanns zeigte Verständnis und gab den Fall Trotzek an einen erfahrenen Kollegen weiter. Er bot auch seine Hilfe an, jederzeit und uneingeschränkt. Trotzdem war Sebastian sich sicher, dass seine Stelle in der Kanzlei hinfällig war. Traurig stimmte ihn das nicht. Wahrscheinlich würde er sowieso nicht mehr dorthin zurückkehren.

Er verließ den Hof nur für die Besuche im Krankenhaus bei Anna, Saskia und Uwe. Saskia ging es schon besser, auch wenn ihr Lächeln matt und ihre Augen ohne Glanz waren. Annas Zustand veränderte sich hingegen nicht. Trotzdem war der behandelnde Arzt zuversichtlich, da ihre Vitalwerte sich stabilisiert hatten und es keine Entzündungen gab.

Am Freitag, dem dritten Tag nach Sebastians Rückkehr auf den Hof, fand Edgars Beerdigung statt. Durch diesen Tag musste er sich allein kämpfen, denn Saskias Arzt hatte trotz ihrer anstehenden Entlassung davon abgeraten, sie einer solchen Situation auszusetzen. Körperlich sprach kaum etwas dagegen, psychisch würde sie es aber wahrscheinlich nicht durchstehen.

Der Tag war eine Qual. Jede Minute dehnte sich bis zur Unerträglichkeit, und je näher der Zeitpunkt der Abfahrt rückte, desto sehnlicher wünschte Sebastian, er könne sich wie ein kleiner Junge, für den das Wort Verantwortung noch keine Bedeutung hat, unter seine Bettdecke verkriechen. Derwitz rückte mit einem riesigen Aufgebot an. Eine große Zahl bewaffneter und mit Sprechfunk verbundener Beamter in Zivil sicherten den kleinen Friedhof von Bentlage und die nähere Umgebung ab. Sie hofften, Ellie Brock würde sich während der Beerdigung zeigen, doch den Gefallen tat sie ihnen nicht. Sie zeigte sich auch nicht auf dem Schneiderhof, der nur zur Tarnung verwaist war, auf dem sich aber sieben Beamte versteckt hielten. Die Unruhe im Ort war groß und auch für Sebastian spürbar, obwohl er mit kaum jemandem sprach und es im Anschluss an die Zeremonie auf dem Friedhof auch keine Zusammenkunft gab. Ob die Leute dafür Verständnis hatten oder nicht, war ihm herzlich egal. Bis zu dem Zeitpunkt, da er die kleine Schippe in den Erdhaufen neben dem offenen Grab stach, sie mit dunkler, feuchter Muttererde füllte und diese auf den Sarg seines Vaters warf, war sich Sebastian seiner Gefühle nicht sicher gewesen. Nachdem er Edgar diese letzte Ehre erwiesen hatte, war er es. Anna und Edgar waren seine Eltern! Sie mochten ihn belogen haben, hatten ihm gleichzeitig aber auch ein normales, behütetes Leben ermöglicht. An Edgars offenem Grab gab es nichts zu verzeihen, eher musste er seinen Vater um Verzeihung bitten dafür, in jener Nacht nicht da gewesen zu sein, ihm nicht zur Seite gestanden zu haben.

Der Nachmittag, der auf die Beerdigung folgte, war eine Katastrophe. Sebastian fand einfach nicht die Kraft, sich in die gewohnte Arbeit auf dem Hof zu stürzen. Er wäre gern allein in die Wälder geritten, nur er und sein alter Freund Falco, so wie früher, doch die Beamten waren dagegen. Sie konnten nicht reiten. Aus Frust strich Sebastian die Schuppenwand, verdeckte mit weißer Farbe den Blutfleck vom Blut seines Vaters. Das gab ihm den Rest. Abends saß er vor dem Fernseher und betrank sich. Nach einer halben Flasche Whiskey verstand Sebastian, warum es so beliebt bei den Menschen war, Probleme im Alkohol zu ertränken –

es funktionierte wunderbar und ohne große Anstrengung. Vor dem laufenden Fernseher kippte er irgendwann einfach auf die Seite und schlief auf der Couch ein.

Im rötlichen Schein des kleinen Feuers betrachtete sie ihre zerschundenen, schmerzenden Finger. Sämtliche Nägel waren entweder abgebrochen oder eingerissen, einer gar so tief, dass der Dreck ins Nagelbett eingedrungen war und eine Entzündung verursacht hatte. Der Finger pochte schmerzhaft, war rot und dick angeschwollen. Außerdem tat ihr der Rücken weh. Tief drinnen in den Lendenwirbeln hatte sich etwas verschoben, sie spürte es bei jeder Bewegung. Aber sie hatte geschafft, was sie sich vorgenommen hatte. Der Vogelkot und das alte, vor Jahren abgebrannte Holz waren aus der Höhle verschwunden, die störenden Steine hatte sie an der niedrigen hinteren Wand aufgestapelt. In der Mitte hatte sie mit einem im Wald gefundenen Schraubenzieher ein Loch in den felsigen Boden gestemmt, in dem jetzt das kleine Feuer wärmend loderte. Einige hundert Meter vom Berg entfernt hatte sie einen zwei Meter großen Ilex mit den nackten Händen aus dem Boden gegraben, ihn zur Höhle hinaufgezerrt und damit den Eingang verdeckt. Sechsmal war sie den Fels hinuntergestiegen, hatte vom Ufer des Sees aus hinaufgeschaut, um zu überprüfen, ob ihre Tarnung perfekt war. Sie war es. Außer bei Nacht natürlich. Das Feuer war zwar nur klein, und es brannte in der Bodenvertiefung, trotzdem konnte ein geübter Beobachter den rötlichen Schein vom Ufer des Sees aus erkennen. Das musste sie in Kauf nehmen. In der Höhle wurde es nachts unangenehm kalt, sie konnte dort nicht ohne Feuer schlafen. Zum Glück hatte sie in jener Nacht, als sie bei ihrem Ritual gestört worden war, die Streichhölzer eingesteckt. Aber viele waren nicht mehr übrig. Sie musste haushalten damit.

Ellie Brock war fürs Erste zufrieden. Es war dies nicht das beste Versteck, aber für eine Zeit lang würde es gehen. Die Wunden an den Fingern würden heilen, und den Rücken behandelte sie mit frischen Brennnesselzweigen. Lange musste sie ohnehin nicht hier ausharren. Schon bald würde sie mit Hans in dem großen Haus am Hang leben. Spätestens dann würde sie nicht mehr daran denken, dass sie wie ein wildes Tier in einer Höhle im Wald gelebt hatte.

Sie ergriff den Rest des Brotlaibs. Ein halber Butterkuchen lag noch auf der kleinen Erhebung neben dem Feuer, mehr war nicht übrig geblieben. In ihrem Heißhunger hatte sie viel zu viel in sich hineingestopft, hatte so lange gefressen, bis ihr schlecht geworden war. Zwar würde sie nicht mehr allzu lange hier ausharren müssen, aber ein paar Tage vielleicht doch, also musste sie zwangsläufig der Bäckerei einen weiteren Besuch abstatten. Es war ein weiter Weg bis dorthin, mehr als drei Stunden zu Fuß, einige steile Anhöhen waren zu überwinden, aber das würde sie in Kauf nehmen. Denn noch einmal solchen Hunger verspüren wollte Ellie auf keinen Fall!

Sie riss ein Stück von dem Brotlaib ab, steckte es sich in den Mund und kaute darauf herum. Dabei betrachtete sie das Endstück, den Knust, wie ihre Mutter es genannt hatte, und hatte eine Idee. Die braun gebrannte Rinde war jetzt schon hart, morgen würde sie noch trockener und noch härter sein. Es war nicht dasselbe wie die wunderschöne Schale aus Ebenholz, die sie im Haus hatte zurücklassen müssen, würde für ihre Zwecke aber reichen. Sie pulte mit ihren schmutzigen Fingern den Teig aus dem Knust, so lange, bis alles heraus war und eine Art Gefäß entstand.

Auf dem Boden kippte es wegen seiner Form sofort um, wenn sie es aber einbuddelte, erfüllte es auf jeden Fall seinen Zweck. Ellie lächelte. Ein weiteres Problem war gelöst. Mit wie wenig ein Mensch doch zurechtkam, wenn es sein musste.

Sie nahm ihren kleinen Schatz in die Hände und strich sanft mit den Fingern darüber. Es handelte sich um ein kleines Stück Stoff, herausgerissen aus einem karierten Hemd. Als sie Hans das Geschenk vor die Haustür gelegt hatte, hatte sie die Stalltür unverschlossen vorgefunden und war hineingegangen. Darin war es dunkel und warm gewesen, und die Pferde hatten sie mit ihren großen schwarzen Augen angeglotzt. Ellie mochte keine Pferde, hatte sogar Angst vor ihnen. Deshalb hatte sie sich auch nicht weit in den Stall hineingetraut. Neben der Tür hingen an der Wand einige Kleidungsstücke: Jacken, Hosen, Hemden. Sie hatte das karierte Hemd nur anfassen müssen, um zu spüren, dass es ihrem Jungen gehörte. Auch jetzt konnte sie die Energie, seine Energie, darin spüren. Sie legte es in das ausgehöhlte Brot. Es passte perfekt hinein. Na also! Die Energie darin würde sie nutzen müssen, hatte sie doch in seinen Augen gesehen, dass er noch nicht so weit war. Sie nahm es ihm nicht übel, zu viele Jahre hatte er in dieser anderen, fremden Welt verbracht, sodass seine eigene Mutter für ihn eine Fremde geworden war. Das Band der Liebe aber war noch vorhanden. Es konnte nicht getrennt werden, von nichts und niemandem.

Die Hitze des kleinen Feuers schien sich in Ellies Körper ausgebreitet zu haben. Ihr war plötzlich heiß. Sie wäre so gern aufgesprungen und zu ihrem Hans gelaufen. Aber das ging nicht, sie musste noch warten. Solange die Männer noch da waren, durfte sie es nicht versuchen. Diese Männer waren gefährlich, sie durfte ihnen nicht zu nahe kommen. Aber die Zeit war auf ihrer Seite. Irgendwann würden sie gehen. Sie musste nur warten, geduldig sein. So viele Jahre hatte sie gewartet, da machten zwei oder drei Tage keinen Unterschied.

Wieder lächelte Ellie Brock, nahm einen Ast und schürte damit das heruntergebrannte Feuer.

Samstag

Der Whiskey und die verkrümmte Schlafposition auf der Couch waren die Foltermeister des beginnenden Tages. Welcher von beiden sein Handwerk besser beherrschte, vermochte Sebastian nicht zu entscheiden, als er eine halbe Stunde vor Sonnenaufgang erwachte. Sein Gehirn presste sich druckvoll gegen die Schädelhülle, seine Augen schienen platzen zu wollen. Im Mund spürte er einen pelzigen Belag, der sich bis in den Magen fortsetzte. Als er sich langsam zu regen begann, rebellierten Muskeln am ganzen Körper. Mit vor Schmerz verzerrtem Gesicht und zusammengebissenen Zähnen schaffte Sebastian es, sich aufzusetzen. Auf der Kante der Couch war aber schon wieder Schluss, zu weiteren Anstrengungen ließ sein Körper sich nicht überreden. Also saß er da, hielt seinen pochenden Kopf in den Händen und schluckte mühsam den Drang hinunter, kotzen zu müssen.

Zeit war in diesem Zustand unerheblich, und so vergingen sicher zehn Minuten, in denen er sich Vorwürfe machte, weil dies doch der Tag war, an dem er Saskia aus dem Krankenhaus zu sich auf den Hof holen durfte. Da machte es sich sicher gut, wenn er total verkatert, schlecht gelaunt und schweigsam im Krankenhaus auftauchte. Sebastian verfluchte sich für sein Verhalten. Es war aber geschehen, nicht mehr zu ändern, also musste er einen Weg finden, wieder in Form zu kommen. Und zwar so schnell wie möglich!

Noch auf der Kante der Couch hockend und dem allmorgendlichen Konzert der Vögel lauschend, wurde ihm klar, dass es nur einen Weg gab, wieder zu sich selbst zu finden, sein Inneres in Gleichklang zu bringen. Immer wenn in seinem Leben etwas schief oder aus dem Ruder gelaufen war, immer wenn sein Kopf hatte aufgeräumt werden müssen, hatte er Falco gesattelt und war mit ihm durch die Wälder geritten. Keine Therapie der Welt konnte seiner Psyche, die ebenfalls deutlich angeknackst war, mehr helfen, keine noch so kalte und lange Dusche würde seinen Kopf klarer spülen. Und die Muskeln wären nach einem Ritt ebenfalls wieder locker.

Also, was gab es noch zu überlegen? Die Zeit hatte er; es war gerade mal halb sechs, vor zehn Uhr durfte er Saskia ohnehin nicht abholen. Falco wartete sicher sehnsüchtig auf einen kleinen Ausflug. Allerdings waren seine Bewacher dagegen, das wusste Sebastian. Durfte er sie einfach übergehen, sich still und heimlich vom Hof schleichen? Hatten sie ihm überhaupt Vorschriften zu machen? Wahrscheinlich nicht. Andererseits war er auf ihre Hilfe angewiesen. Ach, scheiß drauf! Wenn sie gehen wollten, sollten sie es doch tun! Ellie Brock würde sowieso nicht wieder hier auftauchen, solange die beiden sich auf dem Hof herumtrieben.

Sebastian drückte sich mühsam hoch, bekämpfte Schwindel und Übelkeit, stolperte ins Bad, spritzte sich minutenlang kaltes Wasser ins Gesicht, kämmte sein zerzaustes Haar und zog sich Reitkleidung an. Als er vor die Tür trat, schlenderte einer seiner Bewacher bereits rauchend über den Hof. Bis eben hatte Sebastian gehofft, die beiden würden noch schlafen. Er hatte ihnen eines der beiden Gästezimmer zur Verfügung gestellt, in dem es zwei gemütliche

Einzelbetten gab, aber offensichtlich nahmen sie ihren Schichtdienst auch dann ernst, wenn ihr Chef ihnen nicht über die Schulter sah.

»Morgen«, sagte der Mann.

Er hatte sich Sebastian vorgestellt, doch der Name war nicht haften geblieben. Ein breitschultriger, höchstens dreißigjähriger, gut aussehender Typ, der Selbstbewusstsein ausstrahlte. Für die frühe Zeit wirkte er erstaunlich wach. Sebastian wusste sofort, dass er ihm in einer verbalen Auseinandersetzung nicht gewachsen war. Nicht jetzt und in diesem Zustand.

»Was haben Sie vor?«, fragte der Beamte.

»Eines der Pferde bewegen«, sagte Sebastian knapp und wollte an ihm vorbei.

»Wir waren uns doch einig, was das Reiten in den Wäldern angeht, oder nicht?«, sagte der Beamte.

Sebastian blieb nur kurz stehen, sah den Mann nicht mal an. »Hören Sie, ich werde jetzt auf jeden Fall einen kurzen Ausritt machen, egal, wie Sie dazu stehen. Ich bin für Ihre Hilfe dankbar, kann aber die nächste halbe Stunde darauf verzichten. Es wird schon nichts passieren.«

Da gab es noch so viel, was er als Erklärung oder Rechtfertigung hätte anfügen können, doch Sebastian tat es nicht. Stattdessen hob er den Kopf und sah den Beamten doch noch an. Er konnte erkennen, wie dem jungen Mann seine Erwiderung im Halse stecken blieb. Was auch immer in seinem Gesicht zu lesen stand, war mehr als deutlich und machte jedes weitere Wort sinnlos.

»Ich werde es aber KHK Derwitz melden müssen«, sagte der Beamte.

Sebastian nickte. »Tun Sie das. Ich habe ein Handy dabei. Wenn etwas sein sollte, rufe ich an.«

Damit wandte er sich ab und verschwand im Stall. Er spürte noch die Blicke des Beamten in seinem Rücken, als die Tür hinter ihm längst zugefallen war. Sebastian schüttelte sie ab und machte sich an die Arbeit. Führte Falco aus der Box durch die hintere Tür auf die Koppel, band ihn dort an, erledigte die Pflegearbeiten und holte dann seinen Sattel. Zehn Minuten später saß er hoch oben im Sattel, unter sich einen erwartungsvoll tänzelnden Falco, hinter sich zwei finster dreinblickende Beamte, vor sich den sanft abfallenden Hang und die dunkel schimmernden Wälder. Die vollständig aufgegangene Sonne befand sich hinter den Hügeln. Er fragte sich, ob es nicht besser gewesen wäre, eines von Edgars Schrotgewehren mitzunehmen.

Egal jetzt! Er saß auf einem schnellen Pferd. Was sollte ihm da schon passieren? In gemächlichem Trab lenkte er Falco die Wiese hinab. Der Geruch des Pferdes und des frischen Grases stieg ihm in die Nase, vertrieb jenen des Alkohols, den sein Körper noch immer ausströmte. Schnell erreichten sie den Wald, nahmen jenen Eingang zwischen den Bäumen, den sie immer nahmen. Nur kurz schweifte sein Blick zu jener Stelle ab, an der er vor ein paar Tagen – war das wirklich erst ein paar Tage her? Es schien ihm wie eine Ewigkeit – den bestialisch zugerichteten Taifun gefunden hatte.

Ihr Weg führte sie tiefer in den Wald hinein. Sebastian hatte vor, bis zum See zu reiten, eine Weile am Fuße des Adlerrückens entlang und dann in einem weiten Bogen zurück zum Hof. Längst waren Falco und er zu einer Einheit geworden, zwei Körper in harmonischer Bewegung. Die Schmerzen in seinen Muskeln waren weg, sein Kopf fühlte sich freier an. Vor sich sah er zwischen den Stämmen der Kiefern und Fichten das Wasser des Sees hindurchschimmern. Wenige Minuten später stoppte er Falco am steil abfallenden Ufer. Die Sonne hatte in der vergangenen halben Stunde an Höhe gewonnen, sodass die Hälfte des Sees, an dessen Ufer er sich befand, in ihrem Licht glitzerte, wogegen die andere noch im tiefen, schwarzen Schatten des Waldes lag. Unheimliches Wasser, an dessen harter Oberfläche Blicke abprallten. Falco schnaubte unruhig, so als hätte er etwas gehört oder gesehen. Seine Ohren bewegten sich hin und her, wollten die Richtung eines Geräusches lokalisieren, das Sebastian selbst nicht wahrgenommen hatte. Er zog am Zügel, lenkte Falco nach links und führte ihn langsam auf dem schmalen Uferweg entlang. Vor ihnen ragte der gewaltige Adlerrücken auf. Das obere Drittel des Felsens wurde von der Sonne angeschienen und strahlte weiß. Die untere Hälfte, dort, wo es eine Vielzahl kleiner Höhlen gab, lag im Schatten. Sebastian ließ seinen Blick kurz darübergleiten, weil er meinte, eine Bewegung gesehen zu haben, musste sich dann aber wieder auf den schmalen Weg konzentrieren.

Am Fuße des Adlerrückens führte er Falco nach links, ganz nah an der Felswand entlang. Hier war der Weg sandig, hin und wieder ragten Steine daraus hervor. Hoch über ihnen kreischte ein Raubvogel. Sebastian stoppte Falco, legte den Kopf in den Nacken und sah zum Himmel empor. Der Vogel zog dort oben einsam seine Runden. Ein Bussard wahrscheinlich, genau konnte Sebastian es gegen die Sonne nicht erkennen, aber von dieser Gattung gab es viele hier. Seine Augen begannen zu tränen, er wollte schon wegsehen, als er erneut glaubte, eine Bewegung irgendwo im dunklen Teil der Felswand gesehen zu haben. Durch den Schleier seiner Tränen hindurch konnte er aber nichts erkennen.

Plötzlich vibrierte sein Handy.

Sebastian holte es aus der Außentasche seiner Jacke. Auf dem Display stand eine Nummer, die er nicht kannte. Er nahm das Gespräch trotzdem an. Es war Derwitz. Zwei Minuten lang hielt er ihm einen Vortrag, warf ihm vor, die Arbeit der Polizei zu erschweren, Steuergelder zu verschwenden, sein Leben unnötig in Gefahr zu bringen und und und. Dann befahl er ihm, augenblicklich auf den Hof zurückzukehren.

»Jaja«, sagte Sebastian und beendete das Gespräch, das eigentlich ein Monolog gewesen war.

Er steckte das Handy zurück und trieb Falco an. Derwitz hatte natürlich recht mit allem, was er sagte, aber Derwitz steckte auch nicht in seiner Haut.

»Es ist verdammt schwierig, jemanden zu finden, der nicht gefunden werden will. Und wenn diese Person auch noch Übung darin hat, kein Lebenszeichen zu hinterlassen, tja … was soll ich sagen, du siehst es ja selbst. Sie ist jetzt seit fast einer Woche wie vom Erdboden verschluckt.«

Uwe Hötzner nahm zum wiederholten Mal die abgeschraubte Antenne eines Kofferradios, schob sie tief unter den Gips und kratzte sich damit. Dabei verzog er sein Gesicht, als litte er an einer monströsen Verstopfung.

»Für so eine Verrückte ist es ihr erstaunlich gut gelungen, ihre Spuren zu verwischen. Heute wie damals. Derwitz hat wirklich nichts über die Zeit gefunden, seitdem sie aus dieser betreuten Wohnanlage verschwunden ist. Keine Kfz-Zulassung, kein Eintrag im Melderegister, keine Sozialleistungen, keine Steuern, nichts. Als hätte es nie eine Ellie Brock gegeben. Jetzt haben wir zumindest ihre Fingerabdrücke von dem Forkenstiel, den Briefen, dem Gewehr, aus eurem Haus und auch die Blutgruppenbestimmung vom Gebiss eures Hundes, aber auf ihre Spur bringt uns das auch nicht. Und mit wem wir es zu tun haben, wissen wir ja ohnehin schon.«

Sebastian sah Uwe dabei zu, wie er versuchte, die Antenne noch tiefer zu versenken. »Dann müssen wir also warten, bis sie erneut zuschlägt, oder wie soll ich das verstehen?«, fragte er.

Uwe zog die Antenne aus dem Gips raus, schob sie zusammen und legte sie neben sich in den Rollstuhl. »Fünf Menschen sind getötet worden, da warten wir nicht einfach ab und schauen, was passiert. Die Suche läuft unvermindert weiter, aber ohne eine konkrete Spur …« Uwe ließ den Satz unvollendet und machte eine Pause, bevor er weitersprach. »Derwitz meint, sie könnte auf der Flucht in den Wäldern umgekommen sein. Vielleicht hat er recht, und sie liegt tatsächlich irgendwo im Unterholz und vergammelt längst. Vielleicht hat sie aber auch aufgegeben und sich aus dem Staub gemacht. Auf Nimmerwiedersehen sozusagen.«

Sebastian fixierte ihn. »Und das glaubst du wirklich?«

Uwe beugte sich vor, nahm die Kaffeetasse und trank einen Schluck. Manche Menschen konnten nachdenklich trinken, und das tat Uwe gerade. Sebastian ahnte die Antwort voraus.

»Nein«, sagte Uwe erwartungsgemäß. »Ich würde es gern, aber das wäre eine gefährliche Verdrängung der Realität. Hat Derwitz dir eigentlich mehr erzählt als mir? Ich habe nämlich den Eindruck, er hält sich mit Informationen sehr zurück. Als Rache für unsere Eigenmächtigkeit wahrscheinlich.«

Sebastian zuckte mit den Schultern. »Nein, ich weiß

auch nicht mehr. Zuletzt hat er mich heute früh angerufen, um mich ordentlich zur Schnecke zu machen.«

Uwe zog die Stirn kraus. »Warum denn das?«

Sebastian erzählte von seinem Ausritt und Derwitz' Anruf. Daraufhin bildeten sich ein paar beängstigend tiefe Falten auf Uwes Stirn. »Derwitz hat dich völlig zu Recht gefaltet. Wenn er es nicht getan hätte, müsste ich es jetzt tun … genau genommen müsste ich es trotzdem noch mal tun, doppelt hält ja bekanntlich besser. Herrgott noch mal, Junge! Wie kann man nur so leichtsinnig sein! Ich liege hier herum und zermartere mir den Kopf, wie ich euch helfen kann, und du reitest unbeschwert durch die Wälder und genießt den Sonnenaufgang!«

»So war es ja nun auch …«

»Ach, komm, drauf geschissen, ich will keine Ausflüchte von dir hören.«

Uwe beugte sich vor. Sein Blick legte Sebastian in Ketten. »Stattdessen will ich ein Versprechen von dir hören.«

»Was für ein Versprechen?«

»Dass du so eine Scheiße nicht noch mal machst, wenn du gleich die Kleine mit nach Hause nimmst. Ich habe an jedem der letzten vier Tage mit ihr gesprochen, und ich sage dir, sie ist was ganz Besonderes. Du kannst dich wirklich glücklich schätzen. Ehrlich. Und wenn du auf dieses Mädchen nicht besser aufpasst als auf dich, reiße ich dir persönlich den Arsch auf. Gips hin oder her!«

Das Pflaster an Saskias Stirn war verschwunden, genauso wie der Glanz und das Strahlen ihrer Augen. Ihr Blick war matt, stumpf und leer, die dunklen Seen ihrer Pupillen, von denen Sebastian so fasziniert gewesen war, wirkten trüb. Der Arzt hatte ihn davor gewarnt. Zwar wurde die Dosierung der Beruhigungsmittel seit drei Tagen sukzessive heruntergefahren, doch war immer noch genug von dem Medikament in ihrem Blutkreislauf, um sie verändert wirken zu lassen. Fahrig, abwesend, ohne Energie. Der Arzt hatte Sebastian versprochen, dass sie in wenigen Tagen wieder die Alte sein würde. Eine blöde Phrase, typisch Arzt! Sie würde nie wieder die Alte sein, und Sebastian konnte nur hoffen, dass sie die Kraft hatte, trotzdem weiterzumachen und diese furchtbare Geschichte irgendwie zu verarbeiten. Physisch gesehen ging es ihr gut. Die Wunde am Finger war ordentlich verheilt, ebenso wie die Wunde an der Stirn. Um den Brustkorb trug sie einen elastischen Verband, der ihre Rippen vor zu hoher Belastung schützte.

Während der Fahrt vom Krankenhaus zum Hof hielt Saskia ihre verstümmelte Hand am Handgelenk fest, als hätte sie Angst, sie könne verloren gehen. Sie war schweigsam, sprach nur ein paar Sätze, blickte die meiste Zeit zum Seitenfenster hinaus. Schnell war innerhalb des Wagens eine bedrückende, wortlose Enge entstanden, denn schon an der Stadtgrenze wusste auch Sebastian nicht mehr, was er sagen sollte.

Draußen zog eine wunderschöne, in sanftes Sonnenlicht getauchte Landschaft vorbei, doch die Wärme und die Farbenpracht der Blüten drangen nicht bis ins Wageninnere vor. Sebastian war froh, als sie endlich auf den Hof rollten. Er ließ den zivilen Polizeiwagen vorbei, parkte den Rover seiner Eltern in dem Schuppen und stellte den Motor ab.

Kurz herrschte eine beängstigende Stille.

»Und du willst das wirklich?«, fragte Sebastian.

Saskia antwortete nicht sofort. Als sie ihn schließlich anblickte, sah er, dass sie geweint hatte.

»Saskia, ich …«

»Nein«, sie schüttelte den Kopf, »ist schon gut ... lass mich nur kurz zu mir kommen.«

Sie schniefte und wischte sich mit der unverletzten Hand die Augen trocken.

»Ich habe mich wirklich unsagbar darauf gefreut, dich heute abzuholen. Ich habe dich vermisst, mehr als ich es mir hätte vorstellen können, aber wenn du doch lieber ...«

Saskia unterbrach ihn, indem sie sich zu ihm rüberbeugte und ihn sanft auf den Mundwinkel küsste. Ihre Lippen waren kalt.

»Ich liebe dich«, sagte Saskia leise. »Lass mir einfach ein bisschen Zeit. Es ist so viel passiert ... ich fühle mich noch immer wie betäubt. Es reicht schon, wenn ich weiß, dass du für mich da bist.«

Sebastian streichelte ihre Wange, die sich ebenfalls kalt anfühlte. »Jederzeit.«

Sie stiegen aus dem Wagen. Sebastian ging um das Heck, um Saskia die Tür aufzuhalten, doch sie kam ihm zuvor. Also nahm er die große Sporttasche vom Rücksitz, in der sich ihre Kleidung und ein paar persönliche Gegenstände aus ihrer Wohnung befanden. Sebastian hatte die Dinge nach ihren Wünschen für sie geholt, denn Saskia wollte ihre Wohnung noch nicht betreten.

Einer der beiden Personenschützer stand am westlichen Rand des Hofes und suchte mit einem kleinen Fernglas die Koppeln und den Waldrand ab. Der andere war ins Haus verschwunden, um es zu überprüfen. Es war jedes Mal die gleiche Prozedur, wenn sie nach einer Abwesenheit auf den Hof zurückkehrten. Obwohl die Beamten sich seit fast einer Woche hier oben langweilten, nahmen sie ihren Job immer noch ernst.

Sebastian trug die Tasche ins untere Gästezimmer. Er hatte es in den vergangenen Tagen zu seinem und Saskias Schlafzimmer umfunktioniert. Dazu hatte er die beiden altmodischen Betten zusammengeschoben, sodass eine Art Doppelbett entstanden war. Ansonsten war alles vorhanden. Großer Kleiderschrank, zwei Nachtschränke, ein großer Spiegel mit einem Schminktisch davor sowie zwei metallene Kleiderständer. Der Raum wirkte altmodisch und spießig, aber er war im Moment die einzige Alternative. Sebastians eigenes Schlafzimmer war unbewohnbar und würde es wohl auch für immer bleiben, und in dem seiner Eltern wollte er auf Dauer nicht schlafen, schon gar nicht zusammen mit Saskia.

Er stellte die Tasche aufs Bett und machte eine ausladende Handbewegung.

»Für eine Innenarchitektin natürlich eine Zumutung, aber ich hoffe, fürs Erste wird es gehen«, sagte er.

»Ganz bestimmt. Wichtig ist nur, dass ich nicht allein schlafen muss.«

Sebastian ging zu ihr und nahm ihre unverletzte Hand. »Kommst du mit raus? Du könntest Falco begrüßen. Ich glaube, er hat dich auch vermisst.«

Saskia sah ihn an, doch in ihrem Blick war kein Interesse. Keine Trauer, keine Wut, kein Schmerz, nur ein großes Nichts. Es war ein erschreckender Blick, und Sebastian hoffte inständig, er möge wirklich nur von den Tabletten herrühren. Er sah, dass sie den Kopf schütteln wollte.

»Bitte!«, sagte er schnell. »Ich helfe dir dann später beim Einräumen, okay?«

Sie zögerte kurz und sagte dann: »Also gut.«

Sie verließen das Haus. Nah beieinander schlenderten sie zwischen den Koppelzäunen hindurch auf die hintere

Wiese zu. Es roch nach frischem Gras und den Pferden, ein leichter Wind brachte den brackigen Geruch des Sees mit herüber. Die Sonne wurde durch leichte Federwolken abgemildert. Sie erreichten den höchsten Punkt des Hügels und blieben stehen. Schweigend betrachteten sie die Pferde. Alle achtzehn Tiere standen am anderen Ende der Koppel und grasten mit gesenkten Köpfen. Einzig Falco zeigte Interesse. Er hob den Kopf, sah sie, schnaubte einmal und kam in gemächlichem Tempo herüber.

»Siehst du, er hat dich wiedererkannt«, sagte Sebastian.

Tatsächlich schien ein kleines Lächeln über Saskias Gesicht zu huschen.

Als Falco nah genug heran war, streckte Saskia ihre offene Hand zwischen den Zaunlatten hindurch. Falco senkte den großen Kopf und rieb seine Nüstern in ihrer Handfläche. Seine Ohren zitterten dabei, sein Schweif schlug hin und her, um die lästigen Fliegen zu verscheuchen.

»Seine Nase ist so unglaublich weich«, sagte Saskia.

»Und auch sehr empfindlich. Da lässt er nicht jeden ran.«

Falco verlor das Interesse, schnaubte noch einmal und machte sich dann auf den Rückweg zu seiner Herde.

»Er weiß, wo er hingehört«, sagte Saskia, während sie ihm nachschaute.

Ihre Worte trafen Sebastian tief. Dass es schwer werden würde, hatte er geahnt, auch, dass es sehr lange dauern könnte, aber nicht für eine Sekunde hatte er daran gezweifelt, dass es funktionieren würde. Ihre Worte jetzt und der Tonfall, mit dem sie sie ausgesprochen hatte, ließen ihn plötzlich doch zweifeln. Er drehte sich zu Saskia um, legte ihre die Hände auf die Schultern und zog sie ein Stück heran. Dann ließ er die Hände zur Taille gleiten und schloss sie hinter ihrem Rücken. Schloss sie in einen Kreis ein, der nur für sie beide da war.

»Natürlich weiß er es, er hat ja nie etwas anderes kennengelernt. Auch du wirst irgendwann wieder wissen, wohin du gehörst, ganz bestimmt. Und egal, wie du dich entscheidest, ich werde an deiner Seite sein … wenn du es willst.«

Sie sah zu ihm auf. Ihre Augen waren groß und fragend. »Du würdest den Hof aufgeben, wenn ich hier nicht bleiben will? Für mich?«

Sebastian nickte. »Ich würde alles für dich tun.«

Gleichzeitig hoffte er aber, dieses Versprechen nie einlösen zu müssen.

Montag

Tarek Özgün stand vor der offenen hinteren Ladeklappe seines Lieferwagens und wollte seinen Augen nicht trauen. Das konnte doch nicht wahr sein! Dann drehte er sich ruckartig um und starrte zum Waldrand. Der Parkplatz wurde von drei hohen Bogenlampen ausreichend erhellt, doch dieses Licht endete an den Büschen und Bäumen. Was sich dahinter befand, lag im Dunkel des frühen Tages. Tarek kniff trotzdem die Augen zusammen und suchte den Waldrand ab. Dabei ging er langsam über den Platz darauf zu. Wohl war ihm nicht zumute, denn eines war klar: Zum dritten Mal innerhalb einer Woche hatte er sich nicht geirrt, und seine Kollegen spielten ihm ganz sicher auch keinen Streich. Wo also sollten die drei großen Roggenbrote und die vier Lagen Butterkuchen hin sein, wenn nicht irgendein Arsch morgens in der Dunkelheit im Wald hockte, wartete, bis die Wagen beladen wurden, und sich dann frech daran bediente. Und immer Roggenbrote, nur die großen, dazu Butterkuchen, der erst vor einer halben Stunde frisch aus dem Ofen gekommen war. Das Fieseste war aber, dass dieser Arsch sich nur an seinem Wagen bediente!

»Hey!«, rief Tarek über den Platz. »Ich hab dich gesehen, komm raus da oder ich polier dir die Fresse.«

Keine Reaktion. Kein Rascheln im Unterholz, kein Knacken von Zweigen. Absolute Stille. Nicht einmal die sonst üblichen Vögel waren zu hören. Tarek hatte eigentlich bis ganz an den Waldrand gehen wollen, vielleicht sogar ein Stück weit hinein, um zu sehen, ob es irgendwelche Spuren gab. Von diesem Vorhaben ließ er jetzt aber ab. Er blieb stehen. In seinem Inneren machte sich Angst breit. So starke Angst, dass er sogar ein paar Schritte rückwärts ging. Freilich ohne dabei den Waldrand aus den Augen zu lassen. Er hatte nichts, absolut nichts gesehen, und doch war ihm die Angst in die Glieder gefahren, als hätte er den Leibhaftigen selbst erblickt.

»Scheiße«, murmelte er und ging weiter zurück. Für die mickrigen sechs Euro Stundenlohn, die er hier für das Verteilen der Backwaren an die Filialen bekam, konnte doch wohl niemand von ihm erwarten, dass er auch noch den Hobby-Detektiv machte. No way! Sollte sich doch der blöde Vorarbeiter darum kümmern. Hatte sowieso immer die größte Fresse und wusste alles besser. Beim ersten Mal hatte Tarek noch geglaubt, die Waren gar nicht eingeladen zu haben, obwohl er sich eigentlich sicher gewesen war. Beim zweiten Mal war er sich *absolut* sicher gewesen und hatte drinnen gefragt, ob ihn jemand verarschen wollte. Und Blöker, dieser Wichser, hatte doch tatsächlich ihn für das Verschwinden der Ware verantwortlich gemacht. Mal sehen, was der Fettwanst jetzt zu sagen hatte.

Gerade als Tarek Özgün seinen Wagen wieder erreichte, ging die Tür zum Lager auf, und Blöker kam heraus.

»Was machst du hier so lange?«, blökte er sofort los, wie es seine Art war. »Meinst du, ich sortier für dich deine Order? Sieh zu, dass du deinen Arsch hier reinbewegst. Und wenn ich dich noch ein einziges Mal beim Rauchen erwische, melde ich es dem Alten.«

»Ich hab nicht geraucht, Mann. Verdammte Scheiße, bei mir ist schon wieder was aus dem Wagen verschwunden.«

Blöker kam näher. »Was ist los? Willst du mich verarschen?«

»Mann ey, ich schwör's. Ich hatte die Brote und den BK schon eingeladen, und jetzt sind sie weg. Drei Brote und vier Lagen BK. Wie vorgestern und den Dienstag davor. Mann, ich spinne doch nicht.«

Blöker schob seinen gewaltigen Bauch um den Wagen herum und spähte in den Laderaum. Die Fächer, in denen die Ware hätte liegen müssen, waren tatsächlich leer.

Blöker kratzte sich am Kopf. »Mein lieber Herr Gesangsverein! Ich hab dich doch selbst die Sachen rausschleppen sehen. Wo sollen die denn geblieben sein?«

Tarek zuckte übertrieben stark mit den Schultern. »Das weiß ich doch nicht! Ich bin wieder rein, um den Rest zu holen, und als ich wieder rauskomme, sind sie weg. Einfach weg! Verschwunden! Jemand muss am Wagen gewesen sein. Anders geht es doch nicht. Irgendein Penner versteckt sich da im Wald und lacht sich doof und dämlich über uns.« Tarek zeigte mit ausgestrecktem Arm zum Waldrand hinüber.

»Hast du jemanden gesehen?«, fragte Blöker und sah ebenfalls zum Wald.

»Ne, gesehen nicht, aber da muss doch einer sein.«

Blökers Augen verengten sich zu Schießscharten, wanderten vom Waldrand zu Tarek Özgün. Er traute dem jungen Türken nicht, hatte ihm von Anfang an nicht getraut, und wenn es nach ihm gegangen wäre, was ja nicht der Fall war, hätte der hier auch gar nicht angefangen. Dreimal hatte er ihn schon mit Käsebrötchen im Mund erwischt, obwohl die Leute genau wussten, dass sie während der Arbeit nicht essen durften.

»Jetzt hab ich aber die Schnauze voll! Du bleibst hier

am Wagen und rührst dich nicht von der Stelle. Ich gehe rein und rufe die Polizei. Die sollen sofort herkommen, und dann klären wir die Sache.«

Blöker kam etwas näher an Tarek heran und schob dabei seine Schultern und den quadratischen Schädel nach vorn. »Oder willst du mir noch etwas sagen?«

»Von mir aus können Sie ruhig die Bullen rufen. Ich hab die Sachen nicht. Vielleicht wollen Sie ja vorher noch meine Taschen kontrollieren. Mal sehen, hier, nichts drin.«

Tarek Özgün stülpte seine Hosentaschen nach außen. Außer ein paar Krümeln fiel nichts heraus. Blöker starrte ihn noch einen Moment an, dann machte er auf dem Absatz kehrt, ging ins Lager zurück und rief die Polizei.

Dienstag

Der Tag, den dem Stefanie beerdigt wurde, war ein weiterer Tiefpunkt. Sebastian hatte geahnt, dass es zu viel werden würde für Saskia, doch sie hatte sich nicht abbringen lassen. Als sie Erde auf den Sarg schüttete, musste er sie stützen.

Zurück auf dem Hof brachte er sie zu Bett, dunkelte den Raum ab und schloss die Tür. In der Küche machte er sich einen Kaffee, den er an die Arbeitsplatte gelehnt im Stehen trank. Sich Kaffee zuzubereiten und ihn in der Küche zu trinken hatte etwas Beruhigendes, Heimisches, es gab ihm das Gefühl, einem gewohnten Tagesablauf zu folgen, in dem es Zeit für ruhige Momente gab. Also reine Selbsttäuschung, die aber für den Augenblick funktionierte.

Als der Becher leer war, zog er sich seine Arbeitskleidung an und ging auf den Hof hinaus. Die Hälfte der Boxen musste noch ausgemistet werden, das war genug Arbeit bis in den späten Nachmittag. Arbeit, bei der er nicht denken musste, sich aber verausgaben konnte. Er hatte die Scheune noch nicht erreicht, da fiel ihm auf, dass er allein auf dem Hof war. Die Personenschützer waren von der Beerdigung, wohin sie Saskia und ihn begleitet hatten, nicht mit zurückgekehrt. Er hatte sie bislang überhaupt nicht vermisst. Merkwürdig war es trotzdem. Sollte er Derwitz anrufen?

Darüber nachzudenken erübrigte sich in derselben Sekunde. Ein Wagen kam um die Kurve, fuhr unter dem Torbogen hindurch und hielt mitten auf dem Hof. Heute trug Derwitz keinen Mantel, sondern zu einer schwarzen Hose ein kurzärmeliges, schwarzes Hemd. War er auch auf der Beerdigung gewesen? Sebastian hatte ihn zumindest nicht gesehen.

»Herr Schneider«, sagte er zur Begrüßung und streckte die Hand aus.

Er wirkte aufgeräumt und jovial, ganz anders als sonst. Sebastian argwöhnte sofort, dass etwas im Busch sein musste. Typen wie Derwitz änderten sich nicht, es sei denn, sie versprachen sich einen Nutzen davon. Sebastian ergriff die Hand und schüttelte sie kurz.

»Haben Sie ein paar Minuten Zeit und eventuell einen Kaffee für mich?«, fragte Derwitz.

Also gingen sie wieder ins Haus, und Sebastian kochte erneut Kaffee. Er setzte sich zu Derwitz an den Tisch.

»Gibt es etwas Neues?«, fragte er den Kommissar.

»Schon, aber leider nichts Erfreuliches. Zum einen natürlich die Tatsache, dass es bisher, obwohl vierzehn Tage vergangen sind, keine Spur und kein Lebenszeichen von Ellie Brock gibt. Es fällt uns schwer, dies einzuschätzen. Ist sie tot? Ist sie auf Nimmerwiedersehen verschwunden? Oder ist sie gerissen genug, sich so lange in der Nähe versteckt zu halten? Ich glaube nach wie vor, dass sie bei der Flucht ums Leben gekommen ist, was aber noch zu beweisen wäre. Und eben weil es so lange keine Vorkommnisse mehr gegeben hat, hat der Polizeichef gestern beschlossen, Ihre Bewachung vorerst abzuziehen, leider.«

»Aha«, machte Sebastian und wusste nicht, ob er sich darüber ärgern oder freuen sollte.

»Sie dürfen das nicht missverstehen. Natürlich wird nach wie vor mit Hochdruck an Ihrem Fall gearbeitet, aber wir haben für eine noch länger andauernde Bewachung weder die personellen noch die finanziellen Mittel. Ab morgen wird jeder verfügbare Beamte für den Castortransport benötigt. Die Situation ist schwierig, ich kann Ihnen leider keine besseren Nachrichten überbringen.«

Derwitz hob seine Kaffeetasse und trank in kleinen Schlucken. Sebastian drehte seine in den Händen hin und her und suchte nach Worten. Eigentlich wollte er sich überhaupt nicht mit Derwitz unterhalten, mit niemandem, er wollte nur in den Stall und Mist schaufeln, die Welt für eine kurze Zeit lang vergessen. Alles andere war viel zu anstrengend. Dennoch – ihm lag eine Spitze auf der Zunge, die er nicht hinunterschlucken konnte. Sie musste raus!

»Und mit meinem Ausritt hat das nichts zu tun?«

Derwitz zuckte mit den Schultern. »Ich will ganz offen sein, Herr Schneider. Natürlich musste ich diese grobe Dummheit, und anders kann ich es nicht bezeichnen, in meinen Bericht aufnehmen. Ich gehe davon aus, dass es die Entscheidung meiner Vorgesetzten beschleunigt hat, gekommen wäre sie aber so oder so.«

Derwitz räusperte sich und trank abermals von seinem Kaffee. Er schien das hier zu genießen, bekam wohl gerade seine Revanche für Sebastians und Uwes eigenmächtiges Handeln im Haus der alten Kreiling sowie für den nicht genehmigten Ausritt. Derwitz war eben doch ein Kleingeist und Erbsenzähler, aber Sebastian war das alles gerade ganz wunderbar egal. Seine Pferde und seine Ruhe waren ihm wichtiger. Also kippte er den Rest Kaffee hinunter und stand auf.

»Gut. Dann hätten wir das ja geklärt. Wenn es sonst nichts gibt, würde ich Sie jetzt gern verabschieden, Herr Derwitz. Ich hab noch so einiges zu tun.«

Derwitz starrte ihn an. Nicht lange, nur für einen Wimpernschlag, aber doch lange genug, dass Sebastian erkennen konnte, wie sehr er den Kommissar aus dem Konzept gebracht hatte. Derwitz beließ den Rest Kaffee in seiner Tasse und stand betont langsam auf.

»Ich melde mich«, sagte er und verließ grußlos die Küche.

Sebastian stand hinter dem Küchenfenster und beobachtete die Abfahrt des Kommissars. Als er fort war, wurde es sehr still auf dem Hof, und zum ersten Mal seit vierzehn Tagen spürte Sebastian die Einsamkeit wieder, die er an diesem Ort schon immer geschätzt und manchmal auch gefürchtet hatte. Doch als er jetzt zu den Ställen ging, empfand er keine Furcht. Stattdessen fühlte er sich befreit. Was auch immer passieren würde, er würde es überstehen.

Donnerstag

Der weite Himmel über dem Tal war von einem schmutziggrauen Vlies überzogen. Nichts war mehr übrig von dem marmorierten Blau-weiß des frühen Morgens. Seit Stefanies Beerdigung vor zwei Tagen war die Temperatur jeden Tag höher gestiegen und hatte jetzt die 30-Grad-Marke überschritten. Die Luftfeuchtigkeit war unerträglich. Als Sebastian und Saskia nach ihrem täglichen Besuch bei Uwe und Anna im Krankenhaus auf dem Schneiderhof ankamen, klebten ihnen die dünnen T-Shirts am Rücken. Froh, das Auto verlassen zu können, gingen sie zur äußeren Koppel hinaus. Dort wehte ein leichter Wind, der ihre erhitzten Gesichter etwas abkühlte. Deutlich spürbar lag etwas Unheilvolles in der Luft. Die Pferde waren nicht wie üblich mit Fressen beschäftigt, sondern standen dicht beieinander, hielten die Ohren angelegt und wirkten nervös.

Saskia hatte einen Arm um Sebastians Taille gelegt. Eng an ihn gepresst ließ sie ihren Blick über den Himmel gleiten. Trotz der Schwüle waren noch keine Quellwolken zu sehen, nur dieser dunkle Teppich. Als wolle der Himmel das Unwetter hinter einem Vorhang verbergen, um dann mit einem Überraschungsangriff zuzuschlagen.

»Es gibt ein Gewitter, oder?«, fragte sie.

»Ich denke schon. Wir bringen die Pferde besser in den Stall«, sagte Sebastian mit zum Himmel gerichtetem Blick.

Saskia bot ihm ihre Hilfe an, aber leider waren die Tiere sehr nervös, tänzelten hin und her, blähten die Nüstern auf und gebärdeten sich zickig. Daher ließ Sebastian sie nur Falco in den Stall führen. Der Wallach kannte sie bereits und gebärdete sich lange nicht so aufgeregt wie die jüngeren Tiere. Saskia sprach mit ihm, tätschelte seinen muskulösen, warmen Hals und sog den intensiven Geruch des Tieres tief ein. Sebastian kümmerte sich um die restlichen Pferde, führte sie in den Stall und sperrte sie in die Boxen. Danach schloss er mit Saskias Hilfe alle Fenster und Türen; sie hatten wegen der schwülen Luft aufgestanden, um für Durchzug im Stall und in der Scheune zu sorgen.

Später saß Saskia verschwitzt auf der Holzbank neben den Stufen zur Haustür und beobachtete Sebastian dabei, wie er mit einem Wasserschlauch die Steintröge auf der vorderen Koppel auswusch und füllte. Er arbeitete mit freiem Oberkörper und ließ sich das Wasser ein paarmal über Kopf, Rücken und Brust laufen. Dabei wirkte er unverschämt lebendig und gesund. Sie selbst fühlte sich ausgelaugt und matt. Die drückende Luft machte ihr zusätzlich zu schaffen, vor allem aber diese lethargische Energielosigkeit, die sie seit dem Krankenhausaufenthalt lähmte und ihre Glieder unsäglich schwer und unbeweglich werden ließ. Sie hätte die Tabletten, vor denen die Schwester sie gewarnt hatte (*Niemals mehr als eine, niemals, egal, wie Sie sich fühlen!*), absetzen können, fürchtete sich aber davor. Noch traute sie sich nicht, ihre Gedankenwelt sich selbst zu überlassen. Sie im Zaum zu halten, ihr wenigstens mittels Chemie ein wenig heile Welt vorzugaukeln war vielleicht das Einzige, was sie in diesen Tagen aufrechthielt.

Die Tabletten besorgten das Verdrängen, eine andere Stelle an ihrem Körper hielt aber tapfer dagegen und mühte sich redlich, die Erinnerung wachzuhalten. Dieses unangenehme Pochen an jener Stelle, an der sich ihr kleiner Finger befunden hatte. Dagegen halfen nicht einmal die Schmerztabletten. Ein wenig Bewegung, die feuchte Luft, und der Stumpf schien sie umbringen zu wollen. Dieses Pochen schlich von der Hand über den Arm in den ganzen Körper, vor allem aber in den Kopf, wo es ein zähes Echo hervorrief. Abends, kurz vor dem Einschlafen, war es kaum auszuhalten. Dann wurde die Erinnerung übermächtig, dann kamen die Bilder, das Zimmer, die riesige Frau, der gewaltige Rücken, der sie gegen die Wand quetschte … nein, lieber nahm sie weiterhin die Medikamente, bis das Pochen irgendwann verschwinden würde. Und sollte sie süchtig werden, dann war das eben so.

Draußen auf der Koppel wandte Sebastian sich von dem gefüllten Wassertrog ab und kam mit dem gelben Wasserschlauch im Schlepptau auf sie zu. Hinter ihm, im Tal und über den Wäldern, formten sich jetzt die Quellwolken zu einer geballten Streitmacht. Bizarre Formen, deren Rändern die dahinterstehende, blasse Sonne einen silbernen, gestochen harten Saum verlieh. Auf Saskia wirkte dieser Anblick, als braue sich über Sebastians Kopf etwas zusammen, was sie beide weder begreifen noch bewältigen könnten. Eine Gefahr, an der sie zerbrechen würden.

Saskia stand auf und ging ihm entgegen, vermied es dabei aber, zum Himmel hinaufzuschauen.

Schmutziges Blut auf seinem Weg zu ihrem Herzen! Vom Handgelenk an arbeitete es sich unaufhaltsam aufwärts, pochend, die Adern dunkelblau verfärbend. Gestern einen Finger breit, heute zwei. Schmutziges Blut von der nicht heilen wollenden Entzündung des Nagelbetts. Seit ein paar Stunden löste es Schüttelfrost und Fieber aus. Ellie Brock fühlte sich elendig und schwach. Seit Ewigkeiten war sie nicht mehr krank gewesen, und ausgerechnet jetzt, so kurz vor dem Ziel, drohte eine harmlose Entzündung sie außer Gefecht zu setzen. Das durfte nicht passieren!

Ellie Brock ließ sich in ihrer winzigen Höhle erschöpft fallen. Stundenlang war sie durch den hügeligen Wald, am See und den Ackerrändern entlanggelaufen, hatte aber nicht ein einziges Mutterkraut gefunden. Die verdammten Landwirte mit ihren Pestiziden hatten das Mutterkraut, welches schon immer die Nähe zum Getreide geliebt hatte, vertrieben.

Nachdem sie das kleine Feuer mit dem vorletzten Streichholz entzündet hatte und ihr wenigstens ein bisschen wärmer geworden war, betrachtete sie wieder ihr linkes Handgelenk. Nichts hatte sich geändert. Sie konnte fast sehen, wie das schmutzige Blut seinen Weg zum Herzen suchte. Erst einmal dort angekommen würde es seine verheerende Arbeit ungleich rascher fortsetzen. So weit durfte sie es auf keinen Fall kommen lassen. Zwei oder drei Pflanzen Mutterkraut, mehr bedurfte es doch gar nicht! Warum ließ die Natur sie ausgerechnet jetzt im Stich? Zwei oder drei Pflanzen für ein paar Waschungen und Tee. Das war doch nicht zu viel verlangt!

Obwohl … wie sollte sie hier in der Höhle Tee aufkochen? Ein Problem, über das Ellie bisher noch nicht nachgedacht hatte. Sie hatte Feuer, ja, aber kein Gefäß. Ohne ein metallenes Gefäß konnte sie keinen Tee kochen.

Ellie starrte ins Feuer. Wut und Enttäuschung fraßen in ihren Eingeweiden. Unwillkürlich musste sie an die alte Seibya denken, der einzige Mensch, der ihr je wirklich nahegestanden hatte – ausgenommen ihr Hans natürlich. Seibya, durch deren Tod sie erst zu dem geworden war, was sie jetzt war. Wie gern hätte sie sie jetzt an ihrer Seite. Zwar waren Seibyas Wissen und Wesen auf Ellie übergegangen, und sie trug sie tief in ihrem Herzen, aber ihre Zuversicht, Liebe und Wärme fehlten ihr doch. Schließlich waren sie beide von einem Blut gewesen! Ellie konnte sich noch an ihre erste Begegnung in der Anstalt erinnern, als sei es gestern gewesen. Die alte krumme Frau mit der Ausstrahlung und Vitalität einer Dreißigjährigen. Beide hatten es sofort gespürt, so als sei ein Funke übergesprungen. Von einem Blut! O ja, ganz ohne Zweifel. Wie hatte Seibya das Mutterkraut noch genannt? Sie hatte einen noch älteren Namen benutzt, einen, der viel näher bei der Wahrheit lag und auf den Ursprung allen Wissens hinwies. Drudenkraut! Ja, Drudenkraut. Ach, wenn ihr doch nur eine Hand voll davon zur Verfügung stünde!

Im Schein des kleinen Feuers tauchten geisterhafte Bilder auf. Seibya und sie im Kräutergarten der Anstalt. Nur sie beide hatten sich darum gekümmert, hatten ihn anlegen, erweitern und pflegen dürfen. Beinahe jeden Tag waren sie zusammen dieser befriedigenden Arbeit nachgegangen. Seibya, wie sie krumm und hutzelig zwischen den Brennnesseln und der Schafgarbe hockte, wie sie Stängel, Wurzeln und Blätter in die Hand nahm und zu jedem Kraut, jeder Blüte, jedem Blatt etwas zu sagen wusste. Dieses immense alte Wissen hatte sie an Ellie weitergegeben.

So wie damals schon fragte sich Ellie auch heute wieder, ob die Natur in ihrer maßlosen Weisheit sie über die oft schmerzlichen Umwege zu Seibya in die Anstalt geführt hatte? Hatte man ihr erst ihren Sohn nehmen müssen, damit sie das Wissen erlangen konnte, ihn wieder zu befreien? Auf diese Fragen gab es keine Antworten, auch nicht von Seibya. Auf vieles andere aber schon, und selbst jetzt, sechs Jahre nach dem Tod der Freundin, konnte Ellie sich an jedes Wort, jeden Hinweis und Ratschlag erinnern, so wie sie sich auch an ihren Tod selbst erinnern konnte. Für andere, unwissende Menschen wäre es der Verlust einer Freundin gewesen, für Ellie war es die Verschmelzung ihrer beider Wesen zu einer höheren Lebensform. Seibya hatte das uralte Ritual genutzt, war nicht verloren gegangen, sondern hinübergeflossen. Befand sich nun für alle Zeiten in Ellie. Für immer war so das alte Wissen um die Kräfte der Natur in ihr gesichert, konnte nicht vergessen werden, und eines Tages würde sie es an eine würdige Nachfolgerin weitergeben, so wie es seit Urzeiten gemacht wurde.

Was aber unabdingbar voraussetzte, dass sie nicht an dieser Blutvergiftung starb. Nicht allein in dieser schäbigen Höhle oben im Felsen starb und alles mitnahm, was die alte Seibya ihr beigebracht hatte. Es durfte nicht verloren gehen, das war sie der Alten schuldig. Außerdem würde sie sich so kurz vor dem Ziel nicht geschlagen geben! Nur eine Stunde Fußmarsch durch den Wald entfernt wartete ihr Hans. Daran musste sie jetzt denken, all ihre Kraft auf das eine Ziel richten: die Vereinigung! Gern hätte sie noch eine oder zwei Wochen gewartet, denn dann wären die Bewacher verschwunden, und die Polizei würde wieder ihrem Tagesgeschäft nachgehen. Das war nun nicht mehr möglich. Das schmutzige Blut in ihrem Körper würde ihr keine zwei Wochen Zeit lassen. Sie musste *jetzt* handeln!

Ellie nahm den Brotknust. Mittlerweile steinhart geworden, gab er eine gute Schale ab. In einer Plastiktüte, die sie aus dem Bäckerwagen mitgenommen hatte, hatte Ellie Wasser aus dem See in die Höhle transportiert. Jetzt stellte sie ihre Brotschale kippsicher in eine kleine Mulde im Boden und füllte sie zur Hälfte mit dem Seewasser. Dann nahm sie den gefundenen Schraubenzieher, dessen Spitze sie in den vergangenen Tagen an einem Stein scharf geschliffen hatte, hielt ihre linke Hand über das Gefäß, schlitzte sich den Handballen auf und ließ ihr Blut hineintropfen. Als es genug war, verband sie die Wunde mit einem Stoffstreifen ihres eigenen Hemdes. Mit einem kleinen Stock eines alten Ahornbaums vermischte sie Blut und Wasser. Schließlich tauchte sie den Stofffetzen vom Hemd ihres Sohnes in das Gemisch, so wie es das alte Ritual vorschrieb. Die Reihenfolge, darauf hatte Seibya immer wieder hingewiesen, musste eingehalten werden. Ebenso wichtig waren aber die exakten Zeichnungen des Flusses. Ellie begann zu summen und sich hin her zu wiegen, tauchte ein ums andere Mal den Ahornstock in die Mischung aus Blut und Wasser und zeichnete, so gut es auf dem unebenen Höhlenboden ging, die rituellen Glyphen und Zeichen des Flusses der Energie.

In der Ferne war dumpfes Grollen zu hören. Vom Küchenfenster aus sahen Saskia und Sebastian über dem Tal einen Blitz aus der schwarzen Wolkendecke zucken. Seine Verästelungen verteilten sich weit über das Dorf. Sie nahmen die belegten Brote, die Sebastian zubereitet hatte, und gingen wieder hinaus. Setzten sich auf die Bank neben der Tür, aßen schweigend und starrten auf das Schauspiel der Natur.

Es bot sich ihnen eine unheimliche Atmosphäre von unvergleichlicher Faszination. Obwohl sie Angst einflößend war, konnten beide sich ihr nicht entziehen. Jäh setzte ein geisterhaftes Raunen in den Kronen der gewaltigen Eichen hinter dem Haus ein. Die ersten Windböen trieben Staub über den Hof und bogen die langen, dünnen Stämme der Kiefern vorn an der Straße. Das längere Gras der hinteren Weiden, auf denen die Pferde seit ein paar Tagen nicht mehr gegrast hatten, wogte abwechselnd sanft und ruckartig hin und her, schien einen eigenartigen Tanz aufzuführen. Aus dem Dorf trug der Wind das raue Bellen eines Hundes mit herauf. Irgendwo brüllte unablässig eine Kuh. Geräusche aus weiter Entfernung, die gleichwohl Teil des Unwetters waren. Saskia und Sebastian lauschten ihnen mit Ehrfurcht.

In einer Geschwindigkeit, die wie ein Zeitraffer wirkte, schoben sich die turmhohen Wolken über das Tal hinweg auf den Hof zu. Die brodelnden Unterseiten waren pechschwarz, die bauchige Front grau marmoriert und immer wieder von Blitzen durchzogen. Wolkenfetzen wurden von den Rändern in die Mitte gesogen, als befände sich dort ein schwarzes Loch, in dem alles verging. Dichte Regenvorhänge zogen übers Tal.

Saskia zuckte zusammen, als ein besonders heftiger Donnerschlag über ihren Köpfen zerplatzte.

»Sollen wir nicht besser hineingehen?«, fragte sie.

Furcht lag in ihrem Blick.

Sebastian legte ihr einen Arm um die Schultern. »Ich mag diesen besonderen Augenblick, bevor es richtig losgeht. Lass uns warten, bis der Regen hier ist, ja?«

»Hast du keine Angst vor Gewittern?«

»Doch. Aber ich fürchte mich weniger, wenn ich sie sehe. Wenn es nachts gewittert, ziehe ich immer die Vorhänge beiseite, damit ich die Blitze sehen kann.«

Saskia schauderte es, auf ihren nackten Unterarmen entstand Gänsehaut. »Ich verkrieche mich lieber unter die Bettdecke.«

»Unter der Bettdecke fürchte ich mich zu Tode. Da bekomme ich schnell Asthmaanfälle.«

Sebastian erzählte ihr von dem Blitzeinschlag während seiner Kindheit. Von der Feuerzunge aus der Steckdose und dem Knistern in der Luft. Dass er ins Bett gemacht hatte, weil er sich vor dem Riesen gefürchtet hatte, verschwieg er.

Nach und nach wurde es so dunkel wie zur Nacht. Die Wälder, das Dorf, das ganze Tal verschwand. Einmal mehr wurde der Schneiderhof zu einer losgelösten Welt. Dann waren die Wolken da! Die ersten schweren, warmen Regentropfen platschten in den Staub des Hofes und polterten aufs Dach des Stallgebäudes.

Plötzlich sprang Saskia auf.

»Komm!«, rief sie und zog ihn mit ins Haus. Hinter ihnen wechselten Blitz und Donner immer schneller, der Regen steigerte sich, der Wind brauste auf, die Welt, so schien es, versank im Inferno.

Der Regen prasselte mit einer solchen Wucht auf den Wagen, dass der Lärm kaum zu ertragen war. Eine Unterhaltung wäre in diesem Moment nicht mehr möglich gewesen, was aber keine Rolle spielte, da Derwitz allein unterwegs war. Er hatte keinen Sinn darin gesehen, auf die Meldung eines Diebstahls hin, bei der es eine vage Verbindung zu Ellie Brock geben konnte, die Pferde scheu zu machen. Lieber erst mal allein nachschauen. Das sicherte schließlich Ruhm und Anerkennung, wenn es zu etwas führte.

Er starrte die Windschutzscheibe an und konnte nicht fassen, in welchen Mengen das Regenwasser daran herunterströmte. Ein Wasserfall war ein Scheiß dagegen! Nichts war mehr zu sehen von der Umwelt. Der Wagen hätte ebenso gut auf dem Mond stehen können. Mit dem Regen war es schlagartig kühl geworden im Wageninneren. Hatte er zuvor noch die schwüle Wärme verflucht und die Klimaanlage bis zum Äußersten gequält, so stellte er jetzt die Heizung an, weil er fror. Dabei fiel ihm auf, dass er den Motor genauso wenig hörte wie das Rauschen der Lüftungsanlage.

Mist! Den Weg hier heraus hätte er sich bei dem Wetter sparen können. Er würde den Regen, der in dieser Stärke nicht lange so weitergehen konnte, abwarten und sich dann trotzdem umsehen, aber den Einsatz eines Hundes konnte er schon jetzt vergessen. Nach dieser Sintflut gab es keinerlei Fährte mehr.

Derwitz seufzte und breitete noch einmal die Landkarte vor sich auf dem Lenkrad aus. Jenen Bereich, der ihn interessierte, hatte er mittels eines Zirkels eingekreist. Zwischen dem Haus der alten Kreiling und der Bäckerei, auf deren halb überflutetem Parkplatz er jetzt stand, lagen siebzehn Kilometer Luftlinie. Diese führten aber durch Wälder, die teilweise unzugänglich waren und starke Höhenunterschiede aufwiesen. Folgte man der kürzesten Straßenverbindung, was Ellie Brock nicht getan haben konnte, waren es sogar fünfundzwanzig Kilometer, da die Bundesstraße einen weiten Bogen um den Adlerrücken und seine Anhöhen machte. Zwischen dieser Bäckerei und dem Schneiderhof lagen zehn Kilometer Luftlinie, ebenfalls durch Wälder, ebenfalls durch Höhen und Tiefen. Alles andere als ein Areal, das er einer Frau wie Ellie Brock zutraute. Aber vieles, was sie bislang getan hatte, hätte er ihr nicht zugetraut. Diese Frau entsprach nicht den üblichen Maßstäben, deshalb durfte er auch nicht den Fehler machen, diese hier anzuwenden.

Eines wusste Derwitz sicher: Sie hockte irgendwo in diesen Wäldern und wartete auf ihre Chance. Sie war geduldig und ausdauernd, und wenn sie wirklich hier Brot und Kuchen geklaut hatte, dann wusste sie, wo sie Nahrung bekam, und würde wiederkommen. Eine Möglichkeit war natürlich, ihr hier aufzulauern. Eine andere, ihrer Spur zu folgen – aber die löste sich gerade auf.

»Verdammter Regen«, fluchte Derwitz und schlug aufs Lenkrad.

Im selben Augenblick ließ die Sintflut nach. Die Geräuschkulisse wurde erträglicher, und nach wenigen Minuten konnte er bereits wieder etwas sehen. War das zu glauben!

Derwitz wurde wieder optimistischer. Vielleicht gab es ja doch noch eine Chance. Fragen konnte er zumindest. Er griff zum Autotelefon. Nach dem dritten Läuten meldete sich Oberkommissar Triefbach, der als Ausbildungsleiter der Suchhundestaffel tätig war. Sie hatten schon einige Male zusammengearbeitet. Derwitz erklärte ihm die Lage.

»Wie alt ist die Spur?«, fragte Triefbach.

»Nicht älter als zehn Stunden. Aber es hat, wie gesagt, gerade wie aus Eimern geschüttet. Gibt es da überhaupt noch eine Chance?«

»Für Fährtenhunde, die sich am Individualgeruch des Menschen orientieren, nicht. Aber du suchst ja keine bestimmte Person, habe ich das richtig verstanden?«

»Natürlich suche ich eine bestimmte Person, aber es würde mir schon helfen, wenn ich wüsste, in welche Richtung sie sich bewegt hat. Besser wäre noch, der Hund führt mich direkt zu ihrem Aufenthaltsort.«

»Und die Fährte befindet sich in unbefestigtem Gelände.«

»Im Wald, ja.«

»Vielleicht hast du Glück. Ich habe hier seit zwei Wochen einen Bloodhound, der während seiner Ausbildung versuchsweise ausschließlich auf Bodenverletzungen konditioniert wurde.«

»Auf Bodenverletzungen?«

»Okay, kurze Einweisung: Jeder Fußtritt zerstört die Bodenoberfläche und Vegetation, darüber hinaus aber auch im Boden befindliche Mikroorganismen, die nach zirka dreißig Minuten in einen Fäulnisprozess übergehen und einen fährtenspezifischen Geruch hinterlassen. Das funktioniert natürlich nur in unbefestigtem Gelände. Das Schöne an diesen Fährten ist, sie bleiben nah am Boden, werden nicht durch Wind fortgetragen und können, je nach Intensität, auch Regen trotzen. Weißt du, wie schwer die Person ist, die die Fährte gelegt hat?«

»Was spielt das Gewicht für eine Rolle?«

»Bei einer solchen Fährte spielen auch die Sekundärgerüche der Bodenstruktur eine Rolle, die nach mechanischer Verdichtung individuelle Geruchsbilder entwickeln. Je höher die Verdichtung, desto eigentümlicher die Fährte. Also mit anderen Worten: Je schwerer der Verdächtige, desto größer die Chance, dass mein Hund was findet.«

Derwitz grinste. »Die Person wiegt ungefähr drei Zentner.«

»Wie bitte?«

»Hast schon richtig gehört. Einen fetteren Menschen habe ich noch nie gesehen.«

»Bleib, wo du bist. Ich schnapp mir Buster und bin in zwanzig Minuten bei dir.«

Sie waren vor dem Regen ins Wohnzimmer geflüchtet. Sebastian hatte die Gardine vor dem großen Fenster zurückgezogen, das Fenster gekippt und sich dann neben Saskia auf die Couch fallen lassen. Der Ausblick war nicht so grandios wie von der Bank vor dem Haus, da sie nur einen kleinen Teil der Talsenke sehen konnten, aber der starke Regen und der schwarze Himmel ließen jetzt ohnehin keinen Weitblick mehr zu. Als die Unwetterfront den Schneiderhof erreichte, war es, als zöge jemand einen Vorhang vor die Welt.

Nachdem sie ein paar Minuten schweigend nebeneinander gesessen hatten, legte Saskia sich auf die Couch, bettete ihren Kopf in seinen Schoß und zog die Beine nah an ihren Körper. Sebastian legte ihr einen Arm um die Schulter.

Als nach zehn Minuten der Regen nachließ und der Lärm abflaute, wurden Saskias Atemzüge immer gleichmäßiger und ruhiger. Sebastian war schon überzeugt, sie sei eingeschlafen, als ihre ersten, unvermittelten Worte ihn wie ein Blitzschlag trafen. Sie räusperte sich nicht, holte vorher nicht Atem, sondern sagte einfach:

»Es wird nie wieder wie vorher, oder?«

Sebastian war davon völlig überrascht. Und auch wenn er eigentlich keine Antwort darauf wusste, versuchte er trotzdem, ihr eine zu geben: »Nein. Es wird niemals wieder wie vorher, wie sollte es auch? Aber wir werden damit fertig werden. Überall auf der Welt erleben Menschen tagtäglich schwere Schicksalsschläge und werden trotzdem wieder glücklich. Wir können das auch.«

»Aber manche Menschen kommen niemals darüber hinweg«, sagte Saskia mit tonloser Stimme.

Sie lag noch immer auf seinem Schoß, sodass er ihr Gesicht nicht sehen konnte.

»So darfst du nicht denken! Wir haben doch uns beide,

und wenn wir zusammenhalten, schaffen wir es. Ganz bestimmt!«

Jetzt drehte Saskia sich, bis sie ihn ansehen konnte. Sie hatte nicht geweint, aber ihre Augen waren feucht, die Pupillen glasig. Trotzdem wirkten sie nicht so entrückt, wie es in den letzten Tagen oft der Fall gewesen war. War vielleicht ein kleines bisschen Hoffnung zurückgekehrt?

»Und das willst du wirklich? Dass wir zusammenbleiben?«, fragte sie.

Sebastian strich ihr eine Haarsträhne aus der Stirn. Dabei spürte er das harte Gewebe der Narbe unter dem Haaransatz. »Es gibt nichts, was ich mehr will.«

Von unten herauf sah sie ihn an. So tief und lange, dass ihr Blick in seinem Bauch für Aufruhr sorgte. »Vielleicht sagst du das auch nur, weil … weil das alles passiert ist und weil du jetzt nicht allein sein willst. Aber was ist in ein paar Monaten … oder Jahren?«

Sebastian schüttelte den Kopf. »Ich sage es, weil ich dich liebe. Ich habe dich vom ersten Augenblick an geliebt, daran werden ein paar Monate nichts ändern … und Jahre auch nicht.«

Ob Saskia darauf etwas antworten wollte, erfuhr Sebastian nicht mehr. Ein besonders harter, trockener Donnerschlag, ein Nachzügler, ließ sie beide zusammenzucken. Als scin Echo über dem Tal abrollte, beugte Sebastian sich zu ihr hinab und küsste sie.

Sie warteten noch ein paar Minuten, bis das Gewitter weitergezogen war, dann gingen sie ins Bad, zogen sich aus und stiegen gemeinsam unter die Dusche. Unter den prickelnden Strahlen des Duschkopfes seiften sie sich gegenseitig ein, ließen ihre Hände über ihre Körper gleiten, bis die Lust kaum noch zu bändigen war. Nackt und nass liefen sie ins Schlafzimmer hinüber. Dort liebten sie sich, während in der Ferne das letzte Donnergrollen verschwand. Völlig erschöpft schliefen sie danach ein. Weder Sebastian noch Saskia dachten daran, dass die Haustür nicht abgeschlossen war.

»Neiiiiiiiiiiiiiiiiiiiiin!«

An den massiven Steinwänden prallte Ellies markerschütternder Schrei ab und durchflutete die Höhle. Aus der Tiefe ihrer Seele hatten sich Wut und Enttäuschung einen Weg gesucht, gepaart mit wachsender Verzweiflung und Angst. Ja, Angst! Seit langer Zeit empfand sie wieder Angst. Angst davor zu versagen, ihr Ziel nicht zu erreichen, all die Jahre umsonst gewartet zu haben.

Das Fieber und das schmutzige Blut in ihrem Körper behinderten den Fluss des Geistes. Sie war nicht gesund, nicht stark genug für die Entfernung zu Hans. Sie musste näher heran. Hier in der einsamen Höhle war sie eine Gefangene in ihrem eigenen Körper. Derart eingesperrt hatte sie sich selbst in den langen Jahren in der Anstalt nie gefühlt, denn dort hatte die alte Seibya ihr gezeigt, wie einfach es für Wissende war, den eigenen Körper zu verlassen, sich nicht von Wänden oder Gitterstäben aufhalten zu lassen.

Als ihr Schrei im Fels des Adlerrückens versickert war und Stille in die Höhle zurückkehrte, grollte draußen abziehender Donner gegen den Berg. Ellie schlug die Blutschale beiseite, stand ruckartig auf, spürte Schwindel in ihren Kopf aufsteigen, schwankte zum Höhlenausgang und trat den schützenden Ilex beiseite. Von ihrem Standpunkt, mehrere Meter über den Wipfeln der Bäume, hatte sie freien Blick auf den See. Die Wasseroberfläche wurde noch gekräuselt von Regen und Wind, doch beides ließ schnell nach. Gegen Westen sah sie die abziehende Rückseite des Unwetters. Eine tiefschwarze Wand, in der immer wieder Blitze zuckten. Dahinter war der Himmel ein wenig heller, doch die hereinbrechende Nacht würde dieses schwache Licht bald verlöschen lassen.

Ellie stützte sich an der Felswand ab. Ihr Herz ging schnell und unregelmäßig. Zum einen wegen des Fiebers, zum anderen und vor allem aber, weil sie erkannte, dass dies die Nacht war. Die eine Nacht! Sie konnte nicht länger warten. Sie musste dieses Risiko eingehen. Ihr Körper zwang sie dazu. Heute Nacht würde die Vereinigung stattfinden.

»Heute Nacht … heute Nacht … heute Nacht …«, flüsterte sie immer wieder und spürte, wie dieses Mantra ihren Herzschlag verlangsamte.

Noch war ein wenig Licht zwischen den Bäumen, noch würde sie ohne Schwierigkeiten durch den Wald finden. »Heute Nacht … heute Nacht … heute Nacht …«

Nichts und niemand konnte sie noch aufhalten. Da draußen, jenseits des Hügels und der Baumwipfel, wartete ihr Hans. Ihr kleiner Hans. Ihr Hänschen klein.

Buster, der Bloodhound, hatte tatsächlich eine Fährte entdeckt! Am Rand des Parkplatzes der Bäckerei waren Derwitz und Triefbach durch das nasse Gebüsch gekrochen und hatten eine Stelle ausfindig gemacht, an der das Gras runtergedrückt und einige Zweige aus dem Unterholz herausgebrochen waren. Von genau dieser Stelle aus hatte der trotz seines Namens gutmütig aussehende Hund losgelegt. Mit tiefer Nase folgte er der Fährte seit einer halben Stunde durch den Wald, wechselte dabei ständig von rechts nach links, was, wie Triefbach Derwitz erklärte, damit zu tun hatte, dass Gerüche sich fadenförmig verteilten und zusätzlich vom Wind aus der ursprünglichen Spur getragen wurden.

Triefbach hatte Buster an der Leine, Derwitz folgte den beiden. Sie legten ein gutes Tempo vor, das Derwitz nicht lange durchgestanden hätte, wenn der Hund nicht immer wieder längere Zeit an einer Stelle nach der Fährte gesucht hätte. Das Gelände wurde schwieriger. Seit einiger Zeit ging es bergan, zuerst sanft, dann immer steiler. Das Unterholz wurde dichter. Sie konnten dem nicht allzu großen Hund nicht immer überallhin direkt folgen, mussten ihn von der Spur abziehen und kleine Umwege in Kauf nehmen, nach denen Buster erst umständlich wieder nach der Fährte suchte. Derwitz und Triefbach trugen Regenjacken, hatten aber die Kapuzen längst abgesetzt und die Reißverschlüsse geöffnet, da sie schwitzten. Noch immer pladderten dicke Tropfen von den Bäumen auf ihre Köpfe, was Derwitz mittlerweile aber als angenehm, weil kühlend empfand.

Wie weit war Ellie Brock in den Wald hineingelaufen? Wie lange konnten sie dieser Fährte noch folgen? Es wurde bald dunkel. Eigentlich war es nach dem Gewitter gar nicht wieder richtig hell geworden, doch das wenige Licht hatte bisher gereicht, um sich durch den Wald zu schlagen. Aber nicht mehr lange, dann würden sie die Taschenlampen einschalten müssen.

Während Derwitz keuchend Buster und Triefbach folgte, rasten seine Gedanken. Was er hier tat, wurde zunehmend leichtsinnig. Sollte etwas passieren, würde man ihn zur Rechenschaft ziehen. Er hätte Verstärkung anfordern müssen, was aber einen weiteren Zeitverlust bedeutet hätte. Sollten sie Ellies Versteck finden, konnte er das noch nachholen. Sie zu finden war eine Sache, sie festzunehmen eine andere. Das sollte dann ruhig das MEK machen. Aber er wollte sich auch nicht blamieren, indem er eine Sondereinheit ins Versteck eines Landstreichers führte!

Scheiße auch! Verfluchtes Gewitter! Das hatte ihn mindestens eine Stunde gekostet. Bei Dunkelheit durch den Wald zu laufen war Wahnsinn. Bei jedem weiteren Schritt sagte sich Derwitz, dass er abbrechen musste. Gleichzeitig war da aber noch die andere Stimme. *Ein paar Minuten nur noch. Nur noch bis zu diesem Baum dort, noch eben hinter diese Anhöhe schauen.*

Triefbach hatte ihm anfangs erklärt, dass sie die Fährte morgen wohl nicht mehr finden würden. Sie war dann zu alt, und die Witterungseinflüsse trugen das ihrige dazu bei, sie verschwinden zu lassen. Dann war sie auch für Busters feine trainierte Nase nicht mehr zu »sehen«. Sollte diese Fährte wirklich von Ellie Brock stammen, war das hier und jetzt ihre einzige Chance. Morgen schon würde er Hundertschaften und Hubschrauber schicken müssen, und ein solches Aufgebot würde sie ohne Frage vertreiben.

Verdammtes Gewitter!

Du musst abbrechen!

Ein paar Meter noch. Wenn wir die Kuppe dieser Anhöhe erreicht haben und dahinter nichts sein sollte, breche ich ab!

Derwitz warf einen schnellen Blick auf die Uhr an seinem Handgelenk. Es war zu dunkel geworden, er konnte sie nicht mehr ablesen. Wie lange waren sie jetzt unterwegs? Eine knappe Stunde? Länger sicher nicht, auch wenn er sich fühlte, als liefe er bereits seit Tagen durch diesen verfluchten Wald. Der Stoff seiner Jeans klebte nass und kalt an seinem Schienbein. Ebenso fühlte sich sein Haar an. Nein, es hatte wirklich keinen Sinn mehr.

Buster und Triefbach erreichten den Kamm der Anhöhe als Erste und blieben stehen. Derwitz schloss zu ihnen auf. Mit dem Anblick, der sich ihm bot, hatte er nicht gerechnet. Erwartet hatte er eine Senke, dann wieder eine Steigung, Bäume, Büsche, Unterholz, so wie die ganze Zeit schon. Zu sehen bekam er eine weite Ebene, die groß und dunkel zwischen den Wäldern lag.

»Ein See!«, sagte Triefbach.

»Das sehe ich.«

»Und jetzt?«

Derwitz brauchte ein paar Minuten, bis sich seine Atmung beruhigt hatte. Währenddessen blickte er über die weite Fläche vor sich. Erhofft hatte er sich eine kleine Holzhütte tief im Wald, in der Licht brannte und in der er Ellie Brock finden würde. Wie meistens war das Leben aber nicht so einfach. Der Wald erschien unendlich, gerade jetzt, wo er immer schwärzer und schwärzer wurde. Vor ihren Augen verschwand auch noch das letzte bisschen Tageslicht. Sie hatten starke Taschenlampen, sicher, aber zwei Männer und ein Hund waren nicht genug für ein so großes Gebiet. Außerdem wurde das Gelände immer gefährlicher. Abbrüche, Senken und Löcher würden sie erst erkennen, kurz bevor sie hineinfielen – oder danach. Er allein würde dieses Risiko vielleicht noch eingehen, Triefbach aber, dessen Vorgesetzter er nicht mal war, durfte er es nicht zumuten. Schon der Weg zurück würde schwierig und gefährlich genug werden und sie bestimmt die doppelte Zeit kosten.

Verfluchte Scheiße!

»Besser wir gehen zurück«, sagte Triefbach, der sich schneller von der Anstrengung erholt hatte.

Er hockte am Boden, streichelte Buster und steckte ihm kleine Brocken zu, die er aus der Tiefe seiner Jackentasche holte.

Derwitz nickte. Ohne den Blick von der schwarzen, glatten Fläche des Sees zu nehmen, sagte er: »Ja. Das hat keinen Sinn mehr.«

Er wollte eben seine Taschenlampe anschalten, um auf seine Armbanduhr zu schauen, da bemerkte er etwas. »Warte mal. Was war das?«, sagte er mehr zu sich selbst denn zu Triefbach.

Der kam vom Boden hoch. »Was meinst du?«

Zusammen starrten sie über den tief unten liegenden See. Als Derwitz schon meinte, sich getäuscht zu haben, sahen sie es beide. Ein winziges rotes Flackern, irgendwo auf der anderen Seite des Sees, ungefähr auf ihrer Höhe.

»Hast du es auch gesehen?«, fragte Derwitz.

»Da war ein Licht.«

»Keine Autoscheinwerfer und keine Lampe, oder?«

»Ich glaube nicht. Es war mehr … da!«

Wieder flackerte es auf, diesmal für länger. Ein winziges, rotes, unruhiges Licht.

»Das ist ein Lagerfeuer«, sagte Derwitz.

»Ganz eindeutig«, stimmte Triefbach ihm zu.

Derwitz nahm die gefaltete Karte aus der Innentasche seiner Regenjacke und sank auf die Knie.

»Leuchte mal«, befahl er.

Triefbach stellte sich so, dass sein Körper das Licht gegen den See hin abschirmte, und schaltete seine Taschenlampe ein. Das Licht schmerzte, blendete sie, doch ihre Augen gewöhnten sich schnell daran. Derwitz faltete die Karte auseinander, breitete sie auf dem Boden aus und ließ seinen Zeigefinger suchend darüberfahren.

»Hier müssten wir sein«, sagte er und zeigte auf eine Stelle neben dem eingezeichneten See. »Und dort, wo wir das Feuer gesehen haben, das ist der Adlerrücken!«

Er ließ seinen Finger über den See wandern – den zu umrunden sie in Wirklichkeit, zu Fuß und im Dunkeln sicher eine Stunde kosten würde – und tippte auf die entsprechende Stelle. Dann ließ er ihn langsam weiterwandern, ein Stück durch den Wald, nicht allzu weit, vielleicht eine weitere Stunde zu Fuß.

Dort befand sich der Schneiderhof.

»Lauf, mein Sohn, lauf!«

Die zornige Stimme des Riesen verdrängt die Luft, wütet wie ein Orkan, und trotzdem kann er seine Mutter hören. Und er kann auch ihr Gesicht sehen, eine von Angst und Schmerz verzerrte Fratze. Noch niemals hat er seine Mutter so erlebt. Sie ist stark und mutig, doch beides reicht nicht aus, um gegen einen Riesen zu bestehen. Diese Erkenntnis erschreckt ihn bis ins tiefste Mark. Seine sichere Welt in dem kleinen Haus im Wald ist nicht mehr länger sicher, denn selbst seine starke Mutter kann nichts tun gegen einen Riesen, dessen Atem als Feuer durch die Fenster schießt und dessen Schritte die Bäume im Wald zersplittern lassen.

»Lauf, Hans, lauf!«, schreit sie abermals, doch es ist zu spät.

Er will nach ihrer ausgestreckten Hand greifen, spürt aber, wie seine Beine unter ihm nachgeben. Er stürzt zu Boden. Gleichzeitig lodert es in seinem Inneren, als sei das Feuer des Riesen dorthin gelangt. Er bekommt keine Luft, reißt voller Verzweiflung den Mund weit auf, ringt nach Atem, spürt aber nur flüssige Hitze, die seinen Ra-

chen hinunterfließt, seine Lunge füllt und für immer zerstört.

In dem tosenden Lärm, umgeben von Nebel und Rauch, finden ihre Hände zueinander, suchen Verbindung und Halt, sind aber zu nicht mehr imstande als einer flüchtigen, letzten Liebkosung, einer Berührung zum Abschied. Und durch den beißenden Nebel hindurch sieht er ein letztes Mal die Augen seiner Mutter, angefüllt mit einer Mischung aus Angst und Liebe, ein Blick, der tief in seinem Bauch furchtbare Schmerzen auslöst. Gleichzeitig versteht er die wortlose Botschaft in diesem Blick.

»Ich finde dich … wohin es dich auch verschlagen mag, eines Tages finde ich dich. Warte auf mich, mein Hänschen klein.«

Dann reißt der Riese ihn fort.

Mit dem Schrei nach seiner Mutter, der in seiner Kehle stecken geblieben war, schreckte Sebastian aus dem Schlaf hoch. Beide Hände lagen an seinem Hals, in seinem Inneren brannte es, als hätte er getrocknete Chilies gegessen. Obwohl sein Mund weit aufgerissen war, bekam er kaum Luft zum Atmen. Ohne Licht zu machen tastete Sebastian nach rechts, fand dort auf Anhieb den Inhalator und presste sich das Mundstück gegen die Lippen.

Draufdrücken. Einmal, zweimal, dreimal. So wie Anna es ihm von Kindesbeinen an beigebracht hatte. Der immer gleiche, Leben rettende Rhythmus. Einmal, zweimal, dreimal. Und nie, nie, nie vergessen, den Inhalator vor dem Zubettgehen aufzufüllen und in Reichweite auf den Nachtschrank zu stellen. Annas ermahnende Stimme klang ihm in den Ohren, während er auf die Wirkung des entkrampfenden Medikaments wartete und schließlich spürte, wie es in die kleinen Bronchialverästelungen seiner Lunge strömte und diese sich lösten. Endlich konnte wieder Atemluft eindringen.

Sebastian sog sie gierig ein und sank langsam ins Kopfkissen zurück. Mit geschlossenen Augen und geöffnetem Mund lag er da, hörte Saskia neben sich ruhig atmen. Er sah zu ihr hinüber. Sie lag auf der Seite, hatte ihm den Rücken zugedreht, ihr Körper war bis zur Hüfte entblößt. Ihre nackte Haut schimmerte bläulich im Mondlicht, er sah ihre Schulterblätter sich heben und senken. Es war ein gutes Gefühl, sie neben sich zu haben. Vorhin, nachdem sie sich so zärtlich geliebt hatten, hatte sie ihm mit schlaftrunkener Stimme zugeflüstert, dass sie für immer bleiben würde. Dann war sie vor Erschöpfung eingeschlafen, und er hatte sie noch eine ganze Weile angesehen. Bisher hatte er Liebe falsch definiert, das war ihm dabei klar geworden. Zwar wusste er auch jetzt nicht, wie er es in Worte fassen konnte, aber er wusste ganz genau, dass zwischen Saskia und ihm mehr war, als es bei seinen anderen Freundinnen der Fall gewesen war.

Ein schönes, wärmendes, beruhigendes Gefühl.

Obwohl Atmung und Herzschlag sich normalisiert hatten, kehrte die Müdigkeit noch nicht zurück. Traumfetzen versuchten sich vor seine Gefühle für Saskia zu schieben; das Gesicht seiner Mutter, eine verzerrte Fratze, ihre Hand, aus der er fortgerissen worden war. Sebastian konnte sich auf all das keinen Reim machen, im Moment wollte er auch gar nicht darüber nachdenken. Viel zu schön war es, hier einfach neben diesem bezaubernden Mädchen zu liegen und es atmen zu hören.

Auf dem Rücken liegend lauschte er. Draußen ging ein frischer Wind durch die Eichen, ansonsten nur die üblichen

Geräusche. Das Knacken und Knarzen im Gebälk, das leise Summen des Kühlschranks in der Küche. Er versuchte, sich auf diese Geräusche zu konzentrieren und dadurch den Schlaf herbeizuzwingen. Es klappte nicht. Er kapitulierte, trat die leichte Decke von seinen Beinen, stand auf und ging zum geöffneten Fenster. Durch den Spalt drang etwas kühlere Nachtluft herein, von der in dem vom heißen Tag aufgeheizten Zimmer aber kaum etwas zu spüren war.

Weil sein Hals brannte und weil er ahnte, dass er ohne einen Schluck Wasser nicht wieder einschlafen würde, zog Sebastian sich seine Boxershorts an und verließ das Zimmer. Erst in der Küche machte er Licht. Sein Blick fiel auf die Uhr an der Wand. Kurz nach elf. Lange hatte er nicht geschlafen. Er ging zum Spülbecken und ließ Wasser aus der Leitung laufen, bis es kalt war, füllte ein Glas und trank es in einem Zug. Dann füllte er es noch einmal, lehnte sich gegen die Arbeitsplatte und trank in kleinen Schlucken. Die Kälte war Balsam für seinen Hals.

Während er dort stand, fiel sein Blick auf das Schrotgewehr. Es lehnte neben der Tür. Wollte er es nicht auf Schritt und Tritt dabeihaben? Vor allem nachts? Hatte er nicht vor Uwe damit angegeben, dass er mit dem Gewehr kacken ging? Und gerade jetzt, wo die Personenschützer verschwunden waren, vergaß er es. Gut, sie waren vom Bad direkt ins Schlafzimmer gelaufen, das Verlangen war einfach zu groß gewesen. Trotzdem durfte er nicht so leichtfertig sein. Trotzdem musste er …

Schlagartig fiel Sebastian ein, dass er auch nicht daran gedacht hatte, die neue Haustür abzuschließen. Die extrem teure Haustür mit dem Sicherheitsschloss und den vier Stahlbolzen! Was nützte das alles, wenn er sie nur ins Schloss fallen ließ! Er nahm den Schlüssel vom Haken, ging in den Flur und verriegelte die Tür. Viermal hörte er den Schließmechanismus einrasten. Vier Stahlbolzen gegen eine Verrückte! Ob es etwas half?

Im Stall wieherte ein Pferd. Dann noch eines. Zunächst verhalten, dann lauter. Sebastian meinte, Falco zu hören, doch das war wohl nur Wunschdenken. Ein weiteres Wiehern! Sebastian lief zurück in die Küche, löschte das Licht und sah aus dem Fenster. Dabei hielt er die Schrotflinte fest umklammert. Sein Herz schlug dumpf in seiner Brust, während er in die Dunkelheit starrte. Auf dem Hof rührte sich nichts. Auch die Pferde schienen sich beruhigt zu haben. Sebastian zog einen Stuhl heran, setzte sich auf die vordere Kante, lehnte sich mit den Ellenbogen auf den Heizkörper und sah weiterhin hinaus. Minuten vergingen. Nach und nach kehrte die Müdigkeit in seinen Kopf zurück. Als er schließlich aus einem Sekundenschlaf hochschreckte, entschied Sebastian, wieder ins Bett zu gehen – diesmal mit dem Gewehr!

Er hatte die Küche kaum verlassen, da kehrte der Riese zurück. Plötzlich war er in seinem Kopf, dort, wo er sich seit seiner Kindheit versteckt hielt. Nun aber zeigte er sich mit aller Macht und ohne Gnade. Tränen schossen ihm in die Augen, sein Magen zog sich zusammen, eine feste Klammer legte sich um seinen Hals. Sebastian wollte sich auf dem Gewehr abstützen, ging aber auf die Knie, ließ das Gewehr fallen und stützte sich mit den Händen ab. Übelkeit stieg in ihm auf. Er fühlte sich wie ein Fremder in seinem eigenen Kopf und Körper, war zum Zuschauer degradiert, eingesperrt in eine kleine Kammer mit winzigem Fenster, von dem aus er alles mit ansehen konnte, ohne jedoch eingreifen zu können. Niemals zuvor im Leben hatte Sebastian sich derart hilflos gefühlt.

Das ist mein Kopf, mein Körper, mein Leben, verschwinde endlich daraus!

Ein armseliger Versuch, der zu nichts weiter führte, als dass die Klammer um seinen Hals sich ein wenig lockerte und Sauerstoff in seine Lunge strömen konnte. Nicht viel! Gerade eben genug, damit er mithilfe des Gewehrs als Stütze auf die Beine kam. Dabei wollte er gar nicht aufstehen. In seiner kleinen Kammer spürte Sebastian, dass schlimme Dinge geschehen würden, wenn er aufstand. Er trommelte mit den Fäusten gegen das imaginäre Fenster, schrie, brüllte, ohne jedoch gehört zu werden. Da war niemand, der ihm hätte helfen können. Also taten seine Beine, was der Riese im Kopf ihnen befahl. Wuchteten seinen Körper hoch, hielten ihn zitternd aufrecht.

Verschwinde aus meinem Kopf, du Teufel!

Keine Reaktion. So sehr Sebastian es auch versuchte, so sehr er sich auch gegen diese Kraft stemmte, war es doch so, als taumele er durch dichten Nebel, und egal, in welche Richtung er ging, stieß er doch nach wenigen Schritten gegen die Wände seiner kleinen Kammer. Er war tatsächlich in sich selbst gefangen!

Der Riese, oder was auch immer von ihm Besitz ergriffen hatte, zwang ihn, in Richtung Haustür zu gehen. Jeder Schritt war dabei eine Qual, denn jeden einzelnen versuchte Sebastian zu verhindern, und schaffte es doch nicht. Immer näher rückte die neue Tür mit ihren Sicherheitsstahlbolzen, die nichts, aber auch rein gar nichts auszurichten vermochten. Schon griff er zum Schlüssel, der noch im Schloss steckte. Geschmeidig und gut geölt glitten die Bolzen zurück. Ein Handgriff noch, nur noch die Klinke herunterdrücken, dann würde das Böse ins Haus eindringen, würde sich Saskia holen.

Als er ihren Namen dachte in seiner kleinen Kammer und durch das Fenster kurz ihr Gesicht sehen konnte, da zitterte seine Hand, die schon auf der Klinke lag. Für den Zeitraum eines Lidschlags hatte Sebastian das Gefühl, sich mit Saskias Hilfe gegen den Riesen wehren zu können, doch kaum war der Lidschlag vorbei, öffnete er mit einem Ruck die Tür.

In der nun tiefschwarzen Nacht bemerkte er sofort das schwache Flackern und den leichten Brandgeruch, der die klare Nachtluft durchdrang. Irgendwo hinter dem Stall versteckt reichte das Feuer dennoch aus, ihm als Signalfeuer zu dienen, nach dem er unfreiwillig seine Schritte richten konnte. Vorsichtig stieg er die vier Stufen hinunter. Der Boden war noch aufgeweicht vom Gewitterregen, seine nackten Füße sanken in den Matsch, der zwischen seinen Zehen hervorquoll. Unabänderlich zog es ihn auf das Flackern zu. Das Schrotgewehr fest in den Händen ging er um die Ecke des Stallgebäudes an der Giebelseite entlang und erreichte die hintere Ecke, von der aus er in den geschützten Bereich zwischen Stall und Anbau blicken konnte.

Dort war das Feuer! Und in dessen Schein saß eine große, massige Gestalt auf dem Boden. Der Riese! Es musste der Riese sein! Aber was tat er da? Saß an dem kleinen, flackernden Feuer und hielt die Finger in eine Schale, die mit einer Flüssigkeit gefüllt war.

Plötzlich zog der Riese seine Finger aus der Schale, und zeitgleich verschwand er auch aus Sebastians Kopf. So unvermittelt geschah dies, dass eine gewaltige Leere zurückblieb, die Sebastian nicht füllen konnte. Das Gewehr entglitt ihm, er stürzte auf die Knie. Aus den Augenwinkeln sah er die Gestalt auf sich zukommen. Viel kleiner, als er gedacht hatte. War das wirklich der Riese? War das nicht eher …

Ohne sich die Frage noch stellen zu können, sank er bewusstlos zu Boden.

Derwitz starrte auf die vier kleinen Balken des Displays seines Handys. Genau genommen waren es gar keine vier kleinen Balken, sondern nur einer, und dass die anderen drei fehlten, signalisierte ihm zum fünften Mal in den letzten zehn Minuten, dass es in diesem beschissenen Wald zwischen den Hügeln kein Netz gab. Ausgerechnet jetzt und hier! Als ob sich alles gegen ihn verschworen und auf die Seite der Brock gestellt hätte. Erst das Wetter, jetzt das Funknetz.

Triefbach, der genauso wie Derwitz umhergelaufen war und sein Handy an verschiedenen Stellen probiert hatte, kam gerade zurück und schüttelte den Kopf. Sie hatten beide D2 und dementsprechend beide keinen Empfang.

»Zum Kotzen!«, sagte Derwitz, klappte sein Handy zu und steckte es ein.

Buster, der Bloodhound, sah ihn von unten herauf aus großen Augen an. Derwitz wandte sich dem See zu, suchte eine Weile und entdeckte dann wieder den schwachen Schein des weit entfernten Feuers.

»Okay«, sagte er. »Wir machen es folgendermaßen. Du kehrst mit deinem Hund zum Parkplatz zurück. Spätestens dort solltest du Empfang haben, denn von dort aus habe ich dich ja auch angerufen. Vielleicht klappt es ja auch schon früher. Ruf meinen Assi Wiegand an und schildere ihm die Situation. Er soll das MEK aktivieren und mit denen zum Schneiderhof kommen. So schnell wie möglich. Ich warte dort.«

Triefbach machte ein skeptisches Gesicht. »Und du gehst allein weiter? Durch den finsteren Wald? Allein hinter einer mehrfachen Mörderin her?«

»Ich will sie ja nicht allein stellen, keine Angst. Ich gehe am Seeufer entlang, da kann ich mich kaum verlaufen. Drüben schau ich mir an, was es mit dem Feuer auf sich hat. Vielleicht ist sie es ja gar nicht. Sollte sie es aber sein, komme ich zum Schneiderhof und treffe mich dort mit Wiegand. Von dort ist es kürzer zum Adlerrücken, und ich kenne dann wenigstens schon die örtlichen Gegebenheiten. Wir dürfen sie auf gar keinen Fall aus ihrem Versteck scheuchen, wenn wir mit dem MEK reingehen.«

Triefbach zuckte mit den Schultern. »Ich würde es nicht so machen, aber es ist ja deine Entscheidung.«

»Eben, und deshalb wird es auch so gemacht. Sorge du nur dafür, dass Wiegand mit dem MEK vor Ort ist.«

»Wie du meinst. Dann laufen Buster und ich mal los.«

»Genau. Und legt ein bisschen Tempo vor.«

»So schnell es geht«, sagte Triefbach und drehte sich um.

»Vielen Dank, dass du überhaupt gekommen bist.«

Triefbach hob grüßend die Hand und verschwand mit Buster in der Dunkelheit. Nach wenigen Metern schaltete Triefbach seine Taschenlampe ein, sodass Derwitz ihren Weg noch ein Stück weit verfolgen konnte. Schließlich wandte er sich ab und begann damit, den Hang hinabzusteigen. Dabei bewegte er sich vorsichtig, tastend und hielt eine Hand zum Schutz vor niedrigen Ästen vor seinem Gesicht ausgestreckt. Er wollte die Taschenlampe nicht einschalten, damit er nicht vom Adlerrücken aus gesehen wurde.

Heute Nacht würde er diese Ellie Brock erwischen, das spürte Derwitz mittlerweile. Er hatte Triefbach gegenüber nicht gelogen. Es lag ihm nichts daran, diese Verrückte allein zu stellen, sollte sich aber eine passende, gefahrlose Situation ergeben … nun, er hatte seine Dienstwaffe! Ansonsten würde er das MEK zu ihrem Versteck führen und die Jungs die Arbeit machen lassen. Am Ende aber musste Ellie Brock entweder tot oder verhaftet sein. Noch mehr Opfer würde er ihr nicht überlassen!

Saskia erwachte.

Sofort spürte sie, dass etwas nicht stimmte. Während sie sich in dem noch immer fremden Zimmer in der Dunkelheit zu orientieren versuchte, hörte sie ihr Herz laut wummern, so als habe es eben noch Schwerstarbeit verrichtet. Der Stumpf ihres abgetrennten Fingers schmerzte, kräftig pumpte ihr Blut durch die Venen. War sie deshalb aufgewacht?

Sie streckte den linken Arm aus und tastete in die andere Betthälfte hinüber, wollte Sebastian neben sich spüren, seine Haut berühren, sich selbst dadurch beruhigen, ihn vielleicht aufwecken, damit er sie in den Arm nahm.

Doch die Betthälfte war leer.

Sebastian war nicht da!

Augenblicklich war Saskia hellwach! Sie tastete zum Nachtschrank hinüber, fand den Schalter, machte Licht. Sebastians Bettdecke war zurückgeschlagen. Warum hatte sie es nicht bemerkt, dass er das Zimmer verlassen hatte? Warum war er überhaupt aufgestanden? Saskia betrachtete das Zimmer. Die kleine Lampe schaffte es nicht, die schwarzen Schatten aus den Ecken und zwischen den Möbeln zu vertreiben. Sie war allein, hatte aber trotzdem das Gefühl, beobachtet zu werden. Eben aus diesen Schatten heraus. Das war kindisch, sie konnte es aber nicht abstellen.

Nein! Es war nicht ihr pochender Stumpf, der sie aus dem Schlaf gerissen hatte. Angst war es. Ihr Instinkt sagte ihr, dass etwas Schreckliches im Haus vor sich ging. Sie lauschte. Kein Geräusch. Absolute Stille. In diese Stille hinein nach Sebastian rufen mochte Saskia nicht. Zu stark war die Angst davor, sich zu verraten.

Verraten? Vor wem?

Die Frage war rein rhetorisch. Sie wusste genau, vor wem, wollte es aber nicht einmal in Gedanken formulieren. Stattdessen versuchte sie, sich zu beruhigen.

Sei nicht so kindisch. Er musste sicher nur zur Toilette, vielleicht hatte er auch Durst und ist besonders leise aufgestanden, um mich nicht zu wecken. Ja, so wird es gewesen sein! Ich habe schließlich auch Durst.

Es half nicht. Die Furcht blieb. Trotzdem, und obwohl ihr mehr nach dem Gegenteil zumute war, schlug Saskia die Decke zurück und schwang die Beine aus dem Bett. Sofort fiel ihr ihre Nacktheit auf. Ein Luftzug drang vom geöffneten Fenster herein, strich über ihre schlafwarme Haut und ließ sie erschauern. Sie erinnerte sich. Ihre Kleidung vom Tag lag noch im Bad, von dort aus waren sie nackt ins Schlafzimmer gelaufen. Saskia stand auf, schlich zu dem großen, alten Schrank hinüber, öffnete die Tür, zog sich einen Slip und ein langes T-Shirt an, das ihr bis weit über den Po reichte. Es war eines der Männershirts, in denen sie zu schlafen pflegte.

Dann stand sie mitten im Raum, zog das T-Shirt vor der Hüfte zusammen und wusste nicht, was sie tun sollte. Nun, eigentlich wusste sie es schon, doch sie hatte Angst davor, die Tür zu öffnen und damit die vermeintliche Sicherheit des Raumes aufzugeben. Bevor sie das tat, ging sie die zwei Schritte zum Fenster hinüber und sah hinaus. Das Fenster ging jedoch nach hinten raus, und sie konnte nichts weiter sehen als Dunkelheit.

Also doch die Tür!

Mit unsicheren Schritten schlich Saskia hinüber. Wieder pochte ihr Herz ungewohnt stark und schnell, wieder reagierte ihr Stumpf mit Schmerz darauf. An der Tür angekommen legte sie die rechte Hand auf die Klinke, zögerte aber noch, presste erst ihr Ohr an die Füllung. Hielt den Atem an und lauschte. Nichts. Nur das Rauschen ihres Blutes im Ohr, das sich auf das Holz der Tür zu übertragen schien.

Saskia atmete tief ein und drückte vorsichtig die Klinke runter, hielt sie in der unteren Stellung und zog die Tür auf. Kein noch so winziges Geräusch entstand dabei. Aber sie spürte sofort den Luftzug, der von der Diele her ins Schlafzimmer strömte.

Mit dem bisschen Licht von der Nachttischlampe, das nun durch die geöffnete Tür auf die Diele fiel, trat Saskia einen Schritt vor. Sie musste an dem großen Bauernschrank vorbeispähen, um einen Blick auf die Haustür werfen zu können.

Die Tür stand sperrangelweit offen!

Da ihre Augen an die Dunkelheit gewöhnt waren, reichte das wenige Licht aus, um einen kleinen Bereich vom Hof einsehen zu können. Was Saskia dort sah, verstand sie zunächst nicht. Ein riesiges, unförmiges Etwas schob sich aus der Dunkelheit her auf die Tür zu. Als es näher kam, erkannte Saskia, dass es sich dabei um einen gewaltigen Rücken mit einem ebenso gewaltigen Hintern handelte. Die Person da draußen ging gebeugt und rückwärts, und sie zog etwas hinter sich her, das zwei tiefe Furchen in dem aufgeweichten Boden hinterließ.

Zwei parallele Furchen, gezogen von den Fersen nackter Füße.

Und plötzlich verstand Saskia!

Sie presste sich eine Hand auf den Mund, um den Schrei zu unterdrücken, der sich längst aus ihrer Kehle gelöst hatte. Es war Ellie! Ellie Brock. Unlängst hatte dieser gewaltige Rücken sie an die Wand gequetscht, hatte sie spüren lassen, welche Kraft darin steckte. Niemals würde Saskia das vergessen können. Keuchend und schnaufend zog Ellie Brock jetzt ihren Sohn hinter sich her. Sie hatte den scheinbar leblosen Sebastian unter den Achseln gepackt. Alles, was Saskia von ihm sehen konnte, waren seine Beine und ein Stück des Beckens. Aber er war es! Er war nackt bis auf seine Boxershorts, seine Beine vom Matsch verdreckt.

Langsam, und ohne die unwirkliche Szene dort draußen aus den Augen zu verlieren, zog Saskia sich in Richtung der Treppe zurück. Als sie wegen des Schranks die Haustür nicht mehr sehen konnte, drehte sie sich um und huschte auf nackten Sohlen nahezu geräuschlos die Stufen in die Dunkelheit des oberen Flurs hinauf. Dabei rasten ihre Gedanken.

Sie musste Sebastian helfen, musste etwas tun! Sie durfte sich hier nicht verstecken, denn dann würden sie beide sterben!

Uwe! Sie musste Uwe Hötzner anrufen!

Aber der lag noch immer im Krankenhaus. Wie lange würde es dauern, bis er mitten in der Nacht jemanden aktiviert hatte, der ihnen half? Eine halbe Stunde? Eine Stunde? Wie lange auch immer, es würde viel zu spät sein. Trotzdem musste sie ihn anrufen. Vielleicht konnte sie das Unvermeidliche ja so lange herauszögern, bis die Polizei auf dem Hof eintraf.

Saskia hörte, wie Ellie Brock sich abmühte, Sebastian die vier Stufen zur Eingangstür hinaufzuschleifen. Sie war beinahe im Haus.

Keine Panik! Du darfst nicht in Panik geraten! Er ist ganz sicher nicht tot, nur bewusstlos, und wenn du ihm helfen willst, wenn du das hier selbst lebendig überstehen willst, dann darfst du auf keinen Fall in Panik verfallen.

Es war schwer, so verflucht schwer. Alles in ihr wollte fliehen, aus dem Fenster springen, in den Wald flüchten, weg, nur weg. Doch dann wäre Sebastian dieser Frau hilflos ausgeliefert.

Saskia drehte sich auf dem oberen Flur im Kreis und versuchte, einen klaren Gedanken zu fassen. Wo hatte sie ihr Handy gelassen? Darin hatte sie noch im Krankenhaus Uwe Hötzners Nummer abgespeichert. Sie hatte ihm hoch und heilig schwören müssen, ihn anzurufen, wenn etwas sein sollte. Wo war das blöde Ding? Im Bad! Richtig, im unteren Bad! So wie auch Sebastian hatte sie ihr Handy vor dem gemeinsamen Duschen auf dem Stapel frischer Handtücher abgelegt.

Aber hier oben gab es doch auch ein Telefon!

Saskia lief zu Sebastians Wohnzimmer hinüber, drückte die Tür auf, huschte hinein und schloss die Tür wieder. Erst dann machte sie Licht. Im selben Moment waren von unten polternde Geräusche zu hören. Ellie Brock war im Flur! Fieberhaft sah Saskia sich um. Auf dem großen Computerschreibtisch befand sich ein Telefon. Sie blieb davor stehen, starrte es an, presste ihre Faust gegen die Zähne und durchforstete ihr Gedächtnis nach Uwe Hötzners Nummer. Für Zahlen hatte sie schon immer etwas übrig gehabt, hatte sich seit jeher Geburtstage, Telefonnummern, Pins und Geheimzahlen problemlos merken können. Uwes Nummer war leicht zu merken gewesen, daran erinnerte sie sich. Aber wie hatte sie gelautet?

Ihr Kopf weigerte sich. Alles schien durcheinander zu sein. Die Panik rückte wieder ein Stück näher.

Mit zitternden Finger gab Saskia auf dem Tastaturfeld eine Nummer ein. Sie wartete, bis durchgewählt war, lauschte, hoffte, hörte aber nur, dass diese Nummer nicht vergeben war.

Verflucht! Verflucht, verflucht, verflucht!

Erneut heftiges Poltern auf dem unteren Flur. Dann sprach jemand. Sie unterhielten sich. War Sebastian etwa bei Bewusstsein? Was tat sich da unten? Hin und her gerissen blickte Saskia vom Telefon zur Tür. Nein, es war sinnlos. Die Nummer fiel ihr nicht ein. Im wichtigsten Moment ihres Lebens ließ ihr Zahlengedächtnis sie im Stich. Saskia ließ den Hörer fallen, ging zur Tür, öffnete sie und schlüpfte auf den dunklen Gang hinaus. Dort hörte sie es deutlicher. Worte. Aber das war nicht Sebastians Stimme.

»… wieder zusammen, endlich. Mein kleiner Hans, mein Hänschen klein, hast du dich nicht auch so sehr danach gesehnt?«

Keine Antwort von Sebastian. Hatte sie ihn geknebelt, oder war er noch bewusstlos, und sie führte Selbstgespräche? Saskia musste es unbedingt wissen. Sie schlich zum Treppenabsatz. Dort ließ sie sich auf die Knie nieder, robbte noch ein Stück vor und spähte durch die gedrechselten Pfosten hinunter in den unteren Flur.

Sebastian lag ausgestreckt auf dem Flur. Ellie Brock hatte seine Hände und Füße gefesselt, hockte über ihn gebeugt da und strich ihm mit einer zärtlichen Bewegung die Haare aus der Stirn. Saskia blickte direkt auf ihren gewaltigen Rücken, der ihr den Blick auf Sebastians Gesicht versperrte. Neben den beiden lag ein Gewehr auf dem Fußboden. Drei Meter war Ellie Brock von ihr entfernt, und trotzdem konnte sie nichts tun. Was würde es bringen, ihr auf den Rücken zu springen? Körperlich war sie ihr nicht gewachsen, und ob sie schnell genug an das Gewehr herankommen würde, wusste Saskia nicht.

Plötzlich ruckte der Kopf der fetten Frau herum, und sie starrte Saskia an. Die Schweinsaugen verengten sich, unbändiger Zorn legte sich auf das feiste Antlitz.

»Duuuuuu!«, stieß Ellie Brock hervor. Ihre Hand tastete nach dem Gewehr.

Saskia zuckte zurück, wollte sich umdrehen, kam aber nicht richtig weg und kippte gegen die Balustrade. Das alte Holz erzitterte, und für den Bruchteil einer Sekunde befürchtete Saskia, nach unten zu stürzen. Sie fing sich aber, stieß sich ab, sprang auf und hastete den Gang hinunter.

Wohin? Wohin nur? Es gab keinen Ausweg. Das obere Stockwerk war eine Sackgasse.

Saskia lief bis zur Badezimmertür, hörte hinter sich bereits schwere Schritte auf der Treppe. Sie schloss sich ins Bad ein und machte Licht.

Verstecken oder aus drei Metern Höhe aus dem Fenster springen?

Ihr Blick blieb an dem übergroßen Wäschekorb aus Weidengeflecht hängen.

Am flachen Ufer des Sees entlangzugehen war leichter, als Derwitz es sich vorgestellt hatte. Er war stets in der unmittelbaren Nähe des Wassers geblieben, um sich nicht zu verlaufen, zweimal war er über Wurzeln gestürzt, hatte sich aber nicht verletzt. Zwar waren seine Schuhe ruiniert und seine Hose bis an die Knie durchnässt, doch das störte ihn nicht weiter. Als er nur noch einen Steinwurf vom Adlerrücken entfernt war, hielt er inne, hockte sich hin und klappte im Schutz seiner Jacke das Handy auf. Kurz nach elf. Und siehe da, er hatte wieder Empfang! Knapp eine Stunde war er jetzt seit der Trennung von Triefbach unterwegs, also war Wiegand längst informiert oder wurde es gerade in diesen Minuten. Derwitz überlegte. Wiegand würde sicher versuchen, ihn anzurufen. Derwitz stellte das Handy auf lautlos und steckte es zurück in die Jackentasche. Wäre doch unangenehm, wenn das Ding just in dem Moment klingelte, wenn er sich an die Brock heranschlich.

Er stand auf, trat aus dem Sichtschutz eines großen Nadelbaums und suchte mit den Augen die hohe Front des Adlerrückens ab. Seit einer Weile hatte er den Schein des Feuers nicht mehr gesehen, was aber daran gelegen hatte, dass die Bäume ihm die Sicht versperrt hatten. Jetzt lag der nackte Fels vor ihm, und eigentlich hätte er …

Da! Ganz kurz hatte er es aufflackern sehen. Das Feuer brannte in einer Höhle. Und es brannte längst nicht mehr so stark, wie es das vor einer Stunde noch getan hatte. Im Gegenteil, es schien langsam zu verlöschen. Das konnte bedeuten, dass die Brock eingeschlafen war, oder aber sie machte einen Ausflug. Aber hätte sie das Feuer dann nicht vorher gelöscht, vorsichtig, wie sie sein musste?

Sie schlief! Dort oben in der Höhle lag die fette Kuh und schlief!

Derwitz machte sich daran, den Fels zu erklimmen.

Saskia hatte das Licht gelöscht, es war jetzt stockfinster im Bad. Eingezwängt in ihrem Versteck atmete sie so flach wie nur möglich, presste sich eine Hand vor den Mund, um ja kein Geräusch von sich zu geben. Sie zitterte stark. Schweiß perlte von ihrer Stirn und Oberlippe.

Es war sicher nicht der richtige Zeitpunkt, doch Saskia konnte nichts dagegen tun, dass sich ausgerechnet jetzt Bilder aus ihrer Kindheit in ihr Gedächtnis stahlen, Erinnerungen an eine Situation, die ganz ähnlich gewesen war. Als Siebenjährige hatte sie sich kurz vor Weihnachten in der Küche versteckt und ein Gespräch zwischen ihrer Mutter und ihrer Tante belauscht. Damals hatte sie erfahren, wer zu Weihnachten wirklich die Geschenke brachte, und es war ein richtiger Schock gewesen. Vierzehn Tage lang war sie mit Zorn im Bauch herumgelaufen, weil sie mit niemandem darüber sprechen konnte, ohne sich selbst zu verraten. Damals war ihr ein Stück heile Welt genommen wurden, und wenn sie jetzt nicht äußerst leise und geschickt war, dann würde sie diese Welt heute verlassen. Der Gedanke ließ sie noch stärker zittern. Hatte Sebastian sie aus dem Haus gerettet, nur damit sie ein paar Tage später hier starb? Von der Hand derselben Wahnsinnigen? Das durfte nicht passieren! Sie musste Ellie Brock überlisten, sonst war alles verloren.

Sie hörte Schritte auf dem Flur näher kommen. Weder besonders schnell noch besonders langsam, sondern zielstrebig und ohne zu stoppen, als wüsste die Brock längst, wo sie sich versteckt hielt. Schließlich verstummten die Schritte vor der Tür zum Badezimmer. Saskia atmete nicht mehr. Die Klinke wurde heruntergedrückt, langsam schwang die Tür nach innen. Eine Hand patschte auf den Lichtschalter, der Raum wurde in helles Licht getaucht. Der metallen schimmernde Lauf des Gewehrs schob sich in den Raum, gefolgt von der unglaublich massigen Ellie Brock. Sie schien das kleine Badezimmer völlig auszufullen, verdrängte sogar die Luft. So wie Saskia es sich erhofft hatte, ging sie schnurstracks auf den Wäschekorb zu und richtete das Gewehr darauf.

»Komm raus, Flittchen«, sagte sie.

Zuerst hatte Saskia aus dem Fenster springen wollen, doch genau darunter befand sich ein flacher Stapel aus gehacktem Brennholz. Sie hätte sich weiß Gott was gebrochen, wenn sie darauf gelandet wäre. Bevor sie in den Wäschekorb steigen wollte, hatte sie nach einem schnellen Blick durch den Raum begriffen, dass Ellie Brock dort zuerst nachsehen würde. Also hatte sie sich hinter die Tür gestellt. Das gute, altmodische Versteck hinter der Tür, das schon in ihrer Kindheit funktioniert hatte.

»Komm raus, oder ich schieße dich in Stücke!«, schrie Ellie Brock. Ihre Stimme klang hysterisch.

Saskia beobachtete, wie die fette Frau den langen, unhandlichen Lauf des Gewehrs gegen den Korb drückte, um damit den Deckel zu öffnen.

Jetzt oder nie!

Sie sprang hinter der Tür hervor. Ellie Brock spürte es sofort. Doch ehe sie mit dem langen Gewehr herumgeschwenkt war, war Saskia zur Tür hinaus und stürmte auf die Treppe zu. Hinter ihr gellte ein Schrei, der ihr in Mark und Bein fuhr. Noch nie hatte sie eine Stimme gehört, in der so viel Wut und Hass mitschwang.

Saskia rannte. Die Treppe hinunter. Mehrere Stufen auf einmal überwindend. Unten prallte sie aus vollem Lauf gegen die Wand. Schmerz schoss ihr durch den Brustkorb und in die verletzte Hand. Sie sah sich um. Sebastian lag vor der Tür zur Küche. Regungslos, die Augen geschlossen. Sie lief zu ihm hinüber, ging neben ihm in die Knie und streichelte sein Gesicht. Blut war aus einer Platzwunde am Kopf über die linke Seite gelaufen und angetrocknet.

»Sebastian …«, flüsterte sie, »Sebastian, kannst du mich hören? Sebastian?«

Oben polterten schwere Schritte über den Flur. Sie kam! Keine Zeit mehr, sich um Sebastian zu kümmern, keine Zeit, ins Bad zu laufen und das Handy zu holen. Saskia stürzte auf den nächstgelegenen Raum zu, betrat ihn und schloss leise die Tür. Es war Edgars Büro. Im Dunkeln tastete sie sich vorwärts, stieß gegen den Schreibtisch, fühlte nach dem Telefon, von dem sie wusste, dass es darauf stand, packte das schnurlose Handteil, verkroch sich damit in den Fußraum des Schreibtisches und tat, was sie schon längst hätte tun sollen: Sie wählte den Notruf.

Mit Wucht flog die Tür in den Raum, knallte gegen die Wand und prallte zurück. Grelles Licht flammte auf. Unwillkürlich schrie Saskia auf, rückte noch tiefer in den Fußraum und presste das Telefon gegen ihr rechtes Ohr.

Es klingelte. Einmal, zweimal …

»Polizeinotruf, was …«

»Komm da raus, du Schlampe!«

Aus dem wattigen Dunkel, das wie ein Filter wirkte, drangen Worte und Geräusche zu ihm durch. Zunächst leise, dann immer lauter, wie ein Zug, der sich aus großer Entfernung näherte. Eine sanfte Stimme wiederholte immer wieder seinen Namen.

»Sebastian … Sebastian … Sebastian …«

Er spürte eine Berührung an der Wange, sanft, zärtlich. Die Stimme, die seinen Namen sprach, und diese Berührung besaßen die Kraft, ihn aus der tiefen Bewusstlosigkeit zurückzuholen. Er spürte seine Lider flattern, spürte

Schmerz, doch noch bevor er die Kraft fand, seine Augen zu öffnen, verschwand die Hand von seiner Wange und verstummte die Stimme.

Das rechte Auge ließ sich öffnen, das linke nicht. Alles schien verschwommen, wie hinter dichtem Nebel, nur langsam kristallisierten sich Formen heraus. Zunächst war da nichts weiter als die weiße Dielendecke mit der Lampe daran. Sebastian wollte seine rechte Hand heben, um diesen harten Belag von seinem linken Auge zu entfernen, doch er konnte nicht. Wieso konnte er weder Hände noch Füße bewegen? Wo war er überhaupt, und wie war er in diese Situation gekommen? Träumte er, oder war das die Realität?

Er drehte den Kopf und spürte sofort einen stechenden Schmerz irgendwo unter der Schädeldecke, stellte aber auch fest, dass er auf dem Dielenboden am Übergang zur Küche lag. Und scheinbar waren seine Fußgelenke und Handgelenke gefesselt. Die Erinnerung setzte schlagartig ein, als er die wütende Stimme hörte.

»Komm da raus, du Schlampe!«

Sofort war ihm alles klar. Sie war im Haus! Ellie Brock! Seine Mutter! Sie war im Haus, auf der Suche nach Saskia. Aber wie nur hatte sie ihn überwältigt?

Sebastian wollte sich aufsetzen, verlor aber schon bei dem Versuch beinahe wieder das Bewusstsein. Entsetzliche Stiche in seinem Kopf ließen seinen Schädel fast platzen, Übelkeit stieg in seinem Hals hoch. Flach atmend unterdrückte er den Drang, sich übergeben zu müssen. Statt sich aufzusetzen, rollte Sebastian ein Stück zur Seite, so weit, dass er an dem breiten Dielenschrank vorbeischauen konnte. Dabei zerrte er an den Handfesseln. Sie gaben keinen Deut nach, schnitten nur noch tiefer in seine Haut.

Unter Schmerzen und Übelkeit schaffte er es schließlich, sich halb gegen die Wand zu lehnen.

Dann bemerkte er eine Bewegung in der Tür zum Büro seines Vaters und erstarrte.

Saskia kam aus dem Büro. Ihre Beine waren nackt, ihr Haar zerzaust, sie trug nur ein langes T-Shirt. Sie ging stocksteif, die bandagierte Hand gegen ihren Bauch gepresst. Sofort flog ihr Blick zu ihm hinüber. Tränenfeucht ihre Augen, Hoffnung, Panik und Angst zugleich darin. In den unteren Rücken gepresst folgte ihr der Lauf des Schrotgewehrs. Und schließlich die fette Gestalt, die Sebastian sofort erkannte.

»Saskia!«, rief er.

Sie machte einen Schritt in seine Richtung. Sofort stieß Ellie Brock ihr den Lauf des Gewehrs kräftig in den unteren Rücken. Sebastian musste hilflos mit ansehen, wie Saskia unter einem lauten Schrei vornüber zu Boden stürzte. Er zerrte an seinen Fesseln, wand sich hin und her. Vergessen waren die Schmerzen in seinem Kopf.

»Fass sie nicht an, verdammt! Du willst doch mich! Ich bin hier! Komm her, und lass das Mädchen in Ruhe!«

Mit nur einem Auge und in dem schlechten Licht konnte Sebastian nicht besonders gut sehen, doch was er sah, reichte vollauf. Ellie Brock drehte sich zu ihm um und sah ihn an. Sie lächelte! Lächelte erneut wie an jenem Abend im Haus der alten Kreiling; voller Wärme und Liebe. Mutterliebe. Dieses Mal jedoch wollte Sebastian sich nicht davon täuschen lassen.

»Saskia, komm her!«, rief er.

Saskia hatte sich aufgerappelt und krabbelte bereits auf allen vieren auf ihn zu. Sie hatte ihn fast erreicht, als Ellie Brock sich bückte und sie an ihren Haaren zurückriss. Saskia schrie, streckte einen Arm aus, schaffte es noch, sich mit der Hand an seinem Oberarm festzuhalten, rutschte an seiner nackten Haut jedoch ab.

»Sebastian!«, rief sie verzweifelt, wurde aber nur noch weiter von ihm fortgerissen.

In ihren Augen stand nichts als die nackte Panik. Sie wollte nach ihm greifen, fasste aber ins Leere, immer und immer wieder, als könne sie nicht begreifen, dass es vorbei sein sollte.

»Saskia, nein! Tu das nicht … verdammt, du blöde Kuh, komm her zu mir, und lass es uns austragen! Aber lass sie in Ruhe!«

Sein Brüllen zeigte keine Wirkung. Ellie Brock hatte Saskia fest an den Haaren gepackt und zerrte sie von ihm fort. Es schien ihr keinerlei Mühe zu bereiten. Saskia schrie und kreischte, trat mit den Füßen, packte das Treppengeländer, brach sich die Fingernägel ab, weil sie nicht die Kraft hatte, gegen Ellie Brock zu bestehen. Schließlich fasste Saskia mit beiden Händen nach der Hand, die sie am Schopf gepackt hielt, um den schmerzhaften Zug an ihren Haaren zu verringern.

Sebastian brüllte immer wieder ihren Namen, zerrte an seinen Fesseln, wand sich hin und her, trat mit den Beinen aus, doch die Stricke gaben ihn nicht frei. Hilflos musste er mit ansehen, wie Saskia durch die Haustür nach draußen gezogen wurde. Eben sah er noch ihr verzerrtes Gesicht, hörte ihr Kreischen, dann war sie plötzlich in der Dunkelheit verschwunden.

»Neiiiiiiiiiiiiiiiin!«, brüllte Sebastian und schlug mit dem Hinterkopf gegen die Dielenwand.

Dann kehrte der Riese zurück.

Saskia wurde an den Haaren aus dem Haus und die steinernen Stufen hinuntergezerrt. Erst dort ließ die eiserne Hand, gegen deren Kraft sie keine Chance hatte, sie los. Saskia fiel in den kalten Matsch.

Drinnen brüllte Sebastian wieder und wieder ihren Namen. Trotz der Angst und der Schmerzen, welche sie überall am Körper spürte, zerriss es ihr das Herz, ihn so verzweifelt nach ihr rufen zu hören. Tränen rannen ihre Wangen hinab. Er lebte, doch er konnte ihr nicht helfen. Niemand konnte ihr jetzt noch helfen. Selbst wenn die Polizei den abgebrochenen Notruf verstanden haben sollte, würde sie niemals rechtzeitig den Schneiderhof erreichen. So weit draußen und so einsam! So weit entfernt von allen anderen Menschen. Was ein Segen sein sollte, war in dieser Nacht Fluch und Entscheidung zugleich. Hier und jetzt wurde das Ende ihres Lebens besiegelt.

Ein lang gezogenes *Nein!* drang durch die Tür in die Nacht hinaus, derart laut, dass es Hof und Koppeln überwand und erst irgendwo zwischen den Wäldern verklang. Dann wurde es plötzlich ruhig. Ein Moorochse antwortete auf Sebastians letzten Schrei. Unheimlich, klagend, ebenfalls verzweifelt.

Das Gewehr bohrte sich schmerzhaft zwischen Saskias Schulterblätter.

»Aufstehen!«, befahl Ellie Brock.

Saskia tat, was ihr befohlen wurde. Auf eine merkwürdige Weise kehrte plötzlich Ruhe in ihren Körper und Kopf zurück. Das Unvermeidliche war nicht mehr abzuwenden. Schnell und ohne Schmerzen sollte es passieren, nur noch das wünschte sie sich. Noch mehr Schmerzen konnte sie nicht ertragen. Dieser Albtraum sollte endlich zu Ende gehen.

Sie stand auf und ließ sich von dem Gewehrlauf über den Hof dirigieren. An der Giebelwand der Scheune entlang zu deren Rückseite. Sie bemerkte leichten Brandgeruch. Ein kleines Feuer glomm am Boden in der windgeschützten Ecke zwischen Scheune und Anbau.

»Bleib stehen!«, sagte Ellie Brock hinter ihr.

Der Druck der Gewehrmündung in ihrem Rücken verschwand. Saskia konnte in der Dunkelheit weder das Tal noch die Wälder sehen, wusste aber, dass beides vor ihr lag. Hier also würde es enden? Ihr Leben, das doch gerade erst begonnen hatte, in dem gerade erst die Liebe wieder Einzug gehalten hatte.

»Bitte, tun Sie es nicht, bitte!«, flehte Saskia, bekam aber keine Antwort.

Etwas hinter ihr klickte metallisch.

Saskia schloss die Augen und spannte sämtliche Muskeln im Körper an. Sie zitterte, verkrampfte die Hände zu Fäusten, fürchtete sich vor den Schmerzen, die ein solcher Schuss mit sich bringen würde. Schrotkügelchen, die hundertfach durch die Haut eindrangen, Gewebe, Muskeln und Organe zerstörten.

Stumm begann sie zu beten.

Zum ersten Mal nach vielen Jahren.

Er rannte, wie er noch nie zuvor in seinem Leben gerannt war. Seine Lunge brannte, Seitenstiche breiteten sich bis in die rechte Schulter aus. Seine Kondition war seit vielen Jahren miserabel, hier und jetzt rächte es sich, dass er seit den Akademiezeiten keinen Sport mehr getrieben und zu viele Zigaretten geraucht hatte. Derwitz spürte, er würde nicht mehr lange durchhalten, wenn er das Tempo nicht drosselte. Dann aber würde er wahrscheinlich zu spät kommen – wenn das nicht ohnehin schon der Fall war!

Immer und immer wieder quälte ihn der Gedanke, dass es nur einen einzigen Grund dafür geben konnte, warum das Feuer in der Höhle zwar noch gelodert, Ellie Brock aber nicht dort gewesen war. Sie war zum Schneiderhof aufgebrochen, was sonst! Dort in der Höhle hatte sie sich die ganzen Tage versteckt gehalten. Noch immer sah er die Bilder vor sich. Die Mulde mit dem kleinen Feuer, Blut auf den Steinen ringsherum, merkwürdige Zeichnungen an den Wänden, ein einfaches Lager aus Tannennadeln und Blättern, Brotreste, harte Krumen, Exkremente vor dem Höhleneingang. Seit ihrer Flucht hatte sie dort gelebt und gewartet, war zweifellos jeden Tag in der Nähe des Hofes gewesen und hatte ihn beobachtet. Und jetzt, nachdem er die Bewachung eingestellt hatte, schlug sie zu. Ihre Geduld machte sich bezahlt.

Derwitz verfluchte sich selbst. Er hätte es besser wissen müssen, schlauer agieren, die Bewacher nur zum Schein abziehen und sie verdeckt weiter beobachten lassen müssen. Aber dieser arrogante Schnösel von einem Anwalt hatte ihn mit seinem dämlichen Verhalten auf die Palme getrieben! Beleidigt! Er war beleidigt gewesen, weil seine Befehle nicht ausgeführt worden waren. Dergleichen hatte es während seiner Offizierszeit nicht gegeben. Vielleicht hätte er doch bei der Armee bleiben sollen? Egal, zu spät jetzt. Vielleicht war jetzt alles zu spät!

Er stoppte. Es ging nicht mehr. Die Schmerzen in der gesamten rechten Körperhälfte waren zu stark. Auf die Knie abgestützt blieb Derwitz um Atem ringend stehen. Wie weit war es noch bis zum Schneiderhof? Er war jetzt eine Viertelstunde, vielleicht zwanzig Minuten gerannt. Hatte er die Hälfte der Strecke bereits hinter sich? Dunkelheit umgab ihn. Außer dem recht gut sichtbaren Trampelpfad, der von den Hufen der Pferde tief in den Waldboden eingegraben war, konnte er nicht viel erkennen. Wiegand hatte ihn auch noch nicht angerufen. Wenn er Glück hatte, erreichten sein Assi und das MEK den Hof vor ihm.

Hoffentlich!

Derwitz richtete sich wieder auf und ging weiter. Zuerst nur im Schrittempo, dann begann er langsam zu laufen. Mehr war einfach nicht drin. Er würde es niemals bis zum Hof schaffen, wenn er nicht langsamer machte. Und schließlich hatte der Anwalt ja selbst Schuld! Mussten er und Hötzner denn unbedingt allein das Haus der alten Kreiling stürmen? Sie hätten die Brock längst gehabt, wenn die beiden auf seine Anweisung gehört hätten.

Selbst schuld!

Trotzdem nagte es in seinem Inneren, das Mädchen, das ja eigentlich überhaupt nichts mit der ganzen Sache zu tun hatte, in Gefahr gebracht zu haben. Schon allein ihretwegen hätte er die Bewachung nicht einstellen dürfen. Verdammte Eitelkeit!

Er begann wieder schneller zu laufen, weil er meinte, irgendwo da vorn den Waldrand erkannt zu haben. Zwischen den Bäumen hindurch hatte es hell geschimmert. Mondlicht wahrscheinlich!

Plötzlich zerriss ein Schuss die Stille.

Derwitz blieb abrupt stehen, hielt für Sekunden den Atem an. Dann spurtete er los, spürte keinen Schmerz mehr, rannte wie in Trance, die Waffe in der rechten Hand.

Sebastian Schneider spürte seinen Hals enger werden und die Bronchien sich verkrampfen. Der Odem des Lebens strömte nicht mehr länger in seinen Körper, gelangte nicht mehr in sein Blut, das nichts wert war ohne Sauerstoff. Die Schleuse, die über Leben und Tod entschied, schloss sich langsam, aber unerbittlich.

Vergiss nicht den Inhalator! Vergiss niemals, ihn aufzufüllen und auf den Nachtschrank zu stellen, du könntest sonst sterben!

Annas Worte, die er so oft gehört hatte während seiner Kindheit, drangen aus weiter Entfernung zu ihm. Er hatte es nicht vergessen. Der Inhalator stand genau dort, wo er jede Nacht stand: Auf dem Nachtschrank neben seinem Bett. Doch dieser Ort war unendlich weit entfernt – keine Chance, ihn zu erreichen.

Während ihm die Luft ausging und es langsam schwarz wurde vor seinen Augen, spürte Sebastian jedoch eine Veränderung. Es war nicht so wie früher, nicht wie all die anderen Male, als der Riese in seine Träume eingedrungen war. Er griff zwar auch jetzt nach ihm, presste seinen Feueratem in seinen Körper, wo er Atemwege und Lunge verbrannte. Aber während die Schleuse des Lebens sich endgültig schloss und kein rettendes Medikament sie davon abhielt, öffnete sich in Sebastians Kopf eine andere Schleuse, eine Tür. Diese Tür hatte er noch nie gesehen, denn noch nie war er diesen einen Schritt über die Schwelle des Todes getreten. War es eine Fluchttür? Hätte er all die Jahre auf den Inhalator verzichten können, weil es diese Tür gab?

Sie öffnete sich. Dahinter lag ein langer, schwarzer Gang. Wohin er führte, wusste Sebastian nicht, es spielte aber auch keine Rolle. Dieser Gang war eine Chance, eine Möglichkeit, vielleicht für sein Leben, vielleicht für Saskias Leben. Und, was am wichtigsten war, diesen Gang konnte er selbst mit gefesselten Fußgelenken gehen.

Sebastian betrat ihn ohne Furcht. Und schon nach wenigen Schritten wusste er, dass er schon einmal an diesem Ort gewesen war. Vor langer Zeit zwar, aber die Erinnerung war nicht gänzlich gelöscht. Der Gang war finster und ohne Konturen und schien sich ständig zu verändern. Er war wie eine Röhre in die Unendlichkeit, ein Wurmloch, das Raum und Zeit überwand. Und er war kurz! Kaum betreten, spürte Sebastian, dass er angekommen war. Ein atemberaubendes Gefühl durchdrang seinen Körper mit Wucht, ließ ihn Angst und Schmerz augenblicklich vergessen. Er fühlte sich wohl, so wohl, wie nur ein ungeborenes Kind sich im schützenden Leib der Mutter fühlen kann. Dieser Ort war verzaubert. Es war ein Ort jenseits des Riesen, hier konnte er sich verstecken, hier konnte ihm der Feueratem nichts mehr anhaben.

Und er war nicht allein!

Sie war da!

An diesem Ort war ihrer beider Leben untrennbar miteinander verknüpft. Das war so seit Anbeginn der Zeiten, und nichts hatte jemals etwas daran ändern können. Keine Trennung, keine Entfernung, keine Türen oder Gitterstäbe. Sebastian war lange nicht mehr dort gewesen und hatte die Existenz dieses Ortes fast vergessen. Aber das spielte keine Rolle. Jetzt war er zurück. Keine Sekunde war vergangen, seitdem er gegangen war. Zeit war hier bedeutungslos. Alles war ihm vertraut. Er spürte Nähe, Geborgenheit, Wärme … und Liebe.

Irgendwo weit entfernt grollte die Stimme des Riesen, fegte wie ein Gewittersturm über ihn hinweg. Der Riese ängstigte ihn nicht mehr. Er konnte gegen ihn bestehen. An diesem Ort konnte er gegen alles bestehen. Also hielt er sich aufrecht, hob das Kinn und atmete tief ein.

»Mutter!«

»Hans, mein Sohn!«

»Du musst jetzt aufhören Mutter, es ist vorbei.«

»Nein! Es wird niemals vorbei sein. Wir sind untrennbar miteinander verbunden. Für alle Zeiten.«

»Lass mich einfach gehen, bevor es zu spät ist. Deine Liebe ist zu groß, sie hat schon zu viel Schaden angerichtet.«

»Schweig, mein Sohn, lass mich nur machen. Du wirst sehen, alles kommt in Ordnung, und dann sind wir wieder zusammen.«

»Hör jetzt auf, Mutter, bitte!«

»Nein! Niemals!«

»Geh jetzt, sonst gehe ich.«

Das Mondlicht brach durch eine Lücke in der Wolkendecke und riss die Landschaft aus der Dunkelheit. Saskia öffnete die Augen. Warum schoss sie nicht endlich? Warum brachte sie es nicht hinter sich?

Hinter sich hörte Saskia schweres, schnelles Atmen. Sie drehte sich um. Ellie Brocks gewaltiger Körper bebte. Der Lauf des Gewehrs war zu Boden gesunken. Die Augen der Frau waren weit aufgerissen, die Pupillen verschwunden, nur das Weiße noch zu sehen. Es reflektierte auf unheimliche Weise das Mondlicht. Tränen liefen ihr über die Wangen. Ohne dass ein Laut ihre Lippen verließ, schien sie unablässig ein und dasselbe Wort zu formulieren. Saskia kam der Anblick der Frau bekannt vor. Genauso hatte Sebastian während seiner Anfälle ausgesehen.

Saskia ging einen vorsichtigen Schritt rückwärts, dann noch einen. Ellie Brock reagierte nicht darauf, sie schien sie überhaupt nicht mehr wahrzunehmen. Plötzlich schloss sich die Lücke in der Wolkendecke, und es wurde finster.

Deine Chance, das hier ist deine letzte Chance!

Ansatzlos lief Saskia los. Auf dem nassen Gras rutschte sie mit ihren nackten Füßen aus, stolperte, fing sich wieder, lief weiter. Die Ecke des Anbaus! Wenn sie die Ecke erreicht hatte, war sie in Sicherheit! Vorläufig!

Sie hatte sie fast erreicht, da gellte hinter ihr ein lauter Schrei auf, gleichzeitig donnerte das Schrotgewehr. Saskia ließ sich fallen, drückte sich ganz flach auf den Boden. Sie spürte das nasse Gras an den nackten Beinen und im Gesicht. Das weite T-Shirt klebte feucht an ihrem Körper. Aber sie spürte keine Schmerzen und kein warmes Blut. Der Schuss hatte sie verfehlt!

Zitternd lag Saskia am Boden, versuchte die Dunkelheit mit den Augen zu durchdringen. Folgte Ellie Brock ihr? Sie konnte es nicht erkennen. Sie musste weg hier! Weiter, nicht abwarten! Auf Händen und Knien kroch Saskia um die Ecke des Anbaus. Sofort flammte über ihr ein Scheinwerfer auf. Eng an die Wand gepresst verharrte sie. Wieder zerriss die Wolkendecke und ließ den Mond hindurchscheinen. Saskia spähte um die Mauerecke zurück. Dort, wo sie Ellie Brock zurückgelassen hatte, war nichts zu sehen. Und diese Frau konnte sich nicht verstecken, nicht hier.

Saskia zog sich hinter die Ecke zurück. Ihr Atem ging schnell, hart schlug ihr Herz. Ihre Augen huschten hin und her. Was sollte sie tun?

Vor sich sah sie den Misthaufen, daneben eine alte Tonne, aus der mehrere Stiele ragten. Sie huschte hinüber, packte einen der Stiele und zog ihn heraus. Es war ein Besen. Unbrauchbar. Achtlos ließ sie ihn fallen, packte den nächsten Stiel und zog ihn heraus. An dessen Ende befand sich eine Plattschaufel. Schon besser! Immer noch eine erbärmliche Waffe gegen jemanden, der mit einem Gewehr bewaffnet war, aber besser als gar nichts. Allein das Gefühl, etwas in der Hand zu haben, mit dem sie zuschlagen konnte, ließ Zuversicht und Mut zurückkehren.

Den Stiel der Plattschaufel fest umklammert lief Saskia um den ganzen Anbau herum zur anderen Giebelseite der Scheune. Sie drückte sich zwischen dem alten Traktor und der Wand hindurch, riss sich einen Holzstachel in den Oberschenkel, spürte den Schmerz aber kaum. Den letzten Meter bis zur Ecke schob sie sich tastend vorwärts. Durch die Wand hindurch konnte sie die unruhigen Pferde hören.

Sie spähte um die Ecke. Das Licht aus der Diele warf ein langes, helles Rechteck auf den Hof. Ellie Brock war nirgends zu sehen.

»Haaaaaaans!«

»Mutter, gib mich endlich frei!«

»Nein, niemals. Ein Sohn gehört zu seiner Mutter, nichts auf der Welt kann sie trennen. Nur der Tod kann dieses Band zerschneiden.«

»Schon wieder sprichst du vom Tod. Hast du noch nicht genug angerichtet? Kannst du nicht endlich verstehen, dass jenes Band schon vor langer, langer Zeit durchtrennt wurde?«

»Hans, mein lieber, kleiner Hans, du weißt nicht, was du sprichst. Hab ich dich in den letzten Wochen nicht spüren lassen, wie stark dieses Band noch ist? Ich habe dich doch besucht, tief in deinem Inneren. Hast du mich nicht gespürt? O doch, das hast du! Warum sonst hast du nicht geschossen in jener Nacht?«

»Du warst das? Du warst in meinem Kopf und hast durch meine Augen geschaut?«

»Ja!«

»Und der Riese? Bist du auch der Riese, der mich immer und immer wieder in meinen Träumen heimgesucht hat?«

»Ich weiß nichts von einem Riesen. Was soll das Geschwätz? Bleibe bei mir, Hänschen klein. Lass uns zusammen fortgehen. Wir können ein neues Leben beginnen. Nur wir beide! Wie damals in unserem Haus im Wald.«

»Unser Haus im Wald? Ja, ich erinnere mich. Mein Zimmer ... die Bausteine auf dem Teppich ... die Spieluhr ... so viel Licht plötzlich und diese grausigen Geräusche ... der Riese, es ist der Riese mit seinem Feueratem ...«

»Hans, was redest du da?«

»Sein Feueratem ist in meinem Körper, er verbrennt mich. Der Riese hat mich von dir fortgeholt, weil er mich vor dir beschützen wollte. Er hat es damals geschafft und wird es heute wieder schaffen.«

»Hans! Komm zu mir, hörst du! Komm sofort zu mir!«

»Nur der Tod kann das Band zerschneiden. Das waren deine Worte. Also soll es so sein.«

»Haaaaaaaaaaaaaaaaaans!«

Ein langer, entsetzlicher Schrei, der bis weit ins Tal hinunter drang. Ein unmenschlicher Schrei, und doch von einem Menschen ausgestoßen. Für Saskia war er wie ein Startsignal, nichts hielt sie mehr in ihrem Versteck hinter der Scheune. Die Plattschaufel fest umklammert rannte sie über den matschigen Hof. Vor den Stufen zum Eingang rutschte sie aus, fiel auf den Bauch und rutschte mit dem Gesicht voran durch den Dreck. Matsch drang ihr in Mund und Nase. Prustend und spuckend drehte sie sich auf den Rücken, wischte sich den Dreck aus den Augen. Halb blind tastete sie nach der Schaufel, fand sie, packte den Stiel und kämpfte sich auf allen vieren die Stufen hinauf zur immer noch offen stehenden Eingangstür. Hockend, mit vor Dreck starrendem Gesicht und trübem Blick starrte sie in die Diele.

Saskia konnte nicht glauben, was sie dort sah.

Die riesige Ellie Brock hockte auf den Knien über Sebastian gebeugt. Das Gewehr lag neben ihr auf dem Boden. Ihr Rücken blähte sich unter einem gewaltigen Atemzug auf, dann senkte sie sich nieder, presste ihren Mund auf Sebastians und atmete kräftig aus. Saskia verstand zuerst nicht, was sie dort sah. Aber noch während sie aufstand und einen Schritt in die Diele machte, wurde es ihr klar.

Wiederbelebung! Das waren Wiederbelebungsversuche!

Ellie Brock beatmete ihren Sohn, setzte jetzt sogar zur Herzmassage an. Sie legte ihre großen Hände auf Sebastians Brustkorb, wollte gerade zu drücken beginnen, da bemerkte sie Saskia. Ruckartig drehte sie den Kopf und starrte sie an. Nichts mehr an diesem Blick war gefährlich. Ihre Augen waren rot gerändert, panisch weit aufgerissen, Verzweiflung war darin zu sehen, Tränen liefen ihr über die feisten Wangen.

»Er stirbt«, sagte sie, »mein Kind stirbt!«

Unendlich viel Schmerz lag in diesen Worten und in diesem Blick, so wie es bei jeder anderen Mutter auch gewesen wäre. Dort hockte keine Verrückte, nur eine Frau, die ihr geliebtes Kind verlor. Saskia musste sich vergegenwärtigen, was diese Frau ihr und Sebastian angetan hatte, was sie Stefanie angetan hatte, um nicht den Blick für die Realität zu verlieren. Mitleid kam in ihr auf, und das wollte, das durfte sie nicht zulassen. Sie würde sterben, wenn sie es zuließ.

Ob es Wunschdenken war oder Wirklichkeit, wusste Saskia nicht, aber als Ellie Brock ihre Hand bewegte, vielleicht nur, um mit der Beatmung fortzufahren, meinte sie, sie nach dem Gewehr greifen zu sehen. Ohne noch weiter darüber nachzudenken, lief sie über die Diele, hob dabei die Plattschaufel hoch über den Kopf, stieß einen gellenden Schrei aus und schlug zu, als sie nah genug heran war.

Ellie Brock versuchte nicht einmal auszuweichen. Sie starrte dem Schaufelblatt entgegen. Das Geräusch klang dumpf und hohl. Durch den Stiel übertragen spürte Saskia die Schädeldecke brechen.

Aber Ellie Brock fiel noch nicht. Sie starrte Saskia an. Ihre Augen wirkten jetzt wie eingefroren, nicht die kleinste Bewegung der Pupillen darin, und doch war sich Saskia sicher, dass sie tiefer blickten als jemals zuvor. Direkt in ihre Seele hinein. Auf keinen Fall wollte Saskia Ellie Brock dort haben. Sie wollte nicht für den Rest ihres Lebens den vorwurfsvollen Blick dieser Frau in ihrer Seele mit sich herumtragen müssen. Diese ungesagten letzten Worte: *Warum hast du mir meinen Sohn genommen?*

Saskia holte noch einmal aus. Ein gezielter, kräftiger Schlag, nicht unkontrolliert aus dem Laufen heraus wie der erste. Präzise geführt, mit dem Ziel zu töten. Das gehärtete Metall traf die Stirn mit einem hohlen Plong. Blut spritzte auf den Boden und an die Wände. Ellies Augen verdrehten sich bis ins Weiße, dann kippte sie zur Seite weg.

Saskia holte noch einmal aus und verharrte dann. Den Stiel fest umklammert, das Blatt hoch über ihrem Kopf. Heftig atmend beobachtete sie den Fleischberg zu ihren Füßen, wartete auf eine Bewegung, auf ein Zucken der Hände. Jeder Muskel war bis zum Äußersten gespannt. Dabei hatte sie eigentlich keine Kraft mehr, alles, was sie jetzt noch aufrecht hielt, war der Wille, diese Frau zu töten. Und so würde sie wieder und wieder zuschlagen, sollte sie sich noch einmal erheben.

Aber Ellie Brock rührte sich nicht mehr.

Saskia begann unkontrolliert zu zittern. Sie konnte die Schaufel nicht länger halten, ließ sie fallen und sank neben Sebastian auf die Knie.

Seine Augen waren geschlossen. Sein Gesicht, blutverkrustet, wirkte entspannt. Saskia beugte sich tief über ihn, legte eine Hand an seinen Hals und hielt ihr Ohr dicht an seine Lippen. Keine Atmung! Nein, das durfte nicht sein! Nicht jetzt, wo Ellie Brock endlich besiegt war. Er durfte sie nicht verlassen!

»Sebastian, bitte …«

Saskia drückte ihre Lippen auf seine. Sie fühlten sich warm an, also konnte er doch gar nicht tot sein! Nach einem kurzen Zögern führte Saskia fort, was Ellie Brock begonnen hatte. Irgendwann hatte sie den Rhythmus mal gelernt. Fünfzehnmal pressen, dreimal beatmen. Fünfzehnmal pressen, dreimal beatmen …

So fand Derwitz sie vor, als er wenige Minuten später am Ende seiner Kräfte angelangt in die Diele stolperte. Und er schaffte es nicht, Saskia Eschenbach vom leblosen Körper Sebastian Schneiders wegzubekommen.

Epilog

Zwei Farben hatte der Himmel an diesem frühen Morgen Ende Juli. Unten im Tal lag eine dünne dunstige Schicht über dem Dorf, in der das frühe Sonnenlicht gefiltert wurde. Über dieser Schicht strahlte es gleißend hell vor einem blauen Himmel, darunter war es milchig mit einem Stich ins Purpurne. Zwei Farben, die das Tal gleichsam in zwei Welten aufteilten. Die Welt oben, in der sich der Schneiderhof befand, die Welt unten, in der das wirkliche Leben stattfand.

Reglos stand Saskia Eschenbach auf dem Treppenabsatz vor der Haustür und nahm den Anblick in sich auf. Die Übelkeit, die sie seit einigen Tagen morgens quälte, verging in der frischen Luft so schnell, wie sie gekommen war. Sie schloss die Augen, atmete tief ein, hielt für ein paar Sekunden inne, fühlte die kühle Luft auf ihrer Haut, schmeckte und roch alles, was sich darin befand. Ihre Sinne waren so sensibel wie nie zuvor, als müssten sie die gesamte Welt aufsaugen, solange sie sich noch darin befand. Alles war endlich, jede Sekunde kostbar. Noch vor ein paar Monaten war ihr das nicht klar gewesen.

Ein paar Monate! Stimmte das? Manchmal kam es ihr vor, als sei all das in einem anderen Leben geschehen, vor unendlich langer Zeit, aber dann gab es auch wieder Tage, an denen es ihr vorkam, als sei es gestern gewesen. Wann hatte sie zum allerersten Mal Sebastian auf jener Wiese am Rande der Koppeln geküsst? Als der Frühling in den Sommer überging, als die Blütezeit ihren Höhepunkt erreicht hatte und die Luft geschwängert gewesen war von den unterschiedlichsten Düften. Ja, daran konnte sie sich gut erinnern. Damals war alles voller Zukunft und Hoffnung gewesen. Das Jahr, der Sommer, ihre Liebe; alles hatte an seinem Beginn gestanden.

Das war vorbei! Zwar gab es noch eine Zukunft, denn die gab es ja immer, aber sie hatte nichts mehr mit jener zu tun, die Saskia sich noch vor ein paar Monaten erhofft und erträumt und scheinbar schon sicher in den Händen gehalten hatte. Vorbei! Der Sommer hatte noch ein paar Wochen, das Jahr noch einige Monate, und die Liebe, ihre Liebe – zerstört, nicht mehr als eine wehmütige Erinnerung an eine kurze, schmerzhafte Zeit.

Aber heißt es nicht, dass aus Zerstörung immer auch Neues entsteht?

Saskia fühlte bei dem Gedanken in sich hinein. Die Vorstellung machte ihr Angst, ließ sie gleichzeitig aber auch vor Spannung erstarren. Noch hatte sie den Test, der seit dem Ausbleiben ihrer Tage oben im Bad lag, immer wieder hinausgezögert. Es war leichter, die Gedanken daran zu verschieben, aber natürlich wurde es mit jedem verstreichenden Tag ohne Menstruation mehr zur Gewissheit. Test hin oder her, Fakten schaffen in blauer oder rosa Farbe: Es spielte keine Rolle. Sie wusste, was mit ihr geschah, was Sebastian ihr hinterlassen hatte.

Saskia stieg die Stufen hinunter, ging zur Koppel hinüber und lehnte sich an den Zaun. So wie an jenem Tag, als Sebastian hinter ihr gestanden hatte. Damals hatte sie seine Blicke gespürt, seine bewundernden, sehnsüchtigen Blicke, und auch jetzt schaute sie kurz hinter sich, weil sie meinte, er wäre noch da. Das passierte ihr öfter. Dieses

Gefühl, er sei noch auf dem Hof, passte auf, wachte über sie. Der Psychotherapeut sagte, es würde sich irgendwann geben, noch sei die Erinnerung aber zu präsent. Saskia wusste nicht, ob sie das wollte. Eigentlich fühlte es sich sogar gut an, Sebastian bei sich zu spüren, wenn auch nur als Erinnerung. War es vielleicht das, was man gemeinhin als Geistererscheinung bezeichnete?

Aus der geöffneten Stalltür winkte ihr Lars zu. Sie winkte zurück. Wie immer trug er seine blaue Latzhose und die grüne Baseballkappe. Er war eine zuverlässige Konstante für Saskia geworden, kam jeden Morgen um acht und ging jeden Nachmittag um fünf. Lars war nicht gerade gesprächig, aber er war freundlich und ein Arbeitstier. Dieser Mann, immerhin schon über fünfzig, schaffte doch tatsächlich beinahe die ganze Arbeit auf dem Hof allein. Und zum Bewegen der Pferde brachte er an drei Tagen in der Woche seine achtzehnjährige Tochter mit, die voller Zuneigung mit den Pferden umging. Sie waren Menschen aus dem Ort. *Menschen von da unten*, wie Sebastian mal gesagt hatte, aus einer Welt, der Edgar und Anna entflohen waren. Jetzt hatten die Welten sich vermischt, und es war gut, denn ohne diese Hilfe wäre der Schneiderhof verloren.

Saskia hörte ein Motorgeräusch den Berg hinaufkommen. Sie schob ihre Gedanken beiseite und ging vom Zaun zur Hofeinfahrt. Heute war der große Tag! Uwe holte sie ab. Uwe! Der Polizist war in den letzten Monaten zu ihrem besten Freund geworden. Eine Zeit lang hatte sie mangels Alternativen bei ihm im Ort gelebt. Auf den Schneiderhof hatte sie nicht zurückgekonnt, ihre Wohnung in der Stadt hatte sie aufgegeben. Die Erben der Ostrowskis wollten das Haus jetzt selbst nutzen, aber sie wäre ohnehin nicht dorthin zurückgekehrt. Niemals! Alles dort erinnerte zu sehr an Stefanie … und an jene wunderschöne Nacht mit Sebastian. Also hatte sie fast einen Monat bei Uwe und seiner Frau gelebt, die dadurch so etwas wie ein Elternersatz geworden waren. Und als sie dann auf den Schneiderhof zurückgekehrt war, weil Anna sie inständig darum gebeten hatte, hatte Uwe einige Nächte mit ihr auf dem Hof verbracht. So lange, bis sie es sich allein zugetraut hatte.

Sein Wagen rollte in die Einfahrt. Er war wie immer pünktlich. Sie begrüßten sich mit einer herzlichen Umarmung. Es war drei Tage her, seitdem sie sich gesehen hatten, und Saskia fiel auf, dass Uwe noch mehr abgenommen hatte.

»Und, bist du bereit?«, fragte er und lächelte sie an.

Saskia nickte. »Es kann losgehen.«

Uwe hielt ihr die Beifahrertür auf, und nachdem sie eingestiegen waren, sah er sie von der Seite an.

»Wie geht es dir?«, fragte er.

»Gut!«, antwortete Saskia und ließ den Gurt einschnappen.

Uwe sah sie mit einem Blick an, den Saskia nicht deuten konnte, nickte dann, startete den Wagen und lenkte ihn unter der Toreinfahrt hindurch. Im Seitenspiegel sah Saskia das große Haus kleiner werden und schließlich verschwinden.

»Und es geht dir wirklich gut?«, wiederholte Uwe seine Frage, als sie aus der ersten Kurve heraus waren.

Saskia wusste, dass er sich mit einem erneuten *Gut!* nicht zufriedengeben würde. Dafür waren sie sich in den letzten Wochen zu nahe gekommen. Kurz erwog sie den Gedanken, Uwe von ihrem Verdacht, nein, von ihrem Zustand zu erzählen, tat es aber doch nicht. Noch nicht. Stattdessen zuckte sie mit den Schultern und täuschte Gleichmut vor.

»Es gibt solche und solche Tage, aber mein Therapeut sagt, ich mache große Fortschritte. Es hilft mir auch, mit ihm darüber sprechen zu können, und tagsüber, mit der ganzen Arbeit hier, na ja, du kennst das ja, tagsüber ist es kein Problem.«

Aber nachts!, schob sie in Gedanken hinterher.

Die Nächte waren immer noch schlimm. Dabei lag es gar nicht mal so sehr an dem fremden Haus mit den fremden Geräuschen und den Erinnerungen, sondern an ihren Träumen. Träume, in denen Ellie Brock so gut wie gar nicht vorkam, Sebastian dafür aber umso mehr. Und das war bei Weitem schlimmer, denn ihre Sehnsucht nach ihm fraß sie in solchen Nächten innerlich auf und brach ihr jedes Mal von Neuem das Herz. Mit Ellie Brock wäre sie fertig geworden, denn die war tot und keine Gefahr mehr. Sebastian aber war tot und doch auch wieder nicht. Sie hatte ihn sterbend in den Armen gehalten, hatte ihn beerdigt, war an seinem Grab zusammengebrochen, und doch wollte es nicht in letzter Konsequenz in ihren Kopf, dass er nicht mehr da war. Zurzeit war Sebastian viel gefährlicher für sie, als es Ellie Brock hätte sein können. Sie konnte sich einfach nicht mit diesem Verlust abfinden. Diese Diskrepanz zwischen Verstehen und Ablehnen würde sie auf Dauer den Verstand kosten, das spürte Saskia. Ihr Therapeut konnte ihr helfen, aber nur bedingt. Vielleicht würde ja das, was in ihr heranwuchs, alles verändern. Zum Besseren verändern. Vielleicht lag es auch gerade daran, dass sie einen Teil von Sebastian in sich trug, was es so verdammt schwierig machte, den Verlust zu begreifen.

Uwe nahm seine rechte Hand vom Schaltknauf, schob

sie rüber und tätschelte Saskias Hand. Er hätte fragen können, wie es mit den Nächten war, unterließ es aber. Saskia war ihm dankbar dafür, denn darüber wollte sie nicht mit ihm reden. Noch nicht. Vielleicht später einmal.

Viel sprachen sie nicht auf dem Weg in die Stadt. Die Strecke war in den vergangenen Wochen zur Routine geworden, und Saskia hoffte, sie nach dem heutigen Tag erst einmal nicht mehr fahren zu müssen. Am besten nie mehr! Denn sobald sie das Krankenhaus betrat, musste sie daran denken, wie alles begonnen hatte. Der Unfall mit Sebastian. Stefanie, die sie damals abgeholt hatte. Saskia konnte sich sogar noch an den erhobenen Mittelfinger erinnern, der dem hupenden Autofahrer im Parkhaus hinter ihnen gegolten hatte.

All diese Erinnerungen mussten sich nicht einmal die Mühe machen, alte Wunden aufzureißen, denn die Wunden waren nicht alt. Sie waren frisch und unverheilt.

Im Krankenhaus trennten sie sich. Saskia fuhr mit dem Fahrstuhl in den vierten Stock hinauf, während Uwe und Derwitz in die Cafeteria gingen, um dort auf Saskia und Anna zu warten.

»Was macht die Gesundheit?«, fragte Derwitz, nachdem sie sich gesetzt und die Bestellung aufgegeben hatten.

Uwe seufzte. »Mal so, mal so. Morgens, nach dem Aufstehen oder wenn ich längere Zeit gesessen habe, ist das Bein noch immer steif. Aber es wird schon besser. Mein Arzt macht sich keine Sorgen, also mache ich mir auch keine. In zwei oder drei Monaten bin ich wieder im Dienst.«

Die Kellnerin brachte den Kaffee. Nachdem sie wieder gegangen war, sagte Uwe: »Über sie mache ich mir viel mehr Sorgen.«

Derwitz rührte eine Portion Zucker in seine Tasse. »Das Mädchen?«

»Ja. Sie kommt einfach nicht darüber hinweg.«

Uwe hatte das Bild von vorhin vor Augen, als er auf dem Schneiderhof eingetroffen war. Saskia hatte über die Maßen verloren und entwurzelt gewirkt auf dem Hof vor dem großen Haus. Es hatte ihm den Magen zusammengezogen, sie dort stehen zu sehen; eingeschüchtert, verängstigt und immer noch trauernd. Dass sie überhaupt noch bei Verstand war, rang ihm jedes Mal, wenn er sie sah, Anerkennung und Respekt ab. Aber wie es tief drin in ihr aussah, wie nahe sie am Abgrund stand, konnte er nur ahnen.

»So etwas braucht Zeit«, sagte Derwitz. »Irgendwann wird sie es schon schaffen. Das Mädchen ist stark.«

Uwe nickte.

»Ja, das ist sie. Und vielleicht geht es ihr ja besser, wenn sie nicht mehr allein da draußen ist.«

Derwitz trank von seinem Kaffee, dann stellte er die Tasse ab. »Das hat mich am meisten erstaunt! Dass sie auf den Hof gezogen ist … nach allem, was dort geschehen ist.«

Uwe sah Derwitz an und überlegte, ob er es ihm erklären sollte. Warum war Saskia auf dem Hof geblieben? Außenstehende konnten das nicht verstehen; im Ort verstand es kaum jemand. Aber seine Frau und er hatten Saskia kennengelernt, hatten viele Abende mit ihr verbracht und anfangs einige Nächte auf dem Hof, in denen an Schlaf nicht zu denken gewesen war. Sie hatten über vieles gesprochen, intime Gespräche über Gefühle, über Liebe und Verlust. Es waren Gespräche gewesen, die sich nicht in wenigen Worten zusammenfassen ließen, mitunter waren es auch genau die Worte, die nicht gesprochen worden waren, sondern Blicke, Schweigen und Tränen gewesen, die viel mehr bedeutet hatten. Und weil Derwitz all das fehlte, erschien es Uwe als viel zu anstrengend, vielleicht sogar unmöglich, es ihm zu erklären.

»Anna hat sie darum gebeten«, sagte er stattdessen. »Und wohin hätte sie auch gehen sollen, ohne Eltern und Verwandte?«

Für eine Sekunde wirkte Derwitz, als wolle er dazu etwas sagen, dann starrte er aber in seine Kaffeetasse und nickte nur. Sie schwiegen. Ließen ihre Blicke durch die Cafeteria wandern und hingen kurz ihren eigenen Gedanken nach. Bis Derwitz schließlich sagte: »Wie sieht es aus? Willst du die Neuigkeiten hören, bevor die beiden kommen?«

»Immer raus damit.«

Derwitz lehnte sich zurück, griff nach der Schachtel Zigaretten in der Innentasche seiner Jacke, erinnerte sich dann aber an das Rauchverbot hier drinnen und ließ sie stecken. Seine Finger spielten stattdessen mit dem Kaffeelöffel, während er berichtete.

»Wir haben jetzt so gut wie alles beieinander. Es war nicht ganz einfach, und ein paar Fragen werden wohl immer unbeantwortet bleiben, aber das Wesentliche ist geklärt. Das verdanken wir einem SEK-Beamten im Ruhestand, der damals dabei gewesen war. Er konnte sich noch lebhaft an den Fall erinnern. Kannst du dir vorstellen, wie er ihn nannte?«

Uwe schüttelte den Kopf.

»Den Blair-Witch-Einsatz. Nach einem Film, in dem es um Hexen oder so geht.«

»Kenne ich. Ziemlich beängstigender Film. Passt auch irgendwie dazu.«

Sie wechselten einen Blick, der keiner Worte bedurfte.

Vieles an der Sache war ungereimt, unerklärlich, und alle, die damit zu tun gehabt hatten, hatten sich scheinbar stillschweigend darauf geeinigt, es dabei zu belassen. Es war schon beeindruckend, wie Menschen reagierten, wenn sie mit Dingen konfrontiert wurden, welche die Grenzen des Verstandes sprengten. Uwe war froh, dass es so war. Er hatte keine Lust und keine Kraft, sich eingehender damit zu beschäftigen. Vielleicht gab es Hexen, vielleicht nicht. Vielleicht war Ellie Brock in der Lage gewesen, andere Menschen zu beeinflussen, auf eine Art und Weise, die wissenschaftlich nicht zu erklären war, vielleicht war das alles aber auch nur Zufall gewesen.

»Dank seiner Aussagen konnten wir einen relativ genauen Ablauf der Geschehnisse erarbeiten«, fuhr Derwitz fort. »Nachdem die Brock ihren Mann getötet hatte, flüchtete sie und schaffte es tatsächlich, drei Jahre lang unentdeckt zu bleiben. In dieser Zeit hat sie den Jungen zur Welt gebracht, soweit wir wissen ohne ärztliche Hilfe. Als das SEK zum Einsatz kam, lebte sie mit dem Jungen in einer aufgegebenen Jagdhütte tief im Taunus. Für deutsche Verhältnisse weitab der Zivilisation.«

»Ein einsames Haus mitten im Wald«, sagte Uwe leise.

»Ja, richtig. Die Brock soll dort fast autark gewesen sein. Hat Gemüse angebaut, Wild gejagt und wohl hin und wieder auch irgendwo etwas eingekauft, wenngleich sich in den umliegenden Orten keiner an sie erinnern konnte. Na ja, wie auch immer, als die Landesforstbehörde diese Hütte wieder aktivieren wollte, ist sie aufgeflogen. Da sie auf die ersten Versuche, mit ihr zu reden, mit Gewalt reagiert hat, kam schließlich das SEK zum Einsatz. Sie soll sogar auf einen Förster geschossen haben, bestätigt ist das aber nicht. Aber du kennst die Jungs ja. Die gehen kein Risiko ein. Die Brock hat das volle Programm bekommen. Hubschrauber, Tränengas und so weiter.«

»Und an dem vollen Programm ist Sebastian viele Jahre später gestorben«, sagte Uwe mit einer Stimme, die vor Zynismus nur so troff.

»Das wissen wir nicht«, sagte Derwitz.

»Ach, hör doch auf! Du weißt selbst, was in dem pathologischen Bericht steht. Seine Lunge wurde in der Kindheit verätzt, seitdem litt er unter chronischem Asthma. Und jede Erinnerung an damals hat einen Anfall ausgelöst. In jener Nacht ist Sebastian an den Folgen dieses Einsatzes gestorben. Nicht Ellie Brock hat ihn getötet, sondern das Gas und die Erinnerung und der Umstand, dass er seinen Inhalator nicht dabeihatte.«

»Ja, vielleicht, aber macht das jetzt noch einen Unterschied?«

Uwe dachte über Derwitz' Frage nach. Dabei starrte er einen Beinamputierten an, der sich auf Krücken einen Weg zwischen den Tischen und Stühlen hindurchsuchte. Machte es einen Unterschied, warum das Bein amputiert worden war? Es war weg, und der Mann musste damit leben. Sebastian war tot, damit mussten sie alle leben. Spielte es für die Zukunft noch eine Rolle, warum oder woran genau er gestorben war?

»Nein, wohl nicht«, beantwortete er Derwitz' und seine eigene Frage.

Er löste seinen Blick von dem Einbeinigen und sah den Kommissar an. »Und was war mit den Ungereimtheiten in der Anstalt?«

Derwitz zuckte mit den Schultern. »Das lässt sich kaum noch nachvollziehen. Dieser Schröder, merkwürdiger Typ übrigens, spinnt sich da wohl so einiges zusammen. Na ja, er ist schwer krank und nimmt harte Medikamente, was will man da erwarten? In solchen Einrichtungen gibt es immer mal wieder Todesfälle. Gut, in dieser Anstalt waren es ein paar mehr, aber bis auf einen lässt sich keiner direkt mit der Brock in Verbindung bringen.«

Uwe schob die Augenbrauen zusammen.

»Bis auf einen?«

»Ja. Es gab da eine Patientin, eine alte Frau, zu der die Brock viel Kontakt hatte. Die beiden haben sich um den Patientengarten gekümmert. Ein paar Wochen, bevor die Brock entlassen wurde, ist diese alte Frau gestorben. Eines Nachts erhängte sie sich mit einem Bettlaken in ihrem Zimmer, einfach so, ohne erkennbaren Grund.«

»Und worin besteht die Verbindung?«

»In den merkwürdigen Zeichnungen, die die alte Frau angeblich hinterlassen hat. Zwei Mitarbeiterinnen wollen sie gesehen haben. Kreise, Dreiecke, Wellenlinien – mit ihrem eigenen Blut auf die Boden gemalt. Ich habe den Mitarbeiterinnen ein Foto von Ellies Zeichnungen gezeigt, und sie fanden sie sehr ähnlich.«

»Das ist unheimlich, oder?«, sagte Uwe und spürte tatsächlich eine leichte Gänsehaut auf seinen Armen.

Derwitz sah ihn an. Sein Blick war unergründlich.

»Wir wissen kaum etwas über Ellie Brock. Angefangen bei dem Motiv für die Ermordung ihres Mannes, bis hin zu den seltsamen Zeichnungen, die sie überall hinterlassen hat. Ich habe es aufgegeben, dafür nach einer Erklärung zu suchen. Ich habe es in dem Moment aufgegeben, als ich mich selbst fragte, ob ich nicht doch einen Experten für Okkultismus hinzuziehen soll, der die Bedeutung dieser Zeichnungen entschlüsseln kann. Das war der eine Schritt, den zu gehen ich nicht bereit war.«

Uwe nickte. Er konnte Derwitz verstehen. Mit etwas Mühe würden sie sicher einen Experten finden, der nicht in die Kategorie Scharlatan fiel. Aber wollten sie dessen Antworten überhaupt hören? Was, wenn sie nur noch mehr Dunkel in die Angelegenheit bringen würden?

Manchmal war es besser, nicht alles zu wissen.

Manchmal war es besser, die Augen zu verschließen und die Erinnerung zu vertreiben. Um des eigenen Verstandes willen.

Anna Schneider hatte sich verändert.

Die Schrotladung hatte sie zwar nicht getötet, dafür aber Spuren hinterlassen, die niemals wieder verschwinden würden. Die vielen Narben an ihrem Oberkörper verdeckte die Kleidung, nicht jedoch die in ihrem Gesicht. Die Ärzte hatten ihre Nase wieder aufbauen können, und allein das war schon eine Meisterleistung, denn sie war kaum noch vorhanden gewesen. Auf dem rechten Auge war Anna blind. Sie trug in der Höhle eine Glaskugel, die nur entfernt etwas mit einem menschlichen Auge zu tun hatte. Irgendwann, wenn alle Behandlungen abgeschlossen waren, würde sie eine bessere bekommen. Gegen die tiefen Furchen in den Wangen und der Stirn waren die plastischen Chirurgen trotz all der modernen Technik hingegen machtlos. Genauso wie gegen die Verletzungen der Seele, gegen die die Fleischwunden geradezu lächerlich wirkten.

Anna Schneider war eine schöne Frau gewesen, das hatte Saskia damals bei ihrem ersten Besuch auf dem Hof gleich so empfunden. Davon war nichts mehr übrig. Und als würden die Wunden der Schrotladung nicht reichen, hatten die vielen starken Medikamente Anna noch zusätzlich verändert. Das Morphium hatte sie Gewicht zulegen lassen. Ihr Gesicht war dadurch und durch die immer noch nicht abgeklungenen Entzündungen überdimensional aufgedunsen. Während ihrer Besuche hatte Saskia zu ihrem Erschrecken festgestellt, dass Anna und Ellie sich ähnelten. Waren sie einst Schwestern gewesen, wie sie unterschiedlicher nicht sein konnten, so hatte sich das, zumindest was das Äußere betraf, geändert.

Zwei lange schmerzerfüllte und leidvolle Monate hatte Anna jetzt in Krankenhäusern verbracht. Sie hatte die Nachricht vom Tod ihres einzigen Kindes im Krankenhaus erhalten und seiner Beerdigung nicht beiwohnen können. Kurz darauf war sie in eine Spezialklinik für Hautverpflanzungen verlegt worden und wäre dort beinahe gestorben. Sie hatte einfach keine Kraft, keinen Lebensmut mehr gehabt. Die Ärzte hatten sie beinahe schon aufgegeben. Als sie nach drei Wochen von dort in eine Reha-Klinik verlegt werden sollte, hatte Saskia sie vorher besucht. Und dieser Besuch hatte etwas verändert. Anna hatte sie ganz eigenartig gemustert, hatte sie fest an sich gedrückt und gar nicht mehr loslassen wollen. Plötzlich hatte sie von der Zukunft gesprochen, vom Schneiderhof, von der Zeit, die sie gemeinsam dort verbringen würden. Sie hatte Saskia inständig darum gebeten, hatte gefleht und gebettelt, so lange auf dem Hof zu bleiben, bis sie selbst dorthin zurückkehren konnte. Nach dem dreiwöchigen Aufenthalt in der Reha-Klinik hatte Anna zunächst noch ein paar Tage im Krankenhaus verbringen müssen, aber heute war der große Tag gekommen, an dem sie entlassen wurde.

Die Zimmertür stand offen, als Saskia sie erreichte. Anna stand mit dem Rücken zu ihr vor dem Fenster und blickte hinaus. Im Gegenlicht konnte Saskia nicht mehr erkennen als ihren Umriss. Plötzlich erinnerte sie sich an jenen gewaltigen Umriss in der Tür zu der Kammer, in der Ellie Brock sie gefangen gehalten hatte. Riesig, bedrohlich, Angst einflößend. Saskia schüttelte den Kopf, um die Bilder zu vertreiben. Der Stumpf ihres Fingers pochte unangenehm.

Anna bemerkte sie und drehte sich um.

»Mein Kind, da bist du ja endlich!«

In der Mitte des Zimmers trafen sie sich und fielen sich in die Arme. Saskia legte den Kopf an Annas Schulter und schloss die Augen. Eine, vielleicht zwei Minuten standen sie so da, bevor sie sich voneinander lösten.

»Wie geht es euch beiden?«, fragte Anna.

»Uns beiden?«, fragte Saskia verblüfft.

»Na ja …«, sie stockte kurz, »dir und Uwe meine ich.«

»Es wird schon … doch, bestimmt, es wird immer besser«, sagte Saskia.

Anna sah ihr tief in die Augen. »Wollen wir nach Hause gehen?«, fragte sie.

Und Saskia nickte.

Sieben Monate später

Der errechnete Geburtstermin war der 29. Februar.

Heute!

Anfangs war es Saskia so vorgekommen, als ob die Zeit gar nicht vergehen würde, als wären die sechs Monate, seitdem der Arzt es ihr und Anna definitiv per Ultraschalluntersuchung bestätigt hatte, eine Ewigkeit. Aber jetzt, wo der Tag gekommen war, das Kind sich aber noch nicht bemerkbar machte, verging die Zeit viel zu schnell. Einerseits freute Saskia sich, andererseits hatte sie Angst vor der Geburt und ihrem weiteren Leben danach. Eine Entscheidung musste getroffen werden, und so, wie es aussah, würde sie einem Menschen damit sehr wehtun.

In den letzten Wochen hatte Saskia mehrfach versucht, mit Anna darüber zu sprechen, weit gekommen war sie jedoch nicht. Wenn es nach Anna ginge, würde sie den Rest ihres Lebens auf dem Schneiderhof verbringen. Aber Saskia hatte in den zurückliegenden Monaten am eigenen Leib erfahren, was Sebastian damals gemeint hatte, als er sagte, dass der Hof eine eigene Welt war, in der man Gefahr lief, die andere zu verpassen.

Es war einsam! Auch schön, ja, aber vor allem einsam. Sebastian war nicht vergessen, würde es niemals sein, schließlich war es sein Kind, sein Nachlass an die Welt. Aber Saskia sehnte sich nach anderen Menschen, nach anderen Männern. Eines Tages musste sie einen lebendigen Vater für ihr Kind finden, musste finden, was Sebastian nicht mehr sein konnte. Und das ging nicht auf dem Schneiderhof. Vor allem ging es nicht, solange sie bei Anna blieb!

Anna hatte sich noch stärker verändert.

Nicht nur, dass sie über die Maßen fett geworden war, sie machte sich auch stets übertriebene Sorgen, ließ Saskia kaum mal etwas allein tun, sperrte sie sinnbildlich auf dem Hof ein, kümmerte sich um alles und verhielt sich mitunter wie ein herrischer Despot. War Saskia anfangs noch überzeugt gewesen, dass es einfach nur lieb gemeint war, dass Anna aufgrund des Erlebten nicht anders konnte, so empfand sie es mittlerweile nur noch als absonderlich und kaum erträglich.

Schon seit Wochen war im Haus alles entfernt, was dem Kind gefährlich werden konnte. Alle Steckdosen waren gesichert, die Treppe oben und unten vergittert, die kalten, harten Fliesen in der Küche und der Diele durch Kork ersetzt, ein Zimmer perfekt eingerichtet, Kleidung für einen Jungen angeschafft. Saskia hatte es irgendwann aufgegeben, Anna von dergleichen Aktivitäten abzuhalten. Wirklich Angst hatte sie aber erst bekommen, als Lars ihr vor drei Tagen berichtet hatte, dass Anna ihn darum gebeten hatte, alle Katzen vom Hof zu entfernen.

Da wäre Saskia beinahe vom Hof geflüchtet. Sie hatte es zwar nicht übers Herz gebracht, aber eine Entscheidung getroffen. Sobald das Kind auf der Welt war, würde sie sich eine Wohnung in der Stadt suchen. Und das musste sie Anna noch vor der Geburt mitteilen. Es wäre unfair, noch länger damit zu warten. Das hatte Anna nicht verdient.

Es fiel ihr schwer. Viel schwerer, als sie es sich vorgestellt hatte. Eine Viertelstunde saß sie nun schon in der Küche und beobachtete Anna beim Abwasch. Fünfzehn lange Minuten, in denen sie nach dem ersten Wort suchte und Bauchschmerzen davon bekam. Saskia knetete ihre Finger, Schweißperlen standen auf ihrer Stirn. Abermals sah sie zu dem breiten Rücken auf, der sich vor dem Gegenlicht des Fensters als Umriss abhob, räusperte sich und begann stockend: »Anna …«

Anna drehte sich nicht um. Sie wusch weiter ab und sagte:

»Ja, Kindchen, was gibt's denn?«

»Ich … Wir, wir müssen mal miteinander sprechen. Über … über die Zeit nach der Geburt. Wie es dann weitergehen soll.«

Anna drehte sich noch immer nicht um.

»Ach, mach dir darüber keine Sorgen. Wir beide schaffen das schon. Du suchst dir eine Arbeit in der Stadt, und ich kümmere mich um meinen kleinen Hosenscheißer.«

Da war es wieder!

Mittlerweile machte es Saskia wütend, wenn Anna so sprach. Je näher der Geburtstermin rückte, desto häufiger sagte sie *Mein Hosenscheißer, mein kleiner Schatz, mein Kindchen*. Nicht unser, nicht Saskias, nein, *ihr* Kind! Dass sie es auch jetzt wieder tat, half Saskia zu sagen, was gesagt werden musste.

»Das ist es ja gerade. Ich werde mir eine Arbeit in der Stadt suchen … und eine Wohnung. Mein Kind soll mit mir zusammen in der Stadt aufwachsen.«

Jetzt war es endlich heraus. Aber anders, als Saskia geglaubt hatte, wurden die Bauchschmerzen nicht weniger, sondern plötzlich noch schlimmer. Sie zogen sich bis in den Unterleib hinein und ließen sogar den Stumpf ihres Fingers pochen.

Anna verharrte einen Moment regungslos. Deutlich konnte Saskia sehen, wie schwer sie atmete, denn die Fleischmassen an ihrem Rücken spannten die weiße Bluse fast bis zum Zerbersten. In der Küche entstand plötzlich eine Atmosphäre, die jeglichen Sauerstoff aufzusaugen schien. Saskia öffnete den Mund, japste nach Luft. Schweiß schoss ihr plötzlich aus allen Poren.

Anna ließ ihre Hände über dem Spülbecken abtropfen und drehte sich dann langsam um. Dabei geriet ihr Gesicht in den Schein der Küchenlampe. Was Saskia zu sehen bekam, ließ ihren Magen verkrampfen und ihr Herz aussetzen. Das war nicht mehr Anna Schneider! Vor ihr stand Ellie Brock! Zu der Wut, die in dem feisten, vom warmen Abwaschwasser geröteten Gesicht zu sehen war, wäre Anna niemals fähig gewesen.

Stille.

Ein langer Blick aus reglosen Augen.

»Du nimmst mir mein Kind nicht weg. Du nicht!«

Der Satz war nur geflüstert, gezischt, und Saskia war sich nicht sicher, ob sie ihn wirklich gehört hatte. Denn im selben Augenblick schoss ein scharfer Schmerz durch ihren Körper. Sie krümmte sich auf der Eckbank zusammen und schrie laut auf. Der Schmerz sammelte sich in ihrem Unterleib, wurde unerträglich, zeitgleich rann eine warme Flüssigkeit zwischen ihren Beinen hinab. Das Fruchtwasser!

Aus nebulöser Entfernung hörte sie Anna hektisch rufen.

»Es geht los … bleib ganz ruhig, ich hol den Wagen vor die Tür … bleib sitzen, wir fahren sofort los.«

Und auf dem langen Weg ins Krankenhaus, während die Wehen sie quälten, und auch später, als sie im Kreißsaal lag, die Beine weit gespreizt, und spüren konnte, wie der kleine Kopf sich langsam durch die viel zu enge Öffnung schob, und Anna, die an ihrer Seite stand und ihre Hand quetschte, immer wieder sagte: *Weiter, weiter, wir schaffen das, bring mir meinen kleinen Jungen zurück!*, als Saskia sich in einer Welt aus Schmerzen befand und kaum mehr klar denken konnte, hallte dieser eine Satz durch ihren Kopf, von dem sie nicht wusste, ob sie ihn wirklich gehört hatte.

Du nimmst mir mein Kind nicht weg! Du nicht!

Noch lange nicht zu Ende …